디지털 시대의 언어와 문학 연구

국제어문학회

국학자료원

차 례

특집논문 : 문자문화와 디지털 문화
- 문자문화의 정착과정과 정보화 시대의 언어

일반 논문

자연 언어 처리와 문장 부호[*]

이 경 호[**]

인간은 의사 소통의 가장 효과적인 수단으로 언어를 사용한다. 하지만 구어는 시공간적인 제약을 가지고 있기 때문에 이 제약을 극복하기 위하여 우리는 문자를 사용하기 시작하였다. 이 때까지 의사 소통은 인간

---

* 이 논문은 2000년도 두뇌한국21사업에 의하여 지원되었음.
** 고려대 민족문화연구원 기계번역연구실

들 사이의 문제였다. 그런데 과학 기술이 발전하면서 인간의 의사 소통 과정에서 중대한 변화가 일어났다. 비유적으로 표현하자면 의사 소통의 당사자로서 인간이 아닌 컴퓨터가 등장하기 시작했다. 즉 인간과 컴퓨터 사이의 의사 소통의 문제가 제기된 것이다.

하지만 대화 상대로서의 컴퓨터의 언어 능력은 미리 주어진 것이 아니다. 흔히 컴퓨터가 언어 능력을 갖게 되는 과정이 어린아이에게 언어를 가르치는 것에 비유되기도 하는데, 어린아이는 능동적으로 언어를 학습한다. 하지만 컴퓨터의 언어 능력은 우리가 만들어서 넣어 주어야 한다. 이 과정과 관련된 연구 분야가 자연 언어 처리(natural language processing)라고 할 수 있을 것이다. 이 글에서는 자연 언어 처리를 개관한 후, 구체적으로 문장 부호를 자연 언어 처리의 입장에서 어떻게 이용할 수 있는가 하는 문제를 다룰 것이다.

1. 자연 언어 처리

자연 언어 처리는 인간의 언어 능력을 모사한 프로그램을 만드는 것으로 이해할 수 있다. 인간의 언어 능력을 규정할 때 항상 문제가 되는 것은 사고 능력과 언어 능력 사이의 관계이다. 이 문제와 대칭적으로 자연 언어 처리의 규정 문제에서도 인공 지능(artificial intelligence)과 자연 언어 처리의 관계가 문제가 된다. 인공 지능을 넓게 이해하면 문제 해결 능력, 추론 능력 등은 물론 언어 능력까지를 포함한 지능체를 인공적으로 만드는 일이라고 볼 수 있다. 하지만 인간의 언어 능력과 사고 능력은 연관성을 맺고 있기는 하지만 구별되어야 하는 것처럼 인공 지능과 자연 언어 처리도 구별해서 이해할 필요가 있다고 본다.

이 구별은 전문가의 문제 해결 능력과 판단 능력을 모사한 전문가 시스템(expert system), 정보를 저장했다가 필요한 정보를 인출해 사용하

는 정보 검색 시스템(information retrieval system) 등의 지능 시스템을
이해하는데 도움이 된다. 이 시스템들은 사용자가 시스템에 정보를 입력
하는 부분과 시스템이 사용에게 정보를 출력하는 부분(인터페이스 부
분), 문제 풀이와 판단 알고리듬 부분(엔진 부분)의 두 부분으로 가를 수
있다. 이 두 부분 중에서 인터페이스 부분이 자연 언어 처리와, 엔진 부
분은 지식 처리 부분과 관련되어 있다. 이 인터페이스 부분에 자연 언어
처리 기술이 강화되면서 주제어가 아닌, 불완전하기는 하지만 일상적인
문장을 이용한 검색이 가능해졌다.1)

　둘째로 음성을 이용한 의사 소통과 문자를 이용한 의사 소통의 구별
이 자연 언어 처리의 이해에 있어서 중요하다. 인간은 음성과 문자를 병
렬적으로 사용하는데, 자연 언어 처리 시스템에서는 직렬적으로 사용한
다.

　　(1) 음성과 문자의 변환 과정
　　　ㄱ. 음성 → [분석] [생성] → 음성
　　　　 문자 → [분석] [생성] → 문자
　　　ㄴ. 음성 → 문자 → [분석] [생성] → 문자 (→ 음성)

　(1ㄱ)처럼 인간은 음성을 듣고 문자로 변환하여 이해할 필요가 없지만
자연 언어 처리 시스템에서는 (1ㄴ)처럼 음성에서 문자로의 변환을 피할
수 없다. 이 변환의 필수성은 자연 언어 처리를 위한 정보의 저장과 조
작이 문자를 통해 이루어지는 것이 훨씬 효율적이기 때문이며2), 또한

---

1) 그런데 인터페이스 부분의 분석 과정과 생성 과정을 구현할 때 고려해야
　하는 사항이 다르다. 특히 생성 부분은 동일한 내용이 다양하게 형식으
　로 표현 가능하며, 이 가능성 중에 하나를 선택하는 전략을 세워야 한다
　는 점에서 분석 과정과 다르다. 생성에 대한 전반적인 개괄은 김영택 외
　(1994)를 참고하기 바란다.
2) 정보의 저장에 소요되는 기억 용량의 양을 고려할 때 음성 인식 이후의

8

기존의 집중적으로 연구된 텍스트 처리의 성과를 최대한 활용할 수 있다는 점에서 발생한다. (1ㄴ)의 '음성 → 문자'의 과정이 음성 인식(speech recognition)이며, '문자 → 음성' 과정이 음성 합성(speech synthesis)이다. 시스템에서의 구현에서 음성 합성보다 음성 인식이 훨씬 어렵기 때문에 음성 인식 부분이 주 연구 대상이 되고 있다.3) 이 음성과 문자의 변환 때문에 '음성 → 문자, 문자 → 음성'을 다루는 음성 인식/생성 처리와 문자 처리를 대상으로 하는 텍스트 처리 부분이 구별된다.

셋째로 형태소 분석, 구문 분석, 의미 분석, 텍스트 분석, 문장 생성 등의 구별이 필요하다.

(2) 분석 층위의 구별
ㄱ. 나는 학교에 간다.
ㄴ. 나는 → 나/명사+는/보조사, 학교에 → 학교/명사+에/조사, 간다
→ 가/동사+ㄴ/선어말어미+다/종결어미
ㄷ. 나는 학교에 간다. → 나는/주어 학교에/부사어 간다/서술어
계층 구조: [나는 [학교에 가]]
양상 정보: [시제: 현재] [상: 진행상] [문장 유형: 평서문]

형태소 분석은 (2ㄴ)처럼 입력형인 어절을 분석하여 형태소를 분리해 내는 과정이며, 구문 분석은 (2ㄷ)처럼 한 문장을 대상으로 하여 문장 성분, 수식 구조, 복문 구조, 시제, 상, 서법 등의 정보를 분석해 내는 과정이다. 의미 분석은 주로 동음어, 다의어 등을 분석하는 과정이며, 텍스트 분석은 문장들의 결합체인 텍스트를 분석하여 주제, 개요 등을 분석

단계에서는 정보의 기본 처리 단위로 음소를 이용하는 것보다는 문자를 이용하는 것이 훨씬 경제적이다.
3) 음성 인식의 방법론에는 화자 개개인의 음성 특성을 반영하는가, 하지 않는가에 따라 화자 독립적 방법과 종속적 방법으로 가를 수 있다. 또한 고립 음절의 특성을 기준으로 한 고립 음절 인식 방법과 고립된 음절이 연속할 때 발생하는 특성까지 고려한 연속 음절 인식 방법이 있다.

하는 과정이다.

각 분석 층위에서 분석된 출력형 정보의 명세성은 구현하려고 하는 시스템에 따라 차이가 난다. 예를 들어, 단순한 형태소 분석기만을 구현하기 위해서는 (2ㄴ)의 '간다'를 '가/동사+ㄴ다/어미'로만 분석해도 되지만, 구문 분석까지 고려한다면 동사+ㄴ/현재 선어말 어미+다/평서형 종결 어미'와 같이 정보를 구체적으로 보여 주어야 한다. 이러한 분석 층위 구별은 자연 언어 처리 시스템을 이해하는 데 긴요하다.

예를 들어, 맞춤법 검사기는 주로 형태소 분석에 의존하며, 문법 검사기는 형태소 분석은 물론 구문 분석까지 필요하다. 한편, 문서 요약기가 제 기능을 발휘하기 위해서는 텍스트 분석이 필요하지만, 현 단계에서는 텍스트 분석의 어려움으로 인해 형태소 분석과 통계 정보를 이용하여 처리하거나 서식 정보 같은 비언어적 정보를 이용하여 구현되고 있다. 또 의미 분석은 자동 번역 시스템의 구축에 필수적이다. 번역 시스템에서 두 언어 간의 차이점을 처리할 수 있는 정밀한 분석, 즉 목표 언어 (target language)를 적절히 생성해 내기 위한 출발 언어(source language)의 세밀한 분석이 필수적이다.[4]

2. 문장 부호의 처리

2.1 문장 부호에 코딩되어 있는 정보

이 문장의 끝에는 마침표가 있다. 이 마침표를 통해서 우리는 문장이

---

4) 예를 들어 한영 번역기에서 부사격 조사 '에'는 영어의 전치사 'at, on, in' 등에 대응된다. 이 영어 대역어를 적절하게 선택하기 위해서는, 한국어 자체의 분석에서는 변별성이 없는, '에'와 결합하는 명사의 특수한 의미 자질(예를 들어 [큰 장소], [작은 장소] 등)에 대한 분석이 필요하다.

평서문으로 끝났음을 표시한다. 이렇듯 문장 부호는 문자를 통한 의사
소통에 필요한 정보들을 담고 있다. 이러한 문장 부호에 대한 사용 규범
은 <한글 맞춤법>(1988)의 부록에 규정되어 있다. 이 글에서 다루는 문
장 부호에는 한글 맞춤법의 '문장 부호' 항에 규정된 부호들, 별도의 항
으로 규정되어 있는 '띄어쓰기' 및 일반적으로 텍스트에 사용되는 부호
들이 포함된다. 띄어쓰기를 문장 부호에 포함한 점에 이론이 있을 수도
있겠지만, 띄어쓰기는 독해의 편의를 위하여 단어의 경계를 보여 준다는
점에서 문장 부호로 이해될 수 있다.5)

이 글에서 다루는 문장 부호의 목록을 나열한 것이 아래의 보기 (3)
인데, 이 부호들은 처리 층위에 따라 다음과 같이 구별해 볼 수 있다.

> (3) 처리 대상 부호
>   ㄱ. 공백 문자, 가운뎃점, 붙임표, 점, 콜론, 세미콜론, 빗금, 말
>   줄임표, 괄호, 쉼표
>   ㄴ. 마침표, 물음표, 느낌표
>   ㄷ. 홑따옴표, 겹따옴표, 줄표, 괄호, 쉼표

(3ㄱ)은 단어 차원과 관련된 부호, (3ㄴ)은 문장 차원과 관련된 문장
부호, (3ㄷ)은 구문 분석과 주로 연관된 문장 부호이다.

그런데 자연 언어 처리의 입장에서 부차적으로 보일지 모르지만 꼭
언급해야 할 몇 가지 문제들이 있다. 첫째 문장 부호의 명칭 문제이다.
명칭에는 두 부류가 존재하는데, 점, 빗금, 콜론, 세미콜론 등과 같이 부
호 자체의 특성에 기인한 부류와 말줄임표, 쉼표, 마침표, 따옴표 등과
같이 기능에서 기인한 부류이다. 그런데 이 명칭에서 문제가 되는 경우
는 전산기에서는 동일한 코드 값을6) 가지지만 부호의 기능이 다른 경우

---

5) 띄어쓰기에 대한 자세한 논의는 민현식(1999)을 참고하기 바란다.
6) 전산기에서 문자를 처리하기 위해 문자(character)와 숫자 값을 대응시킨

이다. 단적인 예로 점과 마침표는 동일한 코드 값을 가지고 있다. 따라서 코드 값만으로는 두 기능이 구별되지 않는다. 또한 따옴표의 경우도 코드 값만으로는 여는 따옴표와 닫는 따옴표가 구별되지 않는다. 둘째 띄어쓰기는 전산기에서는 하나의 문자, 즉 공백 문자로 처리된다.

한편, 이 글의 목적은 문장 부호 사용에 대한 실태 조사나 규범의 정립이 아니라 자연 언어 처리를 위해서 문장 부호들이 어떻게 처리되어야 하는가에 대한 고찰에 있기 때문에, 설명에 사용되는 예들은 <한글 맞춤법>(1988)과 국어정보학회(1996)를 참고하여 선별하였다.

2.2 시스템에서 문장 부호 처리의 위치와 역할

형태소 분석기와 구문 분석기 같은 자연 언어 처리 시스템은 일반적으로 처리 규칙과 처리에 기반이 되는 자료가 저장되어 있는 사전으로 구성된다.7) 이런 시스템에서 문장 부호의 처리 위치는 각 시스템의 목적에 따라서 달라진다. 입력 어절을 분석하여 형태소를 분리해 내는 형태소 분석기의 경우에는 본격적인 형태소 분석에 들어가기 전에 전처리(前處理) 단계에서 문장 부호의 처리가 이루어진다.

표가 문자 코드 표이다. 이 문자 개념은 일반 글자, 숫자, 특수 문자들이 모두 포괄한 개념이다. 또한 시각적으로 동일해 보이는 문자들도 전각 문자를 사용하는가 반각 문자를 사용하는가에 따라 코드 값이 달라질 수 있다. 이 문제에 대한 자세한 논의는 국어정보학회(1996) 제7장을 참고하기 바란다. 이 글에서 문자의 코드 값은 자판에 있는 문자들에 배당되어 있는 값으로 전제하겠다.
7) 시스템용 사전에 대한 개관은 김영택 외(1994)를 참고하고, 실제적인 전자 사전 구축 방안에 대해서는 최호철, 이정식(1998)을 참고하기 바란다.

(4) 문장 부호 처리의 정보 입출력 관계 1

입력형	처 리	출력형
문자열을 공백 문자를 기준으로 단위 문자열로 분리	처리 절차	형태소 분석기의 입력형

보기 (4)에서 보는 것처럼 맨 처음 하나의 텍스트는 무수한 문자들의 연쇄체인 문자열로 인식된다. 이 전체 문자열들을 한국어와 같이 띄어쓰기가 되어 있는 경우 띄어쓰기를 구분자(delimiter)로 하여 단위 문자열로 분리된다. 즉 공백 문자를 좌에서 우로 탐색하여 그 문자를 기준으로 텍스트를 단위 문자열로 분리한다.[8] 이 단위 문자열을 좌에서 우로 탐색하면서 문장 부호를 찾아내 적절한 처리를 한 후 출력형을 생성한다. 한편 구문 분석기의 경우에는 형태소 분석을 전제로 하기 때문에 보기 (4)와 같은 처리가 먼저 이루어지고, 구문 분석 과정에서 보기 (5)와 같은 과정이 한 번 더 일어난다.

(5) 문장 부호 처리의 정보 입출력 관계 2

입력형	처 리	출력형
구문 분석에 필요한 문장 부호	구문 분석의 한 단계	문장 부호 삭제

보기 (5)처럼 구문 분석에 필요한 부호들이 입력형이 되며, 이러한 부호들은 구문 분석 처리 단계에서 적절히 활용된다.

다음으로 처리에 이용될 수 있는 정보의 유형을 검토해 보겠다. 보기

---

8) 공백 문자의 탐색 방법은 문자 필기의 방향에 의존한다. 아라비아 문자처럼 우에서 좌로 쓰는 경우에는 당연히 우에서 좌로 탐색해야 한다.

(6)은 처리에 이용될 수 있는 정보의 유형을 보인 것이다.

    (6) 처리에 이용되는 정보의 유형
        ㄱ. 위치 정보: 맨 앞, 맨 뒤, 중간
        ㄴ. 사전 정보: 품사 정보

  (6ㄱ)의 위치 정보는 단위 문자열에서 문장 부호의 위치에 근거한 정보로서 |″사람이|, |12,340원|, |먹었다.| 와 같이 맨 앞, 맨 뒤, 중간으로 삼분할 수 있다.9) 그리고 제한적으로 사전의 정보를 이용할 것이다. 이러한 사전 이용의 제한은 교착어인 한국어의 언어 유형론적 특질에서 기인한다.
  사전 정보를 이용하기 위해서는 사전 표제어와 매칭(matching)이 되어야 하는데, 영어와 달리 한국어는 어절 자체를 사전 표제어로 등재할 수 없다. 시스템용 사전은 일반적으로 실질 형태소가 등재되어 있는 어근 사전과 형식 형태소가 등재되어 있는 접사 사전으로 양분되어 구축되며, 어근 사전의 표제어는 체언의 경우는 단독형, 용언의 경우는 어간만이 등재된다. 반면에 영어의 경우에는 시스템에 따라 달라지기는 하지만 굴절형 전부를 표제어로 등재시켜도 무리가 없다.

    (7) 한국어와 영어의 사전 매칭의 차이
        ㄱ. We are linguists.
        ㄴ. 우리는 언어학자이다.
        ㄷ. linguists
        ㄹ. 언어학자, 이, 다

  형태소 분석을 위해서 문장 부호를 분석할 경우를 살펴보자. 보기 (7)

---

9) 앞으로 단위 문자열을 표시하기 위하여 | | 기호를 사용하겠다.

에서 단위 문자열 |linguists.|와 |언어학자이다.|의 부호 점을 분석하기
위해 사전 정보를 이용해야 할 경우를 가정해보자. (7ㄷ, ㄹ)과 같이
'linguists'와 '언어학자, 이, 다'가 사전 표제어에 등재되어 있다고 가정하
자. 이 때 |linguists.|의 경우에는 문자열에서 점만 제거하면 바로 사전
과 매칭이 되지만, |언어학자이다.|의 경우에는 점을 제거한 문자열 '언어
학자이다'가 사전 표제어가 아니기 때문에 사전 매칭에 실패할 수밖에
없다. 이처럼 한국어의 경우에는, 형태소 분석 전단계에서는 불변화 품
사인 관형사와 부사의 경우에만 사전 이용이 가능하다는 점이 고려되어
야 할 것이다.10)

그런데 보기 (5)에서 지적되었듯이 구문 분석에 이용되는 문장 부호의
처리에 있어서는 사전 이용이 자유롭다. 이미 형태소 분석이 끝나서 사
전의 정보를 읽어 온 후에 처리 과정이 이루어지기 때문이다.

3. 형태소 분석기를 위한 문장 부호의 처리

이 장에서는 형태소 분석기를 위한 문장 부호의 처리 문제를 다루겠
다. 문장 부호를 처리의 입장에서 공백 문자, 홑부호(점, 반점, 가운뎃점,
물음표, 느낌표, 콜론, 세미콜론, 빗금, 붙임표, 말줄임표), 쌍부호(큰따옴
표, 작은따옴표, 괄호, 줄표)로 삼분하여 다루겠다. 또 부호의 명칭은 한
부호에 기능이 여러 가지인 경우에는 중립적인 명칭을 사용하였고, 부호
와 기능 사이에 일대일 대응 관계일 때는 기능을 드러내는, 통용되는 명
칭을 사용하였다.

---

10) 물론 부사의 경우에 '빨리는, 빨리도'와 같이 보조사가 결합한 어절은 사
    전 매칭에 문제를 발생시킨다.

3.1 공백 문자

하나의 텍스트는 최초 단계에서 문자들의 연쇄체로 인식되는데, 이 문자열이 공백 문자를 기준으로 단위 문자열로 분리된다. 이제 공백 문자가 야기하는 문제를 살펴보겠다. 첫째, 공백 문자와 문장 부호 사이의 결합 유형이다. 이 결합 유형은 부호 다음에 공백 문자를 넣는 경우와 넣지 않는 경우로 양분해 볼 수 있다. 그런데 규범의 미비, 독해의 편의 때문에 공백 문자를 임의적으로 넣거나 **빼는** 경우가 많기 때문에 문제 처리가 어려워진다.

(8) ㄱ. 오전 10:20에
ㄱ′. |오전| |10:20에|
ㄴ. 오전 10: 20에
ㄴ′. |오전| |10:| |20에|
ㄷ. 오전 10 : 20에
ㄷ′. |오전| |10| |:| |20에|

보기 (8)에서 보는 것처럼 공백 문자에 따라 단위 문자열 자체가 달라진다. (8ㄱ)은 2개, (8ㄴ)은 3개, (8ㄷ)은 4개의 단위 문자열로 분석된다. 따라서 부호 분석을 위한 출발점부터 달라진다.

이 공백 문자, 즉 띄어쓰기 문제는 형태소 분석 과정에서도 문제를 일으킨다.[11] <한글 맞춤법>의 띄어쓰기 규정 중 허용 규정이 문제가 된다. 보기 (9)는 이 규정을 정리한 것이다.

(9) ㄱ. 좀 더 (0) / 좀더 (0), 이 곳 (0) / 이곳 (0)

---

11) 코퍼스 구축 과정에서 띄어쓰기와 관련하여 제기되는 문제는 한영균 (1998)을 참고하기 바란다.

ㄴ. 세 시 삼십 분 (0) / 세시 삼십분 (0), 삼 학년 (0) / 삼학
   년 (0)
ㄷ. 불이 꺼져 간다 (0) / 불이 꺼져간다 (0)
ㄹ. 국립 중앙 박물관 (0) / 국립 중앙박물관 (0) / 국립중앙
   박물관 (0)
ㅁ. 중거리 탄도 유도탄 (0) / 중거리탄도유도탄 (0)

일음절 단어인 경우, 단위를 나타내는 명사가 순서를 나타내거나 숫자
와 어울려 쓰이는 경우, 보조 용언 구성, 고유 명사, 전문 용어의 경우에
붙여쓰기가 허용되고 있다. 그런데 시스템용 사전에는 단어 단위로 표제
어가 등재되어 있기 때문에 붙여 쓴 경우에는 어절에 공백 문자를 삽입
하는, 즉 분리하는 절차가 필요하다.

(9-1) ㄱ. 세시 삼십분 → |세시| |삼십분| → |세| |시| |삼십| |분|
     ㄴ. 세 시 삼십 분 → [세 시] [삼십 분]

보기 (9-1 ㄱ)처럼 공백 문자를 삽입하여 단위 문자열을 분리해야 한
다. 이것은 (9-1 ㄱ)의 '세시'가 표제어로 등재될 수 없기 때문이다. 또
이렇게 분리된 단위 문자열들은 구문 분석 과정에서 (9-1 ㄴ)처럼 하나
의 구로 묶이는 별도의 과정을 다시 거쳐야 한다.

3.2 홑부호

홑부호는 점, 반점, 가운뎃점, 콜론, 세미콜론, 물음표, 느낌표, 빗금, 붙
임표와 같이 홀로 기능을 다하는 부호를 말한다. 이 부호들의 처리와 관
련된 판단은 단위 문자열에서 부호를 분리해야 하는 경우와 미분리해야
하는 경우로 구분된다.
먼저 분리해야 하는 경우를 살펴보겠다. 아래의 보기 (10, 11, 12)는 다

시 단순히 분리만 해야 하는 경우(10, 11)와 분리 과정이 복잡하거나 분
리 후 다른 조작을 가해야 하는 경우(12)로 가를 수 있다. 그리고 (10,
11)은 그 부호의 모든 사용법을 생각해 볼 때, 형태소 분석과 관련하여
분리만 되는 경우(10)와 분리되기도 하고 미분리되기도 하는 경우(11)로
다시 가를 수 있다.

(10) ㄱ. 이제 가면 언제 돌아오나?
ㄴ. 아, 닭이 밝구나! [느낌표]
ㄷ. 근면, 검소, 협동은 우리 겨레의 미덕이다.   5, 6세기
1, 2, 3, 4 [반점]
ㄹ. 남자, 여자; 늙은이, 젊은이 [세미콜론]
(11) ㄱ. 젊은이는 나라의 기둥이다. [점]
ㄴ. 문장 부호: 마침표, 쉼표, 따옴표, 묶음표 등 [콜론]
ㄷ. 남궁만/남궁 만 백이십오 원/125원
(12) ㄱ. 그것 참 훌륭한(?) 태도다.   [물음표]
ㄴ. 철수·영이, 영수·순자가 서로 짝이 되어 윷놀이를 하
였다. [가운뎃점]
ㄷ. 겨울-나그네 불-구경 휘-날리다 나이론-실

보기 (10, 11)의 경우에는 단위 문자열에서 부호를 분리해 내기만
하면 된다. 예를 들어 (10ㄱ)의 |돌아오나?|의 경우에는 |돌아오나|와 |?|
로, (11ㄱ)의 |기둥이다.|는 |기둥이다|와 |.|으로 분리하면 된다. 이 예들
에서 문장 부호들은 모두 단위 문자열의 맨 끝에 위치하고 있는 공통점
이 있다.
그런데 (12ㄱ)에서는 물음표를 대상으로 잡고 앞뒤의 '('과 ')'를 함께
분리해 내야 한다. 즉 |훌륭한(?)|을 |훌륭한|과 |(?)|로 분리해야 한다. 한
편 보기 (12ㄴ)에서는 단위 문자열을 가운뎃점을 기준으로 두 개의 문자
열로 분리해야 하며, (12ㄷ)의 붙임표는 합성어와 파생어를 나타내기 위

해 사용되므로 형태소 분석 과정에서의 사전 매칭을 위해서는, 붙임표를
문자열에서 삭제하고 좌우 문자열을 결합시켜야 한다.

　다음으로 미분리해야 하는 경우를 살펴보겠다.

　　(13) "어디 나하고 한 번 ...."하고 철수가 나섰다. [말줄임표]
　　(14) ㄱ. 1919. 3. 1.
　　　　ㄴ. 1. 마침표　ㄱ. 물음표　가. 인명
　　　　ㄷ. 서. 1987. 3. 5.
　　(15) ㄱ. 3.14158
　　　　ㄴ. 14,314원
　　　　ㄷ. 8 · 15 광복
　　　　ㄹ. 오전 10:20　요한 3:16　대비 65:60
　　　　ㅁ. 3/4분기　3/20　1996/10/9
　　　　ㅂ. 02-3290-2499　690930-1111111

　보기 (13)의 말줄임표는 앞뒤에 공백 문자가 오므로 언제나 말줄임표
만으로 단위 문자열(|......|)을 구성한다. 따라서 부호와 문자를 분리할 필
요가 발생하지 않는다. 보기 (14)에서는 단위 문자열의 마지막에 문장
부호가 위치하고, 그 부호를 인접 선행하는 문자들이 숫자이거나 항목
표시로 사용 가능한 일음절어(ㄱ, ㄴ, ㄷ, 가, 나, 다 등)라는 특성을 가지
고 있다.12) 한편 보기 (15)에서는 부호가 숫자들 가운데 있다는 공통점
이 있다. 이상의 경우에는 아무런 조작 없이 단위 문자열을 형태소 분석
기의 입력형으로 보내면 된다.

---

12) 보기 (14ㄷ)의 |서.|는 준말 표시의 점이라고 <한글 맞춤법>에 규정되어
　　있으나 국어정보학회(1996: 36)에서는 비현실적이고 잘못된 규정이라고
　　주장하고 있다. 만약　준말 표시를 인정한다고 하더라도, 이 때에는 표제
　　어에 점이 포함된 형태로 사전에 등재될 것이기 때문에 형태소 분석기를
　　위해서 별도의 처리 규칙을 만들 필요가 없다.

3.3 쌍부호

쌍부호는 따옴표, 괄호, 줄표 등과 같이 여는 부호와 닫는 부호가 쌍으로 결합해서 기능을 발휘하는 부호를 말한다. 홑부호와 쌍부호를 가른 이유는 쌍부호의 경우에 여는 부호와 닫는 부호가 동일한 단위 문자열에 존재하지 않는 경우가 많고, 부호의 위치, 부호 앞 또는 뒤에 오는 문자들의 양상이 홑부호들과는 다르기 때문이다. 따라서 처리는 한층 복잡해진다.

또한 쌍부호는 형태적 특징으로 둘로 가를 수 있는데, 여는 기호와 닫는 기호의 모양이 동일한 경우와 다른 경우이다. 괄호류(( ), { }, [ ])는 여는 기호와 닫는 기호의 모양이 다르지만, 줄표(--)의 경우 여는 부호와 닫는 부호의 모양의 차이는 없다.13) 한편 인쇄물에서는 여는 따옴표와 닫는 따옴표가 모양상 구별이 되지만 자판을 통한 입력에서는 동일한 값을 갖는다. 즉 전산기 입력 시에는 구별이 안 된다. 이후에 문서 편집기에서는 자동으로 여는 따옴표와 닫는 따옴표를 구별하는 알고리듬을 작동시켜 구별해 준다. 따라서 문장 부호의 처리에서는 여는 따옴표와 닫는 따옴표를 동일한 것으로 보고 처리하겠다.14)

먼저 따옴표를 살펴보겠다. 아래의 보기 (16)은 큰따옴표의 환경을 보여 주고 있다.

---

13) 전산기에서 줄표를 입력하는 방법은 전각 문자 '—'를 사용하거나, 붙임표 '-' 두개를 연달아 사용하여 '--' 형태로 입력하기도 한다. 또 줄표의 앞뒤에는 공백 문자를 넣지 않는다. 영어의 경우에는 상황이 더 복잡한데, 붙임표와 동일한 길이(n dash), 붙임표의 두 배 길이(M dash), M dash의 두 배 길이인 two M dash라는 세 가지 모양이 사용된다.

14) 일반적으로 따옴표의 경우 텍스트의 홀수 번째는 여는 따옴표, 짝수 번째는 닫는 따옴표로 구별하는 알고리듬을 취하고 있다. 줄표도 동일한 알고리듬을 적용하여 여는 부호와 닫는 부호를 구별할 수 있다.

(16) ㄱ. "그야 등잔불을 켜고 보았겠지."
ㄴ. "사람은 사회적 동물이다."라고 말한 학자가 있다.
ㄷ. "응, 그 사람." 하고 그는 대답하였다.
(17) ㄱ. |"그야 , |"사람은|, |"응|
ㄴ. |보아겠지."|, |동물이다."라고|, |사람."|

보기 (17)은 단위 문자열의 유형을 보여 주고 있다. (17ㄱ)처럼 여는 따옴표는 문자열 맨 처음에 위치하고, (17ㄴ)과 같이 닫는 따옴표는 문자열 끝이나 '라고, 고' 앞에 위치한다. 또 여는 따옴표와 닫는 따옴표가 동일한 단위 문자열 내에 존재하지 않는 점이 특징이다.

(18) ㄱ. 지금 필요한 것은 '지식'이 아니라 '실천'입니다.
ㄴ. "여러분! 침착해야 합니다. '하늘이 무너져도 솟아날 구
멍이 있다.'고 했습니다."
(19) ㄱ. |'지식'이|, |'실천'입니다.|
ㄴ. |'하늘이|, |있다.'고|

위의 보기 (18)은 작은따옴표의 환경을 보여 주고 있으며, (19)는 단위 문자열의 유형을 보여주고 있다. (18ㄱ)은 소위 '강조' 용법의 따옴표로서 여는 부호와 닫는 부호가 동일한 단위 문자열 내에 위치한다. 여는 부호의 위치는 문자열 맨 앞이며, 닫는 부호의 위치는 동일 단위 문자열 내에서 여는 따옴표를 후행하거나(보기 19ㄱ) 문자열 '라고, 고' 앞에(보기 19ㄴ) 위치한다. (19ㄱ)의 |'실천'입니다.|에서는 따옴표의 순서를 이용하여 닫는 따옴표를 구별해야 한다. 이와 같이 큰따옴표와 작은따옴표는 형태소 분석에 직접 작용하지 않기 때문에 모두 삭제하면 된다.

하지만 구문 분석을 위해서는 큰따옴표의 영역 표시 정보는 보존되어야 한다. 구문 분석 과정에서 어려운 문제 중의 하나는 복문을 단문으로 분석하는 과정인데, 이 과정에서 내포절의 범위를 정하는 문제가 상당히

어렵다. 큰따옴표의 정보를 이용하여 직접 인용문의 경우에는 이 문제를 쉽게 해결할 수 있다. 즉, 보기 (16ㄴ, ㄷ)의 경우에 따옴표로 묶여 있는 영역이 바로 내포절의 영역이기 때문이다.

둘째로 괄호류를 살펴보겠다. 보기 (20, 21)은 소괄호의 용법을 보여 주고 있다.

> (20) ㄱ. (1) 주어 (ㄱ) 명사 (라) 소리에 관한 것
> ㄴ. 우리 나라의 수도는 (   )이다.
> (21) ㄱ. 3 · 1 운동(1919) 당시 나는 중학생이었다.
> ㄴ. 커피(coffee)는 기호 식품이다.
> ㄷ. 니체(독일 철학자)는 이렇게 말했다.
> ㄹ. 무정(無情)은 춘원(6 · 25 때 납북)의 작품이다.
> ㅁ. 명령에 있어서의 불확실(단호하지 못함)은 복종에 있어
> 서

(20ㄱ)과 같이 여는 괄호와 닫는 괄호가 동일한 단위 문자열 내에 존재하고, 그 사이의 문자가 일음절인 경우에는 별도의 처리를 하지 않아도 형태소 분석에서는 문제를 발생시키지 않는다. 한편 (20ㄴ)의 |)이다.| 에서는 닫는 괄호를 삭제하면 된다. 이제 (21) 같은 유형의 처리 절차를 살펴보자.

> <형태소 분석을 위한 괄호류의 처리 규칙>
> A. 열고 닫는 괄호가 단위 문자열 내에 모두 존재
> A1. 여는 괄호가 문자열 중간에 있고 닫는 괄호가 문자열 끝에
>   오는 경우
>   ○ |운동(1919)| → |운동| |(1919)| → |운동| |1919|
>   ① 여는 괄호를 기준으로 문자열을 분리하고
>   ② 괄호를 삭제한다.
> A2. 여는 괄호가 문자열 중간에 있고 닫는 괄호도 문자열 중간에

있는 경우

○ |커피(coffee)는| → |커피는(coffee)는| →|커피는 |(coffee)는|
→ |커피는 |coffee는|

① 닫는 괄호 뒤의 문자(문자열)를 여는 괄호 앞에 복사한다.

② 여는 괄호를 기준으로 두 문자열을 분리하고, 괄호들을 삭
제한다.

B. 여는 또는 닫는 괄호 중 단일 문자열 내에 하나만 존재

○ |니체(독일| |철학자)는| → |니체는(독일| |철학자)| → |니
체는 |독일| |철학자|

○ |불확실(단호하지| |못함)은| → |불확실은(단호하지| |못
함)| → |불확실은| |단호하지| |못함|

① 단일 문자열 내에 여는 괄호만 존재하면, 이후의 단위 문자
열들을 탐색하여 닫는 괄호를 찾는다.

② 닫는 괄호 뒤의 문자열을 잘라내서 여는 괄호 앞에 삽입한
다.

③ 여는 괄호와 닫는 괄호를 기준으로 문자열을 분리하고, 괄
호들을 삭제한다

이 처리 절차에서 절차 A2와 B의 차이점은 닫는 괄호 뒤의 문자열을
복사하느냐 잘라내느냐의 차이인데, 절차 B에서는 보기 (21ㄷ, ㅁ)에서
보는 것처럼 괄호 안의 구와 괄호 밖의 단어가 동격이라는 보장이 없기
때문에 닫는 괄호 뒤의 문자열을 잘라낸 것이다.

(22) ㄱ. 나이[年歲]가 많으시다.

ㄴ. 명령에 있어서의 불확실[단호(斷乎)하지 못함]은 복종에
있어서

보기 (22)는 대괄호의 용법을 보여주고 있다. 처리 알고리듬은 괄호의
처리 절차를 따르면 된다.

지금까지 형태소 분석을 위한 괄호류의 처리를 살펴보았다. 그런데 구

문 분석을 위해서 보기 (21)의 괄호류는 동격 구조 내지 수식 구조로 분석되어야 한다. 즉, 괄호에 쌓인 단어 전체의 동격어 내지 피수식어를 찾아 수식/피수식 관계를 만들어 주어야 한다. 그런데 이 과정에서 어려움은 동격어/피수식어를 찾아내는 일이다. 보기 (21ㄱ)에서 '1919'의 동격어는 두 어절인 '3·1 운동'이다. 그런데 괄호류의 처리는 구문 분석 전 단계에 위치한다. 즉 '3·1 운동'이 하나의 명사구로 묶이기 전 단계에 위치한다. 따라서 동격어 또는 피수식어가 '운동'인지 '3·1 운동'인지 결정할 수가 없다. 이런 점을 고려하여 괄호류의 동격어/피수식어 선택 전략으로 '괄호를 인접 선행하는 명사를 동격어/피수식어로 선택한다'는 규칙을 세울 수밖에 있다.

마지막으로 줄표를 살펴보겠다.

(23) ㄱ. 그 신동은 네 살에--보통 아이 같으면 천자문도 모를
　　　 나이에--벌써 한시를 지었다.
　　ㄴ. |살에--보통| → |살에| |보통|, |나이에--벌써| → |나이
　　　 에| |벌써|

보기 (23ㄴ)처럼 줄표를 기준으로 문자열을 분리한 후, 줄표를 삭제하면 된다. 형태소 분석만을 위해서는 이 처리로 충분하다. 물론, 구문 분석을 위해서는 줄표의 작용 영역 정보가 보존되어 있어야 한다.

3.4 형태소 분석기를 위한 문장 부호 처리 절차

지금까지 살펴본 형태소 분석기를 위한 문장 부호의 처리 절차를 유사 코드 형태로 정리해 보겠다. 아래에 제시된 것은 실제 문장 부호 처리기를 구현하기 위해서 필요한 분기 조건들과 처리 명령들을 자연 언어로 기술한 원시 유사 코드이다.15)

24

<처리 분기>

if: 입력 문자열에 대상 문장 부호가 있는가?

　　{ 홑부호이면 <홑부호 처리> 절차로 가고, 쌍부호이면 <쌍부호 처리> 절차로 가라. }

<홑부호 처리>

　if: 대상 부호의 앞뒤에 글자가 숫자인가?

　　{ 아무런 조작을 가하지 않고, 다시 <처리 분기>로 가라. }

else if: 대상 부호가 ① 단위 문자열의 마지막에 위치하고, ②-1 그 부호를 인접 선행하는 문자들이 숫자이거나 ②-2 항목 표시로 사용 가능한 일음절어(ㄱ, ㄴ, ㄷ, 가, 나, 다 등)인가?

　　{ 아무런 조작을 가하지 않고, 다시 <처리 분기>로 가라. }

else:

　　{ 대상 문장 부호를 삭제하고, 다시 <처리 분기>로 가라. }

<쌍부호 처리>

if: 대상 부호가 따옴표(큰따옴표, 작은따옴표)인가?

　　{ 대상 문장 부호를 삭제하고, 다시 <처리 분기>로 가라. }

else if: 대상 부호가 괄호류인가?

　　{ 16쪽의 <형태소 분석을 위한 괄호류의 처리 규칙>에 따라 처리하고, 다시 <처리 분기>로 가라. }

else if: 대상 부호가 줄표인가?

　　{ 대상 부호를 중심으로 문자열을 분리하고, 대상 부호를 삭제한다. 그리고 다시 <처리 분기>로 가라. }

---

15) 문장 부호 처리기의 구현 과정을 좀 더 자세히 살펴보면, 이 유사 코드를 바탕으로 해서 프로그래밍 언어로 번역하는 과정을 거쳐야 한다. 이 번역 과정에서는 자료 구조의 결정, 조건들 및 처리 명령의 기술이 특히 중요하다. 이 부분이 전산학과 언어학의 공동 작업이 절실히 필요한 부분이다.

　처리 규칙 기술에 사용된 명령어인 if, else if, else 의미를 간단히 살펴보면, if는 가장 처음 조건 기술에, else if는 직전의 if와 동일 층위에서의 조건 기술에, else는 직전의 else if 또는 if와 동일한 층위에서 이전에 언급된 것 이외의 모든 조건 기술에 사용하였다. 그리고 조건의 작용 영역은 { }로 표시하였다.

4. 구문 분석기를 위한 문장 부호의 처리

제3장에서는 형태소 분석기를 위한 문장 부호의 처리 문제를 다루었다. 형태소 분석만을 염두에 두었을 때는 추출하지 않았던 문장 부호의 정보들이 구문 분석을 위해서는 필요한 경우가 많다. 또한 동일한 문장 부호에 대한 처리라고 할지라도 구문 분석을 염두에 두었을 때는 훨씬 복잡한 양상을 띠게 된다. 이 차이점에 주목하면서 논의를 전개해 나가겠다.

4.1 분석 대상 문장 한정

형태소 분석기는 어절을 기본 입력형으로 하지만 구문 분석기는 한 문장을 기본 입력 단위로 한다. 구문 분석에서는 문자들의 연쇄체에 불과한 하나의 텍스트를 문장 단위로 끊는 일이 가장 먼저 이루어져야 한다. 이 문장 한정과 관련해서는 점, 물음표, 느낌표가 중요한 역할을 한다. 이 처리 절차에서 가장 중요한 판단은 문장의 종지부로 작용하는 부호와 그렇지 않은 부호의 환경을 구별해 내는 일이다. 먼저, 점의 경우를 살펴보겠다.

점의 처리에서는 종지부호로 사용되는 점, 즉 마침표와 비종지부호로서의 점을 구별해야 한다. 보기 (24, 25)는 종지부호로서의 점을, (26, 27)은 비종지부호로서의 점의 쓰임을 보여 주고 있다.

    (24) 젊은이는 나라의 기둥이다.
    (25) 놀라운 일.
         정답은 연필로 쓸 것.
    (26) ㄱ. 1919. 3. 1.

     ㄴ. 1. 마침표 ㄱ. 물음표 가. 인명
     ㄷ. 3.14158
     ㄹ. 서. 1987. 3. 5.
     ㄹ'. 나는 G. W. F. Hegel을 좋아한다.
  (27) ㄱ. "응, 그 사람." 하고 그는 대답했다
     ㄴ. 그때 장군은 "방패로 내 몸을 가리라."고 말했다.

이러한 용법의 구별을 모사한 처리 규칙을 만들 때 다음과 같은 어려움이 따른다. 비종지부호로 사용된 보기 (26ㄱ, ㄴ, ㄷ)과 같은 용법은 ① 점이 단위 문자열 끝에 위치하고, 그 점에 숫자나 일음절만 인접한 경우, 또는 ② 점이 숫자 사이에 위치한 경우로 한정지을 수 있다.

그러나 (26ㄹ)을 고려한다면 문제는 좀 더 복잡해진다. (26ㄹ)의 |서.| 는 한글 맞춤법에 규정된 준말 표시의 용법인데, 한국어에서는 흔하지 않다는 것이 지적되었다.(한국어정보학회 1996: 36) 그러나 (26ㄹ') 같이 현실적으로 한글과 로마자가 동시에 등장하는 문장이 있으므로 준말 표시 용법의 점도 고려되어야 한다. 또 보기 (25)의 |일.|, |것.|과 같이 명사로 끝나는 불완전한 문장에 종지부호로서 점이 사용될 수도 있다.

  (28) ㄱ. 일.　것.　　[불완전한 문장] [종지부호]
     ㄴ. 1.　ㄱ.　가.　[항목 표시]　　　[비종지부호]
     ㄷ. 서.　　　　[준말 표시 1]　　[비종지부호]
     ㄹ. G. W. F.　[준말 표시 2]　　[비종지부호]

위에서 언급된 점의 환경을 정리해 보면 보기 (28)과 같다. 그런데 분석 대상 문장 한정을 달성하기 위해서는 마침표로 사용된 점(보기 28ㄱ)과 비종지부호로 사용된 점(보기 28ㄴ, ㄷ, ㄹ)을 구별할 수 있는 조건만 찾으면 된다. 이 조건을 찾기 위해서 우리는 어느 쪽의 환경 기술이 더 쉬운가를 판단해야 한다.

마침표로 사용된 (28ㄱ)의 환경 기술을 위해서는 일음절 명사(일, 것 등)와 일음절 동사의 명사형(함, 감, 삼 등)의 목록이 확보되어야 하므로 상당한 부담이 된다. 하지만 마침표로 사용되지 않은 (28ㄴ, ㄷ, ㄹ)의 환경을 기술하기는 상대적으로 쉽다. (28ㄴ)과 같이 항목 표시에 사용 가능한 한글과 로마자 일음절의 목록(ㄱ, ㄴ, ㄷ, 가, 나, 다, A, B, C, a, b, c 등)은 쉽게 작성 가능하다. 다음으로 (28ㄷ)과 (28ㄱ) 사이의 구별이 문제가 될 수 있는데, 준말 표시 용법인 보기 (28ㄷ)의 경우에는 국어에서의 사용 예가 흔하지 않으므로 처리 규칙에 고려하지 않는다.

정리하면, ① 점이 단위 문자열 끝에 위치하고, 그 점에 숫자 또는 항목 표시에 사용 가능한 한글과 로마자 일음절(ㄱ, ㄴ, ㄷ, 가, 나, 다, A, B, C, a, b, c 등)이 인접한 경우, 또는 ② 점이 숫자 사이에 위치한 경우에는 그 점을 기준으로 문장을 한정하지 않는다.

그런데, 보기 (27)은 인용문의 마침표 용법을 보여 주고 있는데, 이 때의 점은 당연히 분석 문장 한정에서 제외되어야 한다. 인용문에서 문장부호의 문제는 뒤에서 상세히 다루겠다.

둘째로 물음표와 느낌표의 처리 방법을 살펴보자.

(29) ㄱ. 이제 가면 언제 돌아오니?
　　 ㄴ. 아, 달이 밝구나!
(30) ㄱ. 그것 참 훌륭한(?) 태도다.
　　 ㄴ. 아이쿠! 큰일 났구나.
　　 ㄴ'. 아이쿠, 큰일 났구나.

보기 (29)는 종지부호로 사용된 경우이고 (30)은 비종지부호로 사용된 예들인데, (29)와 (30) 사이의 구별이 문제이다. 물음표의 경우인 (29ㄱ)과 (30ㄱ) 사이의 구별은 쉽다. (30ㄱ)과 같은 용법으로 사용될 때는 물음표의 앞뒤에 항상 괄호가 온다는 조건으로 쉽게 구분될 수 있다. 그런데 느낌표의 경우인 (29ㄴ)과 (30ㄴ) 사이의 구별은 좀 더 복잡한 과정을 거쳐야 한다. (30ㄴ)의 느낌표는 (30ㄴ′)의 쉼표로 대체 가능하기 때문에 (30ㄴ)에서 느낌표를 기준으로 문장을 자를 수는 없다.

(29)의 '밝구나!'와 (30)의 '아이쿠!'를 구별하기 하기 위해서는 사전 정보를 이용할 수밖에 없다. 분석 문장 대상 한정은 형태소 분석이 되기 전의 과정이기 때문에 '밝구나 → 밝+구나'로 형태소 분석하여 '구나'가 종결 어미라는 정보를 이용할 수는 없다. 여기서 이용할 수 있는 정보는 마침표를 제외한 어절 '밝구나'는 용언의 활용형이며, '아이쿠'는 불변화형인 감탄사라는 정보이다. 즉, 불변화사는 사전 표제어로 등재되지만 용언의 경우에는 어간만이 등재되어 있기 때문에 '밝구나'의 경우에는 사전 매칭에 실패하게 된다. 따라서 느낌표의 경우에는 사전 매칭에 실패한 경우에는 문장으로 한정하고, 성공한 경우에는 문장으로 한정하지 않는다는 처리 규칙을 세울 수 있다.

이제 인용문에서 점, 물음표, 느낌표의 처리 문제를 다루어 보자.

    (31) ㄱ. 그때 장군은 "방패로 내 몸을 가리라."고 말했다.
        ㄴ. 그때 장군은 "뭐, 하고 있느냐?"고 말했다.
        ㄷ. 그때 장군은 "아이쿠, 큰일 났구나!"라고 말했다.
        ㄹ. "응, 그 사람." 하고 그는 대답하였다.
    (32) 그때 장군은 "뭐, 하고 있느냐? 방패로 내 몸을 가리라."고
        말했다.

보기 (31, 32)에서 보는 것처럼 점, 물음표, 느낌표가 문제가 되는 경우는 직접 인용문의 경우이다. (31)처럼 따옴표 내에 한 문장만 들어가 있는 경우에는 처리에 별다른 문제가 없다. 점, 물음표, 느낌표에 따옴표가 인접 후행하면 문장으로 자르지 않는다는 규칙을 세우면 된다. 그런데 (32)처럼 따옴표 내에 두 문장 이상이 포함되어 있는 경우가 문제를 발

생시킨다.

앞장에서 살펴보았듯이 따옴표는 쌍으로 구성되어 있어서 작용 영역을 표시하는 쌍부호에 속한다. 따라서 여는 따옴표와 닫는 따옴표 사이의 점, 물음표, 느낌표가 나타나면 앞의 처리와는 달라져야 한다. 만약 따옴표 처리 루틴을 만들지 않으면 (32)는 물음표를 기준으로 두 문장으로 분리될 것이다. 따라서 (31, 32)를 위한 다음과 같은 처리 규칙을 세울 수 있다.

<인용문 내의 점, 물음표, 느낌표 처리 규칙>
① 여는 따옴표를 만나면 그 위치를 기억하고 점, 물음표, 느낌표
    (대상 부호)를 찾는다.
②-1 대상 부호에 따옴표가 인접 후행하지 않으면 계속 대상 부
    호를 탐색한다.
②-2 대상 부호에 따옴표가 인접 후행하면, 그 따옴표 위치를 기
    억하고 계속 대상 부호들을 탐색하여, 바로 다음에 만나는 대
    상 부호를 기준으로 문장을 한정한다.
** 대상 부호에 따옴표가 인접 후행할 때까지 ②-1을 반복한다.

지금까지 살펴본 분석 대상 문장 한정을 위한 문장 부호의 처리 절차를 유사 코드 형태로 정리해 보겠다

<처리 분기>
if: 여는 따옴표가 있는가?
    {<인용문 내의 점, 물음표, 느낌표 처리 규칙> 절차로 가라. }
else:
    {<분석 대상 문장 한정> 절차로 가라. }
<분석 대상 문장 한정>
  <처리 분기2>
    if: 대상 부호(점, 물음표, 느낌표)가 있는가?

{점이면 <점>으로 가고, 물음표면 <물음표>로 가로, 느낌
표면 <느낌표>로 가라. }

<점>

if: 점이 단위 문자열 끝에 위치하고, 그 점에 숫자 또는 항목
표시에 사용 가능한 한글과 로마자 일음절(ㄱ, ㄴ, ㄷ, 가,
나, 다, A, B, C, a, b, c 등)이 인접하는가?

{아무런 조작을 가하지 않고, <처리 분기2>로 가라. }

else if: 점이 숫자 사이에 위치하는가?

{아무런 조작을 가하지 않고, <처리 분기2>로 가라. }

else:

{점을 기준으로 문장을 한정하고, <처리 분기2>로 가라. }

<물음표>

if: 물음표 앞뒤에 괄호가 오는가?

{아무런 조작을 가하지 않고, <처리 분기2>로 가라. }

else:

{물음표를 기준으로 문장을 한정하고, <처리 분기2>로 가
라.}

<느낌표>

if: 느낌표를 제외한 어절의 나머지 부분이 사전에 등재되어
있는가?

{아무런 조작을 가하지 않고, <처리 분기2>로 가라. }

else:

{느낌표를 기준으로 문장을 한정하고, <처리 분기2>로 가
라.}

4.2 쉼표

쉼표는 다양한 기능을 가지고 있으며, 그 기능 중 많은 부분이 구문
분석과 연관되어 있다. 따라서 쉼표에 대한 처리는 구문 분석의 한 처리
단계가 되어야 한다. 또한 형태소 분석이 끝난 후 단계이므로 사전의 정
보를 자유롭게 이용할 수 있다는 점을 염두에 두어야 한다. 이 절에서는

쉼표의 다양한 기능 중에서 처리 가능한 기능들을 중심으로 살펴보겠다.

    (33) ㄱ. 빵, 빵이 인생의 전부이더냐?
        ㄴ. 용기, 이것이야말로 무엇과도 바꿀 수 없는 젊은이의 자
           산이다.
        ㄷ. 첫째, 몸이 튼튼해야 합니다.

  보기 (33ㄱ, ㄴ)에서는 명사가 제시어로, (33ㄷ)에서는 수사가 문장 부
사어로 사용된 예들이다. (33ㄷ) 순서를 나타내는 수사가 문두에 나와서
부사어로 사용되는 경우는 쉼표 정보를 활용하지 않아도 분석에 큰 어
려움이 없다. 하지만 (33ㄱ, ㄴ)의 경우에는 사정이 다르다. 우리가 쉼표
정보를 활용하지 않는다면 (34ㄴ)처럼 명사와 명사로 구성된 명사구로
분석될 가능성이 많다.

    (34) ㄱ. 빵, 빵이
        ㄴ. 빵[N] 빵[N] 이[조사] → [빵 빵][NP] 이[조사]

  하지만 '쉼표가 있고, 명사가 조사 없이 문두에 나오는 경우에는 부사
어로 처리한다'는 규칙을 세운다면 이 문제는 해결 가능하다.[16)]
  둘째로 바로 다음의 말을 꾸미지 않는 때를 표시하는 쉼표의 용법을
살펴보겠다.

    (35) ㄱ. 성질 급한, 철수의 누이동생이 화를 내었다.
        ㄴ. 슬픈 사연을 간직한, 경주 불국사의 무영탑을 보았다.

---

16) 물론 제시어를 문장 부사어로 처리하는 것에 대해서 이론이 있을 수 있다.
  여기서 문장 부사어로 처리한 것은 문장 부사어가 논항 분석과 수식어 분
  석 과정에 가장 영향을 덜 미치는 범주이기 때문이다.

보기 (35)에서 쉼표 정보를 사용하지 않으면 '급한'의 피수식어는 '철수'가 되며, '간직한'의 피수식어는 '경주'가 될 수밖에 없다. 하지만 쉼표 정보를 활용하면 최소한 피수식어는 인접 후행하는 명사가 아니라는 것을 알 수 있다. 그런데 (35ㄱ)에서는 가능한 피수식어가 '누이동생' 하나밖에 없지만 (35ㄴ)에서는 '불국사'와 '무영탑' 둘이 있다.

그런데 (35ㄴ)처럼 'N1 N2 의 N3' 구성에서는 '[N1 N2] 의 N3' 구조와 덜 자연스럽지만 'N1 [N2 의 N3]' 수식 구조가 가능하다. 이 'N1 [N2 의 N3]' 구조에서도 N2와 N3에서 의미상 N3가 핵이기 때문에 N1의 피수식어는 N3가 된다. 따라서 '쉼표가 관형형 어미를 인접 후행할 때 피수식어는 가능한 피수식어 후보 중에서 가장 우측에 있는 명사'라는 처리 규칙을 세울 수 있다.

셋째로 문장 중간에 삽입된 구절의 처리 문제를 살펴보겠다.

> (36) ㄱ. 나는, 솔직히 말하면, 그 말이 별로 탐탁하지 않소.
> ㄴ. 철수는 미소를 띠고, 속으로는 화가 치밀었지만, 그들을 맞았다.

보기 (36)을 위한 처리 규칙을 세워보면 다음과 같다. 쉼표에 후행하는 쉼표(제2 쉼표)가 있고 제2 쉼표에 접속 어미가 인접 선행하면, 쉼표 사이의 문자열 전체를 좌측 끝으로 이동시킨다.

지금까지 살펴본 쉼표의 처리 절차를 유사 코드 형태로 정리해 보겠다.

> <쉼표의 처리 규칙>
> if: 쉼표가 있고, 명사가 조사 없이 문두에 나오는가?
> {그 명사를 문장 성분상 부사어로 분석한다. }
> else if: 쉼표가 있고, 그 쉼표가 관형형 어미를 인접 후행하는가?

    {그 관형절을, 가능한 피수식어 후보 중 가장 우측에 있는 명
    사의 수식어로 삼는다. }
else if: 쉼표에 후행하는 쉼표(제2 쉼표)가 있고, 접속어미가 제2
    쉼표를 인접 선행하는가?
    {쉼표 사이의 문자열 전체를 문장의 좌측 끝으로 이동시킨다.}

4.3 마침표, 물음표, 느낌표와 문장 유형 분석

이 절에서는 마침표, 물음표, 느낌표와 문장 유형 분석의 상관성을 검
토해 보겠다. 구문 분석 과정에서 문장 유형을 분석하는데 이용 가능한
정보는 어미 정보와 문장 부호 두 가지이다. 이 두 가지 정보가 가지는
분석에 있어서의 효율성을 살펴보자.

    (37) ㄱ. 젊은이는 나라의 기둥이다.
        ㄴ. 이 일을 도대체 어쩌란 말이냐.
        ㄷ. 개구리가 나온 것을 보니, 봄이 왔긴 왔구나.
    (38) ㄱ. 이제 가면 언제 돌아오니?
        ㄴ. 제가 감히 거역할 리가 있습니까?
    (39) ㄱ. 아이쿠, 큰일 났구나!
        ㄴ. 눈이 온다!
        ㄷ. 지금 즉시 대답해!
        ㄹ. 부디 몸조심하도록!

보기 (37, 38, 39)는 문장 부호와 종결 어미의 상관성을 살펴본 것인데,
문장 부호와 종결법 사이의 대응 관계가 정확하지 않다. 따라서 문장 부
호를 보고 종결법을 판단하기는 힘들다. 다만, (38)에서처럼 물음표의 경
우에는 비교적 정확히 종결법을 표시해주고 있다. 따라서 일반적인 경우
에는 종결 어미를 통해 문장 유형을 분석하고 제한적인 경우에 한하여
문장 부호를 이용한다.

(40) ㄱ. 나도 네가 얼마나 힘든지 알아.

ㄴ. 너 그 친구 전화번호 알아?

ㄷ. 세상에, 장난감이 그렇게 많아!

즉 보기 (40)에서처럼 종결 어미 자체가 중의성을 가지고 있는 경우에는 문장 부호를 이용하여 종결법을 판단할 수 있다. 지금까지 살펴본 문장 유형의 처리 절차를 유사 코드 형태로 정리해 보겠다.

<문장 유형의 처리 규칙>

if: 종결 어미가 문장 유형과 관련하여 중의성을 가지는가?

{그 종결 어미에 마침표가 인접 후행하면 평서문으로, 물음표가 인접 후행하면 의문문으로, 느낌표가 인접 후행하면 감탄문으로 분석한다.}

else:

{사전(辭典)에 기록된 종결 어미의 종결법 정보에 따라 문장 유형을 판단한다.}

5. 결론 및 남은 문제

지금까지 자연 언어 처리의 관점에서 문장 부호를 어떻게 처리할 지를 고찰해 보았다. 먼저 자연 언어 일반에 대해서 개괄한 후, 자연 언어 처리에서 문장 부호 처리가 차지하는 위치와 문장 부호에 코딩되어 있는 정보를 살펴보았다. 다음으로 형태소 분석기를 위한 문장 부호 처리를 다루었는데, 이 장에서는 문장 부호를 크게 공백 문자, 홑부호, 쌍부호로 삼분하여 설명하였다. 홑부호와 쌍부호는 부호가 홀로 기능하는가 아니면 쌍으로 기능하는가를 기준으로 한 구별이며, 이 구별은 처리의 난이도를 반영한 구별임을 설명하였다. 그리고 이러한 처리 절차를 원시 유사 코드 형식으로 제시하면서 정리하였다.

구문 분석기를 위한 문장 부호의 처리에서는 분석 문장 한정, 쉼표, 문장 부호와 문장 유형을 다루었다. 분석 문장 한정은 입력 문자열을 구문 분석기의 처리 단위인 한 문장으로 분리하는 절차이며, 특히 이 부분에서는 형태소 분석을 위한 처리와 구문 분석을 위한 처리가 어떻게 다를 수 있는가에 주목하였다. 쉼표 처리에서는 쉼표가 한 문장 내의 통사 구조(특히 문장 성분 분석과 수식 관계)를 분석하는데 어떻게 이용될 수 있는가에 주목하여 살펴보았다. 마지막으로 문장 부호와 문장 유형의 상관성을 고찰하면서, 종결 어미가 중의성을 가질 때 보조적이긴 하지만 문장 부호를 이용하여 문장 유형을 판단할 수 있음을 설명하였다.

이제 이 글에서 다루어지긴 했지만, 좀 더 심도 있는 논의를 필요로 하는 사항을 몇 가지 언급하면서 글을 마치겠다. 첫째, 문장 부호의 처리에 있어서 사전 정보를 어떤 모듈에서 어느 정도로 이용할 것인가 하는 문제이다. 사전 정보가 적극적으로 이용될 수 있는 시점은 형태소 분석에 방해가 되는 문장 부호들을 처리한 이후인데, 이를 위해서는 형태소 분석 전에 처리할 문장 부호와 이후에 처리할 문장 부호를 구별해서 처리 절차를 만들어야 한다. 이 구별은 사전 정보의 이용 가능성에 따라 신축적으로 구별될 수 있어야 하며, 가장 효율적인 사전 이용에 대한 고찰이 필요할 것이다.

둘째, 문장 부호의 처리는 형태소 분석기와 구문 분석기의 여러 단계에 걸쳐서 이루어질 수밖에 없다. 이 때문에 문장 부호의 처리 절차의 배열 순서가 문제로 제기된다. 이 배열 순서는 구현하려고 하는 자연 언어 처리 시스템 전체의 구조를 고려했을 때에만 적절한 답을 얻을 수 있다. 예를 들어, 쌍부호인 괄호류는 형태소 분석 전단계(前段階)에서 한 번 처리되고 구문 분석 과정에서 수식 구조, 복문 구조와 관련하여 한 번 더 처리되어야 하며, 따옴표는 구문 분석의 인용문 처리에서 한 번 더 처리되어야 할 것이다.

<참고 문헌>

고창수(1999). <한국어와 인공지능>. 서울: 태학사.

국어정보학회(1996). <간행물 양식과 문장 부호 실태 조사 및 표준화 방
　　　안연구>. 국어정보학회.

김영택 외(1994). <자연 언어 처리>. 교학사

김원경(2001). <한국어 격 정보와 자질 연산 문법>. 고려대 박사학위논
　　　문.

문교부(1988). <한글 맞춤법>.

민현식(1999). <국어 정서법 연구>. 서울: 태학사.

최호철, 이정식(1998). "자연 언어 처리를 위한 전자 사전 구축 방안." <
　　　어문논집> 37. 안암어문학회.

한영균(1998). "문어 코퍼스의 형태 정보 주석에서 선결되어야 할 몇 문
　　　제." <한국어 전산학> 2.

홍종선(2001). "국어 말모둠의 문법 표지와 전처리-어휘 빈도 세기를 위
　　　한 작업을 중심으로." <계량언어학> 1. 도서출판 박이정.

황화상(1998). "자연 언어 처리를 위한 형태소 분석 방법론." <어문논집>
　　　37. 안암어문학회.

<Abstract>

Natural Language Processing and Punctuation

Kyung-Ho Yi
Korea University

We very often use punctuation marks in processing of communication with others in written language. And up until now punctuation marks are interpreted only by human beings. But, metaphorically speaking, computer, a new interpreter, became the new user of punctuation marks. The advent of the new age was possible by virtue of natural language processing. In order to help understanding this situation, I explain how punctuation marks are processed in natural language processing.

In Chapter 1, I briefly examine natural language processing in general. In Chapter 2, I explain the information encoded in punctuation marks and I think of the role and the place of punctuation marks processor. Further, I argue for the stages of punctuation mark processing classified into pre-morphological analysis stage and in-syntactic analysis stage. This classification reflects the levels of information that punctuation marks have.

In Chapter 3, I deal with the processing of punctuation marks for the morphological analysis. This process means the operation of eliminating obstacles from morphological analysis. In this chapter, punctuation marks are classified into space character, single marks and pair marks. Single marks function by themselves and pair marks so as fair. Pair marks have scope of operation and the scope often appear in multi word segments, which cause difficulties in processing.

In Chapter 4, I deal with the processing of punctuation marks for the syntactic analysis. In many topics, I focus on the determination of one sentence, comma and the relationship with punctuation marks and types of sentence. First, the determination of one sentence means the process that input strings are divided into one sentence as a unit of syntactic analysis. This process deals with dot, question mark and exclamation mark. And quotations increase difficulties of processing. Second, commas have much information of syntactic structures, such as sentence components and modification. I focus on availabilities of the information in terms of language processing. Finally, in spite of subsidiary conditions, we use punctuation marks in order to determine sentence types. That is to say, if final endings have ambiguity of sentence type indication, we use punctuation marks as a determiner of sentence types.

PC 통신 언어에서 나타나는 폐음절화의 경향

송 민 규*

           차   례
 1. 서론
 2. PC 통신 언어의 규칙성에 대한 연구의 필요성
 3. 일상언어의 제약 위계
 4. PC 통신 언어의 제약 위계
 5. 결론
```

## 1. 서 론

PC 통신에서 사용되는 언어는 일상 언어와 약간 다른 모습을 지니고 있다. 일상 언어를 기반으로 생겨난 PC 통신 언어가 일상 언어와 다르게 나타나는 이유는 PC 통신이라는 매개물 자체가 가진 특성이 언어에 큰 영향을 미치기 때문이다. PC 통신을 사용하지 않거나 익숙하지 않은 사람들은 PC 통신 언어를 이해하기가 쉽지 않다. 지나친 축약과 생략, 의미의 확대와 축소, 형태의 변형 등 일상 언어에 대한 지식만으로는 뜻을 풀어내기가 어려운 PC 통신 언어는 PC 통신 언어에 익숙하지 못한 사람들에게 혼란스럽고 어지러운 또래들만의 언어로 비쳐지곤 한다. 그

---

* 고려대 민족문화연구원 음성언어정보연구실
```

러나 PC 통신 언어가 정말로 규칙성이 없고 혼란스럽기만 한 것인가에 대해서는 보다 면밀한 관찰이 필요하다.

본고에서는 일상 언어와 PC 통신 언어 사이에 제약의 위계 차이를 통해 PC 통신 언어가 일상언어에 비해 특이하게 비쳐지는 원인을 밝히고, PC 통신 언어에 나타나는 규칙성을 살펴보도록 하겠다.

본고에서 사용된 PC 통신 언어는 하이텔, 천리안, 나우누리, 유니텔, 넷츠고의 5개 유료 통신 서비스 회사에서 제공하는 대화방에서 갈무리한 것이며, 약 50만 어절의 언어 자료를 기반으로 하였다.

2. PC 통신 언어의 규칙성에 대한 연구의 필요성

본고는 PC 통신 언어의 변화가 일정한 규칙성을 가지고 있으며 이를 통해 새로운 어휘의 생성과 변화 양상을 예측할 수 있을 것이란 가정에서 시작한다. PC 통신 언어가 가진 여러 특성 중에서 가장 두드러지게 나타나는 현상은 음절 수의 감소, 즉 음운의 축약과 탈락이다. 음운의 축약과 탈락은 음절 구조의 변화를 통해 속도의 향상을 가져오는 효과가 있다. 이 때 음절 수가 감소되면서 변화된 음절 구조는 대체로 폐음절 구조를 이루는 것이 특징이다. 음절 구조의 변화로 인한 폐음절화의 경향은 PC 통신 언어에 일정한 규칙성이 있음을 보여준다.

이제까지 PC 통신에 대한 연구는 PC 통신 언어의 형성 원인을 밝히고, 유형을 분류하며, 그 문제점을 지적하여 대안을 마련하는 방식으로 진행되어왔다. 물론 PC 통신 언어 자체의 특이함에 대한 관찰과 PC 통신 언어가 가지는 여러 부작용들에 대한 대안의 마련이 시급한 때이기도 하다. 그러나 PC 통신 언어를 고쳐야 할 대상으로 보기보다는 언어 연구를 위한 관찰의 대상으로 살펴볼 때 보다 많은 성과를 얻을 수 있을 것으로 보인다. PC 통신 언어의 여러 부작용들을 인정하면서도 이에 대한 관심이 높은 것은 PC 통신이라는 가상 공간이 실제 일상 사회와 마찬가지로 활발한 언어사용을 하는 공간이기 때문이다. PC 통신은 언어의 변화, 생성 양상을 살펴볼 수 있는 일종의 실험 공간으로도 볼 수 있다. 언어의 변화는 보통 점진적이고 느리게 나타나기 때문에 언어 변화에 대한 연구는 오랜 시간을 필요로 한다. 때로는 그 시대의 정확한 자료를 구하지 못하여 연구사에 빈 공간으로 남아있기도 한다. 하지만 통신 언어는 생성, 변화, 소멸의 단계가 일상 언어와는 비교할 수 없을 정도로 빠르게 진행된다. PC 통신이라는 가상의 공간은 새로 생성된 언어가 그 안에서 변화하며 또 소멸해 가는 과정을 연구하기에 아주 좋은 곳이다. PC 통신 언어는 처음부터 일상 언어를 기반으로 하여 만들어 것이지만 PC 통신 언어에 익숙하지 않은 일반 언중들이 PC 통신 언어를 이해하기 어려운 것은 이상에서 언급한 빠른 생성, 변화, 소멸의 주기를 따라가기 어렵기 때문이다. 이렇듯 PC 통신 언어에서 나타나는 어떠한 규칙성을 찾아내는 작업은 언어 연구의 전반에 확대 적용할 수 있는 방법론을 제시할 수 있다는 데 의의가 있다.

3. 일상언어의 제약 위계

일상 언어에서 한국어는 일반적으로 CV 음절 구조를 선호하며, 최대 CVC 구조까지 허용할 수 있다. 조성문(1999:56)에서는 국어의 음절 구조에 대한 제약의 위계를 "Max-IO, Dep-IO, Ident-IO(F) >> Onset, Nocoda"로 제시하고 있다. 이것은 가장 보편적인 음절 구조가 CV라는 사실에서 유추된 것이다. 조성문(1999)에서 제시된 제약의 위계에 따른 국어 음절 구조의 예를 살펴보면 다음과 같다.

(1) NoCoda : 음절은 자음으로 끝나서는 안된다.

(2) *Complex : 둘 이상의 자음은 연속해선 안된다.

(3) Sonority : 한 음절에 있어서 공명도가 음절 핵음을 향해서는 증가하여야 하고 음절 두음이나 음절 말음을 향해서는 감소해야 한다.

(4) Onset : 모든 음절은 음절두음을 가진다.

(5) Max-IO : 입력형의 모든 분절음들은 출력형에 그 대응소를 가진다.(분절음 삭제 금지)

(6) Dep-IO : 출력형의 모든 분절음들은 어기에 그 대응소를 가진다.(분절음 삽입 금지)

(7) Identity-IO(F) : 입력형에서 $[\gamma F]$인 분절음의 출력형 대응소도 또한 $[\gamma F]$이다.

<표-1> 일상 언어의 음절 구조와 제약의 위계
    (조성문:1999: 57-61)

① 감 (CVC)

/kam/	Max	Dep	Ident(F)	Onset	Nocoda
☞ .kam.					*
.<k>am.	*!			*	*
.ka.	*!				

Max, Dep, Ident(F) >> Onset, NoCoda

② 국어 (CVC.V)

/kukə/	Max	Onset	Nocoda
☞ .ku.kə.			
.kuk.ə.		*!	*!
.ku.ə.	*!	*	
.uk.ə.	*!	**	*
.u.kə.	*!	*	
.u.ə.	**!	**	

③ 다리(CV.CV)

/tari/	Max	Onset	NoCoda
☞ .ta.ri.			
.tar.i.		*!	*!

④ 시간 (CV.CVC)

/sikan/	Max	Onset	NoCoda
☞ .si.kan.			*
.sik.an.		*!	**!
.si.ka.	*!		

⑤ 골무 (CVC.CV)

/kolmu/	*Comp	Sonority	Max	Onset	NoCoda
☞ .kol.mu.					*
.kolm.u.	*!			*	**
.ko.lmu.	*!	*			
.ko.mu.			*!		

* Comp >> Sonority >> Max >> Onset >> NoCoda

⑥ 신문 (CVC.CVC)

/sinmun/	*Comp	Sonority	Max	Onset	NoCoda
☞ .sin.mun.					**
.sinm.un.	*!			*	**
.si.nmun.	*!				
.si.mun.			*!		*
.sin.mu.			*!		*
.si.nun.			*!		*
.si.mu.			**!		

　이상의 예에서 우리는 국어 음절 구조에서 NoCoda 제약에 의해 음절
말 위치에 자음이 오는 것을 꺼리는 경향이 있다는 것을 알 수 있다. 비
록 NoCoda 제약의 위계가 다른 제약들 보다 낮아 NoCoda 제약을 위반
하더라도 최적형으로 선택이 되지만[1]), NoCoda 제약은 일상 언어에서
CV 구조가 CVC 구조보다 선호된다는 것을 보여주는 것이다. 일상 언
어에 영향을 미치는 제약의 위계는 다음과 같다.

　(8) *Comp >> Sonority >> Max >> Onset >> NoCoda

4. PC 통신 언어의 제약 위계

　앞에서 살펴본 일상 언어에 영향을 미치는 제약의 위계와는 달리, PC
통신 언어에서는 보다 특수한 제약들이 일상 언어의 제약들 보다 높은
위치를 차지하고 있다. PC 통신 언어에서 나타나는 음절 수 감소 현상
을 살펴볼 때 PC 통신 언어에서의 최적의 음절 구조는 일상 언어의 CV
구조가 아닌 CVC 구조이다. PC 통신 언어가 일상 언어와 다른 제약의
위계를 가지는 것은 PC 통신 자체가 가진 특성에 기인한다. PC 통신은
화면에 출력된 문자를 통한 정보전달 방식이면서도 음성을 통한 정보
교류의 특징도 지니고 있기 때문에, PC 통신은 음성을 통한 대화와 문
자를 통한 정보 전달 방법이 가지고 있는 장단점을 모두 수용하는 특성
을 지니고 있다. 따라서 PC 통신을 통한 정보의 전달은 음성을 통한 정
보 전달 방식의 특성인 빠른 전달 속도를 지니면서도 보존성이 좋으며,
시간과 공간의 제약을 어느 정도 극복할 수 있게 되었다.
　그러나 PC 통신을 통한 정보 전달 방식에는 이러한 장점이 있는 반면

---

1) 국어의 최대 음절구조는 CVC 구조인데 이는 하위에 있는 NoCoda 제약
　이 위배되었을 때 허용된다.

에 단점도 있는데, 의사소통에 관여하는 신체기관이 바뀌면서 나타나는 발화 속도의 저하도 그러한 단점들 중의 하나이다. PC 통신을 통해 의사소통을 하려면 손을 이용한 자판 입력을 통해 발화를 하고 눈을 통해 타인의 정보를 받아들인다. 따라서 종래의 발음기관이 하던 발화의 기능은 손이 대신하고 귀를 통해 이루어지던 청취의 과정은 눈을 통해 대신 수행된다. 그런데 발화와 청취의 기능을 하던 기관의 이러한 교체가 누구에게나 익숙한 것은 아니기 때문에 대부분의 통신 사용자에게는 어느 정도 숙련의 기간이 필요하다. 귀를 통한 청취의 속도와 눈을 통한 정보 인식의 시간은 비슷하지만 손을 통한 발화는 발음 기관을 통한 발화보다 더 큰 노력이 드는 일이기 때문에 발화의 속도가 사고의 속도를 따라가지 못하는 경우가 많다.2) 따라서 PC 통신 언어에는 발화의 속도와 사고의 속도를 맞추기 위한 노력이 반영되어 있다.

한편, PC 통신 언어에서 속도의 향상은 여러 의미를 지니고 있다. 속도의 향상이란 단순한 자판 입력 속도의 증가뿐만이 아니라 자판 입력에 드는 번거로움을 더는 작업이기도 하고, 비용을 절감하기 위한 것이기도 하며, 대화의 주도권을 놓치지 않기 위한 노력이기도 하다. PC 통신 언어가 가지고 있는 고유의 특성들은 속도의 향상이라는 목적과 밀접한 연관이 되어있다. 이러한 속도의 향상을 위한 노력으로 인해 PC 통신 언어는 일상 언어와 다른 모습으로 나타난다. 음운의 축약과 탈락은 허용을 하지만, 음운의 삽입은 허용하지 않는 방법을 통해 음절 수를 감소시킴으로써 속도의 향상을 꾀하는 것이다. 따라서 PC 통신 언어에서는 분절음의 삽입을 금지하는 (6)번 제약이 최상위 제약이 된다. 또한, 의미 판별의 부담이 상대적으로 적은 모음이 생략 될 수 있는 환경에서

----

2) 따라서 자신의 사고와는 관련이 없는 발화 실수(오타)가 많이 나오고, 오타 수정에 드는 시간을 줄이기 위해 잘못된 어형을 그대로 전송하는 예가 많기 때문에 수정되지 않은 오타의 출력은 PC 통신상에서 일어나는 언어 파괴의 한 요인으로 지적되기도 한다.

는 최대한으로 축약과 탈락이 일어난다. 모음이 충돌하는 환경은 모음을
축약시키거나 탈락시킬 수 있는 좋은 조건이다.[3]

> (9) *VV : 모음은 서로 인접해서 나타날 수 없다.
> (10) 제약의 위계 : Dep-IO >> *VV

일정한 환경에서 음운의 변동으로 인한 음절 수의 감소 현상이 일어
날 때, 줄어드는 부분이 폐음절 구조로 되는 경향이 있다. PC 통신 언어
에서 나타나는 폐음절화의 경향이 특수한 것은 일상 언어에서 나타날
수 없는 형태가 나타나기 때문이다. '갈(가을)바람' 등의 예는 한 음절이
감소하면서 폐음절 구조로 바뀐 것으로 일상 언어의 빠른 발화에서도
사용되는 예이다. 그러나 '잼따(재미있다), 춉환영(초보환영), 엡중(예비
중학생), 짐됐어(지금됐어)' 등의 예는 일상 언어에서 전혀 쓰일 수 없는
예들이다. 본고에서는 이러한 예들을 일상 언어와 PC 통신 언어가 사용
되는 환경이 서로 같지 않기 때문에 생기는 PC 통신의 특수성에 따라,
일상 언어와 PC 통신 언어 사이에 서로 다른 제약이 작용을 하고 있다
고 본다.

> (11) Final-C : 음절말은 항상 자음으로 끝나야 한다.
> (12) Align(Left Syllable) : 입력형의 맨 왼쪽 첫 음절은 정렬되
>   어 있어야 한다.

---

3) 송민규(2001:27)에서는 자판 입력의 특성으로 인해 모음 하나를 탈락시
  켰을 경우 자판 입력은 2타까지도 절약할 수 있다고 지적했다. 예를 들
  어 '가을'은 자판 입력 순서가 'ㄱ → 가 → 강 → 가으 → 가을'의 5타이
  다. 그러나 '갈'의 형태는 'ㄱ → 가 → 갈' 3타만 입력하면 되므로 실제
  모음은 하나만 줄었지만 자판 입력에서는 2타의 절약 효과를 볼 수 있다
  는 것이다.

(11)의 제약은 마지막 음절이 항상 자음으로 끝날 것을 요구한다. 국어에서 허용 가능한 음절구조인 CVC 구조를 최적형으로 선택함으로써 음절 수 감소의 효과를 보고 있다.

생략이나 축약이 일어날 때는 의미 판별의 기능 부담량이 적은 쪽이 탈락을 하게 된다. 일반적으로 첫 음절은 의미 기능 부담량이 많은 곳이므로 될 수 있으면 보존하려는 특성을 지닌다.

<표-2> 애인 → 앤4) : (G)V.(G)VC. → (G)VC.
• Dep_IO >> *VV >> Final-C >> Align(LS)

ε.in.	Dep-IO	*VV	Final-C	Align(LS)
(a) ε.in.		*!	*	
☞ (b) ε<i>n.				
(c) ε□.in.	*!			
(d) ε.□in.	*!		*	
(e) <ε>.in.				*!

<표-3> 내일 → 낼5) : C(G)V.(G)VC. → C(G)VC.

nε.il.	Dep-IO	*VV	Final-C	Align(LS)
(a) nε.il.		*!	*	
(b) n<ε>il.				*!
(c) nε□.il.	*!			
(d) nε.□il.	*!		*	
☞(e) nε<i>l.				

---

4) 요일 → 욜, 어언 → 언, 애인지 → 앤지, 독일어인데요 → 독일언데요.
5) 도움 → 돔, 무서운 → 무선, 싸움 → 쌈, 마음 → 맘, 다음 → 담, 메일 → 멜, 게임 → 겜, 제일 → 젤, 겨울 → 결, 일대일 → 일댈.

PC 통신 언어에서 음절 수가 감소 될 때 첫 음절의 구조를 보존하려는 경향이 강한데 이것은 첫 음절이 의미 정보를 많이 담고 있기 때문에, 삭제했을 경우 의미 해석의 문제가 따르기 때문이다. 따라서 모음의 연결에서는 첫 음절에 속하는 선행 모음보다 둘째 음절에 속하는 후행 모음이 주로 탈락된다. 후보형 (b)는 선행하는 모음을 탈락시켰기 때문에 첫음절 구조를 지키기 위한 정렬 제약을 위반하여 최적형에서 탈락한다.

    (13) Free-V : 고립된 모음을 삭제하고 그 모음의 성절성을 인정
        하지 않는다.

(13)의 제약은 혼자 고립되어 있는 모음은 삭제하고 그 성절성을 인정하지 않을 것을 요구한다. 다시 말해 Free-V 제약은 어말의 모음을 삭제하기 위한 제약이다. 그러나 모든 위치의 고립된 모음이 삭제되는 것은 아니고 가장 오른쪽에 있는 모음이 삭제된다. 이것은 그 근본 정신에 있어서 모든 음절은 개방 음절이어야 한다는 음절 말음 제약과 상치되는 제약이다.6) <표-4>의 예처럼 둘째 음절의 음절 초 자음이 개방 음절인 첫째 음절의 음절말 위치로 이동한 후 홀로 남은 둘째 음절의 모음이 삭제됨으로써 음절 수 감소가 일어나며 동시에 변화가 일어난 부분의 음절 구조가 폐음절 구조로 만들어진다.

---

6) 전상범外(1997:29) 참조.

<표-4> 아무 → 암7) : (G)V.C(G)V. → (G)VC.
• Dep-IO >> *VV >> Final-C >> Free-V

a.mu.	Dep-IO	*VV	Final-C	Free-V
(a) a.mu.			**!	*
☞ (b) am<u>.				
(c) am.u.			*!	*
(d) a□.mu.	*!			*
(e) a.<m>u.		*!	**	*

'아무 → 암'의 예는 둘째 음절의 모음이 탈락하는 이유를 설명하기 어렵다. 탈락된 모음의 종류도 다양해서 대체로 약모음 'ㅣ'나 'ㅡ'가 탈락한다는 강창석(1984)의 지적과는 맞지 않는다. 하지만 기본 음절 제약보다 상위에 있는 Final-C 제약의 힘이 기본 음절 구조를 살피는데 쓰였던 NoCoda 제약보다 강하기 때문에 후행 음절의 음절초 자음이 선행 음절의 음절말 빈 자리를 메꾸고 홀로 남은 모음은 Free-V 제약에 의해 탈락된다는 설명이 가능하다. 후보형 (e)는 모음 사이에 개재된 자음을 삭제시켰기 때문에 모음 충돌이 일어난다. 아무 제약도 위반하지 않은 후보형 (b)가 최적형으로 선택된다.

<표-5> 너무 - 넘8) : C(G)V.C(G)V. → C(G)VC.

nə.mu.	Dep-IO	*VV	Final-C	Free-V
(a) nə.mu.			**!	*
☞ (b) nəm<u>.				
(c) nəm.u.			*!	*
(d) nə□.mu.	*!		*	*
(e) nə.<m>u.		*!	**	*

---

7) 여러 → 열, 우리 → 울, 어느 → 언, 아버지 → 압지, 이리로 → 일로.
8) 마구 → 막, 마누라 → 마눌, 초보 → 춥, 재미 → 잼, 그리고 → 글고.

50

<표-5>의 예는 <표-4>의 예와 비슷한 유형이다. 음절 구조상 첫 음절이 자음을 가지고 있는가의 여부에 따라 구분된다. 후보형 (a)의 경우 두 음절 모두 음절말 자음을 가지지 않았으므로 Final-C 제약을 어겼고 이것이 치명적인 제약(!)이 되어 적형에서 탈락되었다. 후보형 (e)는 2음절의 모음이 삭제되지 않은 채 남아있고 또 음절말 자음도 가지지 않았으므로 최적형에서 탈락되었다. 후보형 (d)는 임의의 분절음이 삽입되어 1음절에서는 Final-C제약을 어기지 않았지만 2음절에는 음절말 자음이 없으므로 Final-C 제약을 하나 위반하였다. 여기에서는 아무 것도 위반하지 않는 (b)가 최적형으로 선택되었다.

<표-6> 기억 → 격[9] : C(G)V.(G)VC. → C(G)VC.
• Dep-IO >> *VV >> Final-C >> Max-IO >> Ident_IO(F)

ki.ək.	Dep-IO	*VV	Fianl-C	Max-IO	Iden-IO(F)
(a) ki.ək.		*!	*		
(b) ki.□ək.			*!		
(c) ki□.ək.	*!				
☞(d) kjək.					*
(e) ki□.□ək.	**!				
(f) k<i>ək.				*!	

음운의 축약이 일어난 예들은 모음 충돌을 회피하기 위해 활음화를 시킨다. 분절음을 탈락시키거나 첨가시키기보다는 자질을 바꿔줌으로써 쉽게 모음 충돌을 회피할 수 있다. 후보형 (d)는 자질이 변화하는 과정에서 Ident-IO(F) 제약을 위반했지만 상위의 다른 제약들을 어기지 않았기 때문에 최적형으로 선택되었다.

---

9) 포항 → 퐝, 바이얼린 → 바열린, 부인 → 뷘, 천리안 → 천랸.

후보형 (b), (c), (e)는 분절음을 삽입시켰기 때문에 최적형에서 제외되었고 후보형 (f)는 분절음을 삭제시켰기 때문에 최적형으로 선택되지 못하였다.

<표-7> 로미오 → 로묘[10] : C(G)V.(G)V. → C(G)V.

mi.o.	Dep-IO	*VV	Max-IO	Iden-IO(F)
(a) mi.o.		*!		
(b) m<i>o.			*!	
(c) mi<o>.			*!	
☞(d) mjo.				*
(e) mi.□o.	*!			
(f) mi□.o.	*!			

후보형 (d)는 Iden-IO(F) 제약을 위반했지만 다른 후보형들이 이미 다른 상위의 제약들을 위반해 탈락했으므로 최적형으로 선택되었다.

(14) Align(Right Segment) : 입력형의 맨 오른쪽 첫 분절음은 정렬되어 있어야 한다.

PC 통신 언어에서 폐음절화 현상이 일어 날 때 주로 살아 남는 자음은 둘째 음절의 음절 말음이다. (35)의 제약은 둘째 음절의 음절 말음 위치를 정렬함으로써 음절 전부(音節前部)의 생략 현상이 일어날 때 둘째 음절의 음절 말음이 살아남을 것을 요구한다.

---

10) 라디오 → 라됴, 드디어 → 드뎌, 비디오 → 비됴.

<표-8> 조금 → 좀11) : C(G)V.C(G)VC. → C(G)VC.
- Onset >> *VV >> Final-C >> Align(RS)

čo.kim.	Onset	*VV	Final-C	Align(RS)
(a) čo.kim.			*!	
(b) čok.im.	*!			
(c) čo.<k>im.	*!	*	*	
☞ (d) čo<ki>m.				
(e) čok<im>.				*!

    <표-8>의 예들은 후행 음절의 음절전부(音節前部)12)가 삭제된다는 특징이 있다.

    '조금 → 좀'의 예에서는 첫 음절의 음절 말음으로 사용될 수 있는 자음이 두 개이다. 이 두 자음 중에서 정렬 제약에 의해 후행 음절의 음절 초 자음보다는 음절 말 위치의 자음이 선택된다. 그리고 국어의 음절 구조와 관련해 위치 상으로 둘째 음절의 음절 말음이 첫 음절의 음절 말음으로 선택되는 경향이 있다. 이와 같이 국어에서 음절전부(音節前部)가 생략되는 현상은 국어 음절 구조의 특성에 의한 것으로 김차균(1988)과13) 전상범(1980)에서14) 이미 지적된 바가 있다. 김차균(1987, 1988),

---

11) 짜증 → 짱, 지금 → 짐, 너는 → 넌, 여자는 → 여잔, 그럼 → 금, 그런데 → 근데.

12) 김차균(1988)에서 말하는 음절전부(音節前部)는 음절 초 자음과 음절 핵인 모음을 하나의 단위로 묶은 것을 의미한다.

13) 김차균(1988)에서는 어린이들에게 '손'이란 말을 가르칠 때 음절핵(音節核)과 음절 전부(音節前部)가 하나의 구성요소로 되어있다는 예를 제시하여 국어의 음절 구조에서 Onset과 Nucleus의 관계가 Coda와의 관계 보다 긴밀하다고 설명했다. 또한 전상범(1980)에서는 다음과 같은 예를 들어 음절핵(音節核)과 음절 전부(音節前部)가 하나의 구조적 단위로 행동한다는 점을 지적했다.

안상철(1988), 김종훈(1990), 조성문(1999)에서 제안된 국어의 음절 구조
는 음절 핵과 음절전부(音節前部)가 하나의 구성요소를 지닌다. 발화 실
수와 말놀이 등의 예를 통해 이러한 제안이 설득력을 얻는데, PC 통신
언어에서 나타나는 음절전부(音節前部) 탈락의 예도 이러한 제안을 뒷
받침하는 증거가 된다.

이와 같이 국어 음절 구조의 특성에 의해 음절핵(音節核)과 음절전부
(音節前部)가 동시에 생략된다면 앞서 살펴본 '조금 → 좀'의 예에서 2
음절의 음절말 자음이 살아남아 개방음절인 1음절의 음절말 자음이 된
다는 지적은 아주 타당하다고 볼 수 있다.

후보형 (a)는 첫 음절이 개방 음절이라 최적형 후보에서 탈락된다. 후
보형 (e)는 최적형인 (d)와 음절 구조가 같지만 정렬 제약에 의해 최적
형 후보에서 탈락된다.

5. 결 론

이상에서 PC 통신 언어는 일상 언어와 다른 제약의 위계를 가지고 있
기 때문에 일상 언어와 다르게 나타나고 있음을 살펴보았다. 본고에서는
NoCoda, *Complex, Sonority, Onset, Max-IO, Dep-IO, Identity-IO(F)
등의 제약을 통해 일상 언어의 최적 음절 구조가 CV 구조임을 살펴보았
다. 이에 비해 PC 통신 언어는 제약의 위계가 다르다. 일상 언어보다 특
수한 제약이 상위에 위치되어 있기 때문에 PC 통신 언어는 일상 언어와
다르게 CVC 구조를 최적의 음절 구조로 선택한다. PC 통신의 제약의
위계는 속도의 향상이라는 원칙을 지키기 위한 노력의 결과로 이루어진
것이며, 이를 위해 음운의 축약과 탈락이 일어난다. 따라서 분절음의 삽

---

14) 전상범(1980)에서 제시한 빠른 발화에서 나타나는 생략의 예. (a) 자습서
   -> 잡서, (b) 태극기 -> 택기, (c) 대행진 -> 댕진.

입은 속도를 저해하는 큰 원인이므로 Dep-IO 제약을 최상위에 놓아 분절음의 삽입을 막는다. 또한 모음의 충돌이 일어나는 환경에서 모음 충돌을 적극적으로 회피함으로써 최대한의 속도 상승 효과를 가진다. Final-C, *VV, Free-V, Aling(RS) 등의 제약은 보편적 제약이라기 보다는 특수한 제약이다. 하지만 특수한 제약인 만큼 제약의 위계가 상위에 있기 때문에 특이한 PC 통신 언어의 모습을 만든다.

본고에서는 비록 음운론적인 범위 안에서 PC 통신 언어가 가지는 방향성에 대한 연구를 시도하고 있지만, 형태 통사 및 의미의 분야까지 넓혀진 연구가 되어야 비로소 PC 통신 언어의 전반에 대한 유형화가 가능할 것이다. PC 통신 언어에 대한 관심이 높아지고 있는 지금, PC 통신 언어에 대한 연구는 자료의 수집과 분류·사례 제시의 단계를 넘어 PC 통신에서 일상 언어가 변화되어 나타나는 근본 원인을 파악하고 그 규칙성을 밝히는 단계까지 나아갈 필요가 있다.

〈참고 문헌〉

강옥미(1994), 「한국어의 음절화」, 서울대 어학연구소.

강창석(1984), "국어의 음절구조와 음운현상", 국어학33, 국어학회.

권연진(1998), "컴퓨터 통신어의 언어학적 연구", 언어과학 제5권 2호.

김성규(1999), "빠른 발화에서 음절 수 줄이기", 애산학보 23집, 애산학회.

김종훈(1990), 「음절음운론」, 한신문화사.

김차균(1987), "국어의 음절구조와 음절핵 안에 일어나는 음운론적 과정",
        말12, 연세대학교 연구소.

김차균(1988), 「나랏말의 소리」, 태학사.

박선우(1998), "현대국어 영어차용어의 음운론적 연구", 고려대 석사논문.

송민규(2001), "PC 통신 언어에 나타나는 음절수 감소 현상에 대한 고
        찰", 고려대 석사논문.

안명철(1990), "국어의 융합 현상", 국어국문학 103, 국어국문학회.

안상철(1988), "A Revised Theory of Syllabic Phonology", 언어 제13권
        제2호, 한국언어학회.

이만제(1997), "한국 PC 통신 문화에 관한 연구", 경희대 박사논문.

이선희(2000), "컴퓨터 대화방 언어 고찰", 전남대 석사논문.

이정복(2000), "학생들의 인터넷 언어 사용 실태와 해결 방안", 교육공동
        체 신뢰회복을 위한 토론회 주제 발표문.

전상범外(1997), 「최적성이론」, 한신문화사.

전은진(2001), "컴퓨터 통신 대화 연구", 한양대 석사논문.

조성문(1999), "국어 음절구조의 최적성이론에 의한 분석", 한양대 박사논
        문.

차인태(2001), "PC통신 언어 분석", 음성과학 8권 제3호.

황상민外(1999), 「사이버 공간의 심리 - 인간적 정보화 사회를 향해서」, 전영사.

McCarthy & Prince(1995), "*Faithfulness and Reduplicative Identity*", Graduate Linguistic Student Association.

Prince & Smolensky(1993), "*Optimality Theory*", Rutgers UNIV.

<Abstract>

A tendency of closed-syllable form from PC mediate communication.

Song. Min-Kyu
Korea University

Different language style with two languages caused by different ranking of constraint. By that reason, the language for PC(Personal Computer) mediate communication has a different property from the language for real-life. Optimal syllable construction of language for real-life is open-syllables. But some high ranked constraint offer a new environment and cause vary that language into new form. Language for PC mediate communication has closed-syllables because of new ranking of constraint and new environment. This ranking of constraint for language for PC mediate communication has a constant tendency.

디지털 시대의 구비문학 교육

- '成長'·'成熟'의 문제를 중심으로-

이 강 엽*

1. 들어가기

'디지털 시대'는 흔히 '첨단'과 연관되어 설명된다. 그만큼 최신식임이 강조된다는 뜻이며, 실제로 이 말은 항용 '정보화 사회', '고도산업사회' 등과 맞물려서 사용되고 있다. 그렇다면, 이 글에서 다루려고 하는 구비 문학이야말로 디지털 시대와는 사뭇 거리가 먼 어떤 것으로 인식될 수 밖에 없다. 그 이유를 들자면 하나는 시기상의 문제일 것이고, 또 하나는 내용상의 문제일 것이다. 시기적으로 구술문화 시대의 산물인 그것이 21 세기의 현실에 맞을 것 같지 않으며, 내용상으로 볼 때도 윤리성만을 지

* 연세대 학부대학 강의전임교수

나치게 강조하는 권선징악 일변도의 그것이 섬세한 감각적 재현을 중시하는 멀티미디어 시대의 예술과는 어그러지는 듯이 보인다.

또, 그러한 상식적인 수준에서의 논의가 아니라 구술문화/문자문화의 대립적인 측면에서 보더라도 현대 사회는 구술문화가 잔존하기 어려운 형편임이 자명하다. 사실 모든 측면에서의 급격한 변화가 현대 사회의 한 특성을 이룬다고 할 때, 이전 세대의 문화가 다음 세대에까지 온전하게 이어지는 것을 전제로 하는 구술문화의 힘은 급격히 약해지게 된다. 아닌게아니라 구술문화 속에서 개념화된 지식은 소리내어 되풀이하지 않으면 바로 사라져버리기 때문에 여러 차례의 반복에 의한 문화전수의 틀을 취하지 않을 수 없고, 결과적으로 보수적이거나 전통적인 양상을 띠게 마련이다.1) 이는 디지털문화가 끊임없이 새로운 것을 추구하고 새롭게 수정된 뉴-버전(new version)일수록 정보의 가치를 인정하는 현상과 정면으로 어긋나는 것이기도 하다.

이상의 전제를 수긍한다면, 이러한 디지털 시대에 구비문학이 설자리는 없는가? 물론, 전통적 의미의 구비전승이 단절되었다는 점에서 더 이상의 구비문학이 생성될 여지가 없어 보인다. 변형된 의미에서의 구비문

---

1) 이 점에서 대해서는 월터 J. 옹, 『구술문화와 문자문화』(문예출판사, 1995, 이기우·임명진 옮김)의 다음 대목을 참조: "1차적인 구술문화 속에서 개념화된 지식은 소리내어 되풀이하지 않으면 바로 사라져 버린다. 그러므로 구술사회에서는 여러 세대에 걸쳐서 끈기 있게 습득된 것을 몇 번이고 되풀이해서 입으로 말하는 데 대단한 에너지를 투입하지 않으면 안 된다. 그 결과 응당 지적인 경험들이 유산으로 남겨져 정신을 이루는데, 그래서 이 정신은 매우 전통주의적이고도 보수적인 틀을 취하게 된다. 당연히 지식은 습득하기 어려운 것이어서 고귀해짐으로써 전문적으로 지식을 보존하고 있는 박식한 노인들이 이 사회에서는 높이 평가된다. 그들은 옛 시대의 이야기를 알고 있어서 말할 수 있기 때문이다. 지식을 정신 바깥에 저장함으로써, 즉 쓰거나 더욱이 인쇄하게 됨으로써, 과거를 재현시키는 사람들이었던 이들 박식한 노인들의 가치는 떨어지고 그 대신에 무언가 새로운 것을 발견하는 사람들인 젊은이들의 가치가 오르게 되었다."(67-68쪽)

학이랄 수 있는 TV 개그나, PC통신 등이 구비문학처럼 논의될 수는 있
다하더라도,2) 어차피 전통적 의미에서의 구비문학과는 다르다. 그럼에
도 불구하고 구비문학이 현재와 같은 정도의 관심을 받을 수 있는 이유
는 아마도 교육에서 찾아야 할 것 같다. 사실상 입에서 입으로 전하는
방식의 구비전승이 거의 끊겼음에도 불구하고 사람들이 여전히 그 내용
을 숙지할 수 있는 것은 9할 이상 교육의 덕분이라고 할 수 있을 것이기
때문이다. 초등학교에서 고등학교까지의 정규 국어교과목은 물론, 이제
는 어엿한 '독서물'로 자리잡은 옛이야기책들에서 구비문학은 끊임없이
재생산되고 있는 것이다. 따라서 현대의 구비문학 문제는 구비문학의 교
육문제와 연관되어 논의되는 것이 자연스럽다.

　그러나, 이때의 구비문학, 즉 교육현장에서 활자로 읽혀지는 구비문학
이 효율적으로 교육되고 있는가에 대해서는 다소 회의적이다. 구비문학
교육에서 이런 시대적인 변화를 수용하는 방향은 ICT(Information and
Communication Technology) 등을 활용한 새로운 교육방법을 도입하는
것과 그 변화에 걸맞은 새로운 해석을 시도해 학습시키는 것 두 가지가
될 것이다. 그런데 그간의 이 방면의 연구성과들이 주로 전자 쪽에 집중
된 점을 고려하여3) 이 글은 후자 쪽에 무게중심을 두고 진행하기로 한

---

2) 실제로, 드라마, 코미디, 대중가요, 영화 등을 '전파문학'으로 다루려는 시
　도가 있었으며(신동흔, <삶, 구비문학, 구비문학 연구>, 『구비문학연구』
　제1집, 한국구비문학회, 1994) TV토크쇼를 구비문학의 영역에서 다룬 예
　(신동흔, <현대구비문학과 전파매체>, 『구비문학연구』제3집, 한국구비문
　학회, 1996)도 있다.
3) 국어교육 분야에서 이런 점을 염두에 둔 몇 사례를 열거해보면 다음과
　같다: 이채연, 「하이퍼미디어를 이용한 국어과 수업전략」(『어문학』60집,
　1997.2) ; 이채연, 「디지털 시대의 문학교육」(『문학과 교육』 5호, 1998년
　가을, 문학과 교육 연구회) ; 김종선, 「하이퍼미디어를 활용한 국어교육의
　몇 가지 방법」(동국대학교 교육대학원 석사논문, 1998), 서유경, 「웹에
　서의 국어교육 설계 방향 연구」(『고전문학과 교육』 2집, 청관고전문학회,
　2000) 도, 최근에 서대석 교수에 의해 제시된 21세기 구비문학의 새로운
　연구방법이 '자료의 영상화, 연구방법의 디지털화, 연구대상의 확장, 자료

다. 가령, 구비문학의 한 특성으로 '민중적'이며 '민족적'인 성향을 꼽을 때,[4] 탈계층적이고 탈국가적인 디지털 시대의 특성에서 상당히 멀어지며 이에 따라 새로운 해석이 요청되는 것이다.

주지하는 대로 디지털은 아날로그와 달리 사실상 무한복제가 가능할 뿐만 아니라 아무리 복제하여도 원본이 훼손되지 않는다는 특징을 지닌다. 결과적으로 디지털 시대의 인간은, 전시대의 인간이 겪었던 것보다 훨씬 더 심각한 몰개성의 위험에 노출되며, 이는 자아 정체성을 형성하는 데조차 상당한 장애를 겪는 일로 이어질 수 있다. 특히 교육이 집중적으로 이루어지는 시기가 청소년기 이전임을 감안한다면 이는 매우 중요한 일이며, 구비문학의 텍스트에서 그를 해결하는 단서를 잡아낼 수 있다면 그 교육적 효과는 상당히 크리라 여겨진다. 아울러, 청년기에 이르러 성장이 끝난다 하더라도 중년기 이후에 이르면 자신의 삶을 되돌아보고 그 미숙함 때문에 고통을 받는 일이 많으므로 올바른 성숙에 지침이 되는 작품을 새롭게 해석하여 교육하는 일 역시 의미 있는 작업이겠는데, 이 글은 그에 적합한 작품 해석 및 자료 선정 등에 유념하여 논의를 전개하기로 한다.

2. '성장' : 〈온달〉과 〈지하국 대적 제치 설화〉

의 전산화를 통한 통계적 연구, 정서의 계량화에 의한 작품론의 과학화, 비교문학적 연구의 확장, 실용성 제고를 위한 연구'(서대석, 「21세기 구비문학 연구의 새로운 관점」, 『고전문학연구』18집, 한국고전문학회, 2000.2, 35-40쪽 참조) 등임을 생각한다면 그런 경향을 충분히 짐작할 수 있다.
4) 이는 우리 나라의 대표적인 구비문학이론서라 할 수 있는 장덕순 외, 『한국구비문학개설』(일조각, 1971)의 제1장 제1절 '구비문학의 개념'에서 그 중요한 특성으로 잡은 여섯 가지 중 다섯번째 것이다.(7-9쪽 참조)

현행 고등학교 문학교과서에 실려 있는 민담은 <온달>, <서동설화>, <지하국 대적 제치설화>, <달팽이 각시> 등이다.5) 그런데 이들 네 작품은 공교롭게도 주인공이 행운을 얻는 내용들이고, 실제로 그런 내용이 민담의 특성으로 교육되어오곤 했다. 교과서의 해설부분을 보자(밑줄 필자):

    * 우리의 민담에는 지하국에 관한 것이 많다. 대개 대적(大賊)이 지상의 여인이나 보물을 약탈하여 지하국에 숨겨 놓는데, 탁월한 능력을 지닌 영웅이 지하의 대적을 퇴치하고 여인이나 보물을 빼앗아 오는 내용으로 되어 있다. '지하국 대적 퇴치 설화'는 고전 소설과 관련이 깊다. '김원전' 같은 작품은 이 설화를 확대시켜 놓았다고 할 만하고, '최고운전'과 '홍길동전' 같은 작품은 이 설화를 부분적으로 차용하고 있다. '지하국 대적 퇴치 설화'는 설화의 소설화 과정을 보여 주는 좋은 예이다.6)

    ** 이 글은 『삼국사기』 <열전(列傳)>에 수록된 작품이다. 신분이 고귀한 공주가 스스로 미천한 바보 총각을 찾아가 결혼을 하고, 남편을 영웅으로 성장시켜 공을 세우게 하는 과정이 실감과 짜임새를 갖추어 그려지고 있다. 공주는 과단성이 있을 뿐 아니라, 상상치 못한 제의를 납득하지 못하는 온달과 그 모친을 지성으로 설득하고 또 좋은 말을 고르게 하여 온달이 영웅으로 입신케 하는 방안을 마련하는 등 비범한 안목을 가진 여성이다. 아울러 온달의 관이 움직이지 않자, "죽고 삶이 결정났으니 돌아가자."고 하여, 초탈한 모습까지 보여 이인(異人) 같기도 하다. 반면 공주의 도움이긴 하나 세상이 바보라 했던 온달에게 영웅적 능력이 잠재해 있었음이 밝혀져 사람을 신분이나 겉모습으로 판단할 것이 아님을 말해 주고 있다.7)

---

5) 수록교과서는 다음과 같다: <온달>-한샘(김), <지하국대적제치설화>-교학사, 한샘(최), <달팽이각시>-천재.
6) 김대행, 『문학』(교학사), 121쪽.

　두 작품의 주인공은 매우 다르게 설정되었지만, 그 과정에서 보여주는 행운에 있어서만큼은 별 차이가 없어 보인다. 모두 예쁜 아내와 그 아내로 인해 얻어진 부(富) 등을 거머쥐는 것이다. 이 점에 있어서 <서동설화>와 <달팽이각시> 역시 크게 다르지 않다. 그런데, 작품을 이렇게 해석하는 이면에는 은연 중에 '귀/천, 부/빈, 중심/주변'을 가르는 이분법적 사고가 자리잡고 있음을 부인할 수 없다. 온달은 바보였는데 장군이 되었으니 천한 데서 귀한 데로 갔고, <지하국 도적 제치 설화>의 주인공은 자신의 영웅적인 능력을 펼쳐 보여서 예쁜 아내와 재물을 동시에 얻었으니 일종의 신분 상승 효과 같은 것이 일어났다고 보는 것이다.

　그런데, 이 논문에서 기본전제로 삼고 있는 디지털 시대에는 그런 차별성이 먹혀들 틈이 상당부분 소거되고 있음에 유념할 필요가 있다. 디지털은 근본적으로 0과 1의 두 종류의 신호만으로 구성되는 체계이며, 필연적으로 아날로그 정보에 비한다면 비약적 단절을 가져오게 마련이다. "다양한 성격, 다양한 내용, 다양한 형식의 정보가 디지털 부호화할 때, 그 다양한 이질적 속성들은 상실되어 버리고 균등한 정보가 된다. 디지털식 정보처리는 부가적 속성을 제거하여 균등화하는 과정인 것이다."[8] 결과적으로 사람과 사람간의 위계적인 서열화 역시 급속도로 파괴된다 하겠는데, 이런 시대적인 변화에 비추어 민담을 신분상승의 행운을 얻는 이야기로만 이해시키려 한다면 적지 않은 무리가 따르지 않을까 한다. 물론 당대적 의미를 학습시킨다는 점에서 일정 부분 기여할 수는 있겠지만, 고전의 현대적 의미를 일깨우기에는 역부족일 것이기 때문이다.

　이런 점을 염두에 두고 <온달>로 되돌아가 보자. 이 이야기는 흔히 우부현처(愚夫賢妻)형 이야기로 꼽힐 뿐만 아니라, 지금도 잘난 여자를

---

7) 김윤식 · 김종철, 『문학』(한샘), 125쪽.
8) 목영해, 『디지털 문화와 교육』(문음사, 2001), 88쪽.

만나 입신해보려는 남성에게 '온달 콤플렉스'에 **빠졌다**고 할 정도로 '신분상승'이 작품 이해의 중요한 열쇠가 되고 있다. 즉, '온달/공주=수혜자/시혜자'라는 등식이 자리잡고 있는 것이다. 그러나 실제 『삼국사기』에 실린 작품을 꼼꼼히 읽어볼 때, 그것이 과연 일방적인 시혜였던가에 대해서는 의문이 제기될 수 있다.

> 평강왕의 어린 딸이 울기를 잘하여서 왕이 놀렸다. "네가 항상 울어서 내 귀를 시끄럽게 하니 커서 대장부의 아내가 될 수 없을 터, 바보 온달에게나 시집보내야겠다." 왕은 매번 그렇게 말하곤 했는데 딸의 나이 16세가 되어 상부(上部) 고씨(高氏)에게로 시집보내려 하니 공주가 대답하였다.
> "대왕께서 항상 말씀하시기를 너는 반드시 온달의 아내가 된다.'고 하셨는데 지금 무슨 까닭으로 전의 말씀을 고치십니까? 필부도 식언(食言)을 하지 않으려 하거늘 하물며 지존하신 분께서야 더 말할 필요가 없습니다. 그러므로 '임금은 희언(戱言)이 없다'고 하는 것입니다. 지금 대왕의 명령은 잘못된 것이오니 소녀는 감히 받들지 못하겠습니다."9)(밑줄 필자)

밑줄 친 부분에서 알 수 있듯이 공주가 집을 나오는 것은 온달을 도와주려 해서도 아니고 쫓겨나서도 아니다. 잘못된 명령을 이행할 수 없다는 공주의 선언은 임금의 명령을 거역하는 데 초점이 있다기보다는, 일방적으로 짜여진 삶의 틀을 거부하는 데 있는 것이다. 공주가 궁궐을 떠나 온달이 있는 산 속으로 들어가는 과정을 '고귀한 궁궐 / 비천한 산속'의 대립으로 보는 대신, '수동적 삶 / 능동적 삶'으로 본다면 이 작품에 대한 해석은 신분상승으로 읽어내는 고정적인 틀에서 벗어날 수 있을 것이다. 즉, 공주의 돌출행위는 외견상 화려하게 짜여진 궁궐을 벗어나 비록 소박하지만 자신의 힘으로 세상을 개척할 수 있는 새로운 세계

---

9) 같은 책, 같은 곳.

로 눈을 돌리는, 행복을 찾아나서는 길이기도 한 셈이다.

　이 점은 온달의 입신 과정과 맞물려 설명될 때 힘을 얻는다. 온달이 말을 구해서 준비한다거나 만물이 소생하는 삼짇날 기회를 잡고 탁월한 사냥 솜씨를 뽐내는 것으로 능력을 과시하는 행위 등은 사실상 그대로 신화의 틀이기도 하다. 기왕의 논의에서 충분히 검토되었듯이 <온달>은 온달의 입사식(入社式)[10]을 그린 작품임이 분명한데, 마찬가지로 공주의 입사식일 수도 있는 것이다. 공주는 이 이야기를 통해 자신의 장래를 강압적으로 규제하는 가정을 벗어나 독자적인 힘으로 일어섬을 보여주기 때문이다. 이렇게 보면, 온달이 산 속에 있다가 사냥대회를 통해 세상에 모습을 드러내는 과정이나 공주가 궁궐에 있다가 산 속으로 가서 다시 공주의 자리를 인정받는 행위가 모두, 인간의 성장과정을 담아낸다는 점에서 차이가 없다. 신화에서 보여주는 영웅의 입사식이 '분리→입문→회귀'의[11] 전형적인 틀을 밟는다는 점을 고려할 때 이 점은 더욱더 분명하다 하겠다.[12]

　이 점에서, <온달>은 공주의 도움으로 온달이 입신하는 이야기에 그치는 것이 아니라, 온달의 도움으로 공주가 입신하는 이야기이기도 하

---

10) 이에 대해서는 민긍기, <온달설화의 생성적 연구>(『열상고전연구』 제6집, 1993.4)에서 상세히 논의된 바 있다.

11) "곧 영웅은 일상적인 삶의 세계에서 초자연적인 경이의 세계로 떠난다. 여기에서 그는 엄청난 세력과 만나고 결정적인 승리를 거둔다. 영웅은 이 신비스러운 모험에서, 동료들에게 이익을 줄 수 있는 힘을 얻어 현실 세계로 돌아온다." - 죠셉 캠벨, 『세계의 영웅신화(원제 : *The Hero with Thousand Faces*)』(이윤기 옮김, 대원사, 1989)

12) 다소 다른 맥락처럼 보이겠지만 <온달>을 공주의 입장에서 본다면, 사실상 계모 이야기와 그 궤를 같이 한다. 계모의 박해를 받고 집을 나갔다가 뜻을 이루고 다시 집으로 돌아와서 자신의 위치를 굳건히 하는 이야기는 부모로부터의 의존을 줄여서 아동의 성장을 돕는 이야기로 해석될 수 있다. 이에 대해서는 브루노 베텔하임, 『옛이야기의 매력』2(김옥순·주옥 옮김, 시공주니어, 1998) '8. 변형-사악한 계모의 환상-'(110-121쪽) 참조.

다. 온달이 외적의 침입에 맞서 선봉에 서서 수훈을 세웠을 때 왕이 "너
는 내 사위다."라고 한 것은 온달을 인정한 것일 뿐만 아니라 공주더러
"네가 나의 명령을 복종하지 않으면 단연코 내 딸이 될 수 없다."고 하
여 딸로 인정하지 않겠다고 했던 것을 뒤엎어서 다시 딸로 인정한다는
뜻이다. 이렇게 읽을 때 이 작품은 단순한 성공담 내지는 신분상승담이
아닌 '성장담', 그것도 한 인물이 어느 한 인물을 조력하기만 하는 것이
아니라 두 인물이 함께 성장하는 쌍방의 성장담이 된다.

작은 세상 / 분리 /　　입문(시련)　　/　회귀 / 큰 세상
온달 :　산 속 →　무술연마 및 사냥대회　→ 전장(공훈)
공주 :　궁 궐 →　궁궐 밖 고난 및 훈련　→ 궁궐
　　　　　　　　　　　　　　　　　　　　(다시 인정받음)

　도식적인 설명이기는 하지만 이 그림에 있는 대로 온달과 공주는 모
두 자신을 옥죄는 작은 세상을 벗어나 큰 세상으로 도약하는 데 성공하
고 있다. 이런 의미에서의 성장은 봉건제에서의 입신양명 내지는 신분상
승과는 달리 최첨단을 걷는 현대인들에게도 요긴한 것인데, 온달이 장군
이 되었다거나 공주가 졸지에 바보의 아내가 되었다는 사실에만 집착한
다면 이러한 해석이 끼여들 여지가 별로 없을 것이다. 더구나 <온달>을
읽고 배우는 때가 아동기에서 청소년기인 점을 감안하거나 탈계층적인
디지털 시대로의 환경변화를 고려할 때, 성장담으로 읽히는 것의 교육적
효과가 훨씬 더 높지 않을까 한다.
　이 중에서 특히 후자의 경우는 이 글의 주제와 연관하여 좀더 상세한
주의가 요망된다. 인간 능력을 신장시키는 일은 언제 어디서나 중요한
일임에 틀림없지만, 디지털화한 멀티미디어 시대에서는 이전 시기와의
성격이 사뭇 다르기 때문이다. "새로운 정보가 홍수처럼 밀어닥쳐 습관
을 바꾸고, 새로운 종류의 정보가 한없이 생겨나면 당연한 결과로서 갖

가지 계층의 구별은 심리적으로 무너진다."13) 특히 대립적 계층구별은 현실적인 힘을 잃을 수밖에 없으므로, 온달을 '거지'에서 '장수(왕의 사위)'로 변화한 것으로만 파악해서는 곤란할 것이다. 또, "모든 미디어는 우리 자신의 확장, 즉 우리 신체의 각부분을 여러 가지 소재로 바꾼 것"14)이라고 할 때, 필연적으로 멀티미디어의 출현은 총체적인 확장을 의미할 것이며, 이 점에서 인간 내면의 잠재적 능력 확대는 더욱 중요한 문제거리이다. 그만큼 한 인간이 이미 정해진 한 기능 내지는 역할을 충실히 수행하는 데에서 벗어나, 미지의 기능과 역할 쪽으로 넘어갈 가능성이 높아졌기 때문이다.

<지하국 대적 제치 설화> 역시 마찬가지 맥락에서 교육할 수 있다. 이 이야기는 손진태의『한국 민족설화의 연구』에 소개된 이래15) 민족적 특성 등이 강조되어 왔지만 사실은 전세계적으로 널리 퍼진 상당한 보편성을 띤 설화로, 우리 민족과 다른 민족간의 차별성에 유념하는 교육만으로는 한계를 갖게 된다. 그럼에도 불구하고 이 작품에 보이는 행복한 결말을 우리 민족의 낙천적인 세계관으로까지 연결 지으려는 시도가 있을 정도이다. 그러나 만약 그런 방식으로 민족성을 운위할 경우, 우리에게 특히 많은 비극적 내용의 전설을 교육할 때는 비극적 세계관을 운위할 것이므로 섣부른 단정은 오히려 역효과를 낳을 우려가 있다.

이 작품을 해석하는 코드는 제일 먼저 '지하국'에서부터 찾을 수 있다. 지상에 대비되는 천상이 고상한 곳으로 인식되는 것처럼 지하는 인간을

---

13) 마샬 맥루한,『미디어의 이해 : 인간의 확장』(박정규 옮김, 커뮤니케이션 북스, 1997), 36쪽.
14) 같은 책, 201쪽.
15) 손진태 선생은 이 설화를 북방민족(몽고)의 영향을 받아 형성된 것으로 여기고 그 유사점과 차이점을 기술하면서 우리쪽에 정착한 설화의 특성을 추출해내려 하였다. 결과적으로 몽고쪽 설화에 비해 '여성의 정조를 절대시하는' 방향으로의 변형이 있다고 보았다. (손진태,『한국 민족설화의 연구』, 을유문화사, 1946, 132쪽 참조)

옥죄는 비천한 곳이다. 굳이 선과 악으로 구분 지어 설명하자면 악에 해당할 것이므로, 지하국 역시 악, 악인과 연관된다고 볼 수 있다.16) 그렇게 본다면 이 작품은 궁극적으로 대적, 곧 큰 악을 물리치는 이야기로 읽힐 수 있다. 그런데, 이때 중요한 점은 악을 물리쳐낸 결과라기보다 오히려 그 과정에 있다고 보는 편이 옳겠다. 현행 문학교과서에 실린 원문의 한 토막은 이렇다.

> 그리고 제일 나이 젊은 한량에게 먼저 내려가 보라고 하였다. 내려가는 도중에 무슨 위험이 있을 때에는 줄을 흔들기만 하면 위에 있는 사람들이 곧 그 줄을 끌어올리기로 약속하였다.
> 제일 젊은 한량은 조금 내려가다가 무서운 생각이 나서 줄을 흔들었다. 다음 사람은 반쯤 내려갔을 때에 줄을 흔들었다. 또 그 다음 사람은 삼분의 이 정도 내려가다가 무서워 줄을 흔들었다. 마지막으로 제일 형 되는 한량이 내려가게 되었다. 그는 동생들에게 말했다.
> "너희들은 아직 나이 어려서 안 되겠다. 내가 내려가서 도적을 죽이고 돌아올 때까지 여기서 기다려라. 그 때에도 줄을 흔들 터이니 너희들은 줄을 당겨 올려야 할 것이다."

악을 물리치러 넷이 나섰는데 한 사람만 성공한다. 그리고 그 성공의 동인은 용기에 있다. 앞서 살핀 작품의 해설에서는 주인공이 '영웅'임을 강조하고 있지만, 이 작품에 등장하는 '한량'은 영웅과는 상당한 거리가 있다.17) 이 이야기에 등장하는 인물들의 공통된 특성이라면 영웅적이라기보다는 두려움 없이 땅 밑으로 내려가는, 즉 악을 피하지 않고 정면으로 맞서는 데 남다른 점이 있다. 그런데 이렇게 겁 없이 내려가고 나면,

---

16) 이런 해석은 이부영, 『한국민담의 심층분석』(집문당, 1995)을 참조.
17) 손진태 선생이 괄호 안에 '무사'를 넣어 설명했듯이, 한량은 본래 아직 벼슬하지 않은 무반을 일컫는 말이다.

70

이 유형의 이야기들은 예외 없이 일이 너무 수월하게 풀린다. 위에 인용한 작품에서는 잡혀있는 여자가 동삼수(童蔘水)를 가져다 주어서 완력이 엄청나게 커지며, 대적이 한 번 잠들면 석 달 열흘이나 잔다는 정보를 전해준다. 『한국구비문학대계』에서 몇 가지 예를 찾아보아도 마찬가지이다.18)

이 유형에 속하는 각편들이 보여주듯이 땅 밑에 있는 괴물은 일단 용기를 내서 맞서기만 하면 제압될 방법이 생긴다. 이는 자아정체성으로 가는 첩경인 '자아확신(self-certainty)'을 서사화해 놓은 것과도 같다고 할 수 있으며,19) <온달>로 설명하자면 공주가 궁궐을 나서고 온달이 사냥대회에 나가는 행위와 비견될 만하다. 세상을 살면서 대적(對敵)해야 할 것들은 무척이나 많다. 그리고 그것들은 대개가 자기 바깥에 있다고 여기기 때문에 누구나 자신이 노력하여 넘어서려하기보다는 그것을 핑계로 회피하려는 성향이 강하다. 그런데 이 이야기에서는 일단 과감하게 달려들기만 하면 그 안[지하국]에서 모든 문제가 해결됨을 보여준다. 성장은 서서히 이루어는 것이지만, 사실상 어느 한 순간에 비약하기도 한다. 그리고 그 비약의 과정이 없으면 크게 성장하기 어려운 법인데, 이

---

18) 여자가 준 동삼수를 먹거나(1-1. 지하국 대적 퇴치 -재털벙거지와 결의형제-), 미꾸라지 열 마리를 잡아죽이는 것으로 물리치기도 하고(5-4. 지하대적 퇴치), 독주를 먹여서 죽인다거나(6-11. 곤륜산에 사는 도둑), 장군샘 물을 마셔서 힘이 세지기도 하고(7-14. 조천석과 지하도적 백강아지), 도적이 석 달 열흘 동안 잠을 잔다.(7-16. 지하도적 잡고 용왕궁에서 얻은 연적) - 숫자는 『한국구비문학대계의 권 표시.

19) 일반적으로, 청년기에 겪게 되는 자아정체성에 대한 의문과 위기는 긍정적인 자기평가와 부정정적인 자기평가 간의 양극인 갈등에서 생긴 것으로, 자신의 능력, 가치, 도덕과 같은 내면세계의 특성에 대하여 자신감을 갖게 되는 것을 '자아확신'이라 하며, 반대로 자신의 특성을 외면하려하는 상태를 '무관심(apathy)'이라 한다. 자세한 내용은 조원호 · 송숙희, 『인간행동의 이해와 청년기갈등』(국민대학교출판부, 1998), 284-285쪽 참조.

이야기는 그 성장의 과정을 잘 드러내주는 이야기이다. 주인공이 상대를 물리치는 민담이라거나 행복한 결말은 우리 민족의 정서라는 식의 교육보다, 이처럼 성장기의 환경에 걸맞은 내용으로 풀어주는 것이 효과적일 것이다.

3. '성숙': 〈괴상한 쥐〉와 〈옹고집전〉

디지털 시대의 도래와 더불어 '사이버-'가 하나의 접두어처럼 쓰일 정도이다. 인터넷을 기반으로 하는 현실과 다른 가상공간이 하나의 실재처럼 여겨지는 것이다. 실제로 '아바타'를 모니터 전면에 내세우면서 애칭으로 채팅을 하다보면 가상과 실재가 헷갈리는 일이 발생하기도 한다. 이를 단순하게 생각하면 실제 현실은 진짜이고 사이버공간의 가상은 가짜이다. 하지만 사태는 그리 단순하지 않다. 사이버공간 역시 우리의 삶에 깊숙이 끼여든 실제공간으로 작용하는 것이며, 어떤 면에서는 우리가 실제로 보고 듣고 느끼는 현실이 더 허구처럼 느껴지는 현실을 경험하곤 한다. 허구로 만들어놓은 아바타 역시 '자신의 소망(욕망)'을 드러내는 하나의 상징이기 때문이다.

우리 민담 중 '진가쟁주담(眞假爭主談)'이라고 하는 것은 그런 디지털 시대의 문제점을 해결하는 데 시사점을 던져줄 만한 것이다. 설화집에 흔히 '괴서(怪鼠)'라고 명명된 이야기들이 바로 그것인데, 쥐가 사람으로 변해 주인행세를 하면서 진짜와 겨루는 이야기이다. 대개 사람이 무심코 깎아서 내버린 손톱발톱을 쥐가 먹고 그 사람으로 변신하는 것으로 되어 있는데, 이 경우 주인공은 몇 년간을 절이나 산에 들어가서 공부를 하고 돌아오는 것으로 설정되어 있는 예가 많다. 그런데 진짜인 인간은 가짜인 쥐에게 참으로 사소한 것 때문에 당하고 만다.

그리서 아들은 두 영감보구 우리집에 밥그릇이 멫 개구 숟갈이
멫 개구 쟁기는 워데 있구 낫은 몇 개나 되느냐구 물었다. 한 영
감은 낱낱이 다 대는디 한 영감은 하나두 대지 못했다. 그러니게
대지 못한 영감이 가짜 아부지라 하구 내쫓으버렸다.

이 집에는 수십 년 동안 이 집 곳간의 쌀이며 콩이며를 믁고
자라스 큰 노강쥐(크고 늙은 쥐)가 있었는디 이 쥐가 이 집 영감
과 똑같은 모습으로 도섭[변신]해각고 있었다. 쥐는 이 집 구석구
석을 돌아댕겨스 이 집에 있는 물근이 믓이구[무엇이고] 어디 있
구 또 멫 개라는 긋을 잘 알구 있어서 그긋을 낱낱이 다 댈 수가
있었다. 그른데 진짜 영감은 사랑방에만 있으스 그 집에 있는 물
근이 믓이 있으며 멫 갠지 통 몰랐다. 그리스 대지 못했다.[20]

진짜와 가짜를 판별하는 기준으로 잡은 것이 집안의 세간을 알아맞힐
수 있느냐의 여부였다는 점이 의미심장하다. 주인은 사랑방 중심으로 공
부나 하면서 외부손님이나 맞았을 터이니 집안의 세세한 살림을 알 길
이 없었을 것이다. 당연히 가짜로 의심받을 수밖에 없다. 어느 심리학자
에 따르면 쥐는 야행성 동물이므로 쥐의 삶이 바로 인간이 의식적으로
무시하고 지내온 어느 한 축이라고 한다.[21] 거기에 따르자면, 여기에 등
장하는 진짜와 가짜가 사실은 두 인물의 서로 다른 삶이 아니라 한 인물
이 필연적으로 갖게 되는 두 삶이다. 위의 작품처럼 단순히 사랑채에 기
거하는 보통 사대부뿐 아니라, 이 유형의 많은 각편들이 특히 공부를 하
러 집을 떠나있는 것으로 설정되는 것은 그런 의미가 극대화된 경우라
고 할 수 있다. 이를 그림으로 나타내면 다음과 같다.

20) 임석재, 『韓國口傳說話』(임석재전집6)(평민사, 1990), 324-325쪽.
21) 이에 대해서는 이부영, 앞의 책, 55-87쪽 참조.

의미 인물	표면적 의미	이면적 의미
주인 영감	진짜	삶1(문명, 낮, 사랑채)
쥐	가짜	삶2(자연, 밤, 안채)

만약 이 이야기를 표면적 의미에만 중점을 두어 이해한다면, '진짜→가짜→진짜'의 단순한 해프닝에 지나지 않게 될 것이다. 그러나 이면적 의미까지 생각한다면 진짜에서 진짜로 돌아오는 과정이 단순한 복귀에 그치지 않게 된다. 조선조 유교사회는 '儒'가 표상하는 대로 文을 숭상하는 문화였으며, '부부유별'과 같은 남녀의 구분을 엄격히 하는 문화였다. 따라서 이 시대를 사는 일반 사대부는 필연적으로 수양이라는 명분 아래, 문을 숭상하는 과정에서 인간 내면에 숨쉬고 있을 야성을 억제해야 했으며, 남성의 안에 잠재된 여성성 역시 최대한 억제해야만 했다. 그러나 누구나 경험해서 아는 대로 사회가 요구하는 모범적인 삶의 전형이 곧바로 자기 삶의 진정한 모습이 되는 것은 아니다.

융(Jung)에 따르면, 남성과 여성이 사회가 요구하는 남성성 혹은 여성성에 순응하는 과정에서 그 안에 잠재된 여성성 혹은 남성성이 특히 중년기 이후에 두드러지게 나타난다고 한다.[22] 특히 이런 이야기의 주인공들은 모두 젊은이가 아니라는 점에 유념할 필요가 있다. 인생의 전반기에 있는 사람의 문제는 본능의 적응과 관계가 있으며, 인생의 후반기에 있는 사람의 문제는 자기 자신의 존재에 대한 적응에 관계가 있다."

---

22) 융은 사회가 요구하는 특정한 역할을 하기 위한 가면을 '페르소나 (persona)'라고 했고 그것이 곧 정신의 겉면인데, 내면에는 남성의 경우 '아니마(anima)', 여성의 경우 '아니무스(animus)'가 있다고 했다. 페르소나가 지나치게 발달하여 아니마/아니무스가 위축될 경우 건강한 조화상태를 잃게 되며, 반대의 경우 역시 마찬가지이다.

74

고[23] 할 때, 이 이야기는 확실히 인생의 후반기에 속할 법한 내용이다. 즉, 인생의 전반기 내내 남성에게 부과된 과업을 수행하는 데만 충실하게 지냈던 한 인간이 가짜 소동을 겪으면서 그것이 전부가 아님을 깨닫는 것이다. 오랜 동안 외부환경에 순응하며 사느라 미처 발현하지 못했던 내적인 욕구가 분출되는 형식이다. 그것은 억눌러서 없앨 수 있는 것이 아니라 필요에 따라 적절히 발현되어 자신의 삶의 일부로 온전히 인정되어야만 하는 어떤 것이다. 이 점에서 이 이야기는 앞서 살핀 <온달>이나 <지하국 대적 제치 설화>와는 크게 다르다. 그것들이 외부환경의 어려움을 떨치고 뻗어나가는 데 초점을 둔 것이었다면, 이 이야기는 자기 속에 잠재된 내적 불화를 해결하는 데 중점이 주어지기 때문이다.

간단하게 비교해보자. <지하국 대적 제치 설화>에서의 한량은 대적을 물리치기만 하면 되었다. 그것으로 자신의 존재를 알리고 그것으로 승리와 행운이 보장되기 때문이다. 그러나 <괴상한 쥐>의 주인공은 그렇지 않다. 자신이 버린 손톱발톱을 먹고 자란, 따라서 자신의 분신처럼 여겨질 수 있는 적을 상대해야 한다. 그리고 그 적이 자신보다 잘 알고 있는 것은 필요 없는 잡된 지식이 아니라, 가정에 관한 소중한 것들이다. 즉, 수양한다는 명분 아래 방치해두었던 내적 욕망과, 사랑채를 호령하며 무시했던 집안살림 문제가 불거지는 것이다. 그것들은 버려야 할 대상이 아니라 잘 거두어들이고 더 많이 신경을 썼어야만 하는 대상이다. 이 점에서 '진짜/가짜'의 대립은 무의미하다. 그 동안 진짜라고 믿었던 삶이 버려왔던 가짜에서 진짜가 발견되기 때문이다. 기가 막히게도, 진짜 때문에 가짜로 오인되고, 가짜는 진짜로 판명되는 역설이 탄생하고 만다.

이렇게 볼 때, 이 이야기는 '성숙'에 대해서 이야기하는 것이다. 흔히 성장이 끝나면 어른이고 어른이 된 후로는 곧 노쇠한다고 믿지만 어른

---

23) C. G. 융 외, 『융 심리학 해설』(선영사, 1999 재판), 138쪽.

에게는 성숙이라는 또 하나의 과업이 놓여져 있다. 온전하게 자기의 삶을 꾸릴 수 있어야 하는데, 그것은 내적인 모순과 갈등을 합리적이고 효과적으로 화합시키는 것에 달려 있다고 해도 과언이 아니다. 이런 해석을 근거로 디지털 시대의 문제로 돌아가보면, 진가쟁주담은 이제부터 본격화된다고 해도 과언이 아니다. 디지털로 무장된 사이버의 홍수 속에서 '주인영감/쥐'에서 벌어졌던 한판의 싸움이 '현실/가상'에서 재현되는 조짐이 있기 때문이다. 현실만이 진짜이고 가상은 가짜라거나, 반대로 사이버세상이 새것이고 현실 세상은 낡은 것이라고 하여 사이버에 경도될 때, 올바른 성숙은 기대되기 어렵다.[24]

이러한 의미의 '성숙'이라는 주제를 가장 잘 다룬 고전 작품이라면 아마도 <옹고집전>을 들 수 있을 것이다. 사실 <옹고집전>은 소설이지만

---

24) '성인동화'의 가능성과 연관하여 <지하국 대적 제치 설화>에 대비될 만한 작품을 하나 예시하면 '여덟 모의 구슬'이 있다: "옛날, (가)신랑 신부가 (나)강비탈을 돌아가는데 메기 한 마리가 나오더니 (다)새신랑을 잡아먹겠다고 했다. (라)신부는 "내 신랑은 나를 평생 먹여줄 사람이니까 나를 잡아먹으려면 내가 평생 먹고 살 것을 주어야 한다."고 했다. 메기는 여덟 모가 난 구슬을 하나 주었다. 신부는 메기에게 그 여덟 모의 용도를 물었다. 메기는 하나씩 차례로 가르쳐주었다. "여기를 대고 밥 나오라 하면 밥이 나오고, 여기를 대고 옷 나오라 하면 옷이 나오고……." 그러나 맨 마지막 한 가지는 가르쳐주지 않았다. 신부는 그것마저 일러주지 않으면 신랑을 내줄 수 없다며 버텼다. 그러자 메기는 "여기를 대고 너 죽어라 하면 죽는 모다."고 일러주었다. 신부는 거기를 메기에다 대고 "너 죽어라." 했더니 정말 메기가 죽었다. 신랑신부는 그 구슬을 가지고 부자로 잘 살았다고 한다."(임석재, 『한국구전설화-평안북도편 1』, 평민사, 1987, 165쪽 <여덟 모의 寶玉>의 줄거리)
이 이야기의 경우, (가)이미 결혼한 상태이고, (나)일상적인 삶에서의 위협이며, (다)남성을 요구하고, (라)여성의 지혜에 의해 문제를 해결한다는 점이 <지하국 대적 제치 설화>와 다르다. 이는 남성·여성의 구분을 떠나 인간에게 보편적으로 내재하고 있을 여성성의 긍정적 의미를 되새기게 해주며, 결국 '남성/여성=중심/주변'의 이분법적 차별을 넘어 진정한 성숙을 가능케 하는 이야기로도 볼 수 있을 것이다. '성인동화'의 논의가능성 등에 대해서는 지면을 달리하여 상론할 예정이다.

진가쟁주담이 그대로 옮겨진 구비문학적 면모를 고스란히 안고 있다. 아래의 인용대목을 위의 <괴상한 쥐>와 비교해보면 그 유사성이 극명히 드러날 것이다.

　　이같이 자탄할 때 며늘아기 여쭈오되, "집안에 변을 보매 무슨 체모 있으리까." 사랑문을 열고 들어가니 허(虛)옹가 나앉으며, "아가, 자세히 들어 보아라. 창원 마산포서 너희 신행(新行)하여 올 때 가마 십여 필에 온갖 기물 실어 두고, 나는 후배(後陪)하여 따라올 제 상사마 한 필 뒤등걸어 실은 것이 모두 다 파삭파삭 절단나서 놋동이 한복판이 떨어져서 쓰지 못하고 벽장에 넣었으니, 그도 또한 헛말이냐. 너의 애비는 내로다." 실(實)옹가 나앉으며, "애고 저놈 보소. 내가 할 말 제가 하네. 애고애고 이 일을 어찌하리. 새아가, 내 얼굴 자세히 보아라. 네 시아비는 내 아니냐." 서방님 거동 보소. 화살 전통 걸어메고 집으로 바삐 와서 사랑에 들어가니, 허옹가 나앉으며 하는 말이, "저 건너 최서방에게 작전(作錢) 열 냥 가져온 거 너더러 주라 하였더니, 그 돈에서 한 냥만 술 사오라 하여라. 분하고 분하다, 이놈이 우리 세간을 앗으랴고 이리 한다." 실옹가 나앉으며 "애고애고 저놈 보소. 내가 할말 제가 하네."[25]

　진짜 옹고집이 가짜 옹고집에게 당하는 이유는 <괴상한 쥐>의 주인 영감이 당하는 이유와 같다. <괴상한 쥐 이야기>의 주인 영감이 사랑채에 나앉아서 집안 일을 도외시한 것과 마찬가지로 옹고집 역시 그랬던 것이다. 뿐만 아니라 원님 앞에 나서서 집안 내력을 말하는 데 있어서도 진짜 옹고집은 그저 조상의 이름과 관직만 대는 정도였던 데 비해서 가짜 옹고집은 그 세세한 행적까지를 두루 나열한다. 더욱이 옹고집의 아버지는 많이 베푼 것으로 명성을 얻은 사람임을 밝혀내는 데에서 진짜

---

25) 정주동 註解, <옹고집전>(김삼불 교주본), 『韓國古典小說選)』(새글사, 1965), 281쪽.

옹고집은 완패한다. 결국, 옹고집이 개과천선한다 함은 단순히 자신의 잘못을 뉘우친다는 의미를 넘어서 자신이 외면했던 삶의 진정성을 깨닫는 것이다. 사회적으로 강요된 가면을 벗고 자신의 내면에서 우러나오는 욕구를 피하지 않고 회피할 수 있는가 하는 것이야말로 성숙, 곧 어른스러움 표지이다.

　물론, 교육현장에서의 반응을 감안할 때, 해당연령에 적합하여 즉각적으로 이해를 구할 만한 내용의 작품을 선별하는 것이 바람직할 것이다. 그러나 학교에서의 교육이 끝난다고 해서 삶이 끝나는 것은 아니며, 인생 전반에 걸쳐 지속적으로 작용할 만한 작품을 선별하여 가르치는 것은 어떤 의미에서 더욱 더 필요한 일이 된다. 위에서 예를 든 <옹고집전>만 하더라도 거의 초등학생 수준에서 <흥부전>과 유사한 권선징악의 테두리에서 설명되거나, 고등학교 『문학』 교과서에서는 판소리계 소설이라는 문학사적 사실만을 가르치는 데 그치는 편이다. 그러나 외국의 경우, 옛이야기 중 일부를 '성인 동화'의 영역으로 취급하면 중년을 넘어서면서 얻어야할 지혜를 일깨우는 데 상당한 노력을 기울이고 있다.26)

　이 점을 상기하면서 <옹고집전>을 읽을 때, 제일 먼저 눈에 들어오는 대목은 '생성성(Generativity)'27)이다. 성장기에 자신의 성장이 중요했던 것과 마찬가지로 성장이 멈추었다고 판단되는 시기부터는 후속세대의 성장을 돕는 일이 무엇보다 중요하게 된다. 옹고집의 경우, 자신의 많은 재물을 전혀 베풀지 않는 인물로 심지어는 노모의 약 한 첩 쓰기를 꺼릴

---

26) 알랜 B. 치넨의 저서 두 권, 『어른스러움의 진실』(김승환 옮김, 현실과미래, 1999)과 『인생으로의 두 번째 여행』(황금가지, 1999)은 그런 방식으로 이야기를 다룬 대표적인 예가 될 것이다. 흥미롭게도 뒤의 책에는 한국의 설화(<마술 주머니>)가 선택되어 자료로 쓰이고 있기도 하다.

27) 에릭슨(Erik Erikson)은 generativity를 "1차적으로 다음 세대를 낳고 이들을 지도하는 데 대한 관심"(에릭 에릭슨, 『아동기와 사회』(윤진·김인경 옮김, 중앙적성출판사, 1988, 311쪽)으로 규정하여 그것을 청년기 이후의 중요한 과업으로 상정하고 있다.

정도이다. 그런데 진가(眞假)를 가리기 위해 고을 원님 앞에 나아갔을 때, 진짜 옹고집과 가짜 옹고집의 서술은 천양지차를 보인다. 호적을 상고하라는 명에 대해 진짜 옹고집은 "민(民)의 애비 일홈은 옹송이옵고 조(祖)는 만송이로소이다"[28]라고 밖에 대지 못하는 데 비해, 가짜 옹고집은 "자아골 김등내 좌정시에 민의 애비가 좌수를 거행하올 때에 백성을 애휼(愛恤)한 공으로 하여곰 연호잡역(煙戶雜役)을 삭감하였기로 경내유명(境內有名)하오니……"[29]로 장황하게 설명한다. 여기에서 중요한 사실은 가짜 옹고집의 경우, 자기 집안이 이만큼 유명하게 된 것은 "백성을 애휼"하는 베풂에 있었음을 인지하고 있다는 점이다. 결국, 옹고집의 인색함은 善惡을 가르는 문제일 뿐만 아니라, 참된 성숙의 여부를 가르는 중요한 잣대이기도 하다.

아울러 이런 식의 변이야말로 '소설 <옹고집전>'이 '설화 <괴상한 쥐>'를 넘어서는 확실한 증표이다. <괴상한 쥐>는 심리학적 해석이 붙지 않고서는 그 내면의 의미를 알기 어렵게 이루어져 있으며 구체적 형상화에 일정한 한계를 지니는 것이다. 그러나 판소리를 거치면서 적층문학적 변전과정을 충분히 세례 받은 이 작품의 경우 단순히 자신의 탐색에 그치는 것이 아니라 자신과 남의 평화로운 공존에 더 큰 의미를 두고 있다. 결국 이를 통해 타인의 성장을 돕는 일이 자신의 성숙이라는 인생의 의미를 깨닫게 하는 것이라 하겠다. 이는 온달과 공주의 '자기성장'이 중요했듯이 그런 성장을 돕는 역할이 곧 '자기성숙'임을 표명인 셈이다.

이 점에서, 그 동안 구비문학 교육에서 선악이 또렷한 작품들만 선별하여 지나치게 교훈 내지는 계몽적인 방면으로 교육해온 것이 아닌가 반성하고, 새로운 텍스트를 선별하여 가르치려는 노력을 보여야 할 것이다. 특히, 디지털 시대는 이전의 사회가 강요했던 가면 이상의 가면을 요

---

28) 정주동 註解, 앞의 책, 284쪽.
29) 같은 책, 같은 면.

구한다는 점을 이해할 때, 인생 전반에 걸쳐 내적 자기개혁으로 이끌 지혜가 충만한 작품을 가려서 읽히는 것은 매우 시급한 과제이다. 구비문학이 실제 구연될 당시만 해도 사회적 가면은 곧 전체 계층적인 성격의 거대한 어떤 것이었겠지만, 지금은 미세화하고 가변적인 것이어서 계속적인 정체성 혼미 현상이 계속되고 있기 때문이다. "아날로그에서 디지털로의 통신 형식이 바뀌면서 수렴 현상이 더욱 가속화되었다"30)는 데 대해 아무도 이의를 제기할 수 없으며 그만큼 개별단위적인 속성이 숨어들 여지는 줄어든다. 거기다 네트워크를 기반으로 한 경제체제에 진입하지 못하거나 그 변화의 속도를 따라잡지 못하는 쪽에서는 심한 자기 상실감을 느끼기 쉬우며, 자연스럽게 자기 정체성 찾기는 그 이전보다 더욱 중요한 과제가 되리라 본다. 교육부가 고시한 제7차 고등학교 교육과정에서도 문학을 "자신의 삶과 밀접하게 연관지어 지도"하도록 한다거나 고전문학 작품을 "당대의 삶과 정서를 이해하고 오늘의 관점에서 재해석할 수 있도록 지도"하도록31) 한 것 역시 이런 맥락에서 적극적으로 수용되어야만 할 것이다.

4. 맺음말

디지털 시대로의 변화와 함께 구비문학의 교육 여건 역시 급격히 변하였다. 가장 눈에 띄는 변화는 멀티미디어를 주축으로 하는 교육환경의 변화로 그에 따른 새로운 교육방법의 도입이 제일의 논의대상이 되겠으나, 이 글은 그보다는 디지털 시대의 사회 변화와 함께 수반되어야 할 구비문학 내용을 중심으로 논의하였다. 주된 방향은 탈계층적이고 탈민

---

30) 제러미 리프킨, 『소유의 종말 *The Age of Access*』(이희재 옮김, 민음사), 28쪽.
31) 『고등학교 교육과정 해설』(교육부, 2001), 323~324쪽.

족적인 시대에 걸맞은 작품의 해석 및 선별이었다.

이상의 논의결과를 간단히 정리해보면 다음과 같다.

첫째, 설화에서 주인공의 신분상승이나 권선징악이 드러나는 내용을 근거로 행복한 결말, 낙천적 세계관, 민족정서 등으로 해석하기보다는 인간의 성장과 성숙 과정이라는 측면으로 해석하는 편이 더욱 효과적이다. 이는 구비문학 작품이 실제로 구연되던 시절의 상하, 귀천의 대립적 갈등이 당대만큼 유효하지 않은 상황을 고려한 것이다.

둘째, <온달>과 <지하국 대적 제치 설화>는 어느 시점에서의 비약적 성장을 상징하는 측면이 강하며, 그 전환점에는 담대한 용기가 요구되고, 용기를 갖게 되면 문제 해결책은 그 안에 내재함을 암시한다. 이런 해석은, 특히 교육시기가 청소년기 이전임을 고려할 때, 자아확신을 통해 자기정체성을 찾는 데 유용하게 쓰일 수 있을 것이다.

셋째, 구비문학을 교육함에 있어서 학습연령을 지나치게 고려한 나머지, 성장기 이후의 지침이 될 만한 작품을 끌어내지 못하는 것은 매우 아쉬운 일이다. 적어도 중년기 이후까지의 삶을 지혜롭게 다져나갈 만한 지침이 되는 작품을 선별하여 교육하는 일이 필요하다. 특히 구비문학적 견지에서 정말 '성인동화'의 영역이 가능한가에 대해 진지하게 생각해볼 때이다.

넷째, 성숙은 성장과 달리 자기 내면에서의 문제를 다스리는 것이다. <괴상한 쥐>나 <옹고집>은 외부에서 틈입한 가짜를 막아내는 이야기가 아니라, 자기 내부에 숨쉬고 있을 가짜 삶을 제어하는 방법을 일러주는 이야기이다. 이런 작품들에서는 진짜가 가짜를 몰아내는 데 그치지 않고, 진짜로 여겨왔던 삶에 대한 반성을 통해 가짜로 치부하고 소홀히 했던 삶의 한 부분과 화해하여 온전한 삶으로 이끌어내는 데까지 나아가게 한다.

이런 식의 설화 교육을 통해서 외적 난관을 만나 두려움 없이 나아가

야 하는 인생전반기의 과업과, 내부의 갈등과 모순을 조정하고 통합해야
하는 인생후반기의 과업을 수행하는 데 한 지침이 될 수 있을 것이다.
향후 이와 같은 작업이 지속적으로 수행되고 교육방법적인 측면까지 성
실히 탐구된다면, 구비문학을 현대의 새로운 매체로 덮씌워서 현대인의
기호에 맞게 향유케 하는 일만큼이나 소중한 성과를 거두리라 믿는다.

<Abstract>

The Education of Oral Literature in Digital Age

- Focusing on 'Growth' and 'Maturity'-

Lee Kangyeop
Yonsei University

The purpose of this thesis is to examine the plan of education of oral literature in digital age, The man in this age is faced with dangerous conditions lacking self-identity. Therefore this thesis intended to seek the clue to solve that problem through the education of oral literature, specially focusing 'growth' and 'maturity'.

The first topic is 'growth' found in Ondal and Subjugating a big Monster in underground land. Generally, happy ending in folktale is interpreted to escalating of protagonist's social position. But, taking Ondal as an example, the happy ending is have to be interpreted common of Ondal and Pyunggang. Because Pyunggang also free herself from bondage of the royal palace, as Ondal do himself from bondage of poverty of life in mountain. The same way, the protagonist of Subjugating a big Monster in underground land free himself from condition he don't act to the his best ability, by subjugating monster. After all, this folktale guide us to the genuine way of growth in our life.

The second topic is 'maturity' found in Odd Mouse and Onggojip. Because of disregarding his household affairs, in particular, happened in the women's quarters, the protagonist of Odd Mouse is expelled from his house. This work is seemed to suggest the way of genuine maturity, through realization 'whole man' receptive the quality of other sex. And Onggojiip is expelled from his house owing to lack of generativity for others, therefore Onggojip teaches us that one of the great duties of adult is the very generativity.

In this way folktale education, oral literature can contribute to expansion one's ability for youth, and to achieve one's duties for adult.

고전교육의 문화론적 접근의 실태와 전망

염 은 열[*]

1. 시작하며[1)]

현행 교과서에서 고전문학을 다루는 방식은 대개 세 가지 정도로 나눌 수 있다. 고전이 하나의 실체로 이해·감상되기도 하고, 표현(말하기와 쓰기)과 이해(듣기와 읽기)의 원리 및 국어 문법을 잘 보여주는 텍스트로 다뤄지기도 하며, 그런가 하면 단순히 흥미를 끌기 위한 자료로 활용되기도 한다. 제도 교육의 전단계(全段階)에서 이 세 가지 존재 양상을 모두 확인할 수 있지만, 다만 발달 단계에 따라 조금씩 다른 비중을

---

* 청주교육대학교 국어교육과 교수
1) 토론자로서 필자가 생각을 구체화하고 정리하는 데 도움을 주신 노진한 선생님께 감사드린다.

차지한다. 입문기의 성격을 지니는 초등교육의 경우에는 동요나 전래동화를 중심으로 표현과 이해의 자료로 다뤄지는 경우가 많은 반면에, 이른바 개화기 이전의 작품이 현대문학과 짝이 되어 가르쳐지기 시작하는 것은 중학교에 이르러서이며, 고등학교 단계에서 본격적인 고전교육2)이 시행된다. 따라서 초등학생을 대상으로 하는 고전교육 연구와 중학생 이상을 대상으로 하는 고전교육에 대한 논의 역시 별도의 장(場)에서 서로 다른 양상으로 전개되고 있는 것이 엄연한 현실이다. 필자는 중등 이상의 학생을 대상으로 하는 고전교육 및 고전교육 연구의 실태를 살피고 이후 고전교육의 방향에 대해 생각해 보려 한다.

논의에 앞서 분명히 할 것이 또 하나 있다. 이 글을 통해 해결해야 할 문제의 성격을 확인하는 일이다. 제목의 축약된 진술이 이 글에서 해결하고자 하는 문제를 드러내기에 충분하지 않다고 믿는 까닭이다.

우선 문화론적 접근은 크게 두 가지 차원에서 제기될 수 있다. 먼저 고전교육에 대한 문화론적 접근이 있을 수 있고, 다른 하나는 고전교육의 연구 방법론으로서의 문화론적 접근이 있을 수 있다. 전자는 오늘날 우리가 고전교육을 통해 기르고자 하는 것이 무엇이며 어떤 기제에 의해 어떤 사회적 의미를 생산하는지 밝히는 것을 목적으로 한다. 이는 고전교육의 사회적 기능과 위상을 점검하는 일이라는 점에서 꼭 필요한 작업이라 할 수 있다. 그러나 다루는 문제가 거시적인 차원에 있기 때문에 논의의 수준이 매우 추상적이어서, 역사와 전통이 축적되지 않은 상황에서는 그 논의가 자칫 일반론에 머물 가능성이 있다. 후자, 즉 고전교육의 연구 방법으로서의 문화론적 접근은 고전의 무엇을 왜, 어떻게 가

---

2) 이 글에서 사용하는 '고전교육'이란 '고전문학교육'을 줄여 말한 것으로 이른바 개화기 이전 우리 문학에 대한 교육을 지칭하는 말이며, 이 글에서는 정전(正典, cannon)으로서의 고전을 가르치는 행위, 가령 중세 시대 사서삼경(四書三經)을 가르치는 행위 등을 지시하는 개념으로 사용하지 않았다.

르쳐야 하는지에 대한 대답을 찾는 일에 그 목표가 있다. 고전을 문화 현상으로 바라보고 또 그렇게 가르침으로써, 궁극적으로는 고전교육을 통해 오늘날 우리의 언어 문화를 풍요롭게 하고자 하는 일련의 시도들 이 여기에 해당한다. 이에 대해서는 본문에서 보다 자세히 다룰 것이다.

이 글은 고전교육의 연구 방법으로서의 문화론적 접근의 실태를 파악 하고 고전교육 및 고전교육 연구의 방향을 모색해 보려는 것을 목표로 한다.

2. 문화론적 접근의 대두 배경 −고전교육의 실상

1) 고전교육의 전제와 문제

중등 이상의 국어과 교육과정에서 고전문학은 현대문학과 함께 '문학' 이라는 단일 개념으로 묶여 있다. 그러나 교과연구자들과 교사 및 학생 들이 교육과정에 명시된 대로 현대문학과 고전문학을 단일개념으로 인 식하고 있는지는 의문이다. 고전문학과 현대문학을, 서로 다른 세부전공 으로 구분하고, 교사들 역시 고전문학과 현대문학에 접근하는 방법을 달 리 하고 있는 것이 엄연한 현실이다. 시간적 거리에서 비롯된 인식의 거 리가 존재하는바, 이른바 개화기에 우리 것을 정리하지 못한 상황에서 성급하게 서구의 교육 제도와 문학관을 도입함에 따라 그 인식의 거리 가 더욱 멀어진 것이 그 이유이다. 오늘날 고전문학은 당위적 차원에서 한국문학의 특질 및 우리의 언어 문화와 더욱 밀착된 자료로 가정되며, 현대 문학과는 다른 방법으로 교수 학습되고 있다. 현대소설이라면 전체 를 읽힌 후 인물이나 주제에 대한 탐색으로 나아가는 반면에, 고전소설 의 경우에는 한 구절 한 구절 주석과 해설을 붙이는 것이 일반적인 수업

88

방식이다.

이러한 차이가 생겨나는 것은 고전이 대부분 이른바 개화기 이전에 존재했던 문학이고, 개화기를 기점으로 문학을 보는 우리의 관점 및 관습이 너무도 달라진 까닭이다. 국어교육을 통해 암암리에 재생산된 문학관이 서구의 근대 이후 문학에 대한 관념이었음은 이미 여러 차례 지적한 바3) 있어 다시 언급하지 않기로 한다. 다만, 고전을 이해하고 감상하기 위해서는 근대 이후의 서구적 문학관을 벗어 내야 함과 동시에 자구(字句)를 해독하고 장르적 관습을 익히고 잃어버린 감수성을 회복해야 하는 등의, 많은 과정과 비용이 요구된다는 점에 대해서는 다시 지적하지 않을 수 없다.

그렇다면 우리가 고전문학작품을 읽기 위해서, 다시 말해 이해·감상하기 위해서는 어떤 과정이 요구되는지 좀 자세히 살펴보자. 논의를 보다 구체화하기 위하여 기행가사를 배우는 상황이라고 가정하기로 한다.4)

고전문학작품을 이해하기 위해서는 우선 텍스트 자체를 해독할 수 있어야 한다. 학생들이 무슨 말인지 읽어내지 못한다면 작품에 대한 감상은 말할 것도 없고 최소한의 반응조차 형성되지 않을 것이기 때문이다. 가령, "千천尋심絶결壁벽을 半반空공의 세여 두고 銀은河하水슈 한 구븨롤 寸톤寸톤이 버혀닉여 실ᄀᆞ치 풀처이서 뵈ᄀᆞ치 거러시니 圖도經경 열두 구븨 내 보미ᄂᆞᆫ 여러히라.(띄어쓰기-필자)"라는 표현이 폭포의 모습을 형용한 것임을 알지 못한다면 이 표현에 전제되어 있는 대단한 상상력과 표현의 묘를 감상하는 것은 애초에 불가능해진다. 폭포의 형상을

---
3) 졸저, <고전문학과 표현교육론>, 역락, 2000. 졸고, 표현교육의 연구 경향에 대한 비판적 고찰, 국어교육학연구 11집, 국어교육학회, 2001. 참고
4) 군이 기행가사여야 하는 이유는 없지만, 일반적인 차원에서 고전교육에 대한 논의할 때 생겨날 수 있는 추상성과 애매함을 극복하기 위해, 한 예로 기행가사를 든 것이다.

"절벽을 세워 두고 은하수를 마디 마디 베어서 그 절벽 위에 걸었다."고 표현한, 상상력의 활달함을 감상할 수 없게 된다. 교과서에 수록된 고전 작품들에 많은 주석과 해석이 달려 있는 것이나 교사들이 작품 해석에 주력하는 것은 모두 이 때문이다. 이처럼 작품을 이해·감상하기 위해서는 글을 식별하여 읽어내는 능력인, 기능적 문식성(funtional literacy)이 전제되어야 한다. 그런데 불행히도 우리 학생들이 고전문학작품에 대한 기능적 문식성을 갖추지 못한 상황이다 보니 고전 수업의 초점이 어구 풀이에 놓이게 되고 학생들은 그 내용을 교과서 빈 칸에 빼곡이 받아 적은 후 외워야 하는 상황이 연출되는 것이다.

작품의 내용을 읽어낼 수 있게 되면, 비로소 작품에 대한 이해가 본격적으로 시도될 수 있다. 이때 요구되는 것이 작품이 속한 갈래와 표현 관습 등에 대한 이해일 것이다. 기행가사의 장르적 특성이 어떠했으며, 묘사의 관습은 어떠했는지를 아는 것 등이 여기에 해당한다. 즉, 지어진 시대에 따라 조금씩 다른 양상을 보이기는 하지만 여정을 빠짐없이 기술해야 한다는 의식 때문에 여정을 죽 나열하다가 특별한 장면에 이르러 부풀려 묘사하는 것이 기행가사의 창작 원리임을 아는 것이나 우리식 묘사의 특징을 아는 것은 작품에 대한 이해를 심화해 줄 수 있다. 이를 굳이 이름 짓자면 장르적 문식성(genreic literacy)에 대한 교육이라 할 수 있겠다.

작품을 해독하고 그 장르적 관습에 대해 이해했다면 누가, 언제, 어떤 이유로 작품을 지었으며 지어진 작품이 당대에 어떤 의미작용을 일으키며 향유되었는지에 대한 이해로 나아가야 할 것이다. 고전문학을 가르치는 중요한 목표 중의 하나가 조상들의 삶과 문화를 이해하고 나아가 민족적 정체성을 형성하는 것이라는 상식적인 견해에 따르더라도 문화적 문식성(cultural literacy)의 차원은 자국어교육에서 중요하게 다뤄질 수밖에 없다.

결국 학생들에게 고전 표현의 묘미를 느끼게 하려면, 말을 바꿔 고전문학을 읽고 감동을 받도록 하려면, 기능적 문식성과 장르적 문식성 및 문화적 문식성을 길러 주기 위한 교육의 과정이 필수적이라 하겠다. 교사들이 한 구절 한 구절을 풀이해 주고 기행가사라는 장르종에 대해 친절하게 설명하고 시대적 배경과 연행 상황에 대한 여러 지식들을 나열하는 식의, 흔히 볼 수 있는 고전문학 수업이, 사실은 고전교육이 처한 특수한 상황에서 기인한 것이며 기능적 문식성 및 장르적 문식성과 문화적 문식성을 신장시키기 위한 교육적 접근이자 노력이었음을 알게 된다. 요약하자면 지금까지의 고전교육은 기능적·장르적·문화적 문식성을 신장하기 위하여 국문학사적 지식을 가져왔던 셈이다.

그러나 학생들의 고전교육에 대한 불만이 대단하고 고전문학작품에 대해 이해가 일천하다는 점을 기억하면 그러한 교육적 노력이 고전문학에 대한 긍정적 태도와 깊이 있는 이해를 가져왔는지에 대해서는 회의적일 수밖에 없다. 고전이 어려워서 기피하고 기피해서 더 어렵게 여기게 되는 악순환이 심화되고 있다는 것은 이미 여러 번 보고된 바 있다.

그렇다면 고전작품을 이해하고 감상하는 데 동원할 수 있는 정보 내지 문학사적 지식들을 모두 제공해주었음에도 불구하고 작품에 대한 이해가 깊어지지 않는 이유는 무엇인가.5) 왜 학생들은 고전을 발견하고

---

5) 이와 관련하여 필자는 지식 위주의 수업이 고전문학에 대한 흥미를 떨어뜨렸다는 항간의 말에 동의하지는 않는다. 오히려 문학사적 지식은 작품 이해의 중요한 출발점이자 도착점이라고 생각한다. 독자는 문학사적 지식의 안내를 받아 작품의 신비를 하나하나 벗겨나갈 수 있으며―이것이 바로 인식의 과정인데, 이 과정에 학생들은 인식의 즐거움, 발견의 즐거움을 느낄 수 있다.―, 작품 이해의 결과로 그 지식을 보다 강화하거나 구체화하게 된다는 점에서 볼 때 지식은 이해와 감상의 수단이자 결과인 것이다.
   문제는 지식을 다루는 방식에 있으며, 지식을 가르칠 것인가 말 것인가의 차원에 있는 것이 아니다. 꼬집어 말한다면 많은 지식 내지 사실들을 정보 차원에서 고립적으로 다룸으로써 암기의 부담만을 주었을

감상하는 즐거움을 느낄 수 없는 것일까. 악순환의 고리를 끊으려면 어떻게 해야 할까. 세 단계에 대한 이해가 필수적이라고 하여, 모든 작품을 똑같은 절차에 따라 가르치는 것, 즉 세 단계 각각에 해당하는 문학적 혹은 국문학사적 지식을 모두 제공하는 것에 문제가 있는 것은 아닐까.

2) 苦戰의 원인과 대안의 모색

필자는 고전에 대한 기피가 각각의 단계를 고립된 지식으로 다룸으로써 암기의 부담만을 주었기 때문이라고 생각한다. 여러 연구자들이 오랜 기간 동안 하나씩 밝혀낸 결과인 국문학사적 지식을 '매번' '한꺼번에' '나열하듯이' 제시해 줌으로써 생겨난 문제라고 생각한다.

다양한 학습 목표를 설정하여 그에 따라 다양한 이본을 제공해 주는 한편, 그에 따라 다양한 수업 방법을 고안해 내야 학생들의 흥미를 끌 수 있다. 더욱 중요한 것은 그렇게 했을 때 고전에 대한 체계적인 이해가 가능해진다는 점이다. 가령, 원전을 제시하고 원전의 어구 풀이로 일관하기보다는, 학생들의 문식성의 정도를 조사하여 다양한 수준으로 변용한 텍스트들을 단계별로 제시함으로써 결국에는 원전을 감상할 수 있도록 하는 것이 보다 효과적일 것이다.

아울러 고전교육(연구)의 주체들이 부분의 합은 전체가 될 수 없다는 점을 분명히 인식할 필요가 있다. 부분을 통해 전체에 다가가되, 우선 고전문학이 우리에게 줄 수 있는 혜택이 무엇인지, 말을 바꾸면 왜 그런 비용을 들여가며 고전을 가르치고 배워야 하는지에 대한 뚜렷한 상위인

뿐 작품 이해로 나아가지 못한 점이 우리 고전문학교육의 문제인 것이다. 핵심 개념을 중심으로 묶이지 않은 개별적인 지식들이 다량으로 제시되면 누구나 그 정보들을 처리하기 위해 인지적 부담을 느낄 수밖에 없게 된다. 그렇게 되면 어느새 본말이 전도되고 목표의식이 사라지면서 지식을 학습하기 위해 작품이 존재하는 그런 상황이 연출될 수 있는 것이다.

지를 확립하고 있어야 한다. 막연히 우리 것이기 때문에 배워야 한다고 주장하거나 연구자가 오랜 학습의 결과로 체득하게 된 감동을 아무 준비가 되어 있지 않은 학습자에게 주장하는 수준을 넘어서는 차원에서, 가르치고 배우는 행위에 대한 상위 인지, 즉 교육적 전망을 마련하고 공유할 필요가 있다.

그 교육적 전망에 따라 가르칠 것의 우선 순위를 정하고 고립된 지식들을 관계망 속에 묶어, 학생들이 고전에 대한 체험을 구성해갈 수 있도록 도와야 한다. 고전교육에 대한 연구가 고전문학에 대한 연구에 기초를 두되, 국문학사적 지식의 전수에 머물 수 없는 이유가 여기에 있다. 국문학사적 지식의 습득이 고전교육의 궁극적인 목표는 아닐 것이며, 지식을 활용하여 고전을 이해 감상하고 오늘의 표현 문화에 대한 인식력과 언어적 상황 대응력을 높이려는 것이 고전교육의 목표이기 때문이다. 이를 위해서는 교육적 전망을 이론화하는 일, 고전을 이해·감상하고 오늘날 표현 문화에 대한 인식력과 상황 대응력을 높이기 위하여, 교육적 필요와 발달 단계를 고려하여 지식을 재구성하는 일이 요청된다.

그런데 고전교육에 대한 논의는 매우 미흡한 상황6)이다. 고전교육 연구의 대부분이 고전작품의 교과서 분포 현황 및 경향을 살피거나 수록 작품을 분석하여 교수 학습의 방법을 제안하는 교재론 내지 교수·학습론에 집중되어 왔는데, 그나마 국어과의 여타 영역에 비해 양적으로 많지 않고 질적으로 볼 때도 국문학의 연구 성과를 소개하는 데 머물거나 교수·학습의 일반 모형을 그대로 적용하는 식의 연구가 대부분이었다.

---

6) 주로 국어교육연구사라는 큰 틀 안에서 함께 논의되었으며, 고전문학교육연구사로는 다음을 참조할 수 있다. 고전문학교육연구실, 古典文學敎育의 硏究成果, <古典文學 어떻게 가르칠 것인가> (이상익 외), 집문당, 1994, 75-90면. 박경주, 고전문학교육의 연구 현황과 전망, 고전문학과 교육 창간호, 청관문학회, 태학사, 1999, 한창훈, <시가교육의 가치론>, 월인, 2001, 19-26면.

다행히 최근 들어 중세 시대 전통에 대한 사대부들의 인식과 전통교육의 방법에 대한 논의7)와 고전소설의 인문적 가치에 대한 논의8)가 제기되었고, 고전문학작품의 표현자료서의 가치를 명확히 하고 교육 내용을 추출하는 연구9)가 자리를 잡아가고 있으며, 고전시가의 교육적 가치를 새롭게 제기하는 연구10)가 있기는 했지만, 이들 연구 모두 앞으로의 연구 과제를 던지는 試論의 성격이 강하다는 점에서 고전문학의 교육적 가치를 탐색하는 본격적이고 구체적인 논의는 지금 시작 단계에 있다고 할 수 있다. 문화론적 접근 역시 아직은 시론의 성격을 지닌다.

고전교육의 원론에 대한 논의는 물론이고 개별 작품들에 대한 교육적 조망도 거의 이루어지지 않은 상황이고, 그나마 연구 성과들이 교육과정과 현장에 충분히 전달되지 않은 탓에, 고전교육은 그 필요성을 스스로 입증하지 못한 면이 있으며 학생들로부터 소외의 길을 자초한 측면이 없지 않았다. 7차에 이르기까지 가장 변화가 적은 수업이 고전문학수업이었다는 점은 필자의 이러한 진단과 관련하여 시사하는 바 크다. 현상적으로 보기에 수업 내용 및 방법에 문제가 있는 듯이 보이지만, 병 내지 징후의 근원을 추적해보면 이론 내지 논의의 빈곤 및 교육적 전망의 부재에서 모든 문제가 비롯되었다고 할 수 있다.

이런 상황에서 문화론적 접근11)은 고전문학에 대한 접근을 달리 함으

---

7) 김성룡, '고전문학교육의 이념과 범위', [문학과 교육] 제7호, 1999 봄, 132-133면.

8) 김종철, [춘향전]교육의 시각(1), 고전문학과 교육 제1집, 청관고전문학회, 1999. 김종철, 고전소설의 이본과 창작 교육의 한 방향, 청관문학회 춘계 발표 요지, 1999.

9) 김대행을 필두로 하여 서울대학교 국어교육과에서 나온 일련의 논문들이 여기에 해당한다. 김대행, 국어교과학의 지평, 서울대학교 출판부, 1995. 졸저(2000), 특히 10-14면 연구사 정리 부분 참고.

10) 한창훈, 앞의 책. 한창훈, 시가와 시가교육의 탐구, 월인, 2001.

11) 고전문학의 대상화 방법으로서의 문화론적 접근에 대해서는 이미 살펴본 바 있다. 문화론적 접근의 발생 배경이 국어교육의 역사와 밀접하게 관

94

로써 새로운 교육 내용을 추출하려는 움직임이라 할 수 있다. 즉, 고전을 바라보는 우리의 문학관, 국어교육을 통해 재생산된 문학관에 대해 반성하고 고전문학의 존재 방식에 주목함으로써, 고전의 의미를 새롭게 발견하려는 접근 방법이다. 지금까지 국어교육의 장에서는 고전문학을 문어 텍스트 혹은 전문 작가의 작품을 보는 관점으로 바라봄으로써 의도하지는 않았지만 고전에 대한 접근을 어렵게 했으며, 고전이 줄 수 있는 혜택을 충분히 누리지 못하게 했던 것이 사실이다.

이러한 문제를 해결하고자 고전을 하나의 문화 내지 문화 현상으로 보자는 것이 문화론적 접근의 출발이다. 작품으로 보게 되면 아무래도 작품을 분석하고 작품을 둘러싼 제반 맥락을 살피는 식의 정태적인 접근에 흐르기 쉬운 반면, 문화로 보게 되면 보다 역동적으로 작품의 존재 방식과 그것의 의미 작용에 대해 살피게 되고 역사적 실체로서의 고전에 대한 정당한 인식에 도달할 수 있기 때문이다. 하나의 문화 현상으로 보아 고전의 존재 방식에 주목할 때 구어문화의 기원으로서의 고전문학이 오늘날의 구어 현상을 이해하고 새로운 구어문화를 창달하는데 도움을 줄 수 있을 것이며 또한 생활 문화의 복원에 매우 긴요한 역할을 하게 된다.

련되었음을 밝혔는바, 문화론적 관점이 기능주의와 문학주의에 대한 반발로 고전을 자료로 삼아 국어교육학을 논의하는 연구자들에 의해 제기된 것임을 분명히 하였다. 나아가 여러 학회들에서 기획 주제로 문화적 접근을 제기하면서 연구 방법이 확충되고 발전되었음을 이미 밝힌 바 있다. 이 글은 졸고(2001)와 기본적인 관점이 동일하며 이미 언급했거나 밝힌 문제에 대해서는 다시 다루지 않았다. 졸고, '고전문학의 교육적 대상화에 대한 연구- 문화론적 관점을 중심으로-', 고전문학과 교육 제3호, 청관문학회, 교육미디어, 2001.

3. 문화론적 접근의 실제 : 구어문화로서의 고전

맥루한은 매체(media)가 메시지이며 매체가 인간의 확장을 가능하게 한다고 말한다. 매체가 단순히 생각을 매개(mediate)하는 것이 아니라 인간의 지평을 확장해 준다는 말이다.12) 맥루한의 이러한 생각은 오늘날 매체를 바라보는 여러 연구자들의 관점을 대변하는 것이다. 매체의 중요성을 간파한 연구자들은 매체가 인간의 표현을 구속할 뿐 아니라 그것을 사용하여 의사소통을 하는 인간의 사고 구조와 삶의 양식까지도 바꾼다고 주장한다. 가령, 월터 옹은 음성언어를 대표적인 매체로 사용하는 문화와 문자언어를 대표적인 매체로 사용하는 문화의 차이를 비교한 연구자로 유명한데, 그는 인간이 음성언어에 의존하는 시기에는 기억력이 사고의 중요한 범주로 간주되고 모든 표현상의 자질들은 기억에 용이한 구조-반복, 상투적 표현 등-를 취하는 반면, 문자언어를 사용하게 되면서 분석력과 비판력이 중요한 사고 범주로 되었고 정치하고 논리적인 글쓰기가 가능해졌다고 주장한다.

이러한 매체 연구자들의 주장이 일반화된 것은 그들의 주장이 그만큼 설득력이 있기 때문일 것이다. 고전 국문문학의 대부분은 구어 문화의 산물이며, 따라서 문어 문화의 관념과 관습으로 접근했을 때 제대로 이해될 수 없다.

기행가사에 대거 등장하는 묘사 표현을 예로 삼아, 표현 및 작품에 대한 접근이 어떻게 달라져야 하며, 그 결과 우리가 무엇을 얻을 수 있을지 생각해 보기로 하자.

---

12) 물론 매체의 변화는 새로운 감각의 습득과 기존 감각의 상실이라는 양면을 지닌다.

구만물(舊萬物) 신만물(新萬物)을 / 츠례(次例)로 편람(便覽)ᄒ니
이 엇지 산(山)이리오 / 돌 안이면 옥(玉)이로다.
웃쑥 웃쑥 쏖죳 쏙죡 / 만물 형상(萬物形狀) 가즈시니
슈졍(水晶) 쥬옥(珠玉)으로 / 초목금슈(草木禽獸) 삭여는 듯
심산(深山)의 늙은 즁이 / 능엄경셔(-嚴經書) 외오노라
오빅 나흔 (五百羅漢) 거ᄂ리고 / 불젼(佛前)의 열좌(列座)ᄒᆫ 듯
옥경(玉經)의 일쳔 션관(一千仙官) / 금포 옥디(錦袍玉帶) 셩
(盛)히 ᄒ고
샹졔(上帝)게 죠회(朝會)ᄒ랴 / 홀(笏) 못고 시립(侍立)ᄒᆫ 듯
초픠왕(楚覇王) 거뉴젼(去留殿)의 / 십이 졔후(十二諸侯) 불너
볼 계
원문(轅門) 팔쳔 졔ᄌ(八千弟子) / 황츙(幌槍)ᄒ고 옹위(擁衛)ᄒᆫ 듯
귀신(鬼神)인 듯 ᄉ람인 듯 / 물형(物形)인 듯 산형(山形)인 듯
양안(兩眼)이 현황(眩恍)ᄒ니 / 츄향(醉鄉)이 바히 업다.13)

위 대목은 <봉닉쳥긔(蓬萊淸奇)>에서 만물초를 묘사하는 대목이다.
'만물형상을 다 가지고 있다.'고 하면서 즁이 오백나한을 거느리고 불전
에 열좌한 듯도 하고, 선관들이 상제에게 조회하는 풍경과도 같다고 하
며, 비유로 풍경에 대한 묘사를 대신하고 있다. 비유에 동원된 이미지는
당대에 매우 익숙한 관념들인바, 가령, 오백나한은 실재하지는 않지만
여러 불화나 벽화를 통해 당시 사람들의 머리 속에 존재하는 관념이라
할 수 있다.

위와 같은 비유를 다른 금강산가사에서도 흔히 찾아볼 수 있다는 점
에서 보면 위 묘사적 표현은 비유의 참신성이나 새로움 면에서는 다소
떨어진다고 할 수 있다. 또한 비유로 일관한 데다가 과장하여 서술함으
로써 실물을 있는 그대로 묘사한 것으로도 보기 어렵다. 따라서 참신한
비유와 사실적 묘사를 강조하는, 오늘날 지배적인 문학관 내지 표현관으

---

13) 최강현, 기행가사자료선집 1, 1996, 국학자료원, 541면.

로 보면 접근하기 어렵거나 수준이 떨어지는 것으로 보일 소지가 있다.

그러나 잘 알려진 것처럼 이러한 장면 묘사는 독특한 기능을 하면서 조선 후기 인기 만점이었던 기행가사들에서 두루 나타나는 표현들이다. 이 사실은 참신성이나 새로움은 아니지만 다른 인기의 비결 내지 미덕이 있었음을 가정하게 한다. 여기서 기행가사의 존재 방식이 구어 문화의 전통 안에 있었고, 참신성이나 사실성이 사실은 작가성을 중시하는 문어 문화의 범주임을 기억할 필요가 있다. 문어 범주로, 말의 문학으로서의 속성을 지니며 음영(吟詠)이라는 소통 방식으로 인해 말을 하듯이 쓰여진 금강산가사를 접근한다면, 그 작품에 대해 제대로 이해할 수 없을 것이다. 구어 표현의 특성으로 파악했을 때 위 표현은 비로소 제대로 이해되고 정당하게 평가받을 수 있다. 우리가 우리의 이름을 걸고 작가로서 글을 쓸 때는 고쳐 쓰기를 반복하며 새롭고 참신한 표현을 추구하지만, 일상적으로 소통의 효율성을 도모하거나 공감을 목적으로 말을 할 때는 다른 양상의 표현을 추구하게 되기 때문이다.

구어 상황과 문어 상황 각각에서 묘사적 표현의 기능과 양상이 얼마나 달라지는지 알아 보자. 미팅에서 만난 사람의 얼굴을 묘사하라는 친구들의 요구를 받았다고 가정해 보자. 이러한 요구를 받았을 때 화자는 일단 머리 속에 그 사람의 상이나 그 사람에게 받았던 인상, 곧 지배적 인상을 떠올리게 된다. 그리고 이를 언어로 옮겨 놓는 일을 시작한다. 이 때 언어 사용의 목적은 자신의 머리 속에 간직하고 있는 상을 언어로 구체화함으로써 청중에게 전달하는 일이 된다. 따라서 청중에게 구체적인 이미지를 그려줄 수 없는 묘사란 아무런 의미를 지니지 못하게 된다.

이러한 언어 사용의 목적상 공유할 수 있는 상을 그려내는 것이 묘사의 성패를 좌우하는 핵심 문제로 부각되는데, 이 문제를 해결할 수 있는 방법은 대개 두 가지가 있다. 대상의 물리적 속성에 주목하여 이를 감각어로 표현하는 방식과 청중과, 공유하고 있는 이미지를 끌어다 사용하는 방식이 그것이다. 흔히 '얼굴 색은 어떻고, 눈은 어떻고, 코는 어떻고...' 식의 묘사는 전자의 예라면, '얼굴형은 탤런트 누구 같고 눈은 누구의 눈과 비슷하고 또 코는 누구보다 좀 낮고...'식의 묘사는 후자의 예가 된다. 전자는 물리적인 특징을 일정한 순서에 따라 그려내는 방식으로, 이러한 묘사의 성패는 물리적 특성을 환기시킬 수 있는 구체어를 얼마나 적절하게 구사하느냐의 문제에 집중된다. 그러나 후자의 경우에는 묘사의 성패를 좌우하는 것은 새로운 대상을 설명하기 위해 끌어들여진 이미지에 대해 청중이 얼마나 동감하는지의 여부에 달려있게 된다. 이는 그 이미지가 소통 상황에서 얼마만큼의 보편성을 얻을 수 있는지의 문제로 바꿔 말할 수 있다. 따라서 후자와 같은 비유적 묘사에서의 쟁점은 당대에 널리 유행하고 있는 이미지를 구사하는 문제와 관련된다. 결국 전자와 같은 방식이 대상을 구체어로 표현하는 방식이라면 후자는 기존의 상을 이용하여 묘사하는 것이라고 볼 수 있을 것이다.

그런데 구어의 소통 상황에서는 후자와 같은 묘사가 일반적으로 사용된다. 그 이유는 생각할 시간을 오래 가질 수 없는 상황에서 청중들에게 효과적으로 이미지를 전달할 수 있어야 하기 때문이다. 전자는 글로 쓸 때나 가능한 묘사 표현이다. 구어 표현에서는 전자와 같은 묘사를 찾아보기 어려운바, 상황 대응력이 중시되는 구어 소통의 과정에서는 참신하고 적실한 구체어를 찾고 질서를 갖추는 일이 쉽지 않기 때문이다.

<봉니쳥긔(蓬萊淸奇)>는 글로 쓰여진 작품이지만, 음영을 염두에 두고 말하듯이 쓴 글이다. 새로운 정보를 제공하거나 새로운 표현을 시도해 보겠다는 작가 의식보다는, 머리 속으로 풍경을 상상하며 즐거워할 것을 바라는 텍스트인 것이다. 만물초의 야단스런 형상을 알고 있는 관념의 도움을 받아 머리 속에 그리며 즐거워하면 그만인 것이다. "높이가 어떠하고 색깔이 어떻고.."하는 식으로 아무리 장황하게 표현해도 실경을 머리 속에 그릴 수 없는 반면, 이미 알고 있는 완전한 이미지에 비유

하면 단번에 전체로서 인식되기 때문에, 참신하지 않은 비유를 적극 사용할 수밖에 없었던 것이다. "얼굴은 장동건에, 몸매는 강호동"이라고 말하면 어제 만난 사람의 모습을 분명하게 전달하여 공유할 수 있다. 그런데 그러한 수월한 방식을 취하지 않고 매번 사실적으로 새롭게 묘사해야 한다면 얼마나 힘들며 소득 또한 부실할 것인지 생각해 보라.

위와 같은 비유적 표현을 사용한 고전이 오늘날 우리에게 어려울 수밖에 없는 이유 또한 분명해진다. 기행가사들에는 당대에 소통되었던 관념 내지 이미지들이 대거 등장하는바, 그 당대인이 아닌 우리가 그 관념 내지 이미지를 소유하고 있지 않기 때문이다. 가령, 100년후 독자가 어느 글에서 "얼굴은 장동건에 몸매는 강호동"이라는 표현을 접한다면 매우 당혹스러워할 것이다. 장동건이나 강호동이 완전한 이미지로 머리속에 떠오르지 않기 때문에 결국에는 지시 대상에 대한 이미지도 떠올릴 수 없게 될 것이 불 보듯 뻔하다. 현명한 독자라면 선생님께 장동건과 강호동이 어떤 사람인지 묻거나 직접 사진 등 관련 자료를 찾아 볼 지도 모른다.

결국 <봉래청긔>의 상투적이고 비유적인 묘사는 당시의 언어 문화를 전제했을 때 제대로 이해될 수 있다고 결론 지을 수 있다. 고전의 존재 방식에 주목하여 고전을 구어 문화의 맥락 안에서 파악했을 때, 우선 역사적 실체로서의 고전문학에 대한 이해가 깊어짐과 동시에 오늘날 구어 문화를 이해하는 데도 유용하게 사용할 수 있다.

말을 바꾸면 고전을 구어문화로 파악하는 관점은, 구어 생활이 더 일상적이고 일반적이며 따라서 보편적 관념에 빗대어 이미지를 전달하기 위한 묘사가 자주 사용되고 있음에도 불구하고 묘사는 오로지 참신하고 사실적이어야 배우고 있는 우리들에게, 고전 표현을 이해하게 해 줌과 동시에 우리 자신의 구어 생활을 인식하게 하고 묘사의 또 다른 방법과 기능에 대해서도 알게 해 주는 교육적 효과가 있다. 과거 묘사를 이해함으로써 오늘날 우리가 사용하는 묘사적 표현의 한 방법을 이해하게 되는 것이다.

구어문화의 기원으로서의 고전의 현재적 가치는 비단 묘사를 이해하는 일에 국한되는 것이 아니다. '2차적 구술성'이라는 말이 생겨났듯이 최근 말하듯이 글을 쓰는 인터넷 글쓰기가 일반화되고 있다. '2차적'이라는 수식어가 붙어 있기는 하지만, 이러한 2차적 구술성에 대한 인식력이나 대응 능력 역시 (1차적) 구술성에 대한 철저한 이해로부터 얻을 수 있을 것이다.

4. 문화론적 접근의 전망

우리에게 고전은 "낯선 것"이고 타자이며 이 낯선 것, 혹은 타자에 대해 얼마나 철저히 이해했느냐에 따라 고전문학이 우리에게 줄 수 있는 혜택이 달라진다. 그런 이유로 고전문학교육 연구의 출발은 고전문학작품의 특수성 내지 역사성에 대한 이해로부터 시작해야 한다. 그러나 동시에 특수성이나 역사성에 대한 인식이 나 혹은 우리 문화 안에 있는 타자성에 대한 인식으로 이어지고, 그렇게 됨으로써 고전문학의 특수성이나 역사성이 보편성의 계기가 되어야 할 것이다. 인문교육의 하나로서 고전문학교육이 결국에는 나와 내가 사는 문제에 대한 인식을 덧보태주는 것이어야 하기 때문이다.

묘사적 표현을 예로 설명해 보면 보다 분명해진다. 구어 문화의 맥락 속에서 묘사 표현의 특질을 깊이 이해해야 하고, 그 이해의 정도가 깊으면 깊을수록 고전문학에 자주 나타나는 묘사적 표현이 함량이 좀 모자라고 어려우며 그래서 부담스러운 것이 아니라 우리가 이해하고 공감할 수 있는 보편성으로 받아들여질 수 있는 것이다. 나아가 오늘날의 유사한 표현이나 표현 현상에 대한 이해를 넓혀 줄 수 있다.

현대문학은 문자문화의 산물이며 고전국문문학의 대부분은 구어문화의 산물이다. 문자 텍스트로서의 현대문학은 작가가 앉아서 자신의 글을 지우고 덧칠한 결과 창조해낸 예술품인 반면 고전문학은 연행의 장이나 열린 마당에서 즉석에서 불려지거나 암송되는 그런 것이었다. 현대문학이 매우 개성이 강한 엘리트문학의 속성을 지닌다면 고전문학은 보편적인 주제를 보편적인 방식으로 다루는 대중문학의 속성을 강하게 띤다. 그러니 엘리트 문학의 관점으로 보면 고전문학은 함량 미달의 어떤 것으로 비춰질 수밖에 없을 것이다. 그런 점을 고려해보면 현대문학의 기원 내지 뿌리를 고전문학에서 찾으려는 것이나 고전문학과 현대문학의 공통점을 찾으려는 노력은 생산적인 결과로 이어지기 어렵다. 오히려 고전문학은 엘리트 문학으로서의 현대문학을 형성한 저변으로서의, 우리의 구어문화 및 대중문화의 기원으로 다뤄져야 한다.14) 이것이 이 글의 주장인 셈이다. 다시 말해 고전문학의 전통성이란 우리의 구어문화 및 대중문화 일반에 널리 퍼져있는 한국적 특수성들을 의미하며, 따라서 고전문학에 대한 이해는 구어문화와 대중문화에 대한 이해를 더욱 깊게 해 줄 것으로 기대된다.

---

14) 이러한 고전문학의 존재론적 특징 때문에, 일상어와 문학어의 상관성을 주장하는 논의―대표논자가 바로 김대행이다.―가 고전문학을 학문적 토대로 갖고 있는 연구자들에 의해 '먼저' 그리고 '지속적으로' 제기될 수밖에 없었으며, 따라서 그러한 주장을 구체화하는 것이 고전문학을 학문적 토대로 삼아 국어교육을 논하는 연구자들의 숙제라고 생각한다.

The Critical Investigation of the Study on Old Literature (in Hangeul) Education

Youm eun youl
Chongju National University of Education

The result of the study and experience of old literature(in Hangeul) education is getting more and more. It is timly for us to investigate the proposition and method and to propose a direction of study on old literature(in Hangeul) education.

There is a big problem in old literature(in Hangeul) education. There is a only pont of view to approach old literature(in Korean letters). It is to view every text as a work in written culture.

In fact old literature in Hangeul are in oral culture. If we didn't consider this cultural context, we couldn't understand deeply old literature in Hangeul. For example, there are lots of cliche or dead metaphor in oral poetry. If we would stick to 'newness'(one of the concept in modern literature), lots of cliche or dead metaphor in oral poetry is regarded as a less worthy of. But Lots of cliche or dead metaphor in old literature is very useful in oral communication that aims to communicate more directly and speedy.

It is why we must regard old literature(in Korean letters) as a cultural phenomena in it's own context.

고소설의 현대적 전승과 변용

전 영 선*

Ⅰ. 서 론

본 연구는 고소설의 현대적 변용 양상과 의미를 살피는 데 목적이 있다. 고소설은 창작된 이후 텍스트 자체로서 정태적으로 머물러 있는 것

---

* 한양대 아태지역연구센터 연구조교수

이 아니라 끊임없는 창작과 변용을 거치면서 전승되고 있다. 고소설이 오늘날까지 끊임없이 전승될 수 있었던 것은 이야기로 불려지고 연행되는 과정에서 축적된 반복적 체험을 통하여 '의미 있는', '귀감이 될만한' 가치를 확인하여 줄 뿐만 아니라,1) 변화된 연행환경에 적응하면서 "삶의 질적 수준"을 높이는 데 기여하였기 때문이다.2)

고소설의 전승과정은 작품의 미적 개성을 확인하는 과정이며, 보편적 가치를 공유할 수 있는 '해석적 공동체'를 형성하는 과정이다. 미적 가치에 대한 독자들의 인식은 선행적 독서체험을 통해 이루어진다. 최초 독자에 의한 이해의 영역은 세대에서 세대로의 고리를 형성하며 존속한다.3) 이 과정에서 독서대중은 수용할 수 있는 '내적 동기의 당연성'과 '외적 요소의 적정성'의 정화과정을 거치면서, 독자들의 세계관의 범주에 따라서 수용영역(latitude of acceptance)과 거절영역(latitude of rejection)이 형성되고 독자의 반응이 어느 정도 동질화되는 '해석적 공동체'가 이루어진다.4) 해석적 공동체는 곧 당대 사회의 윤리와 세계관을 반영하는 것으로 고소설 전개와 수용의 패러다임을 구성하고 독자들의 윤리적 연대와 가치관을 확인시켜줌으로써 전승의 토대를 공고히 하는 데 기여한다.

문학은 고착되어 있는 구조물이 아니며, 이를 수용하는 환경 역시 고

---

1) R. Abrahams에 의하면 기대는 반복에 의하여 나타난다. 행위의 반복, 모티프의 반복 혹은 구조의 반복은 민속문학에서 성하다는 사실은 다시 확인할 필요없이 밝혀진 사실인데, 그러한 반복에 의해 청자는 다음 사건의 진행을 예상하기도 하고 기대를 갖기도 한다. 이러한 기법이 민속문학에서 뿐만 아니라 기록문학에서도 마찬가지이다.

2) 설성경, 《구운몽연구》(국학자료원, 1999), p. 7.

3) 박찬기, <문학의 독자와 수용미학>박찬기 외 지음《수용미학》(고려원, 1992), pp. 17-18.

4) 이상섭, <독자반응 이론의 여러 면모> 박찬기 외 지음 《수용미학》(고려원, 1992), p. 140.

정되어 있지 않다. 한 시대에 이상적인 것으로 받아들여졌던 윤리관이나
도덕적 규범은 시대와 역사적인 상황의 변화와 더불어 더 이상 이상적
이며 규범적인 삶의 양식으로 받아들여질 수 없게 된다. 그리고 당연한
결과이겠지만 그 때 그러한 삶의 양식을 부여했던 문학적 표현은 낡고
무의미한 것이 되어 더 이상 그 심미적 기능을 수행할 수 없게 된다.5)
또한 보편적 정서와 가치관에 대한 강한 인식은 상대적으로 개별 가치,
새로운 패러다임의 변화를 요구하는 동기가 된다.

人間觀 또는 世界觀의 변화가 의식의 변화를 가져오고, 의식의 변화가
실제 작품의 변화를 가져온다. "작품은 작가와 독자의 협동에 의해서 구
체화되고 실제화 되는 것"6)이라는 의미도 여기에 있다고 할 수 있다.
"문학은 기존의 관습에서 결코 자유로울 수 없는 만큼 완전히 독창적일
수는 없으나, 그럼에도 언제나 창조되어 왔고 새롭게 생산되면서"7) 관
습의 틀을 깨뜨려 가는 과정에 다름 아니다. 고소설이 오늘날까지 지속
되었다는 사실을 고려할 때 지금 당장의 변화된 가치관으로 고전 작품
을 평가하는 것은 옳은 일이 아니다. 달라진 상황 속에 의미하는 주제를
찾아야 한다.

시대를 막론하고 독자들은 자신의 세계관 속에서 작품을 수용한다.8)

---

5) 한용환, ≪이광수 소설의 비판과 옹호≫(문학아카데미, 1994), p. 63.
6) 김흥규, <춘향, 천의 얼굴>≪춘향전 어떻게 읽을 것인가≫(서광학술자료사,
   1994), p. 336.
7) 김종구, <언어 서사물의 구조와 시간>≪내러티브≫(한국서사연구회, 2000년
   가을·겨울), p. 148.
8) 작품과 독자와의 관련성은 중국의 '話本'소설과 文言筆記小說의 독자층의 차
   이에서 분명하게 드러난다. "소설(화본)은 설화인인 독자(청중)의 심리상태와
   반응을 눈으로 확인하면서 이야기 전개에 신경을 쓴 결과, 작가와 독자의 의
   식세계가 쉽게 공감대를 형성한 가운데 생산되었"으며, 士大夫 문인들의 文
   言筆記小說은 일반적으로 극히 제한된 핵심 식자층에만 읽히고 독자들의 의
   향과 별반 관계없이 재담이나 학식, 기문거리의 추구로 일관했다. 이진국, <
   '小說'話本의 敍事的 特性考>≪어문학연구≫2집(효성여자대학교 어학연구소,

따라서 소설이 유통되기 위해서는 당대 사회의 보편적 가치체제가 반영
되어야 한다. 이 보편적 가치를 만들어내는 것이 바로 작가의 임무이다.
작가는 자신의 특수한 관점으로 일반적 역사에 반응하고, 자신의 구체적
관계 속에서 그 역사를 이해한다. 따라서 작가는 사회 내에 개별적으로
위치하지만, 작가의식의 산물로서 문학작품은 세계를 보는 특별한 방법
이 된다. 이렇게 됨으로써 작품은 세계를 보는 지배적 방식, 즉 한 시대
의 '사회적 정신' 혹은 이데올로기와 관련되는 것이다.9)

　고소설을 현대화 된 작품에서도 시대 의식이 반영된다. 백 수십 종의
이본으로 파생된 '춘향전'의 경우, 각각의 이본은 전파와 연행과정에서
독자의 다양한 취향을 반영한 결과이다. 이들 작품은 '춘향전'이라는 기
본적인 서사 골격을 유지하면서 '춘향전군'을 형성하여 왔다.10) 다양한
이본과 현대적 창작물은 고소설의 현대적 전승은 문화적 전통을 이어가
는 한 과정, 재창조를 통해 보편적 가치를 수용하고 부응해 나가는 과정
의 부산물인 것이다.11) 이 점에서 '춘향전'은 독립된 한 작품이면서 읽혀
지고 재창작된 당대 사회의 맥락 속에서 문화로서 의미를 갖게 되는 것
이다. 따라서 고소설의 전승과 변용에 대한 이해는 그 작품이 전승되고
변용된 사회적 배경을 바탕으로 할 때 그 의미가 분명해진다.

　고소설의 현대적 전승과 변용의 다양한 측면을 분석하고 의미를 밝히
는 작업은 고소설과 현대화 된 작품의 비교연구, 민족문학의 근간으로서
원형질적인 미학적 측면, 직·간접인 영향 관계를 비교할 수 있는 작품
간의 비교연구, 현대적 창작의 작가적 측면, 전승과정에서의 매체와의
관련성, 사회문화적 맥락에서의 현대적 장르로의 전승에 대한 종합적인

　　1989) 참조.
　9) 김윤정, ≪한국현대소설과 현대성의 미학≫(국학자료원, 1998), p. 10.
10) 장금란, <현대시에 나타난 '춘향전'의 변용 양상>(경희대학교, 1997), p. 3.
11) 김흥규, <춘향, 천의 얼굴>≪춘향전 어떻게 읽을 것인가≫(서광학술자료사,
　　1994), p. 240.

검토가 이루어져야 할 것이다. 그러나 본 연구에서는 연구역량과 지면의 제약으로 고소설의 역사적 전개와 <춘향전>을 바탕으로 한 현대작품을 대상으로 삼았다.

II. 고소설의 현대적 전개 양상과 변용의 실제

1. 고소설의 현대적 전개 양상

근대 이후 고소설의 수용은 정치사회적 맥락에서 논의되어야 한다. 조선후기부터 시작된 열강의 한반도 침탈은 사회 전반적으로 큰 변화를 불러일으켰고, 이러한 변화는 문학에도 직접적인 영향을 미쳤다.12)

개화와 일제의 한반도 강점이라는 특수한 정치 상황이 정상적인 문학 활동을 어렵게 만들고 왜곡시켰다. 조선후기부터 중세적 윤리, 가치로부터 벗어나려는 징후가 나타났으며, 이후 실학자들을 거치면서 사회현상으로 확산되었다. 조선조와 근대를 잇는 사이의 과도기적인 시점에서 實學者들과 委巷詩人들에게서 조선조의 성리학적 문화의식에 대한 반발과 근대적 요소를 찾을 수 있13)지만 시대 주류적 경향, 즉 시대적 정신까지

---

12) 이 문제는 근대를 개념하고 문학사를 서술하는 데 있어 전통의 계승과 단절, 연속성과 불연속을 판단하는 근거가 된다. 즉 근대의 문제를 어떤 측면에서 접근하느냐에 따라서 현재의 삶과 연관성, 과거의 관습과의 차별성이 결정된다. 일반적인 의미에서 근대(Modern) 또는 현대라는 용어는 현재 우리가 살고 있는 당대 삶의 보편성과 긴밀한 연대감 또는 상동관계를 가지면서 또한 상대적으로 전근대의 가치규범과 관습성에 대해서 현저히 다른 변화와 전이를 내포하는 것으로 인지된다. 이에 대해서는 이재선, <한국문학사에 있어서의 '고대'와 '현대'> 김열규외≪한국문학사의 현실과 이상≫(새문社, 1996), p. 102 참조.

13) 홍세태, 정래교, 장지원으로 이어지는 위항문학의 정신은 홍세태의 ≪海東遺珠≫으로부터 시작하여 ≪昭代諷謠≫, ≪諷謠續選≫, ≪諷謠三選≫ 시집과 ≪壺山外史≫, ≪里鄕見聞錄≫과 같은 전기류로써의 문학활동을 통해 찾을

110

성장하기에는 부족하였다.14) 새롭게 성장하는 사회세력과 경제형태도 근대의 성장을 억압하는 중세적 질서를 뒤엎을 만큼 힘을 갖지는 못하였다.15)

근대화의 논쟁 속에 개화기를 거치며 새로운 의식 확산에 따라서 신소설이 등장하였지만 고소설의 문체와 형식으로부터 완전히 벗어난 것이 아니었다. 문명개화를 주장하던 신소설 작가들은 전대소설의 서술구조를 변혁적으로 수용하면서 새로운 주제의식과 세계관을 심어주려고 하였지만 "이들 소설(역사전기소설 포함)의 서술양식과 인물 유형 등은 전대소설의 일반적 특성을 지속적으로 계승"하고 있었다.16)

이런 상황에서 고소설은 폭넓은 독자층을 흡수하면서 대중적 인기를 누렸다. 고소설이 인기를 누릴 수 있었던 것은 크게 세 가지이다. 첫째는 근대적 인쇄시설의 도입과 함께 洋紙의 보급으로 인한 염가판 (Paperback) 등의 대량 생산과 보급의 유통체제 구축이다. 또한 인쇄시설의 발달로 인한 신문, 잡지 등이 새로운 매체로 등장하면서 지면이 확대된 것도 고소설의 확산에 기여하였다.17) 둘째는 일제의 출판 검열이다. 일제는 1901년 출판법칙을 발표한 데 이어, 이해 10월에는 한국인의

수 있다. 이들 시집에서는 전통적 윤리관을 계승하면서도 새로운 의식이 투영되어 있는데, 위항시인들은 전통적 윤리보다는 예술적 가치에 초점을 두고서 문학의 독자성을 강조하였다.

14) 박상천, ≪韓國近代詩의 批評的省察≫(국학자료원, 1990), p. 22.

15) 이현식, <한국근대문학 형성의 사회사적 조건>≪민족문학과 근대성≫(문학과지성사, 1995), p. 76.

16) 趙鎭基, <韓國小說의 두 흐름>≪경남어문논집≫ 2집 (경남대학교 국어국문학과, 1989), pp. 23-24.

17) 최초의 신문인 한성순보나 한성주보는 소설을 연재하지 않았지만 신문의 보급과 함께 중요한 표현수단이 되었다. 신문연재소설이 본격적으로 실리기 시작한 것은 1898년에 독립신문의 논지를 이어받아 발간된 皇城新聞이었다. 1906년 5월 19일부터 12월 31일까지 50회에 걸쳐 장회소설 <神斷公案>이 게재되었는데, 당시로서는 가장 긴 것이었다. 宋敏鎬, ≪韓國開化期小說의 史的研究≫(一志社, 1990), p. 30.

각종 교과서 집필을 금지시켰다. 이후 1925년에는 치안유지법을 공포하면서 언론기관에 대한 강제적 봉쇄와 출판물의 압수 소각에 이르기까지 무자비한 탄압을 실시하였다.18) 이에 출판업자들은 검열을 피할 수 있는 고소설로 눈을 돌리게 되었다. 셋째는 국권상실의 심리적 반영이다. 일제의 탄압에 대항하면서 민족자체의 역량으로 개화를 이루기 위한 노력이 좌절되었고, 일제는 봉건제도의 모순을 극대화하면서 경제종속을 강화하였다. 잇따른 자주적 개화운동의 실패와 현실에 대한 무력감은 세계를 변화시키는 신인의 출현에 대한 열망적 환상으로 이어지면서 고소설을 찾게 되었다.

고소설의 광범위한 확산과 대중화에 따라 애국계몽 운동을 주도하였던 지식인들은 고소설의 정서적 감응력에 주목하였고, 이를 이념 전파의 수단으로 활용하고자 하였다. 애국계몽기 운동가들은 고소설의 그 부정적 역기능을 문제삼아 소설 개혁을 주장하면서 소설의 사회 공리적 기능을 강조하였다. 이들의 소설개혁 주장은 그 시대적 의미의 중요성에도 소설문학의 근대적 단계까지 미치지는 못하였다.19)

한편에서는 이광수, 유치진, 채만식 등의 작가들이 대중적인 인기를 누린 고소설을 糖衣로 하면서 교화적 주제의식을 전달하려는 개작 작업을 진행하였다. 이들의 개작은 당대 현실을 반영할 수 있는 중세, 혼란을 시대배경으로 인물들의 고난 극복의 과정을 보여줌으로써 민족 의식을 고취하려 하려는 작가의식의 소산이었다. 이들의 작업은 계몽기 공적 담

---

18) 이로 인해 ≪大韓歷史≫, ≪이태리독립사≫와 같은 역사서적을 비롯하여 ≪몽견제갈량≫, ≪금수회의록≫ 등의 도서 십 수만 권이 압수 소각되었다.

19) 이들의 작품은 강한 주제성을 담은 '傳'양식과 가까운 것으로 '傳'양식이 논설 양식으로서의 소설미학과는 거리가 있는 것이었다. 권영민, <愛國啓蒙時代의 小說改革運動>≪韓國文化≫5(서울대학교 한국문화연구소, 1984) 참조.

론을 담아내고 주제를 직접 전달하려는 논설, 연설투의 계몽기 작가들과 달리 정서적 호소력과 감정에 초점을 둔 은유적이면서 대중 취향적인 특성을 보인다. 이들의 개작은 전근대적인 작품으로 취급되었던 고소설을 개작함으로써 이후 현대적 전승의 계기를 마련하였다.

해방 이후에는 고소설 텍스트 자체에 대한 관심으로부터, 민족적 정서의 문제, 현대 사회에 대한 비판의식까지 다양한 접근이 가능해졌다. 최인훈은 근대기에 보여주었던 스토리 중심의 대중 교화적 주제접근에서 세계와 자아의 갈등 문제로 再構함으로써 고소설 전승의 새로운 의미를 부여하였다.

최인훈은 익히 알고 있는 고소설의 裏面을 前面으로 드러내는 방법으로 현실과 조화를 이루지 못하고 세계와 대립, 좌절하는 인간을 부각시킴으로써 새로운 접근 방식의 가능성을 열었다. 김주영의 <외설춘향전>은 전통예술로서 판소리적 情調와 특성의 소설적 재현이라는 점에서 주목된다. 김주영은 기층민중의 강인한 생명력과 건강성을 판소리적 육담과 해학의 직설적 언술과 묘사의 과장, 반복적 언어유희를 통해 판소리적 정조를 소설에 적용하였다. 임철우의 <옥중가>는 이데올로기에 저항하며 새로운 해석과 비판을 통해 원작을 비판하면서 이면에 감추어진 의미를 변용하였다. 고전 속의 춘향과는 다른 새로운 춘향의 코드를 장치함으로써 익숙한 것과 낯선 것 사이에서 과거와 현재를 교차하면서, 과거 춘향의 변절과 현대 정치인의 변절이 중첩되면서 풍자가 극대화되었다.

해방이후 고소설의 전승과 변용 과정은 민족적 문제에서 탈피하여 작가의 주제의식과 세계관에 따라서 다양한 현대소설로 전승되었다. 이 과정에서 고소설의 약점으로 지적되어 온 논리적 모순이 제거되고 인물에 생명이 부여되면서, 고소설의 가치를 새롭게 인식하면서, 고전과 현대의 이분법적인 단절과 경계를 허물고 현대적 확장 가능성을 보여주었다.

2. 고소설의 현대적 변용의 실제 : <춘향전>개작을 중심으로

1) 이광수 <一說 春香傳>

이광수의 <一說 春香傳>은 1925년 9월 30일부터 1926년 1월 3일까지 96회에 걸쳐 동아일보에 연재되었던 작품이다.[20] <一說 春香傳>은 신문연재로서 대중적 특성을 수용하면서 판소리적 언어 유희와 해학을 통하여 대중성을 확보하고 있다. <一說 春香傳>은 판소리 사설을 정리한 이해조의 <옥중화>[21]를 저본으로 고소설 <춘향전>의 줄거리를 충실히 따르고 있다. 오히려 새로운 인물이나 사건이 추가를 통한 새로움을 강조하기보다는 장황스런 사설과 한시를 삽입하여 글읽는 재미를 높였다. 이는 <一說 春香傳>을 게재할 당시 이광수가 동아일보 편집국으로, 신문연재 형태로 집필하면서 독자의 흥미를 끌 수 있는 이야기들을 삽입하는 등 독자 취향에 영합하였다는 한계로 평가할 수 있다.

그러나 이광수의 문학관이나 연재 당시의 상황을 돌이켜보면 그렇게 간단하게 대중소설로 취급할 수 없게 한다. 이광수의 <民族改造論>이 《개벽》에 발표된 1922년에 동아일보에 입사한 이광수는 입사와 동시에 <嘉實>을 연재했으며, 이어 도산 안창호를 모델로 한 장편소설 <先導者>가 총독부의 간섭으로 중단되었고, 《開闢》에 발표하려던 <相爭

---

20) 신문에 연재될 때에는 '春香'이라는 제명이었으나 후일 단행본으로 출판될 때 '一說 春香傳'이라는 이름이 붙었다.

21) <獄中花>는 판소리 춘향가를 이해조가 정리한 것으로 <每日新聞>에 연재되고 단행본으로 출판되어 큰 인기를 누렸다. 김동인, <文壇三十年史> 《김동인 문학전집》(대중서관, 1982), p. 392. : "지금까지도 연년 수만부씩 인쇄하는 <獄中花>는 본시 이해조가 광대(唱劇俳優)들을 불러다가 口述케 하고 그것을 필기한 것이다."

의 世界에서 相愛의 世界에>라는 논문이 일부 삭제되었고, 논문 <少年에게>로 인해 출판법 위반으로 경찰에 연행되는 등 발표에 제한을 받았다.[22] 이러한 상황에서 이광수가 선택할 수 있는 여지는 그리 많지 않았다. 총독부의 검열을 피하면서 대중 계몽을 하기 위해서는 계몽의식을 최대한 포장하여 은밀하게 감추고, 독자들이 의미를 파악하도록 만드는 것이 현실적 방법이었던 것이다.

교화로서의 주제성은 변학도의 수청 요구에 단호하게 거부하는 춘향의 언술을 통해 정절과 훼절의 문제를 부당한 권력에 대한 저항정신으로 대치하고 있다. 즉 변학도와 춘향의 대립을 열과 불열의 윤리적 문제에서 선과 악, 불의와 정의로 치환하고, 춘향의 저항에 초점을 맞추어 의인으로서 춘향의 면모를 부각시키면서 이광수 문학 전반에 흐르는 교화주의와 계몽성을 부각하였다. 그러나 <一說 春香傳>의 계몽적 주제의식은 문학활동의 한계로 직접적으로 드러나기보다는 대중성 높은 다른 이야기와 함께 혼재된 가운데 간접적으로 드러난다. 이 과정에서 윤리적 주제 전달의 糖衣로서 대중적인 흥미를 유발하기 위한 통속성이 과도하게 드러나면서 인해 상당 부분이 제약되었다는 한계가 있다. 그럼에도 불구하고 이광수의 <一說 春香傳>은 고소설의 의미를 확대하고 해석의 지평을 넓힘으로써 고소설의 현대적 전승에서 중요한 계기를 마련하였다.

2) 최인훈 <춘향뎐>

최인훈은 고전에 대한 문제의식을 통해 현대적 의미를 찾은 작가로 <춘향뎐>을 비롯하여 <놀부뎐>, <옹고집뎐> 등 판소리나 구비적 성격이 강한 작품이나 <구운몽>, <금오신화>, <열하일기> 같은 기명 작품

---

22) 한용환, <燕巖 朴趾源과 春園 李光洙文學의 比較研究>≪李光洙研究≫ (下)(태학사, 1984), pp. 230-231 참조.

까지 폭넓게 활용하여 현대화함으로써 고전의 창조적 전승의 전범을 보여주었다.

고전의 현대화를 통해 최인훈의 작업은 "인간으로서 만만치 않은 존재론적 성격에 대해 자각적으로 그것을 운용해 보인다는 임무"를 실천하는 것으로서 인간적 존재에 대한 탐구였다.23) 최인훈은 수용 또는 개작이라는 소극적인 의미로서가 아니라, 스스로 구축한 새로운 세계로의 탐색을 보여준다. 최인훈의 <춘향뎐>은 고소설 원작에 대한 줄거리 재현 차원을 넘어 당대 현실감각으로 비판이며, 새로운 방법론적 접근이었다. 최인훈은 고소설의 줄거리 차용에 머물지 않고 작가의식이 적극 반영되면서 창작에 가깝게 수정하였다. "문학에서 약속된 저항이란, 어떤 밖의 사물이든 그것은 언제나, 반드시 작가의 의식 속에 의식으로 들어온 다음에, 상징으로 표현되어야지 물건을 옮기는 것처럼 일상의 생활에서의 전달이어서는 안 된다는 규칙"에 부합하려는 작가정신의 발현이었다. 이를 통해 최인훈은 독자들에게 원본과의 차이를 보여주는 데서 나아가 차용의 현대적 의미와 창작 방식의 새로움을 보여주었다.

<춘향뎐>의 주제는 개인으로서는 극복할 수 없는 세계에 대한 개인의 소외이다. <춘향뎐>의 주제는 주인물의 운명을 통해 구체화된다. 개인과 사회 혹은 자아와 세계의 대립 양식이 소설이 다루어야 할 기본구조라고 할 때 소설 속의 사건은 이 대립 양식을 구체화하고 확대하는 과정이다. 사건을 구축하는 배경은 인물이 극복해야 하는 과제로서 인물의 이상과 현실이 충돌될 때 갈등으로 드러난다. <춘향뎐>은 바로 이러한 이상과 현실의 갈등을 통하여 역사속의 나약한 인간 군상을 보여준다.

<춘향뎐>의 가장 큰 파격은 고소설의 이분법적 인물 대립 구조가 완전히 파괴되었다는 것이다. 이몽룡은 춘향을 구해내고 춘향을 정경부인

---

23) 최인훈, '작가의 말' ≪최인훈 대표작품선집≫(책세상, 1996).

116

으로 맞이하는 구원자가 아니며, 부친의 억울한 옥사를 피해 목숨을 부
지하는 나약한 한 인간일 뿐이다. 이몽룡과 함께 선악의 한 축이었던 변
사또 역시 어두운 역사의 희생자일 뿐이다. 이처럼 인물의 선악의 이분
법적 대립 구조가 해체됨으로써 고소설의 관습적 권선징악의 틀 역시
해체된다. 이러한 인물설정은 어둠의 시간과 공간을 살아가는 역사적 존
재로서 개인은 시대의 어둠으로부터 자유로울 수 없음이 드러난다. <춘
향뎐>은 어둡고 차가운 감옥의 밤으로부터 출발한다. <춘향뎐>의 배경
으로서 어둠은 작품 전체를 지배하는 시간과 공간의 상징이다. 최인훈의
<춘향뎐>은 배경으로 설정된 어둠의 시간과 공간 속에 인물의 의지가
좌절되고, 인간의 삶이 결정됨으로써 극복하고자하는 어둠의 크기가 확
대되어 있다. <춘향뎐>의 어둠이 표면적으로 중세의 어둠이지만 내면
적으로 당대 사회의 어둠인 것이다.

　이러한 어둠의 깊이를 더하는 것은 작품에 개입된 작가의 목소리이다.
<춘향뎐>의 여섯 토막24) 가운데 셋째와 넷째 토막이 대화를 중심으로
서술되는 반면, 이 외의 다른 부분에서는 작가의 목소리가 두드러진 서
술을 중심으로 진행된다. <춘향뎐>의 작가 목소리는 관객과 감성적 일
체화를 추구하는 판소리가 고소설의 청자와는 성격이다. <춘향뎐>의
작가는 독자들을 극중에 몰입시키기보다는 오히려 객관적 거리를 유지
하게 함으로써 익숙한 작품을 낯설게 만들고 새로운 주제가 부각시킨다.
<춘향뎐>에 개입된 작가는 지문에서 '밤'이라는 공통성이 반복적으로

---

24) 최인훈의 <춘향뎐>은 장의 구분이 없지만 행간의 구분에 의해 여섯 토
　막으로 나누어진다. 첫째 토막은 감옥에 갇혀있는 춘향이의 처지와 몽중
　사가이다. 둘째 토막은 억울한 누명을 쓰고 멸문의 위기에 처한 한양에
　있는 이몽룡 이야기이다. 셋째 토막은 신관사또 변학도가 춘향의 수청
　거부에 화를 내는 대목이다. 넷째 토막은 남원으로 찾아온 이몽룡과 월
　매의 만남이다. 다섯째 토막은 변학도에 대한 작가의 변호와 춘향, 이몽
　룡의 야반도주이다. 여섯째 토막은 몇 해가 지난 후 우연히 산 속에서
　남녀를 만난 노인의 이야기이다.

확인된다. '밤은 캄캄하였다'(첫째 토막), '한양성의 밤도 어둡다'(둘째 토막), '년놈은 밤도망을 쳤던 것이다'(다섯째 토막)는 모두 밤에 일어난 사건이다. 어둠의 사건 속에서 밤을 중복하면서 결말에 이르러 어둠이 가중되면서 암흑의 순환고리를 형성되면서 주제가 반복적으로 재현되는 것이다.25)

이처럼 작가의 의식세계와 연관된 서술로 진행하는 것은 현실 문제에 대한 우회적인 접근으로서 춘향, 이몽령만이 겪어야 하는 지나간 어둠이 아니라 글이 쓰여지고 읽혀지는 현실의 문제가 된다. 즉 남북 분단의 이데올로기 속에서 현실의 문제를 고전을 통해 보여주려는 작가 의식의 반영인 것이다. 최인훈의 <춘향뎐>의 불우한 인물을 통해 비춰지는 세상은 <춘향뎐>의 배경으로서 과거 어두운 시대이며, 비슷한 어둠이 지속되고 있는 현실이다. 최인훈이 <춘향뎐>을 발표된 1967년은 5·16 쿠데타로 권력을 잡은 박정희 정권이 권력 연장에 들어간 해로서 1967년 5월에 대통령 선거에 당선되었으며, 6월에 있었던 제7대 국회의원선거에서 재적 2/3이상인 129석을 확보하는 등 장기집권으로 나아가기 위한 갖가지 시나리오가 진행되던 시기였다. 사회적 언로는 차단 당하였으며, 반공이데올로기 앞에서 사회현실은 이적행위로 간주되었다. 이러한 어둠의 현실을 우회적으로 비판하기 위한 수단으로서 최인훈은 <춘향전>을 택한 것이다.

<춘향뎐>의 인물들은 역사가 던져준 어둠의 시대를 살아가는 절대의

---

25) 전통적 소설의 기법에서 강조된 시제의 문제, 문체의 문제, 자아와 세계의 대립은 최인훈의 작품에서는 해체되고 분해되면서 경계가 무너진다. 시제의 불일치를 비롯한 과거와 현재의 병치적 구성, 인물의 경계 해체의 작업은 최인훈이 창작에 활용하는 기법으로 여러 작품에서 공통적으로 보인다. <광장>에서는 밀실 - 광장 - 밀실의 반복 속에서 현재와 과거가 번갈아 병치되었으며, <구운몽>에서는 현실과 몽중세계의 분명한 구분이 없다. <서유기>에서는 극히 짧은 시간에 떠오른 단상을 포착하여 희화하여 논리적 인과없이 나열하여 극적 구조를 해체하고 있다.

선과 악으로 이분될 수 없는 인물로서 시대의 어둠을 공통 분모로 살아
가는 인간 군상들이다. <춘향뎐>에서는 시대의 무게에 의해 개인의 의
지가 끝내 좌절된다는 것을 보여줌으로써 고소설 <춘향전>의 이면에
감추어진 역사와 인간의 관계를 재해석하고, 이를 통해 과거와 현재를
초월하여 개인적 의지를 억압하는 시대의 어둠을 드러낸다.

3) 김주영 〈외설 춘향전〉

김주영의 <외설 춘향전>은 藝說과 外說이라는 두 측면을 중심으로
풀어나간다. 두 외설 사이의 접점은 性이다. 표면화하기 어려운 주제로
서 性을 판소리적 연행 방식을 도입하여 노골적이고 적나라하게 드러내
면서도 은폐되거나 은밀하게 감추지 않고, 감정의 거리유지와 표현의 절
제라는 소설 문법을 깨뜨리고 구연적 특성의 소설적 재현을 통하여 해
학과 건강의 성으로 전환하면서 풍자의 묘미를 살렸다. 또한 전반부에서
는 충실하게 고소설의 틀을 따르면서 후반부에서는 변학도의 봉변을 중
심으로 새로운 사건을 첨가함으로써 고소설에 친숙한 독자들에게 새로
운 즐거움을 제공한다.
<외설 춘향전>은 판소리적 특성을 최대한 수용하고 있다. 판소리는
고전된 장르의 틀 안에 갇히지 않고 연행 과정과 현장 분위기에 따라 여
러 이야기들이 더하여 지며 완성된다. 판소리는 구조적 통일성보다는 연
행의 자율성을 지향한다. 판소리는 장르의 틀 안에 갇히지 않고, 규정성
을 고집하지 않음으로써 시대와 상황에 따라 유연하게 적응하면서 청중
과의 심미적 거리를 좁혀 나갔다. 연행현장에서도 비장과 골계의 엇갈린
반복을 통하여 청자는 소리의 내용 속으로 너무 깊이 들어가지도, 너무
벗어나지도 않는 가운데 판소리를 즐기는 것이다.26) 이러한 판소리적

---

26) 원기중, <이청준 소설에 나타난 판소리 미학의 변용양상>(한양대학교 박

자율성은 공연예술로서 현대화된 작품에서 그대로 이어질 수 있지만 공연예술의 연행문법과 소설적 연행문법은 다르다. 글을 통한 정서적 감응의 성격이 말 또는 노래에서의 그것과 같지 않으며, 독자들은 현장적 상황에 몰입되지도 않으면서 춘향전이 발신하는 다른 의미들도 사유하게 된다.27) 따라서 판소리의 자율성은 약화되고 소설로서의 일체감이 우선적으로 요구된다.

　김주영의 <외설 춘향전>은 이러한 판소리의 연행론적 특성을 살리면서 현대소설로 개작하였다. 창작의도로 제시한 "사실(事實)과 사실(寫實)을 보다 극명하게 묘사하자는(335)" 것이었다. 事實의 극명한 묘사는 소설로서 구성의 일치를 우선하여 소설로서 맥락을 충실히 한다는 것이며, 寫實의 극명한 묘사는 구체적이고 세밀한 묘사를 통해서 말하기가 아닌 보여주기로서 소설 특성을 살리겠다는 의미이다. <외설 춘향전>에서는 이 원칙 아래 事實적인 치밀한 구성과 寫實적인 묘사 속에 판소리적인 특성을 살려나갔다.28)

　<외설 춘향전>에 구현된 판소리적 연행은 다음과 같다.

　첫째는 작가의 적극적 개입과 복수 시점의 활용이다. <외설 춘향전>

　사학위논문, 2000. 6), p. 61.

27) 김현주, <'春香傳'의 演行論的 硏究-"春香歌"와 "春香傳"의 對比를 中心으로>(서강대학교 대학원 박사학위논문, 1992), p. 100.

28) 김현주(<판소리 문학에서의 口述性는과 記述成의 相關樣相 및 장르적 意味>≪판소리 연구≫2집(판소리 학회, 1989))는 판소리 문학에서의 구술성과 기술성의 차이를 논하면서 판소리의 구연 양식에 높은 관심과 식견을 가진 이가 보다 느슨한 출판상황 하에서 '판소리 소설'을 쓰는 경우의 진술 상황을 네 가지로 지적하였다. 그 네 가지는 ① 자신의 진술을 유창하게 이끌어 가는 데 있어 작가는 말과 글, 양쪽의 송격 모두에 사로잡혀 있을 수 있다. ② 심리적으로 독자와의 연계 관계에 놓여 있다. ③ 작가는 말과 글을 통해 줄 수 있는 모든 흥미를 염두에 두고 있다. ④ 작가는 구연현장의 사설을 염두에 두고 있어 기억하는 과정에 있어 어느 정도 억압된 상태에 있다고 볼 수 있다는 것이다.

에서 화자는 해설자의 입장을 겸함으로써 판소리 창자의 역할을 대신한
다. 원작에 없는 사건을 추가함으로써 생기는 논리적 문제와 해설의 상
황에서 독자들의 공감대를 넓혀간다.

　둘째, 과장과 빗나가기의 언어유희로서 구어체의 활용이다. 하층민들
의 끈끈한 생명력과 역동적 힘을 향토색 짙은 언어를 통해 민족적 정서
의 실체로서 해학으로 살려 나갈 수 있었다.

　셋째, 다양한 층위로서 性의 활용이다. <외설 춘향전>에서는 해학적
육담과 욕설을 통해 판소리적 건강성, 원초적 욕망이 직설로 표출되어
있다. 性과 관련된 욕담과 육설, 표현은 그 자체로서 외설스럽게 보인다.
하지만 욕망 자체로 숨겨지거나 은밀하게 진행되지 않으며 그대로 노출
되어 있다. 또한 등장인물들 역시 성에 집착한 인물로 설정되어 있다.
엄숙해야 할 춘향도 예외가 아니다. 이들 인물들 간에 파격적인 사건을
연출한다. 그럼에도 성이 외설스럽지 않은 것은 성이 저항수단이면서 생
명성을 포함하고 있기 때문이다. 춘향은 변학도의 끈질긴 수청 요구를
얄밉도록 요리조리 피하면서 자신의 정절을 지키면서 性을 저항의 수단
으로 이용한다. <외설 춘향전>이 육담과 욕설, 성과 관련된 이야기가
넘쳐나면서도 해학으로 이어지는 것은 권력으로서 性을 채우려는 변학
도가 춘향을 이기지 못하고 장돌림에게 속아 봉변을 당하는 데에서 드
러난다. 권력을 가진 힘센 자가 사회적으로 열악한 장돌림에게 봉변을
당하는 구성에서 <외설 춘향전>은 풍자소설인 <배비장전>에 가까운
풍자를 지니게 되며, 외설의 측면을 초월하여 해학으로 승화된다. 또한
성스런 생명의 잉태와 연결되어 있다. 이처럼 <외설 춘향전>은 性을 중
심으로 하였으되, 외설적으로만 흐르지 않는 것은 性이 유희의 차원에서
머물지 않고 백일하에 드러나 있으며, 저항의 수단으로서 생명과 관련된
다층적인 면을 보이기 때문이다. 이 속에서 性은 기층민들의 건강한 생
명력으로 연결된다.

4) 임철우 〈옥중가〉

〈옥중가〉는 "1990년 ≪금호문화≫4월호에 발표된 작품"으로 1990년 1월은 '국민적 신의를 저버린 3당 통합'을 계기로 열녀로 상징되는 '춘향'의 변절을 통하여 정치인을 풍자하기 위한 목적으로 쓰여졌다.29)

풍자적 목적이 분명한 만큼 〈옥중가〉는 원작과 약간의 거리에 의해 발생하는 '차이가 있는 반복'을 통하여 원텍스트의 이데올로기에 저항하면서 새로운 해석이나 비판적 개작으로서 작가 의식을 반영하는 새로운 글쓰기로서 현대적 패러디로서 특성을 보여준다. 패러디는 원작이 무엇인지를 드러내야만 효과를 거둘 수 있다. 작가는 독자들로 하여금 패러디하고 있음을 끊임없이 드러내는 '전경화' 장치를 만들어 간다. 동시에 지나친 드러냄은 모방과 홍미를 반감시키는 만큼 일정 부분을 차별시켜야 한다. 이런 점에서 패러디는 텍스트의 친근함과 낯설음 사이의 줄타기를 통하여 원작에 대한 친숙함과 배반의 거리를 조절해 나간다. 원작을 모방되고 수정하는 과정에서 '당연한 것(matter of course)'에 대해 비판적으로 의심함으로써 새로운 '담론거리(matter of discourse)'로 향상·쇄신시켜 나간다.

이 점에서 임철우의 〈옥중가〉는 현실 비판의 패러디로서 특성이 잘 나타난다. 〈옥중가〉는 현실 정치를 직접적으로 드러내면서 풍자가 어디를 향하고 있는지를 보다 명확히 드러낸다.

---

29) 임철우, 〈옥중가〉≪내가 훔친 소설≫(갑인출판사, 1991) '작가의 말' : "이 단편은 처음 ≪금호문화≫라는 잡지에 실렸을 때, 한동안 유행어가 되었던 '확실한 선택'이라는 소제목을 달고 있었다. 그 즈음은 소위 '3당 통합'인가 뭔가 하는 해괴한 정치적 사건이 벌어진 지 얼마 되지 않아서였고, 그 때문에 생긴 가슴앓이에 울화증으로 다만 한숨만 푹푹 쉬고 있던 무렵이었다."

122

　"얘 춘향아, 인생은 한판 노름판이나 매양 한 가지인 법이여 노름판에서야 양심이나 지조니 하는 개뼉다구 같은 소리는 통하지 않는 거여. 먹느냐 먹히느냐, 판쓸이를 하느냐 알거지로 털리느냐, 그것만이 문제인 법이여. 자고로 계집 팔자는 뒤웅박 팔자라지 않더냐. 기회가 오면 잡아야지, 머뭇거리다가는 느이 어미처럼 요 모양 요 꼴이 되고 만단 말이여. '학실한 선택', 바로 일순간의 그 선택이 평생을 사지 쭉 뻗고 살 수 있느냐 없느냐를 결정해주는 것이여……그러니 옥살이가 힘들고 고되더라도 조금만 참고 기다려야 한다이. 알았지야?"(65)

　"오냐, 그래 그래, 잘 생각했다. 꿩 대신 닭이라고, 참말로 '학실하게' 선택 잘했다. 잘했어. 아암, 날이 밝는 대로 변 사또 나으리께 달려가서, 우리 춘향이가 드디어 마음을 '학실히' 비웠노라고. 이 기쁜 기별을 아뢰어 드릴란다."(73 강조 필자)

　앞의 것은 한양 간 이몽룡을 기다리면서 자신의 계획이 제대로 들어맞을 것인가를 놓고 이야기하는 월매의 말이다. 뒤의 것은 이몽룡이 과거에 급제하게 된 내력이 밝혀지고 그로 인해 이몽룡이 담양으로 도망갔음을 알게 된 춘향이 변학도의 수청을 들겠다고 말하자 월매가 반가워하면서 뱉는 말이다. 표준어 '확실한'이 아닌 특정 정치인의 언어 관심인 '학실한'을 반복 강조하면서 작가가 의도한 목적을 공공연하게 드러낸다.
　이렇게 드러난 언어를 통하여 作意를 드러내면서 인물들 간의 치밀한 계산과 밀고 당기기에 의한 현실적 실리에 의해 행동하는 인물들을 통하여, 작중인물과 현실인물의 일체화를 시켜 나간다. <옥중가> 인물의 행동을 지배하는 것은 고상한 사랑이나 이념이 아니다. 치밀한 계산 속에서 일생일대의 기회를 살려 신분향상을 도모하고 실리적 이익을 얻는 것이 월매와 춘향의 생존 이유이며, 수단과 방법을 가리지 않고 벼슬을 통해 관료사회로 진입해야 하는 것인 이몽룡의 현실이다. 월매는 일생일대의 계획으로 순진한 이몽룡을 유인하여 사랑에 빠지게 하고 어사사위를 얻기 위한 전략으로 춘향을 옥에 보낸다. 월매의 치밀한 계략은 이몽룡의 과거 합격과 어사제수까지는 한치의 어긋남 없이 적중한다. 그러나 어사출도를 기대하였던 월매는 월매로서는 도저히 알 수 없는 이몽룡과 변씨집안의 정략 결혼에 의해 무산되면서 상황은 급변된다. 그러나 생의 모든 것을 걸고 추진한 춘향과 이몽룡의 결연이 끝내 무산되었지만 기회가 사라진 것은 아니었다. 춘향은 평생 물질이 보장되어 있으면서 기생딸로서는 과분하다고 생각하는 변학도의 첩자리를 선택한다. 이제까지 현실적 이해관계는 이면으로 감추어지고 순수하고 지고지순하게 보여졌던 모습이 백일하에 뒤집어짐으로써 작가가 노리는 '배반의 효과'가 커지게 된다.

III. 고소설 전승에 따른 변용 양상

1. 주제

고소설의 성립과 전개과정을 살펴볼 때 고소설은 크게 지향독자와 작가의 태도, 주제, 의식에 따라서 사회적 문제를 짚어내고 풍자한 사회비판적 작품과 대중성을 기반으로 윤리적 주제를 드러내는 작품으로 구분되어 진다.

기명 작가에 의한 사회비판적 소설은 초기소설과 개화기의 전에서 그 양상이 두드러진다. 초기 文言體의 작품에서는 은유적이고 간접적이나마 비판적 의식이 나타난다. 이들 작품에서는 뛰어난 능력을 지녔지만 현실에 수용되지 못하는 인물을 등장시키거나 몽유세계나 冥界 등의 비현실 공간을 통하여 개인과 세계의 부조화, 개인과 세계의 대립을 드러낸다. 초기 소설의 전통을 이어받은 傳 작가들은 역시 일정한 지위에 오른 지식인으로서[30] 작품성보다는 기록자이면서 교화자로서의 주제성을 살리는데 초점을 두었다.

후대로 오면서 초기 작품의 傳奇的 환상성이 극복되면서 불우한 주인공을 통해 우회적으로 풍자하던 사회 비판의식도 문제를 직접 드러내는 방향으로 전환되었지만 이들의 문학행위는 역사에 대한 기록, 사회에 대한 비판으로서 지식인 문학의 전통을 이어 받은 것이었다.[31] 지식인, 선각자의 입장에서 傳文學은 설명이나 논증을 중심으로 대화와 토론을 적극 활용하면서 짧은 분량으로도 주제를 드러낼 수 있었다. 사회제도에 대한 모순과 부패를 규탄한 <洪吉童傳>, <田禹治傳>, <諸馬武傳>, 양반의 위선에 대한 풍자를 주로 하는 연암의 작품을 비롯하여 <李春風傳>, <鼠大州傳>, <裵裨將傳> 등의 작품 역시 제도의 모순과 신분 윤리에 대한 비판을 중심으로 내세운 것이었다.[32]

사회비판적 주제 의식은 계몽기 작가들의 사회지향적 작품으로 계승되었다. 개화기 작가의 상당수가 신문사 기자로서 사회 전반에 걸쳐 모든 문제에 대해 관심을 기울인 폭넓은 지식층이었다. 이러한 특성은 역

---

30) 傳의 작가인 李山海, 柳夢寅, 李埈, 許筠, 宋時烈, 朴世采, 李光庭, 鄭來僑, 李翼, 李德懋, 李鈺, 丁若鏞, 金鑢 등은 사회적으로 명성이 높았으며, 문학으로 일가를 이룬 인물들이다. 이들의 작품에서 立傳의 대상이 된 인물들은 큰 뜻을 갖춘 실존인물로부터 사물에 이르기까지 다양하다. 특히 이옥의 전은 23편에 달하는데, 말(馬), 담배, 족집게까지 포함되어 있다. 입전 인물도 남녀와 반상을 포함한 모든 인물들을 망라하고 있다.

31) 이동근, ≪朝鮮後期 '傳' 문학연구≫(태학사, 1991), p. 226 : "三國時代에는 前代 史蹟을 記錄하기 爲하여, 고려시대에는 儒敎倫理的 價値를 고양하기 爲하여, 여말선초에는 遊戱와 문재과시의 目的으로, 조선중기는 가문현창을 爲하여 조선후기에는 교훈성과 흥미성 전달의 方便으로, 開化期에는 歷史意識 고취를 위하여 그 時代的 使命을 다하며 발전, 계승되어 왔다.".

32) 정주동, ≪고대소설론≫(형설출판사, 1991), p. 80.

사상 특정 시점에서 폭발적으로 증가한 사회, 문화적 조건과 소설의 형성이라는 개화기의 시대적 특수 국면 속에서 신문이라는 공론 형성의 토론장에 직접적으로 "사회의 실재를 상징하고 재현하려는 노력을 보여주었고, 소설을 야담이나 잡록의 차원에서 더 높은 차원으로 끌어올리려는 노력을 동시에 보여주었다"는 데 주목할 만하다.33)

초기 소설의 작가들이 제기한 인간과 사회의 불일치 문제는 인간과 인간, 인간과 제도의 본질적인 문제를 다루고 있기에 현대적 전승과 변용을 지속할 수 있었다. <허생전>에서 허생이 건설한 '이상사회'의 의미와 연암이 제기한 사회개혁의 과제는 주어진 현실이 무엇인가에 따라 끊임없이 제기되는 영원한 주제였다. 같은 의미에서 <춘향전>에 해석도 춘향이 겪어야 하는 고난의 실체에 대한 다양한 해석을 통해 끊임없이 제기되는 주제라고 할 수 있다. 즉 춘향이 겪어야 하는 고난의 실체에 따라 춘향의 저항도 의미가 달라진다. 고난의 실체가 기생이기를 강요하는 사회제도라면 춘향의 저항은 인간적 권리에 대한 저항이 되며, 지배권력이라면 춘향의 저항은 지배체제에 대한 저항이 된다. 또한 춘향이 겪어야 하는 고난은 사회적 폭력의 실체에 대한 해석에 따라 시대적 의미가 달라지는 것이다.

작가주의적 작품은 현대작가로서 최인훈의 개작 작품에서도 비슷한 양상으로 드러난다. <춘향뎐>을 비롯한 작품에서는 능력을 지녔지만 사회환경과 조화를 이루지 못하며, 신비한 결말로서 끝을 맺는다는 점에서 초기 고소설의 창작의식, 주제와 기법 측면에서 유사한 면을 보인다. <춘향뎐>은 억울한 누명을 쓰고 멸문의 화를 당하게 된 이몽룡과 정절을 지키기 위해 수청을 거부하지만 끝내 소실로 보내려는 암행어사 월매의 손을 피해 달아나는 춘향의 이야기이다. 춘향과 이몽룡은 올바른

---

33) 양진호, ≪한국 소설의 형성≫(국학자료원, 1998), p. 42.

126

길을 걷고 있지만 현실은 이들로 하여금 바른 길을 갈 수 없게 만든다.
이몽룡의 부친은 모함으로 억울하게 세상을 뜨고 난 이후, 춘향마저 권
력의 손아귀에 벗어날 수 없다. 춘향과 이몽룡이 결합되지 못하는 것은
현실사회가 만들어 낸 어쩔 수 없이 현실이다. 이 모순, 암울한 현실이
현대 사회와 연관되면서 '5·16' 이후 장기집권의 시나리오가 진행되고
언로가 차단 당하고 현실 비판이 어려웠던 당대 사회에 대한 비판으로
이어진다. 최인훈을 개인과 세계의 대립을 통해 현실 정치의 모순된 상
황을 보여주었던 逸士小說의 전통적 맥락을 <춘향뎐>을 통해 재현한
것이다.

  오늘의 작가들이 부딪히는 사회적 문제는 과거의 지식인들이 겪었던
정치사회적 입장과 궤를 같이한다. 독자의 입장에서도 과거 역사 및 현
실 체험은 과거의 지식인들이 겪었던 정치 현상의 반복적인 체험에 다
름 아니다. 남북의 군사적 대치와 이데올로기의 첨예한 대결의 상황 속
에서 우리의 정치는 수십 년을 두고서 자발적인 논리를 제약하고 유보
당하는 것이 우리들 자신에게 이로울 것이라는 일관된 논리를 받아들이
기를 강요해왔다. 정치 상황이 어느 정도 개선되고 정치가 강요하는 희
생과 그에 대한 보상이 주어졌지만 정치의 약속과 논리는 반복되는 과
정 속에서 혐오와 거부의 경향이 심화되고 있다.34) 이런 현실에서 사회
에 대한 관습과 정치의 모순을 찾으려는 작가의 목소리는 과거 지식인
들의 현대적 모습에 다름 아니다.

  양반들의 사회지향적 작품이 일부 제한된 계층에서 통용되었다면 군
담소설, 애정소설, 가정소설을 비롯한 일군의 작품들은 현실 문제와 현
실 인식을 바탕으로 폭넓은 독자층에서 향유되었다. 이들 작품에서 다루
는 주제는 사회적 출세, 입신양명, 인간의 애정, 처첩의 갈등, 형제의 우

---

34) 한용환, ≪이광수 소설의 비판과 옹호≫(문학아카데미, 1994), p. 96.

애문제는 현실적 체험에 근거한 것이었다. 고소설의 주제는 보편적 윤리
로서 현대소설의 주제와도 크게 달라진 것이 아니다.

　고소설의 주제인 충, 효, 열의 문제는 시대의 변화와 함께 변화되는 성
질의 것이 아니다. 시대의 변화와 상관없이 인간으로 지녀야 할 보편적
주제로서 어느 시대나 주제로 부각될 수 있다. 오히려 인간으로서 지켜
야 할 윤리적 가치로서 고소설의 주제는 물질만능주의의 현대 사회에
더욱 가치 있는 주제의식이다.

　　방자는 사실상 <춘향전>에서 그 역할이 보잘 것 없는 인물이
　다. 더구나 방자와 향단의 로맨스는 원본에는 전혀 없는데 현대
　에 와서 꾸며 넣은 것이다. 그래도 <춘향전>은 방자가 있고 향
　단이 있음으로 해서 희극성을 얻고 있다는 점은 아무도 부인하지
　못할 것이다. 따라서 나는 이 작품에서 방자와 향단의 역할을 극
　대화함으로써 이 작품을 완벽한 희극으로 만들고자 했다. 따라서
　이 작품에 나오는 이도령과 춘향은 어쩔 수 없이 희화될 수밖에
　없고 그들의 사랑 역시 10대의 탈선으로 그려진다. 그러나 그것
　만으로 고전이 각색될 이유는 되지 않는다.
　　나는 이 작품을 희극으로 몰고 가되, 풍자를 곁들이기를 잊지
　않았다. 즉 과거의 춘향과 이도령의 풋사랑을 통해 현대의 젊은
　남녀의 사랑을 스스로 되돌이켜 보게 하고 또 향단과 방자의 사
　랑을 통해서는 참 사랑이 어떤 것이어야 되는가를 내 나름대로
　제시한다.35)

　　춘향전에서 볼 수 있는 특이한 사실은 당시의 우리 사회에 깊
　이 뿌리내린 유교사상의 모순인 남존여비, 계급사회의 타파 및
　관료들의 폭정을 풍자하고 있어 단순한 애정소설의 틀을 벗어나
　려 한 점이다. 이런 춘향전을 현대적인 시각으로 새롭게 해석하
　여 꾸민 작품이 <서울 방자>다 이런 유의 작품은 <서울 방자>

---

35) 김용락, ≪춘향전의 재조명≫, 극단대중극장 설립5주년기념공연 <서울방
　　자> 작가의 말.

외에도 여러 번 시도된 바 있다.

  각기 작품마다 특색을 달리하고 표현하고자 하는 주제도 다르겠지만, 우리가 이번에 새롭게 막을 올리는 <서울 방자>에서는 당시의 사랑을 통해 현재 우리 사회의 젊은이들이 안고 있는 사랑의 문제를 재음미해 보고자 했다. 요즈음 우리 사회에서 십대들의 탈선이 큰 사회문제로 부각되고 있다. 춘향전의 주인공인 춘향과 이도령도 십대의 사랑이야기지만 이들의 사랑이 십대들의 불장난으로 끝날 위기를 극복하고 재결합하듯이 현대를 살고 있는 우리 젊은이들도 감각적이고 충동적인 사랑에서 벗어나 두 사람의 존재를 확인하고 존중하는 진실한 사랑의 표본인 춘향과 이도령이 되길 바란다.36)

  <서울방자> 기획의도에서 밝히면서 '우리 사회에 십대의 사랑이야기'에 경종을 울리고자 고소설을 <춘향전>을 각색한 것이다. <서울방자>의 창작 계기와 방향은 고소설 <춘향전>에서 보여준 숭고한 사랑의 가치에 대한 현대적 의미를 점검하는 것이다. 그리하여 현대 사회문제로 부각된 십대의 性 문제를 되짚어 보면서 진정한 사랑의 의미를 되새기는 것이다. 고소설의 전통적 주제가 현대 사회에서 여전히 가치를 지니고 있으며, 진부하게만 느껴지는 고전 속에 담겨진 숭고한 사랑의 의미를 되새기고 있다.

  고소설 주제로서 권선징악은 대중들 사이에서 규정된 심미적 가치기준으로서 문학과 예술을 포함하여 관습적이며, 반복적인 모든 삶의 현상에 대한 심미적 반응의 결과이다. 이 주제가 현대소설에서 연결되는 것은 시대의 변화에도 불구하고 끊임없는 윤리적 가치는 대중들의 관심사항이기 때문이다. 문제는 주제 자체의 대중지향적 그 자체에 있는 것이 아니라 주제를 구현하는 방식과 완성도에 달려있다.

---

36) 김동중, <현대를 살고 있는 춘향과 이도령>, 극단 대중극장 설립 5주년
    기념 공연 <서울방자> 연출의 말.

2. 인물

인물에 대한 명명은 '작품의 이해 및 주제의 구현에 적지 않게 이바지'[37]하는 기본적인 수단으로 작품의 성격을 규정하고 내용을 함축적으로 보여주면서 주제를 전달하는 가장 효과적이 방법의 하나이다.

소설이 독자의 관심을 끄는 것은 작중 인물에 대한 관심 때문이다. 우리는 그들의 행운이나 불행에 대해 관심을 갖고 존경하거나 혐오하게 되고, 사랑하거나 미워하고 혹은 단순하게 찬동하거나 반대하게 된다. 독서가 다 이루어진 이후에도 이 감정적인 연루와 분리할 수 없다. 이렇게 됨으로써 소설 속의 희망과 두려움이 존재하고, 파멸이나 구원은 실생활에서 생기는 사건과 아주 유사한 방식으로 느끼게 된다. 오늘날 우리가 느끼는 '선인'이니 '악인'이니 하는 도덕적 용어가 역시 다소 생경하게 느껴지는 것은 현대의 삶과 작중 인물의 삶에 대한 거리감 때문이지 작가와 작품 사이에 암묵적으로 인정되는 작중인물에 대한 도덕적 동의 자체를 무시하기 때문이 아니다.[38] 많은 독자들은 소설의 인물이 실생활의 인물과 비슷하기를 기대하며, 자연스럽고 실상을 유지하기를 바란다.[39]

현실의 반영으로서 고소설의 인물은 상대적으로 현실감이 결여되어 있다고 할 수 있다. 고소설 주인공은 신화의 세계와 통하는 초인적인 인물이며, 선악의 틀에 박힌 인물묘사나 행동에서 전형적이고 평면적이 공

---

37) 유병석, <小說의 人名에 대하여>≪20세기 韓國文學의 이해≫(한양대학교 출판원, 1996), p. 128.
38) 웨인 C. 부스 저, 이경우·최재석 역, ≪小說의 修辭學≫(한신문화사, 1990), pp. 147-148.
39) William Kenney 저, 엄정옥 역, ≪소설기술론≫(원광대학교 출판부, 1980), p. 30.

130

식성(mechanism)을 면치 못한다. 이 같은 공식성은 이들이 사회적 역할
을 부여받은 구원의 인물로서 상징되기 때문이다. 즉 주인공은 忠臣之家
의 인물로 국가의 안위를 책임져야 할 신성한 사명이 있으며, 惡과 대결
해서 이겨낼 수 있는 재주가 있어야 한다. 이는 권선징악적 주제의식을
담아내는 데는 효과적이다. 오히려 이런 규범화된 인물성격으로 인해 언
제나 어디서나 쉽게 알아 볼 수 있으며, 쉽게 기억된다.40)

　고소설의 현대적 전승에서는 인명의 상징성을 최대한 활용하고 있다.
고소설의 인명 차용은 그 인물에 대한 가장 기본적인 성격 창조인 동시
에 고소설의 분위기를 그대로 유지할 수 있는 간단하면서도 효과적인
방법이 된다. 채만식의 <흥부전>에서는 특별히 흥부전과 연관되는 것
은 없으면서도 '흥부'나 '놀부'라는 인물이 등장하지도 않으면서도 독자
들은 "단 '흥보씨'라는 제목에서 우리는 흥부라는 익숙한 인물을 떠올리
고 잠깐 삽입되는 제비이야기로 흥부전을 기반으로 했음을 느끼게 된
다."41) 오태석의 희곡 <심청이는 왜 두 번 인당수에 몸을 던졌는가>는
'심청'이라는 인물과 '심청이 인당수에 몸을 던진다'는 사건을 기법적으
로 활용할 뿐 <심청전>과는 무관한 이야기를 풀어가면서도 '심청'이 갖
는 인물의 상징성을 활용하기 위한 방법으로 '심청'이라는 이름을 차용
하고 있다. 심청은 '효의 인물'이며, '희생의 인물'이다. 그런데 이 효를
실천하는 이면에 자리잡은 '공양미 삼백 석에 팔려가야 하는' 현실의 아
픔이 있다. 이 문제를 현대의 인신매매와 관련지어 창작소재로 활용하기
위하여 심청을 차용한 것이다.

　고소설의 줄거리 바탕으로 한 경우에는 각 인물에 개성을 부여하여
역동적인 인물로 설정하고 있다. 고소설의 현대화에서 인물의 개성화는

---

40) 정한숙, ≪소설기술론≫(고려대학교 출판부, 1982) '캐릭터의 유형' 참조.
41) 한혜경, <익숙한 소설 다르게 읽기>≪한국 패러디 소설 연구≫(국학자료
　　원, 1996), p. 190.

독자와의 거리를 좁히며, 일상적 문제에 관심을 갖고 현실적 문제를 풀
어가는 필연적 과정이라고 할 수 있다.

우리는 소설의 인물 행동과 양식에 공감하면서 소설 속의 인물에 관
심을 갖게 된다. 고전 소설의 인물이 실재적 인물을 사실로 받아들일 수
있었던 것은 심리적 가치 체제가 뒷받침되었기 때문이다. 현대소설의 인
물 역시 평범하고 일상적인 인물이지만 인물이 곧 '일상적인 것' 그 자체
를 의미하지 않는다. 소설 속의 인물들은 일상의 틀 안에서 특수한 체험
을 한 인물들이다. 그럼에도 불구하고 이들을 통해 우리가 동질감을 느
끼는 것은 사건에 반응하는 작중 인물의 내면적 세계와 대응 방식이 독
자로서 반응하는 우리의 내면 세계의 대응 방식이 유사하기 때문이다.
즉 작중 인물에 대한 동질감은 현실 생활에 대한 직접적인 대응이라기
보다 작중 인물과 독자 사이의 심리적인 관련성에 의해 형성되는 것이
다.

고소설의 현대적 전승에서 인물의 변용은 표면적으로는 곧 친숙한 인
물의 이미지의 배반을 통한 의미의 재해석 과정으로 시대적 상황 변화
에 따라 확대된 독자들의 기대지평에 부응하여 현대적 삶에 부응하는
인물로 심리적 연대를 높이는 작업이다. 현대소설로 전승된 작품에서도
인물의 달라진 모습, 그러나 친숙한 모습을 통해 현대의 삶과 연관하여
인물의 생동감과 고리를 찾을 수 있다. 예를 들어 최인훈의 <춘향뎐>에
서 현실에 대응하지 못하고 세상과 결별하여 지리산 속에 숨는 춘향과
이몽룡이나 임철우의 <옥중가>에서 고상한 사랑의 이념보다 현실을 추
구하는 월매, 춘향, 이몽룡은 관습적 독서의 차원이 아니라 독서방식을
구축하는 현대사회 제도의 맥락 속에서 의미가 형성되고 이것이 독자들
에게 수용되는 것이다.

고소설의 현대적 전승과 변용에서 인물은 크게 네 가지 특성을 보인
다.

첫째, 주인공의 희화화이다. <一說 春香傳>에서 성춘향과 이몽룡은 사랑에 들떠 있는 철부지이며, <외설 춘향전>에서 이몽룡은 파락호로서 계집질이나 일삼다가 봉변을 당하는 인물이다. 주인공들이 희화되면서 윤리적 무게는 줄었지만 친근하고 생동감을 얻으면서 다양한 양상으로 전개될 수 있게 되었다.

둘째, 이념지향적 인물에서 현실지향적 인물로의 전환이다. <一說 春香傳>의 월매는 철저하게 경제적 이해에 따라서 돈을 밝히는 현실적인 인물로서 이도령과 춘향의 사랑을 삶에 대한 안정으로 파악하면서도 현실적인 문제에 민감하게 반응한다. <옥중가>에서도 춘향은 옥에 갇혀서도 자신의 미래를 저울질하면서 현실적 실리를 계산하고, 월매는 누구보다 빠른 계산을 통해 춘향의 미래를 걸고 이몽룡에게 투자한 다음 손익을 따져 행동한다.

셋째, 선인과 악인에 고정된 인식틀의 해체이다. <옥중가>에서 춘향이 철저하게 계산된 위선을 드러내며, 창작마당극 <방자전>에서는 이몽룡이 춘향을 배신하고 끝내 춘향을 참수에 처하는 악의 화신으로 설정되었다. <춘향뎐>이나 <외설 춘향전>에서 이몽룡에 대한 화자의 적극적인 변호는 선인의 갈등 축을 다양한 인간 군상의 한 유형으로 변화시킴으로써 등가적 거리에서 인물을 파악하게 함으로써 사회의 모순을 드러내고 현실감을 높이게 된다.

넷째, 기능 인물의 비중 확대이다. 주인공 인물에 대한 새로운 평가가 작품의 주제를 드러내기 위한 전략적인 것이라면 기능 인물의 역할 확대는 서사진행과 사실성의 강화 측면에서 이루어졌다. 고소설에서도 기능적인 인물이 등장한다. 군담소설의 조력자와 애정소설에서 '老嫗' 등이 주인공과 대결자의 긴장을 촉진하거나 완화시키는 등 서사진행의 한 몫을 담당하기도 하지만 비중이 그리 높지 않으며 기능 인물로 역할이 제한되었다.[42] 그러나 현대화된 작품에서는 이들의 비중이 크게 확대되

었으며, 경우에 따라서 주인공보다 더 큰 비중을 차지하기도 한다. 춘향
전의 경우 만화본 <춘향가>에서는 별다른 기능이 없던 방자가 후대로
오면서 기능이 점차 확대되어 있어 방자형 인물을 중심으로 <춘향전>
의 선후관계를 재구해 볼 수 있는 준거를 제공하기도 한다.43) 초기본에
서는 별다른 활동이 없던 월매의 역할도 증대되어 일정한 집단을 대표
하는 유형화된 인물로 비중이 높아진다.44)

  기능 인물의 비중 강화는 현대소설과 공연예술에서 차이를 보이는데,
소설 작품에서는 부인물의 기능이 강화되어도 기능인물의 한계를 완전
히 벗어나지는 못한다. 그러나 공연예술에서는 기능 인물은 해설자의 기
능을 겸하면서 비중이 높아지며, 주인공으로 설정되기도 한다. '방자전'
으로 이름 붙여진 마당놀이와 창작 마당극에서는 방자의 역할을 중심으
로 극이 진행된다. 마당놀이 <방자전>에서는 춘향전의 방자와 배비장
전의 두 방자가 등장하여 극의 의미와 진향을 담당한다. 두 방자는 극중
속의 방자로서, 때로는 해설자로 등장하며, 때로는 청중의 입장을 대변
하여 서사에 참여함으로써 한층 활기를 한다. 창작마당극 <방자전>에
서는 첫째 마당에서는 죄인 이몽룡과 심판관 방자로 역전되어 방자가
이몽룡을 치죄하는 것으로 시작하면서 이몽룡의 허상을 폭로하고 변학
도의 폭정을 치죄한다. 방자의 기능이 확대됨으로써 단조로움에서 벗어
나 다양한 목소리를 심어줄 수 있게 되고 청중과의 거리도 밀착되는 효
과가 난다.

  기능인물의 역할 강화에 따라 인물을 부각시키는 방식도 말하기

---

42) 신선희, <愛情小說에 나타난 '老媼'의 역할>≪고전문학연구≫7(한국고전
    문학연구회, 1992), p. 280.
43) 권두환·서종문, <방자형 인물 고>≪춘향전 어떻게 읽을 것인가≫(서광
    학술자료사, 1994), p. 281.
44) 정하영, <월매의 성격과 기능>≪춘향전 어떻게 읽을 것인가≫(서광학술
    자료사, 1994) 참고.

(telling)에서 보여주기(showing)로 변화되었다. 다만 고소설이라는 친숙한 소재의 한계를 완전히 벗지는 못하고 말하기에 영향을 받고 있어 완전한 보여주기에 이르지는 못하였다. 즉 객관화된 극적 장치를 통해 개방적이고 암시적인 방식에 이르지 못하고 화자의 개입이나 언술을 통해 이루어진다는 한계를 보인다. 이러한 한계는 고소설의 인물구성으로부터 완전히 벗어난 새로운 인물로 설정되기에는 대중들에게 각인된 이미지가 너무 크기 때문이다. 또한 인물 창조가 작가 자신의 삶과 타인의 삶을 날카롭게 관찰한 결과물을 우선적으로 요구하는 인물 창조의 기본적인 상황을 만족시킬 수 없는 원전을 바탕으로 한 재창작이라는 기본적인 조건 때문이다. 그럼에도 불구하고 기능인물이 적극적이고 능동적인 인물이 됨으로써 해석의 폭이 넓어질 수 있게 되었다.

3. 서사

서사의 전개는 시간 순서에 따라 전개되는 시간적 진행과 원인과 결과의 논리에 따라 전개되는 인과론적 전개로 구분된다. 대부분의 고소설은 시간의 흐름에 따라 전개되는 순차적 구조로 되어 있다. 고소설의 구성은 크게 도입부 - 전개부 - 결말의 삼단 구성을 기본 골격으로 한다. 도입부에서는 시대적 배경과 가계에 대한 설명, 태몽까지로 주인공의 탄생 이전까지의 가계에 대한 소개와 출생 내력이 소개된다. 전개부는 주인공이 탄생 이후 고난을 거쳐 위기를 극복하기까지로 고소설의 대부분을 차지한다. 결말부는 주인공이 말년에 누리는 복록과 죽음(승선), 그리고 마지막으로 자손에 대한 언급으로 결말 맺는다.

고소설의 순차구조는 역사기술 방식의 소설적 적용으로서, 고소설 한 편은 곧 주인공을 중심으로 전개되는 주인공 개인의 역사에 대한 기록에 다름 아닌 것이다. 연대기적 기록은 일찍이 <史記列傳>의 문학적 전

통을 이어 받은 것으로 개인의 역사적 존재 의미를 부각시키는 효율적
인 방법이다. 고소설 서두에는 항상 주인공 인물에 대한 내력이 소개되
고, 결말에서는 후손에 대한 언급이 나오는데, 주인공의 가계는 累代忠
臣이며, 결미에 언급된 후손들 역시 충신 열녀들이다. 관습적 체험을 통
해 주인공은 충신의 집안의 인물이라는 언급만으로도 주인공의 인격이
결정되는 것이다. 주인공은 탄생과 함께 문에 어울리는 윤리성과 신성성
이 부여되고 일정한 역할이 기대된다.

   동시에 순차적 구조는 독자들에게 편안함을 준다. 각 작품에서 보여주
는 구조적 동질성으로 인해 독자들은 몇 편의 작품을 읽는 것만으로도
앞으로의 진행 방향을 점칠 수 있으며, 결과에 대한 예견을 가능하게 한
다. 축적된 독서경험 속에서 구축된 구조가 새로운 작품을 대하면서부터
이를 해독할 수 있는 인지틀로 작용한다.45) 이 인지틀은 각각 작품의 윤
리적 주제의식을 지속시키며, 익숙한 연대기적 구조를 통해 작품과 독자
사이의 심미적 밀도를 높이면서 사회적으로 윤리적 연대를 강화해 나간
다.

   고소설 전승에서는 이러한 시간적 순서에 따르는 순차적 구조는 해체
되고 시간과 장소, 사건이 시간적 순서에 따르지 않고 전후가 바뀌거나
생략되는 등으로 변용 과정을 거쳤다. 서사구조 측면에서 고소설의 전승
은 고소설 서사구조의 차용, 변용, 복합의 세 방향으로 전개되었다.

   첫째, 내적 의미의 차이를 둔 서사구조의 차용이다. 최인훈의 <구운몽
>은 김만중의 <구운몽>의 주제와 구조를 차용한 것이다. <구운몽>은
독고 민의 의지와 다르게 혼돈의 세계로 몰아가 결국 상황에 굴복하게

---

45) 독자들이 작품의 전체적인 틀을 숙지하고 있다는 사실은 이본의 파생을
    쉽게 한다는 장점이 있다. 즉 전체적으로 정형화된 구조 속에서 유형화
    된 몇 개의 이야기 패턴을 대입함으로써 새로운 작품을 창작할 수 있다.
    조혜란, <소설의 類型性과 讀書過程>≪이화어문연구≫11집(, 이화여대
    한국학연구소) 참조.

만들고 현실에서는 이룰 수 없는 욕망을 실현시키는 공간으로 꿈을 차용하여 자아와 세계의 갈등을 드러냈다.

최인훈의 <구운몽>은 현실과 이상을 대비적으로 나타난다. 어젯밤의 전생인 독고 민의 생각과 오늘 낮의 현상인 병원 일로 나누어지고, 현재의 시간은 결말에 등장하는 병원 원장 김용길 박사, 아마츄어 시인이며 해부학자인 독고 민, 그의 애인, 그리고 늙은 간호부장 등등의 행동 위에서 진행된다. 어제의 시간과 오늘의 시간, 전생의 시간과 현생의 시간이 상이한 차원에서 이중적으로 진행되면서 전생의 자신에 비유될 수 있는 시체의 해부를 통하여 그는 그 몽유병 환자의 생전의 행각을 더듬"어 나간다. 최인훈의 <구운몽>에서는 현실 속에 살아가지 못하고 독고 민의 존재자체는 이미 현실로부터 일정한 거리를 둔 인물로 독고 민이 유일하게 사랑했던 여인 '숙'과도 결별한 소외된 존재이다. 독고 민의 유일한 기쁨은 자신을 소외로 만든 현실에 당당히 참여하는 것이다. 독고 민이 꿈꾸는 현실 참여는 숙으로부터 재회 편지를 받으면서 가능해 질 것 같았으나 현실에서 이루어지지 못하고 몽환의 세계에서 이루어진 것이다. 독고 민이 꿈꾸는 현실에 독고 민은 적응하지 못한다. 세상은 독고 민의 의지와 다르게 혼돈의 세계로 몰아가 결국 상황에 굴복하게 만들어 버린다.

이러한 구성방식은 김만중의 <구운몽> 주제를 현대적 삶에 투영한 관념소설로서의 전승으로서 재창조 된 것이다. 김만중의 <구운몽>은 현실 − 이상 − 현실, 절제의 세계 − 욕망의 세계 − 탈속의 세계로 入夢과 覺夢의 구분이 분명하며, 각몽 이후의 삶이 입몽 이전의 삶은 차원을 달리하면서 명확하게 구분된다. 반면 최인훈의 <구운몽>은 꿈과 현실의 모호함 속에서 시간의 경계가 해체된다. 이로써 최인훈의 <구운몽>은 과거의 형식에 얽매이지 않은 자유로움 속에서 현대의 문제를 포착함으로써 고전의 현대화가 지니는 미적 가치를 새롭게 열은 완전한 창작품이다. 이런 점에서 최인훈의 <구운몽>은 넓게는 꿈, 즉 환몽성 또는 몽유체험을 기본 구조로 하는 고전 몽유소설의 구조적 패러디라 할 수 있으며, 좁게는 김만중의 <구운몽>을 타겟 텍스트로 구조 및 주제적 측면을 구현하기 위한 기본 텍스트에 대한 패러디인 것이다.46)

둘째, 서사의 변용이다. 김주영의 <외설 춘향전>, 창작마당극 <방자전> 등이 그 예이다. <외설 춘향전>은 후반부의 구성이 원전과 판이하다. <외설 춘향전> 후반부는 변학도 發行서부터 시작되는 후반부는 장돌림과 채련, 이몽룡의 계획에 의한 변학도의 봉변이 중심으로, 어사의 출현도 없는 새로운 '춘향전'으로 전개된다. 창작마당극 <방자전>에서는 변학도가 춘향에게 이몽룡이 명문귀족의 사위가 되었다고 속이고 수청을 강요하며, 토색질을 일삼다 백성들이 민란을 일으키고 춘향을 구하는 것으로 되어 있다. 구성에서도 시간적 순서를 따르지 않고 여섯 마당 가운데 주제에 해당하는 冥府의 이야기가 먼저 전개되고, 이어 명부에서 보여준 이몽룡의 방자의 위상이 역전된 내용을 보여준다.

셋째, 두 작품의 서사를 병렬적으로 수용하거나 다른 작품의 인물을 빌어 중측적으로 전개하는 복합서사적 구성이다. 오영진의 <허생전>에서는 양반으로서 지켜야 할 덕목을 이야기하는 대목에서부터 양반을 사고 파는 이야기까지 박지원의 <양반전>을 차용하여 복합적으로 구성하였고, <신(神) 패거리>는 남돌과 여순이라는 두 젊은 남녀에게 사랑의 의미를 깨우쳐 주기 위해 <심청전>, <숙영낭자전>, <춘향전>의 이야기를 도입하였다.

고소설의 현대적 전승 과정에서 인과적이고 복합적인 구성으로의 전환은 서사전개에 대한 예측을 어렵게 함으로써 긴장 효과를 유발하며, 새로운 서사를 전략하는 추동력을 얻고 있다.

---

46) 송경빈, <韓國現代小說의 패로디 硏究>(충남대학교 박사학위 논문, 1997), p. 34.

4. 문체

고소설의 문체는 낭송과 구연에 의존한 전파 과정에서 자연스럽게 낭독하기 편안한 율문체적 특성을 보인다.[47] 서술에 있어서도 객관적이기 보다는 과도한 관념의 개입과 주관적 판단이 독자의 판단에 앞서 서술된다. 이렇게 됨으로써 "우리의 삶에 질서와 의미를 부여하려고" 애쓰는 작가의 목소리가 커지게 되고, 그 결과 대부분의 작품에서 비슷한 관념과 선악 판단이 내려진다.

고소설의 문체는 신소설, 현대소설로의 전승과정에서 변화된 의식, 다양성을 반영하지 못하였으며, 새로운 이념과 인식의 확산에 따라서 문체도 변화되었다. 즉 문체의 변화는 "소수 귀족계급에 의한 문화적 전횡이 서서히 서민대중에 의하여 대치되어 가고 있었던 과정의 한 발화현상"[48]으로서 의식의 변화를 의미한다. 신소설에 이르러 '화설, 각설, 차설'의 도입어나 추상적인 시공간을 표현하는 '하로난, 일일은, 선시에, 차시에, 이격, 이때에, 어느 곳에' 등이 거의 사라졌으며, 시공간이 보다 구체화되었고, 묘사도 더욱 세밀해졌다.[49] 이는 작품 창작과 인식에서 구체적이고 세밀한 묘사를 통해서 보다 가치 중심적인 인식에서 독서 체험을 통해 주제를 간접적으로 전달하려는 객관화의 결과이며, 합리주의

---

47) 고소설의 전파는 필사를 통한 방법도 있었지만 조선후기에 이르러서 강담사, 전기수, 이야기꾼 등의 구연자들이나 공연예술로서 판소리 창자에 의한 구연전파가 일반화된 양상이었다. 전문 예술인이 아닌 경우에도 사랑방을 통한 비전문적 구연 형태가 확산되었고, 또한 식자층에서도 誦書 등의 낭송형태의 독서가 일반화되었다. 고소설의 전승과 전파에 대해서는 김용범·전영선 <古典小說의 流通構造 硏究>≪인하어문연구≫(인하어문연구회, 1995) 참조.

48) 김상태, ≪文體의 理論과 分析≫(새문社, 1982), p. 140.

49) 김상태, 앞의 책, pp. 142-148.

적 이성의 산물이라고 할 수 있다.

작가는 늘 독자와의 일정한 거리를 유지하면서 객관성을 유지해야 하기에 냉철한 입장을 견지해야 한다. 이런 점에서 고소설 문체의 현대적 재현은 패러디로서 효과를 극대화시키는 방법이 되었다. 고소설의 문체 재현은 감성적 언어의 활용, 작가의 자유로운 개입, 시점의 변환으로 고전을 전제로 한 새로운 작품으로서 낯설게 만들기의 효과를 발휘할 수 있었다.

최인훈의 <춘향뎐>에서는 작가가 개입하여 낯선 사건의 내면을 직접 설명해 나간다. 현대소설이면서도 '춘향뎐'이라는 고어의 사용과 작가의 개입을 통하여 독자들에게 새롭게 다가선다. 임철우의 <옥중가>에서는 주인공인 춘향에 대해서만 선택적 전지적 입장을 취하면서 필요에 따라서 작중 인물의 내면을 보여줌으로써 독자와의 거리가 밀착시켜나간다. 이러한 전략은 고소설의 문체를 긍정적으로 활용하면서 독자의 객관적 거리를 염두에 둔 일방적인 글쓰기 차원에서 벗어나 작가와 독자의 양방향적인 글쓰기로서 "청자인 독자를 직접 마주하고 '끌어들이'는 서술 전략으로서 독자 껴안기이며, 화자의 개입을 통해 작품 안으로 끌어들이는 글쓰기로 열린 담론"50)인 것이다.

김주영의 <외설 춘향전>은 '감정의 거리유지'와 '표현의 절제'라는 소설 문법을 깨뜨리고 판소리적 정서의 소설적 재현을 통해 우리 언어에 대한 인식을 새롭게 한 작품이다. '외설 춘향전'에서 외설은 '藝說'과 '外說'의 양면성을 의미한다. 둘 사이의 접점인 性을 판소리적 연행 방식에 맞추어 노골적이다. 그러나 <외설 춘향전>의 性은 은폐되거나 은밀하게 감추어지지 않고 백일하게 드러남으로써 해학과 풍자적인 건강한 성으로 풀어나간다.

---

50) 한혜선, <최인훈의 「춘향뎐」을 읽는다>, 김현실 외, ≪한국, 패러디 소설 연구≫(국학자료원, 1996), p. 134.

  구어체의 전통은 특히 공연예술에서 분명하게 나타난다. 공연예술에서는 구어의 활용을 통하여 풍자와 해학의 특성을 충분히 살려 나간다. 특히 표준어와 사투리의 이분법적인 사용을 통하여 다양한 연출효과를 높였다. 마당놀이 <방자전>에서는 두 방자가 등장하여 표준어와 사투리를 섞어 가면서 극중인물의 역할과 나레이터의 역할을 구분하며, 뮤지컬 <성춘향>은 춘향, 이몽룡, 변학도 및 관원들은 표준어를, 춘향의 친구나 월매, 향단은 사투리를 사용하여 서사 진행의 속도에 변화를 주었다. 표준어 사용자들의 대화는 공식적이며, 서사가 빠른 속도로 진행되는 반면, 사투리를 쓰는 인물의 경우에는 비공식적이며, 느린 속도로 진행되면서 긴장과 이완의 반복을 통해 심미적 거리를 조절해 나간다. 동일환경 속의 두 인물이 이질적인 언어를 사용한다는 것은 현실감이 없는 일이지만 서사 전략의 차원으로 이를 구분함으로써 표면적 사건 전개와 이면적 동기를 드러내는 것이다.

V. 결 론

  고소설은 민족의 생활감정과 사고와 인식의 체계를 바탕으로 그 민족이 지향하는 다양한 삶의 모습을 긴밀한 방식으로 반영하면서 끊임없는 변화와 적용 과정을 거쳐 오늘날까지 수용되고 있다. 고소설이 현대에도 수용될 수 있는 것은 고전의 의미와 가치가 대중적 정서와 가치관에 반영되었음을 의미하며, 동시에 고소설의 현대적 전승 과정에서 민족 특유의 정서와 세계를 인식하는 방법을 적절히 제공해 주기 때문이다.

  고소설의 현대적 전승 양상은 크게 개화기부터 일제 식민 시기까지와 그 이후로 구분된다. 개화기부터 일제식민시기까지의 고소설은 다수의 독자층을 흡수하면서 급속히 대중화되어 갔다. 사회적 변혁기로서 이 시기는 사회문화적 영향이 컸다. 근대적 인쇄시설의 도입과 함께 본격적인

출판 유통구조가 확립되면서 염가출판이 가능해졌으며, 새로운 발표지
면인 신문이 등장하면서 사회적 공론을 표현할 수 있는 매체가 확장되
었다. 여기에 일제의 한반도 침략이 노골화되면서 출판 통제가 강화되면
서 민족주의 의식을 고취하는 작품이 출판될 수 없었다. 출판사의 유휴
인쇄시설은 대중적 상품으로서 고소설을 출판하였다. 사회적으로는 잇
달은 자주적 개화와 독립 운동의 실패로 인한 심리적 요인도 크게 작용
하였다. 미래에 대한 전망 부재와 영웅적 인물의 출현을 갈망하는 청중
의 욕구와 고소설의 내용이 맞아떨어지면서 큰 인기를 누릴 수 있었다.

　　고소설이 인기를 얻자 유치진, 이광수, 채만식 등의 작가들은 민족주
의적 주제를 드러내는 방향으로 고전을 정리하고 개작하였다. 이들의 작
업은 시대 상황을 반영한 새로운 읽기로서 민족정신을 고취하기 위한
것으로서, 암울한 현실을 반영하는 중세적 시대, 혼란의 시대를 배경으
로 고소설 대중적 효과를 빌려 미래에 대한 희망을 심어나가는 문학을
통한 민족운동이었다. 근대이행기의 작가들이 보다 광범위한 민족문제
와 역사적 상황의 낭만적 전망 제시를 통해 대중들을 흡수하여 갔다면,
해방이후 고소설의 현대적 전승과 변용은 개인과 사회의 문제를 조명하
고, 우리 것에 대한 각성과 현실 풍자의 방법으로 고소설에 현대적 의미
를 부여하였다.

　　고소설의 전승과 변용에서는 작품을 대하고 풀어가는 방식에서 대사
회적 비판적 거리를 유지하는 방식과 독자와의 정서적 공감대를 형성하
면서 보편적 윤리의식을 확인하는 대중친화적인 방식의 접근이 전통적
인 맥락을 계승하고 있었다.

　　작중 인물의 측면에서는 인물의 개성적인 측면이 부각되면서 친숙한
인물에서 낯선 인물로 전환되었다. 구체적으로는 '주인공의 희화화', '이
념지향적 인물에서 현실지향적 인물로의 전환', '선인과 악인에 고정된
인식틀의 해체', '부인물의 역할 강화'의 방향으로 진행되었다. 이러한 전

환은 작가의 의식이 투영된 결과인 동시에 인물들로 하여금 이러한 행동을 推動케 하는 사회적 배경에 대한 인식을 새롭게 함으로써 현실적인 공감대를 형성하는 것이다. 서사의 측면에서는 단일한 구조를 차용하여 현대적 의미를 재현하거나 두 작품을 하나의 구조틀로 수용하는 방식의 복합서사적인 차원으로 변용되었다. 언어의 측면에서는 판소리계 소설의 특성을 현대소설화 함으로써 현대적 글쓰기의 새로운 방법을 제시하면서 공연현장의 분위기를 반영하거나 구어적 특성을 살려 나감으로써 흥미를 높이고 독자와의 거리를 좁혀나가는 기법으로의 활용이 두드러진다.

춘향전을 모델로 한 이광수의 <一說 春香傳>, 최인훈의 <춘향뎐>, 김주영의 <외설 춘향전>, 임철우의 <옥중가>는 창작 시기와 인식의 측면에서 고전작품에 대한 다양한 접근 방식을 보여주었다. 일제 강점기에 쓰여진 <一說 春香傳>은 대중적 교화를 목적으로 판소리적 해학과 문체의 특성을 살리면서 춘향의 고통을 강조하고 저항의 대상을 烈과 不烈에서 충과 불충, 의와 불의의 문제로 전환함으로써 저항정신을 부각시켰다. <춘향뎐>은 정치적으로 암울했던 시기 냉철한 사회현실을 바탕으로 춘향전을 재구함으로써 춘향전의 현실과 당대사회의 현실을 일치시킴으로써 현실 사회에 대한 관조적 비판을 가하고 있다. <외설 춘향전>은 민족적 자긍심이 발로되던 시기 판소리 공연양식을 소설에 적용시켜 민중적 생명력과 건강을 재현하였다. <옥중가>는 3당 통합이라는 현실 정치의 문제를 열녀로서 각인되어 온 춘향의 이면을 드러내는 것으로 풍자하였다.

<춘향전>의 현대적 전승에서는 주로 후반부에 대한 변용이 많다. 전반부는 활기찬 시간 속에서 다양한 사건이 이루어지는 데 비하여 후반부는 춘향의 주제를 드러내는 장엄한 분위기 속에 진행되면서 상대적으로 사건 변화가 적기 때문이다. 후반부를 다양하게 구성하면서 낯설음을

제공하고 변화된 주제의식을 구현하게 된다. 특히 춘향이 고초를 겪는 '獄'은 주제를 초점화할 수 있는 상징적인 공간으로서 주제를 직접 부각시키는 배경이 된다. 고소설의 현대적 전승과 변용 과정은 항상 긍정적인 측면만 있는 것은 아니다. 한편에서는 창작의식의 결여와 상업적 대중주의로 흐르면서 고전 본연의 가치를 상실하였다는 비판을 받기도 한다. 그러나 이 역시 고소설의 전승과 변용 과정에서 부딪혀 가면서 적응하는 과정이라고 할 수 있다. 고전의 가치는 고전의 의미를 되새김질하고 시대에 맞는 의미를 발견하여 삶의 질적 향상에 기여할 수 있는데 있는 것이다. 제한된 작품과 텍스트를 통해 고소설의 총체적인 면을 살피지 못한 한계는 앞으로 계속 탐구할 과제로 미룬다.

A Study on the Continuation and
Transformation of Classic Korean Novels

Jeon, Young Sun
Hanyang University

This study has been designed to look at the variety of characteristics of modern continuation and transformation of classic Korean novels and to analyze their practical representations. To that end, a historical inquiry into the development and modern transformation of classic novels is followed by an analysis of the modern representations of Chunhyang Story as a case study to check up the characteristics appearing in the modern continuation of the classic novels.

Classic novels have gone through incessant changes and adaptations in reflection of a variety of life facets of the nation on the basis of the emotions and systems of thinking and conception peculiar to it so as to bring about modern continuation and transformation. Modern succession to classic novels means the reflection of the meaning and values in the public ethos and values, thus providing some proper way of perceiving the emotions and Weltschein peculiar to the nation in the process.

The writers of the modern transitional period can be said to have absorbed the public by painting a rosy picture of the prospects on a variety of national problems and historical situations, while the modern writers since the Korean liberation have focused on the individual and social problems in terms of continuation and transformation of classic novels, thus providing modern meaning to classical novels by way of awakening to things Korean and satire of reality.

The process of modern continuation and transformation of classic novels does not always entail positive aspects. It often falls under criticism that the rewritten works have lost the original value of the classics what with a lack of creativity and what with a mere recourse to mass-oriented tastes. But this can be said to be nothing other than the process of self-adaptation to be confronted in incessant seeking of continuation and transformation of classic novels in the capacity of new reading, far from being the process of representations of the same text in new clothes.

《詩經》에 대한 劉勰《文心雕龍》의 認識研究

任 振 鎬*

1. 序 言

劉勰의《文心雕龍》은 중국문학비평사에 있어서 체계적으로 문학전반에 걸쳐 理論과 批評을 논술한 걸작품일 뿐만 아니라, 全篇의 문체는 시대의 풍격에 따라 四六文을 운용함으로써 그의 문학이론을 한층 더 빛나게 한 저술로서, 주지하다시피 劉勰은 南朝의 齊·梁시기에 활동한 문인이며, 한 때는 昭明太子의 총애를 받기도 하였으며, 만년에는 불교에 귀의하여 이름을 慧地라고 고치기도 하였다. 그는 經論에 밝았으며, 三十歲에 孔子를 따라 南行하는 꿈을 꾸고 문체의 散逸을 우려하여

---

* 草堂大學校 中國語學科 敎授

《文心雕龍》을 저술하였다고 한다. 그러므로 劉勰의 문학이론은 孔子를 중심으로 하는 유가사상에 기초를 두고 있다고 볼 수 있다. 그래서 그는 "經書를 바탕으로 한 文章에는 그 본질에 있어 여섯 가지 요소를 가지고 있다고 주장하였는데, 그 첫째는 깊고 거짓이 없는 심정, 둘째는 맑고 난삽하지 않은 풍격, 셋째는 진실하고 거짓되지 않은 사실을 인용해야 하며, 넷째는 뜻이 정확하여 왜곡되지 않은 내용, 여섯째는 화려하면서도 음란하지 않은 文飾"[1]이라는 기준을 내세우고, 이 여섯 가지 표준을 모든 문체의 비평 기준으로 삼아 그의 문체론을 제창하는 동시에, "그릇되고 천박한 폐단을 교정하려면, 결국 經典을 법식으로 삼을"[2] 것을 주장하여 "宗經"을 문학의 표준으로 삼았던 것이다. 따라서 《文心雕龍》 가운데는 유가경전에 대한 劉勰의 견해가 문학비평이론이라는 측면에서 그의 풍부한 논평과 함께 다루어지고 있어, 劉勰 이전의 각 문체에 대한 발전과 문학이론을 엿볼 수 있는 좋은 자료가 되고 있으며, 더구나 이 가운데서 周代 시가문학의 총집이라고 할 수 있는 《詩經》에 대하여 《文心雕龍》五十篇 가운데, 三十八篇에 걸쳐 평론을 서술하고 있을 정도로 《詩經》을 집중적으로 다루고 있어, 《詩經》에 대한 그의 인식이 어떠했는가를 살펴 볼 수 있는 중요한 근거가 되고 있다. 그렇다면 劉勰이 무엇 때문에 이처럼 《詩經》을 중시하였는가 하는 의문점이 생기는데, 이에 대한 해답은 그의 《序志篇》에서 찾아 볼 수 있을 것이다. 즉 "대저 《文心雕龍》을 지으면서 나는 道를 근본으로 하고, 聖人의 가르침을 스승으로 삼았으며, 또 經書에서 그 원형을 찾고, 緯書를 참고로 하였고, 〈離騷〉의 변혁도 배웠으니 문학의 핵심은 역시 여기서 극에 달했다고 할 것"[3]이라는 견해를 피력하였는데, 이 점이 바로 《文心雕

---

1) 《文心雕龍·通變篇》:"文能宗經, 體有六義. 一則情深而不詭, 二則風淸而不難, 三則事信而不誕, 四則義直而不回, 五則體約而不蕪, 六則文麗而不淫."
2) 《文心雕龍·通變篇》:"矯訛翻淺,還宗經誥"

龍》의 핵심사상이며, 특히 이 가운데서 "體乎經"은 바로 "文之樞紐"의
핵심적인 내용을 의미한다. 더구나 위에서 언급한 바와 같이 劉勰이 유
가경전의 핵심인 五經을 기준으로 《文心雕龍》을 편찬하였다고 할 때,
《詩經》이 五經 중의 하나로써 중시 받았음은 당연한 일일 것이다. 따
라서 《詩經》에 대한 劉勰의 견해가 어떠했는가를 살펴봄은 중국문학
이론비평사 뿐만 아니라 중국문학발전사에 있어서도 계승과 발전, 그리
고 영향이라는 측면에서4) 중요한 의의와 가치를 지닌다고 생각하며, 또
한 본 논문의 출발 의도이기도 하다.

2. 劉勰 以前 《詩經》에 대한 認識

《詩經》은 중국 최고의 詩歌總集으로써 西周初(B.C. 1100년 전후)부
터 춘추중엽(B.C. 600년 전후)까지 약 500여 년간에 걸쳐 이루어진 민간
가요와 사대부의 작품 및 왕실의 연회, 또는 의식이나 종묘에서 제사지
낼 때 사용되던 시가를 정리하여 편찬하였다는 것은 주지하는 사실이다.
이러한 《詩經》에 관한 인식의 시작은 대략 춘추시대로부터 시작되고
있다고 볼 수 있다. 이를테면, 《左傳·襄公二十七年》의 기록에 의하면,
趙文子가 叔向에게 대답하는 하는 말 가운데 "詩以言志"라는 말이 있다.

    趙文子가 叔向에게 말하길 "伯有는 장차 살해 될 것입니다. 詩
    로써 마음의 뜻을 설명하였는데, 그 뜻이 자신의 임금을 비방하

---

3) 《文心雕龍·序志篇》:"盖《文心》之作也, 本乎道,師乎聖, 體乎經,酌乎緯, 變
   乎騷: 文之樞紐,亦云極矣."
4) 韓明安의 《詩經研究槪觀》에 의하면, 역대 《詩經》연구에 관한 전문서
   적은 周代의 《詩序》, 《詩傳》등과 漢代의 《毛詩》, 《毛詩傳箋》등으로
   부터 現代 程俊英의 《詩經譯注》까지 대략 729종이 수록되어 있으며,
   연구논문은 1908년 《國粹學報》에 실린 薛蟄龍의 《毛詩動植物今譯》으
   로부터 현재까지 대략 1,316편이 수록되어 있다.

150

고 더구나 공개적으로 임금을 원망하는데 있으니, 어찌 이것으로
빈객의 영광을 삼을 수 있으며, 그가 오래 살 수 있겠습니까? 요
행히 죽음을 면할 수 있다면 후에라도 반드시 도망 갈 것입니다.
(文子告叔向曰 ： “伯有將爲戮矣! 詩以言志, 志誣其上, 而公怨之,
以爲賓榮, 其能久乎? 幸而后亡.”)

　여기서 “詩以言志”란 말은 당시 유행하던 《詩》를 읊어 자신의 뜻을
표현한다는 “賦《詩》言志”의 실천적 경험에서 우러나온 견해이다. 다
시 말해서 “詩以言志”라는 말은 당시 卿大夫 등의 賦《詩》의 目的과
作用을 반영시켰으며, 또한 詩歌 창작의 성질과 특징을 설명한 것이라고
볼 수 있다.5) 전국시대에 이르러서는 “言志”를 가지고 직접적으로 《詩
經》을 인식하는 경향을 보이는데, 이를테면, 《莊子》의 “《詩》는 사람
의 뜻을 서술한 것이고”6), 《荀子》의 “《詩》가 말하고 있는 것은 그 마
음의 뜻이다”7) 등이다. 이처럼 戰國시대에도 춘추시대의 전통적인 “詩
言志”說이 계승되어 내려 왔다. 그런데 여기서 유의할 점은 춘추전국시
대에 있어 《詩經》에 대한 인식은 《詩經》의 교화적인 작용을 특별히
강조하였다는 특징을 지니고 있다. 《左傳·襄公二十九年》에서 季札이
각 제후국의 《詩》를 듣고 나서 평론한 내용을 살펴보고자 한다.

　　吳나라 공자 季札이 방문을 와서……周樂을 듣고자 청하였다.
악공으로 하여금 〈周南〉과 〈召南〉을 부르게 하자 季札이 말하
기를, “아름답도다! 王化의 기반이 시작됨이여. 오히려 미흡하였
지만, 周 文王이 권면하여 노동에 힘쓰게 되었지만 원망하지 않

5) 張秀琴, 《淺論言志與載道的關係》, p. 45 ：“詩言志本來是具有積極意義的
　文學觀,它直接孕育了我國文學的現實主義傳統.它要求文學眞實地反映現實,
　揭露社會矛盾,使文學起到‘化下’,‘刺上’的作用.”
6) 《莊子·天下篇》：“《詩》以道志”
7) 《荀子·儒效篇》：“《詩》言是,其志也.”, 이외에 〈樂論篇〉에서 “君子以鍾鼓
　道 志”라고 하였는데, 여기서 “道志”는 “言志”를 의미한다.

는구나." 또 〈邶〉, 〈鄘〉, 〈衛〉를 노래부르자 말하기를, "아름답
도다! 德化의 깊음이여. 근심과 우환이 있지만 곤궁하지 않음이
여! 내가 듣기에 衛나라 康叔과 武公의 덕이 이와 같다고 하였으
니, 이것이 〈衛風〉인가?"……〈韶箾〉의 춤을 보고 말하기를,
"덕의 지극함이 크도다! 마치 하늘에 휘장을 두르지 못함이 없는
것 같고, 마치 땅에 실지 못함이 없는 것 같도다. 덕이 매우 성대
하여 이에 더할 것이 없도다. 그만 그치어라. 만약 다른 음악이
있더라도 내 감히 청하지 못할 따름이다."(吳公子札來聘, ……請
觀於周樂. 使工爲之歌 〈周南〉 〈召南〉, 曰美哉, 始基之矣, 猶未也.
然勤而不怨矣. 爲之歌 〈邶〉 〈鄘〉〈衛〉, 曰美哉, 淵乎憂而不困者
也. 吾聞衛康叔武公之德如是, 是其 〈衛風〉 乎?……見舞 〈韶箾〉
者, 曰德至矣哉大矣哉, 如天之無不幬也, 如地之無不載也, 雖甚盛
德, 其蔑而加於此矣. 觀止矣若有他樂, 吾不敢請已.)

　여기서 季札이 비록 표면적으로 예술적인 측면에서 평가를 내리고 있
지만, 사실상 그가 강조한 점은 역시 교화적인 측면을 강조하고 있다는
사실이다. 이러한 관점은 孔子의 견해를 계승한 것으로, 孔子는《詩經》
을 인식함에 있어 그 내용과 사회적 공용성을 강조하였다.《論語》에서
"《詩經》삼백편의 내용을 한마디로 말한다면, 생각함에 간사함이 없다
고 말할 수 있을 것이"라는 주장을 펼쳤는데[8], 이 말은《詩經》에 대한
孔子의 총체적인 인식이라 할 수 있고,《觀睢》에 대한 "즐거우면서도
지나치지 않고, 슬프면서도 상하지 아니한다"[9]라는 말은 바로 思無邪에
대한 구체적인 설명이라고 하겠다. 그래서 孔子는《論語》에서 "《詩》
는 일으킬 수 있으며, 살필 수 있으며, 무리를 이룰 수 있으며, 원망할
수 있으며, 가까이는 어버이를 섬길 수 있으며, 멀리는 임금을 섬길 수
있으며, 새와 짐승과 풀과 나무의 이름에 대해서 많이 알 수 있다"[10]고

---

8)《論語·爲政篇》:"《詩》三百, 一言以蔽之, 曰: 思無邪."
9)《論語·八佾篇》:"樂而不淫, 哀而不傷"
10)《論語·陽貨篇》:"《詩》可以興, 可以觀, 可以怨. 邇之事父,遠之事君; 多識

한 것이며, 또 《論語》에서 "《詩經》 三百篇을 외우더라도 정치를 맡겨
주었을 때 해내지 못하고 사방의 나라에 사신으로 가서 혼자서 대처하
지 못한다면, 비록 많이 외운다 하더라도 또한 무엇을 하겠는가?"[11]라고
孔子 역시 《詩經》의 교화적인 작용을 강조하였던 것이다. 이처럼 그가
교화적인 작용을 강조한 것은 문학가로써 보다는 정치가, 사상가, 그리
고 교육자라는 입장에서 《詩經》을 인식하였기 때문이다. 그러므로 孔
子의 興, 觀, 群, 怨등의 주장 가운데 興은 본래 예술적 심미작용을 담고
있었으나, 결국 교화의 작용을 강조하는 측면으로 흐르고 말았던 것이
다. 이러한 선진시대의 《詩經》에 관한 인식은 漢代의 문인들에게도 계
승되어 더욱 발전된 양상을 보인다. 당시의 《詩經》에 관한 대표적인 이
론으로는 《詩大序》의 주장을 들 수 있는데, 《詩大序》에서는 《詩經》
에 대한 인식을 통하여 선진시대의 시가이론을 집대성하는 결과를 가져
왔다. 그 내용을 간략하게 요약해보면, 첫째는 言志와 抒情을 결합시켜
시가의 특징을 설명하였다는 점이며, 둘째는 《詩經》의 變風과 變雅說
은 시가의 발전 변화와 시대의 정치관계를 촉발시켰다는 점이고, 셋째는
시가의 풍자작용과 《詩經》의 체제 분류, 그리고 표현수법에 관한 이론
을 찬술했다는 점 등으로써, 이러한 내용은 후대 중국시가이론에 지대한
영향을 주었으나, 《詩大序》 역시 政敎를 중시하는 전통적인 《詩經》의
관점을 벗어나지는 못했다. 그래서 朱自淸은 이 점에 대해 《詩言志變·
詩言志》에서 다음과 언급하였다.

　　《詩大序》에서 말하고 있는 夫婦가 서로 존중하고 孝와 敬을
　　다하고 人倫을 두터이 하고 敎化를 아름답게 하면 風俗이 바뀐다
　　고 하였는데, 이 말은 바로 "興, 觀, 群, 怨"과 "事父事君" 等의

　　于鳥獸草木之名"
11) 《論語·子路篇》:"誦 《詩》 三百, 授之以政, 不達;使于四方, 不能專對;雖多,
　　亦奚以爲?"

언어에서 발전되어 나온 것이다. (《詩大序》所說的'經夫婦, 成孝
敬, 厚人倫, 美教化, 移風俗', 也是從興觀群怨'事父事君'等語演變出
來的.)

　이러한《詩大序》이외에, 漢代의 經學家들 역시《詩經》을 인식함에
있어 政教의 작용을 중시하였다. 이 점에 대해 羅根譯은《文學批評史》
에서 다음과 같이 논평하였다.

　　漢代初의 諷刺說은 이미《詩經》의 문학적 기능 이외에 풍자적
작용을 갖추고 있었다. 鄭玄은 여기서 한 걸음 더 나아가 말하기
를, "功을 논하고 德을 찬양하는 것은 장차 그 아름다운 미덕을
따르기 위함이요, 허물과 그릇됨을 풍자하는 것은 그 악함을 바
로잡기 위한 것이다"고 하였는데, 이는 풍자의 작용은 과거의 일
을 풍자할 뿐만 아니라 미래의 행동에 대해서도 바르게 하기 위
함이었다. 그래서《詩經》의 功用的 가치는 더욱 숭상 받았던 반
면,《詩經》의 文學的 가치는 홀시 당하고 말았다. (漢初的美刺說,
已經使詩有了本身以外的美刺作用, 鄭玄更進而說: '論功頌德, 所以
將順其美; 刺過譏失, 所以匡救其惡.' 則美刺的作用不僅在美刺過去
的事實, 而且要順匡未來的行動, 詩之功用的價值更崇高, 詩之文學
的旨趣更汨沒了.)

　이와 같은 당시 학술계의 지나친 정교작용의 강조는 오히려《詩經》
의 시가적인 예술특징을 홀시하는 경향을 가져왔으며, 방법상에 있어서
도 이와 같은《詩經》에 대한 인식은《詩經》의 연구와 평론에 있어 단
편적인 면만을 강조하게 되었고, 더욱이 시가의 창작과 평론의 불균형적
인 발전을 초래하였다. 이와 같은 상황에서,《詩經》에 대한 劉勰의 연
구와 인식이 비록 선진시대와 漢代의 영향을 완전히 벗어나 새로운 체
계를 성립시켰다고는 할 수 없지만, 이전의 성과에 비해 한 걸음 더 발
전된 형태를 보여주었다는 사실은 상당히 의미 있는 일이라고 하겠다.

《文心雕龍》에 나타나는 劉勰의 모습은 經學家라기 보다는 문학이론가로서의 《詩經》에 대한 인식을 보여주고 있다고 하지만, 劉勰이 《文心雕龍》을 저술할 때, "爲文之用心"에 초점을 두고 문학창작과 비평의 기본 규칙을 논함으로써, 그는 《詩經》을 문학작품으로 간주하는 동시에 이를 문학창작의 규범으로 삼아 토론과 평론을 전개하였다. 하지만 劉勰은 여전히 《詩經》의 사회적 공용성을 완전히 배제하지 못하고 어느 정도 이러한 측면을 중시하는 경향을 보이기도 하였다. 그러나 전체적인 면을 고려해 볼 때, 劉勰의 인식의 핵심은 역시 《詩經》의 창작적 특징에 있었다고 볼 수 있을 것이다. 따라서 劉勰은 이러한 《詩經》의 창작적 특징에 대한 자신의 인식을 통하여 문예창작의 규칙과 설명을 제시하고, 《文心雕龍》이론체계의 중요한 구성 요소가 되도록 하였던 것이다. 즉 《文心雕龍·宗經篇》에서 劉勰은 다음과 같이 논하였다.

> 《詩經》은 주로 사상과 감정을 언급하였는데, 그 말의 訓과 해석의 난이도는 《尙書》와 같다. 그러나 《詩經》은 風雅의 詩體를 펼치고 比興수법을 채용하여 말이 화려하고 비유가 기묘하여, 읽어보면 온화한 풍격을 느낄 수 있으므로 사람의 깊은 감정을 구현하는데 가장 적합하다고 할 수 있다. (《詩》主言志, 詁訓同《書》; 攡《風》裁興, 藻辭譎喩; 溫柔在誦, 故最附深衷矣.)

이와 같은 劉勰의 주장은 바로 《詩經》의 창작적 특징을 논술한 것이며, 《詩經》을 인식하는 劉勰 자신의 기준이었다고 말할 수 있을 것이다. 이와 같은 劉勰의 《詩經》에 대한 인식을 바탕으로 《文心雕龍》가운데 보이는 《詩經》에 대한 劉勰의 견해와 그 특징을 구체적으로 살펴보고자 한다.

3. 《詩經》에 대한 劉勰의 認識

3.1. 《詩》主言志之說

劉勰의 《文心雕龍》에 수용된 《詩經》의 내용을 다시 한번 고찰해 보는 일은 《詩經》이 당시 사람들에게 어떠한 존재였으며, 또 어떻게 보았고 이해하였는지를 밝혀낼 수 있는 좋은 근거가 될 수 있다고 하겠다. 다시 말해서 한 편의 창작작품은 개개 수용자의 또는 각 시대마다의 수용자가 지닌 기대지평에 의해서 또한 기대지평들의 융합 및 전환을 통해서, 그리고 그때 그때 변화된 사회적 문화적 상황이 수용자에게 가하는 조건에 따라 계속 다르게, 즉 새롭게 수용될 것이라는 의미이다. 이러한 맥락에서 《詩經》에 대한 劉勰의 인식은 아주 중요한 의미를 지닌다고 하겠다. 그럼 먼저 본고에서는 아래와 같이 《詩經》에 대한 劉勰의 인식을 몇 가지 특징으로 나누어 살펴보고자 한다.

　《文心雕龍》에서 劉勰은 《詩經》의 특징으로 먼저 "《詩經》은 주로 사상과 감정을 언급하였는데, 그 말의 訓과 해석의 난이도는 《尙書》와 같다"[12])는 말을 언급하였는데, 여기서 "그 말의 訓과 해석의 난이도는 《尙書》와 같다"는 말이 나타내는 의미는 《詩經》의 문자가 오래되고 오묘하여 《書經》과 같이 이해하기 힘들다는 뜻으로서 더 이상 논할 문제가 없으나, 여기서 중요한 문제가 되는 부분은 바로 "《詩》主言志"라는 구절이다. 이 말은 《詩經》을 다른 경전의 성격과 즉《周易》,《書》,《禮》,《春秋》 등과 구별짓는 성격을 지니고 있으며, 비록 선진시대의 학설을 계승한 것이라고는 하지만, "言志"를 가지고 《詩經》의 특

---

12)《文心雕龍·宗經篇》:"《詩》主言志,詁訓同《書》"

징을 개괄한 점은 매우 타당성이 있는 주장으로써, 劉勰에 의해 《文心雕龍》 가운데 수용되었을 뿐만 아니라 현재까지도 많은 학자들에 의해서 계승되어 오고 있기 때문이다. 그래서 《文心雕龍》에서는 "하늘이 부여한 사람의 품성에는 七情이 있어 외부로부터의 자극에 반응하여 감응을 일으켜 만물을 노래하게 되니, 이것은 모두 자연이 아닌 것이 없다……사람은 태어나면서부터 情志를 가지고 있는데, 歌詠은 바로 그 내용을 표현하는 것이"13)라고 주장하였는데, 여기서 "言志"란 이미 모든 詩歌의 창작과 성질의 특징으로 설명되고 있으며, 또 劉勰은 역대 문학가의 주장을 통하여 文學이란 시대의 발전에 따라 끊임없이 발전하고 변화한다는 점을 인식하여 "情志를 서술하고 시대의 양상을 묘사하는 점에 있어서는 이들의 법도가 모두 서로 일치한다"14)고 주장함으로써 文學은 "情志를 말하는 것을 근본으로 삼아"15)야 한다고 주장하는 한편 "情志는 骨髓와 같다"16)고 인식하였는데, 이 말은 사실상 "主言志"와 같은 의미를 지닌다고 하겠다. 그리고 여기서 "내용이 충실하며, 언어에 文采가 있고, 감정이 진실하며, 文辭가 아름답다"17)는 관점은 바로 "《詩》言志"의 說을 확대 발전시켜 전개한 이론이라고 볼 수 있다.

선진시대에는 다만 《詩》言志說만이 있었을 뿐, 《詩》抒情說은 존재하지 않았으나, 漢代에 이르러 《詩大序》에서 "마음속에 있는 것을 일러 志라 하며, 언어문자로 표현해낸 것을 일러 詩라 한다"18), 또 "그 가운데서 감정이 움직이면 말로써 형체를 이루게 된다"19)는 주장을 제기

---

13) 《文心雕龍·明詩篇》: "人稟七情, 應物斯感; 感物吟志, 莫非自然……民生而志, 咏歌所含."
14) 《文心雕龍· 通變篇》: "至于序志述時, 其揆一也"
15) 《文心雕龍·情采篇》: "述志爲本"
16) 《文心雕龍·體性篇》: "志實骨髓"
17) 《文心雕龍·徵聖篇》: "志足而言文, 情信而辭巧, 乃含章之玉牒, 秉文之金科"
18) 《毛詩正義·詩大序》: "在心爲志, 發言爲詩"

함으로써 비로소 言志와 抒情이 결합되어 나타나기 시작하였으나, 여기서는 결코 抒情만을 특별히 강조하여 말한 것은 아니었다. 후에 晉代 陸機의《文賦》에 이르러 "詩緣情"의 說20)이 등장함으로써 비로소 실질적으로 전통적으로 전해져 온 선진시대의《詩》言志이론에서 벗어나 새로운 단계로 접어들게 되었다. 그렇다면 言志와 抒情은 각각 무엇을 의미하는가? 許愼은《說文解字》에서 "志는 意"이고, "情은 사람의 陰氣가 하고자 하는 바"21)라고 설명하고 있는데, 이러한 許愼의 주장에 따르면, 志라는 것은 사상의식을 의미하는 것이고, 情은 인간 내면의 욕망을 뜻한다. 그러므로 情은 자연적인 상태를 뜻하는 반면에, 志는 도덕적 규범을 통해 나오는 것을 의미한다고 볼 수 있다.《詩大序》에서도 이미 "吟咏情性"을 말하고, 또 "감정을 발함에 있어 예의에 어긋나서는 않된다"22)고 말함으로써 역시 도덕규범의 강조를 벗어나지 못하였지만, 陸機가 제시한 "詩緣情"은《詩大序》에서 주장한 이론과 큰 차이를 보여주고 있다. 그 차이점은 바로 "예의에 어긋나서는 안된다"는 점을 무시하고 詩歌의 서정성을 강조하였다는 점이다. 그래서 朱自淸은《詩言志辨》에서 陸機의 주장을 칭찬하고, 중국문학사에 있어 처음으로 그가 만들어낸 새로운 개념의 단어라고 평가하였던 것이다.23) 그런데 여기서 문제가 되는 점은 바로 선진시대의 관점과 劉勰의《詩》에 대한 이론의

---

19)《毛詩正義·詩大序》: "情動于中而形于言"
20) 陸機는 《文賦》에서 詩緣情說을 제기하였을 뿐만 아니라, 詩歌에 드러나는 감정이 四時와 萬物에 의해 촉발된다고 인식하였으며, 四時의 景物에서 느껴지는 감정이나 선인들의 공덕이 주는 감동, 서적에서 배우는 가르침 등을 文의 근본으로 파악하였다.
21) "志,意也.", "情,人之陰氣有欲者 "
22)《毛詩正義·詩大序》: "發于情,止乎禮義"
23) "六朝人論詩,少直用'言志'這詞組的.他們一面表明詩的'緣情'作用,一面又不敢無視'詩言志'的傳統;他們沒有膽量全然撂開'志'的概念,逕自采用陸機的'緣情'說,只得將'詩言志'這句話改頭換面,來影射'詩緣情'那句話."

158

차이점이 무엇인가 하는 점이다. 앞에서 언급한 "하늘이 부여한 사람의
품성에는 七情이 있어 외부로부터의 자극에 반응하여 감응을 일으켜 만
물을 노래하게 되니, 이것은 모두 자연이 아닌 것이 없다"24)는 말 중에
서, "吟志"라는 말 가운데는 抒情의 의미가 이미 내포되어 있으며, 또
"대저 감정이 움직이면 자연히 언어가 되고, 理智가 발동하면 문장으로
나타난다"25)는 말 가운데는 이미 情과 理가 서로 文章의 뜻을 나타내고
있어 理가 志에 가깝다고 주장한 것이니, 이는 바로 "情志를 말하는 것
을 근본으로 삼아"26)야 하며, "情志는 文章의 날줄이 되어"27)야 한다는
의미를 지니게 되는 것이며, 또 "情志로써 神明을 삼는다"28)는 말 중에
서 情과 志를 하나의 단어로 활용하였는데, 이러한 측면에서 볼 때, 《文
心雕龍》에서 언급된 《詩》主言志說의 "志"와 선진시대에 나온 《詩》
言志說의 "志"의 함축적인 의미가 이미 많은 차이점을 보인다. 다시 말
해서 劉勰이 《文心雕龍》에서 주장한 志에는 이미 情을 포함하고 있다
는 의미이며, 여기서 말하는 情이란 바로 사람의 사상과 감정을 의미한
다. 그렇기 때문에 劉勰의 《詩》主言志說의 주장은 전통적인 이론에서
한 걸음 더 발전했을 뿐만 아니라, 이미 앞부분에서 언급한 바와 같이
六朝時代의 문학이론을 흡수 반영시켜 나온 성과물이라고 할 수 있을
것이다. 실제로 劉勰은 문학비평에 있어서 詩歌뿐만 아니라 다른 문학작
품에 있어서도 작품의 抒情적인 특징을 매우 중시하였는데, 이러한 사실
은 劉勰의 《文心雕龍》 중에 나타난 情에 관한 문장이 志에 관한 문장보
다 많다는 점에서도 이러한 사실을 증명한다고 하겠다. 더구나 劉勰은
《文心雕龍》에서 《詩經》과 漢代 賦와의 비교분석을 통하여 《文心雕

---

24) 앞의 註釋12 참조.
25) 《文心雕龍·體性篇》:"夫情動而言形,理發而文見."
26) 앞의 註釋14 참조.
27) 《文心雕龍·情采篇》:"情者文之經"
28) 《文心雕龍·附會篇》:"以情志爲神明"

龍·情采篇》에서 다음과 같이 지적하였다.

> 옛날 시인들의 작품은 감정을 표현하기 위하여 문장을 꾸몄던
> 것인데, 후대 辭人들의 賦頌은 문장을 아름답게 꾸미기 위하여
> 감정을 일부러 조작하기도 한다. 무엇으로 이를 증명할 것인가?
> 대저 風雅의 흥이란, 마음속의 울분이 쌓이면 그 감정을 읊어서
> 위정자들을 풍간하였으니, 이는 감정을 표현하기 위하여 문장을
> 꾸민 것이다. 그런데 후대의 辭賦家들은 마음속에 아무런 울분이
> 나 회포도 없는데, 화려한 문식을 구사하여 세상에서 이름을 낚
> 시질하려 하니, 이는 문장을 아름답게 하기 위하여 감정을 조작
> 하는 것이다. (昔《詩》人什篇, 爲情而造文; 辭人賦頌, 爲文而造
> 情. 何以明其然? 盖《風》、《雅》之興, 志思蓄憤, 而吟咏情性, 以
> 諷其上, 此爲文而造情也; 諸子之徒, 心非郁陶, 苟馳夸飾, 鬻聲釣世,
> 此爲文而造情也.)

여기서 劉勰이 지적한 관점은 바로 "감정을 표현하기 위하여 문장을
꾸미는" 일과 "문장을 아름답게 꾸미기 위하여 감정을 일부러 조작하는",
즉 창작상에 있어서 창작수법과 그 과정을 구분해야 한다는 주장을 제기
하였고, 이어서 그는 또 "진정한 감정에서 우러난 작품은 간결하면서도
진실을 서술해야 하며, 문장을 아름답게 꾸미기 위한 작품은 文辭가 浮
華하고 내용이 잡다하여 질서를 잃어버리게 된다"[29]는 규칙을 제시하였
다. 따라서 이것은 바로《詩經》에 대한 劉勰의 총체적인 인식을 도출해
낸 것이라고 할 수 있으며, 漢賦 창작에 대한 형식주의적인 폐단을 지적
한 것이라고 볼 수 있다. 이로써 劉勰은 문학창작이란 반드시 작자의 진
솔한 감정이 표현되어야 하기 때문에 거짓된 감정과 사상을 배제하고,
단순하게 文采를 수식하는 文風을 추구해야 한다는 인식을 도출하게 된
것이라고 볼 수 있으니, 이러한 점이 바로 劉勰이《詩經》의 연구와 평

---

29)《文心雕龍·情采篇》:"爲情者要約而寫眞,爲文者淫麗而煩濫"

론을 새로운 단계로 끌어 올렸다고 평가할 수 있는 점일 것이다.

3.2. 摛《風》裁興, 藻辭譎喩

劉勰이 《詩經》에 대해 제시한 두 번째의 특징은 " 《風》의 특징을 발휘하고, 比興수법을 채용하여 文辭가 아름답고 비유가 완곡하다"[30]는 말인데, 여기서 먼저 "《風》의 특징을 발휘하고, 比興수법을 채용하였다"는 부분에 관해 살펴보면, 이 말은 바로《詩經》에는《風》, 《雅》, 《頌》이라는 세 가지 성격이 각기 다른 작품이 포함되어 있으며, 또 賦, 比, 興이라는 세 가지 표현수법이 운용되었다는 점을 지적한 것으로, 《詩大序》의 "《詩經》에는 六義가 있다"[31]는 견해와 일맥상통한 주장으로서 劉勰 역시《詩大序》의 학설을 계승하여 자신의 주장을 새롭게 밝힌 것임을 알 수 있다. 또한 劉勰이 《文心雕龍》 중에서 가장 명확하게 주장한 수법은 比와 興에 관한 표현수법이라고 할 수 있는데, 이는 그가 전문적으로 《比興篇》을 서술하였다는 사실로도 충분히 증명된다고 하겠다. 물론 《比興篇》 중에서도 漢代 학자들이 주장한 比와 興의 說이 여전히 보존되어 있기는 하다. 이를테면, 《毛詩序》의 견해를 인용하여 《詩經·觀雎篇》에 대해 "雎鳩의 雌雄이 짝을 이룰 때 각자 다름이 있는 까닭에 詩人들은 后妃를 이러한 貞潔한 덕행에 비유한"[32] 것이라고 설명하였고, 또 《詩經·鵲巢篇》에 대해서도 역시《毛詩序》의 견해를 인용하여 "尸鳩는 오로지 까치둥지에만 머물기 때문에, 시인들은 夫人을 이러한 곧은 지조에 비유한 것이다"[33]고 해석하였는데, 이와 같은 관점은 바로《詩經》의 인식상에 있어 劉勰의 보수적인 측면을 보여주는

---

30) 《文心雕龍·宗經篇》: "摛《風》裁興, 藻辭譎喩"
31) 《毛詩正義·詩大序》: "《詩》有六義"
32) 《文心雕龍·比興篇》: "觀雎有別, 故后妃方德"
33) 《文心雕龍·比興篇》: "尸鳩貞一, 故夫人象義"

점이라고 말할 수 있을 것이다. 이외에 劉勰은 또 比와 興을 해석할 때 "比는 가슴속의 울분을 질책해 내는 것이고, 興은 완곡하게 비유로써 用意를 기탁하는 것이다"[34]고 주장하였는데, 이 점은 바로 鄭玄이 주석한 《周禮》의 舊說을 계승한 것으로[35] 比와 興의 용법을 각기 제한하는 측면을 보여주고 있기도 하다. 이처럼 比와 興의 논술에 있어 劉勰은 전대의 학설을 수용하는 한편 자신만의 새로운 견해를 제시하기도 하였는데, 즉 그는 比와 興이라는 이 두 가지 표현방법을 분석하는데 있어, 그 논증이 상세하고 매우 심오할 뿐만 아니라, 전대의 《詩經》에 대한 연구성과를 바탕으로 보편적 의미의 이론원칙을 제시하였다. 그 원칙을 살펴보면, 첫째 劉勰은 《文心雕龍·比興篇》에서 比와 興의 수법을 문학 형상화의 특징과 결합시켜 다음과 같이 설명하였다.

> 比는 가까이한다는 뜻이요, 興은 일으킨다는 뜻이다. 이치에 가깝게 가기 위해서는 사물을 예로 들어 설명하고, 사물과 접촉하면 감정이 일어나는데, 隱微한 의미를 내포하고 있는 사물에 감정을 기탁하여 표현하는 것이다. (比者, 附也; 興者, 起也. 附理者切類以指事, 起情者依微以擬議.)

이외에, 또 "그렇다면 比란 무엇인가? 사물을 이용하여 예를 들어 보임으로써 정확하고 분명하게 뜻을 설명하는 것이다"[36]고 설명하였다. 여기서 劉勰은 比와 興의 목적에 대해, 표현하고자 하는 생각을 비유하거나 혹은 표현하고자 하는 情理를 의탁하고자 하는데 있으며, 兩者 모두 사물을 묘사하는 수단이라고 인식하였다. 다시 말해서 추상적인 감정

---

34)《文心雕龍·比興篇》: "比則畜憤以斥言,興則環譬以記諷"
35) 鄭玄《周禮·春官宗伯·大師》: "比,見今之失,不敢斥言,取比類以言之", "興,見今之美,嫌于媚諛,取善事以喩勸之."
36)《文心雕龍·比興篇》: "且何謂比?盖寫物以附意,颺言以切事者也"

162

과 사상을 구체적인 형상으로 표현해 내는 것으로 인식하였으니, 이는 바로 劉勰이 比와 興의 수법을 문학상에서 형상을 창조하는 수법으로 인식한 결과라고 하겠다. 둘째는 劉勰이 《比興篇》 중에서 《詩經》의 比興手法을 분석하여 "외형을 모방하여 마음을 취한다"[37]는 설을 제시하였는데, 즉 사물을 묘사할 때, 그 사물의 외형뿐만 아니라 실질적인 내면의 세계까지도 표현해 내어야 한다는 주장으로서, 이는 바로 문학형상을 창조하는데 있어 形과 神을 함께 연결 지어 언급한 견해라고 볼 수 있다. 셋째는 역시 《比興篇》 중에서 《詩經》 중에서 比興手法을 이용하여 문학적인 형상을 창조한 예들을 도출하면서 "예로 든 名物이 비교적 작더라도 그 含意는 비교적 크다"[38]라는 관점을 제시하였는데, 이러한 견해는 《周易·系辭下篇》의 관점을[39] 근거로 한 것으로, 《詩經》의 작품에 대한 자신의 인식을 예술적 경지로 끌어들여 운용하는 창의성을 보여 주었다. 따라서 후에 《物色篇》에서 《詩經》은 "날씨와 사물의 형상묘사"와 "辭藻를 운용하여 소리를 묘사"[40]에 대해 역시 "적은 글자로써 복잡한 상황을 묘사하였으며, 감정과 형상을 하나도 놓치지 않고 묘사해 내었다"[41]는 견해를 이끌어 내었던 것이다. 이러한 주장 역시 문학형상을 만들어내는 중요한 방법론에 속하는 것으로써, 《文心雕龍》의 이론을 구성하는 중요한 요소가 되었다. 넷째는 《比興篇》 중에서 劉勰은 《詩經》의 작품분석을 통하여 "比興"과 "비유가 가장 적합한 것을 좋은 것으로 삼아야 하며", 그리고 "사물과 접촉하여 세밀하고 관찰해야 한다"[42]는 요구를 도출해 내었는데, 이는 바로 比興수법을 운용하여 사

---

37) 《文心雕龍·比興篇》: "擬容取心"
38) 《文心雕龍·比興篇》: "稱名也小,取類也大"
39) "其稱名也小,其取類也大"
40) 《文心雕龍·物色篇》: "寫氣圖貌","屬采附聲"
41) 《文心雕龍·物色篇》: "以少總多,情貌無遺"
42) 《文心雕龍·比興篇》: "以切至爲貴","觸物圓覽"

물을 묘사할 때, 작가 자신의 생각이 드러나야 할 뿐만 아니라, 또한 사실과 부합되어야 하며, 사실과 부합되게 하려면 작가는 반드시 사물에 대하여 전면적인 관찰과 연구를 진행해야 한다는 것을 설명한 것이라고 하겠다. 그러므로 위에서 서술한 바와 같이《詩經》의 작품분석을 통하여 도출해낸 이론들은 모두 보편적인 의의를 지닌 문학이론으로써 지금까지도 많은 학자들에 의해서 계승 발전되고 있다.

한편, "文辭가 아름답고 비유가 완곡하다"는 말의 의미는 바로 언어의 기교적인 측면에서, 화려하고 아름다운 문채와 완곡한 比喩에 대해 집중적으로 조명하고자 한 것으로서, 이러한 특징은 다른 경전 즉《易》, 《書》,《禮》,《春秋》 등과는 명확하게 다른 특징을 보여주고 있다. 앞에서 언급한 바와 같이 선진시대와 漢代의 학자들은 그들의 관점을 政教的인 측면에 집중함으로써,《詩經》의 언어기교라는 측면을 비교적 소홀히 생각하였다. 예를 들어 漢代의 揚雄은 "《詩》의 작자가 아름다움을 읊는데는 법도가 있다"[43]고 주장함으로써, 비록《詩經》의 아름다운 예술적 특징을 지적해 내었지만, 그러나 그 역시 중점적으로 표현하고자 한 것은 바로 則, 즉 법도였다. 이처럼 이들의 관점은 모두 정교적인 측면을 강조한 이론뿐이었으나, 晉代에 이르러 葛洪이 비로소 처음으로 文辭의 기교적인 측면에서《詩經》의 특징을 분석하였다고 볼 수 있는데, 葛洪은 "《毛詩》는 화려한 문채를 지닌 文辭이다"[44]고 주장함으로써《詩經》의 文辭에 대한 형식상의 특징을 가지고 논한 것과 유사한 성격을 보여주었다. 이는 劉勰이 주장한 "文辭가 아름답고 비유가 완곡하다"와 동일한 성격을 지닌다고 하겠다. 그렇다면 여기서《文心雕龍》은 무엇 때문에 이와 같은 각도에서《詩經》을 평가했는가하는 의문점이 생긴다. 이 점에 대해 劉勰은《原道篇》에서 "商朝와 周朝에 이르러

---

43) 《法言·吾子篇》:"詩人之賦麗以則"
44) 《抱朴子·鈞世篇》:"《毛詩》者,華彩之辭也"

164

문채가 前代의 質朴을 앞섰다.《雅》와《頌》의 영향이 미치자 화려한
文辭가 점차 새롭게 드러나기 시작하였다"45)고 설명하는 한편,《通變
篇》에서는 "商朝와 周朝의 詩歌는 夏朝의 詩歌보다 더 화려하다", "黄
帝와 唐堯시대의 작품은 淳厚하고 질박하였으며, 虞舜 夏禹시대의 작품
은 질박하면서도 명석하였고, 商周시대의 작품은 화려하면서도 典雅하
였다……"46)는 견해를 가지고 의문점에 대한 해답을 구하고 있다. 따라
서 劉勰의 입장에서 볼 때,《詩經》에 있어 형식상의 華美는《易》,
《書》,《禮》,《春秋》등의 경전과 구별될 뿐만 아니라, 더구나 이러한
특징으로 인해《詩經》은 중국문학이론비평사에 있어 하나의 획을 긋는
중요한 이정표가 되었던 것이다. 이밖에도 劉勰은《詩經》의 文辭技巧
를 매우 중시하여《文心雕龍》가운데 여러 곳에서 이에 관한 언급을 하
고 있는데, 이를테면《文心雕龍·夸飾篇》에서 다음과 같이 주장하였다.

　　그렇기 때문에 천지가 개벽한 이래 소리와 형체를 문사로 표현
해 낼 때, 과장된 수법이 항상 운용되어 왔다. 비록《詩經》과
《書經》에 쓰여진 언어가 일반적인 언어라고는 하지만, 여기에
서 世俗을 교화하고 世人을 훈도하기 위하여 그 수록된 내용은
당연히 넓고 크며, 文辭 또한 과장된 표현이 요구되는 것이다. 그
래서 높은 것을 말한 즉 "하늘에 맞닿아 있는 산"이 되며, 좁은
것을 말한 즉 "작은 배조차 대지 못할 작은 내"가 되고, 많은 것
을 말한 즉 "자손이 천억이나 된다"고 말할 수 있으며, 적게는
즉 "백성들이 하나도 살아남지 못했다"고 말할 수 있는 것이
다.……(故自天地以降, 豫入聲貌, 文辭所披, 夸飾恒存. 雖《詩》、
《書》雅言, 風格訓世, 事必宜廣, 文亦過焉. 是以言峻則嵩極天, 論
狹則河不容舠, 說多則子孫千億, 稱少則民靡孑遺……)

45)《文心雕龍·原道篇》: "逮及商周,文勝其質;《雅》、《頌》所被,英華日新."
46)《文心雕龍·通變篇》: "商周篇什,麗于夏年", "黃唐淳而質, 虞夏質而辯,商周麗
　　而雅……"

여기서 劉勰이 제시한 관점은 만일 《詩經》과 《書經》을 배운다면, 과장수법을 배울 수 있을 뿐만 아니라 상식에 어긋나지 않으면서도 사람을 감동시킬 수 있는 아름다운 문장을 쓸 수 있다는 점을 강조한 것이다. 이외에 또 章句와 全篇의 관계를 어떻게 처리하느냐 하는 문제에 대해서도 劉勰은 《章句篇》에서 다음과 같이 주장하였다.

> 《詩經》詩人들의 비유방법에 대하여 살펴보면 비록 斷章取義하기는 하나 章節과 句節이 모두 한 편의 詩안에 있으니 마치 누에고치에서 실을 뽑아내듯 머리부터 꼬리까지 체제상에 있어서 물고기 비늘처럼 질서가 정연하고 긴밀하게 연결되어 있다. 머리말에는 이미 중간의 내용을 의미하는 실마리를 내포하고 있고, 결말은 앞의 문장 내용과 호응한다. 그러므로 문자는 마치 비단 위에 수놓아지는 꽃무늬처럼 서로 교착되고 의미는 마치 혈관처럼 관통하여 꽃잎과 꽃받침이 서로 불가분의 관계를 맺는 것처럼, 首尾가 상응하여 한 편을 이루는 것이다. (尋《詩》人擬喩, 雖斷章取義, 然章句在篇, 如茧之抽緖, 原始要終, 體必麟次. 啓行之辭, 逆萌中篇之意, 絶筆之言, 追媵前句之旨; 故能外文綺交, 內義脉注, 跗蕚相銜, 首尾一體.)

여기서 劉勰은《詩經》의 對句와 音律의 방법을 기초로 내용과 적당하게 배합시켜 표현할 수 있는 자연스런 묘사수법을 제시하였다. 즉《麗辭篇》에서 劉勰은 "《詩經》의 작자가 조합한 章節과 大夫들이 연관된 辭令에는 單句도 있고 偶句도 있는데, 모두 내용의 변화에 적응하면서도 애써 노력하여 작품을 완성하지 않았다"[47]고 비평하는 한편,《詩經》의 작품과 춘추시대 각 나라의 대부들이 서로 응답한 辭令에 관하여, 모두 내용 전달의 필요에 의해 奇句와 偶句를 운용한 것이지 결코 단순하게

---

47)《文心雕龍·麗辭篇》: "至于《詩》人偶章, 大夫聯辭, 奇偶適變, 不勞經營."

奇偶句를 배치하기 위해 고심한 것은 아니었다는 사실을 지적하였다. 그러므로 劉勰은《聲律篇》에서 "《詩經》의 작자들이 韻을 다루는 것은 총체적으로 맑고 절실하다"[48]는 견해를 밝히고,《詩經》의 작품에 보이는 用韻은 대체로 모두 적절하면서도 타당하다고 주장하였던 것이다.

3.3. 溫柔在誦, 最附深衷

劉勰이 주장한 세 번째《詩經》의 특징은 바로 "誦讀할 때 溫柔한 풍격을 느낄 수 있기 때문에 사람의 깊은 감정과 가장 잘 부합된다"[49]는 점이다. 이에 대해 劉永濟는《文心雕龍校釋》에서 "唐寫本에는 故字가 없는데, 이는《御覽》의 내용과 같다"[50]고 하였는데, 여기서 故字가 없다는 말은 바로 두 句가 병렬한다는 의미로써 故字가 없어도 뜻이 자연스럽게 통한다는 의미이다. 그러나 語意와 語氣상으로 볼 때, 두 句는《詩經》의 심미적 효과를 고려하여, 뒤에 語氣辭인 矣字를 두었던 것이며, 이처럼 故字가 쓰인 것은 앞뒤 句의 因果관계를 나타낸 것이라고 볼수 있다. 이러한 이유로 전인들은《詩經》을 사람의 마음속 깊은 곳을 요동치게 한다고 평하였던 것이다. "溫柔在誦"이란 말은 본래《禮記·經解》의 "溫柔敦厚한 풍격은 詩의 가르침이다"[51]는 말에서 유래한 것으로써, 孔穎達은 이에 대해《禮記正義》에서 "溫은 顔色이 온화함을 이르는 것이고, 柔는 性情이 온화하고 부드러움을 이른다.《詩經》은 과실에 대해 諷諫한 것이지, 모든 일에 대해 지적한 것은 아니다. 그러므로 溫柔敦厚한 것을《詩經》의 가르침이라고 말한 것이"[52]라고 주석을 달

48)《文心雕龍·聲律篇》: "《詩》人綜韻,率多淸切."
49)《文心雕龍·宗經篇》: "溫柔在誦,故最附深衷矣."
50) "唐寫本無故字,《御覽》同."
51) "溫柔敦厚,詩教也."
52) "溫,謂顔色溫潤;柔,謂性情和柔.《詩》依違諷諫,不指切事情, 故云溫柔敦厚是

고 있는데,《詩經》의 작품을 살펴보면, 이와 같이 "誦讀할 때 溫柔한 풍격을 느낄 수 있다"는 성격에 해당되는 작품들이 적지 않게 보임을 알 수 있다. 그러나《詩經》의 모든 작품들이 이와 같은 특징을 가지고 있다고 말하기에는 부족한 감이 없지 않으나, 劉勰이 이와 같이 주장한 것은 그가 전통적인 유가사상의 속박을 완전히 벗어나지 못한 측면이라고도 볼 수 있을 것이다. "사람의 깊은 감정과 가장 잘 부합된다"는 말 역시《風》,《雅》등의 측면에서 고려해 본다면, 사람의 마음을 감동시키는 예술적인 역량을 지니고 있다고 하겠으나, 만일《詩大序》에서 주장한 "盛德을 찬미하고, 그 공로를 神明에게 고한다"53)는 말을 가지고《頌》을 본다면,《頌》의 모든 작품이 이와 같은 역량을 가지고 있다고 말하기에 역시 부족한 점이 보인다. 그런데 여기서 한가지 유의해야 할 점은 劉勰이 "誦讀할 때 溫柔한 풍격을 느낄 수 있다"는 특징을 지닌 이외의 작품 역시 완전히 부정하지 않았다는 점이다. 이를테면 劉勰은《時序篇》에서 "幽王과 厲王은 음란하고 정사를 어지럽혔기 때문에《板篇》과《蕩篇》에서 분노한 감정을 표현하였다"54)는 구절에서 보여주듯이 이러한 점에 대해서도 충분히 인정했을 뿐만 아니라, 아울러 그는 모든 작품이 溫柔敦厚한 풍격으로 작품을 써야 한다는 편벽된 주장을 펴지도 않았다. 그래서 劉勰은 檄文을 쓸 때는 "엄한 盟誓의 말로써 위력을 지니게 하는데, 그 聲勢가 마치 폭풍이 습격하는 듯 하고, 그 기세가 마치 혜성이 쏟아져 내는 것처럼 해야 한다"55)고 주장하였던 것이며, 이러한 劉勰의 주장에는 앞에서 언급한 溫柔敦厚한 색채가 전혀 눈에 띄지 않는다. 어쨌든 劉勰이《詩經》의 특징을 논하면서 溫柔敦厚를

《詩》敎也."
53)《毛詩正義·詩大序》: "美盛德之形容, 以其成功告于神明"
54)《文心雕龍·時序篇》: "幽厲昏而《板》,《蕩》怒"
55)《文心雕龍·檄移篇》: "厲辭爲武:使聲如冲風所擊,氣似攙槍所掃"

《詩經》의 특징으로 인정한 점은 지배계층의 존엄을 보호한다는 측면
이 아닌, 문학의 창작에 있어 어떻게 하면 독자의 심령을 울릴 수 있는
가 하는 관점에서 출발한 것으로, 《詩經》의 예술적 측면에서 고려한 이
른바 "사람의 깊은 감정과 가장 잘 부합"되게 하고자 한 劉勰의 노력의
결과라고 보겠다. 이러한 그의 견해는 기본적으로 《詩經》의 실제내용
과 서로 부합된다. 그러나 예외적으로 《詩經》의 작품 가운데는 〈巷伯
篇〉 중에서 "승냥이와 호랑이에게 던져 버리자", "추운 북극으로 던져
버리자"56) 등과 같은 말이 보이는 篇章이 있는데, 이러한 편장은 매우
특별한 것이다. 비록 특수한 환경에서 생성된 작품 역시 부정할 수 없다
고는 하지만, 일반적인 詩歌를 가지고 논한다면, 당연히 조화로우면서도
함축적이고, 詩의 아름다움을 갖추고 있으면서도 생각해 볼만한 여지를
가지고 있어야만 詩歌의 일반적인 예술적 요구에 부합된다고 할 수 있
으니, 劉勰이 "誦讀할 때 溫柔한 풍격을 느낄 수 있기 때문에 사람의 깊
은 감정과 가장 잘 부합된다"는 인식을 통하여 《詩經》의 특징에 접근
하고자 점 역시 의미 있는 접근 방법이라고 할 수 있을 것이다.

3.4. 現實主義의 발현

《詩經》에 대한 인식 가운데서 劉勰은 중국고대의 현실주의 이론문
제를 발전시켰다고 볼 수 있을 것이다. 중국의 문학이론에 있어서 현실
주의 개념은 五·四운동을 전후로 서방의 이론이 중국에 유입된 것으로,
이러한 개념만을 가지고 중국고대의 문학이론을 논할 수는 없다고 하지
만, 어떠한 문학이론이든 발생과 형성, 그리고 발전의 단계를 거쳐 성숙
된다고 할 때, 중국의 현대 문학이론과 고대 문학이론 사이에는 반드시
계승과 발전의 관계를 지닌다고 할 수 있을 것이다. 따라서 비록 시대가

---

56) 《詩經·巷伯》: "投畀豺虎", "投畀有北"

다르고 문학 양식이 다르지만 이러한 논리를 가지고《詩經》에 대한 劉
勰의 인식을 토론해 보고자 하는 것이다. 사실상《文心雕龍》중에는
"現實主義"라는 말은 보이지 않으나, 劉勰은 문장 가운데서 현실주의 사
상을 구현해 내었다고 말할 수 있는데, 예를 들어 文學은 현실을 반영한
것이라는 점을 인식한 劉勰은《文心雕龍·物色篇》에서 아래와 같이 주
장하였다.

> 봄과 가을이 교체하면서 음산한 날씨는 사람의 마음을 처량하
> 게 하며, 맑은 날씨는 사람의 마음을 명랑하게 한다. 또한 景物의
> 변화는 사람의 마음을 동요하게 한다.……한 해에도 계절마다 景
> 物이 다르며, 경물은 또 저마다 다른 모습을 나타낸다. 사람의 감
> 정이 景物에 의해서 변화되면 文辭 역시 사람의 감정에 따라 다
> 르게 표현된다. (春秋代序, 陰陽慘舒, 物色之動, 心亦搖焉.……歲有
> 其物, 物有其容; 情以物遷, 辭以情發.)

또한 "문장의 변화는 시대의 영향을 받으며, 서로 다른 문체의 흥망과
성쇠 역시 시대와 관계 있다"[57]고 하였는데, 이러한 견해들은 틀림없이
劉勰의 현실주의 이론체계에 있어 중요한 기본적인 틀을 제공하고 있다
고 하겠다. 그래서 劉勰은 文學의 진실성을 강조하여《宗經篇》에서 제
기한 六義문제 가운데 첫 번째 구절인 "깊고 거짓이 없는 心情"[58]과 세
번째 구절인 "진실하고 거짓되지 않은 사실을 인용해야 한다"[59]는 주장
을 펼쳤는데, 여기서 "事信"이란 사물의 진실을 묘사하는 것을 가리키
며, "情深"은 바로 사상과 감정의 심각성을 의미하는 것이며, 역시 진실
하다는 의미를 내포하고 있다. 그렇기 때문에 이와 대립되는 것은 바로

---

57)《文心雕龍·時序篇》: "文采染乎世情,興廢系乎時序."
58)《宗經篇》: "情深而不詭"
59)《文心雕龍·宗經篇》: "事信而不誕"

170

"詭"로써 거짓된 것을 말한다. 즉 "不詭"하다는 것은 바로 거짓됨이 없게 한다는 것을 말하는 것이니. 이는 바로 진실을 의미하는 것이다. 현대 문학이론에 의하면, 그것이 현실주의 문학작품이든 아니면 낭만주의 문학작품이든 모두 진실성을 준수한다는 원칙을 내세우고 있다. 그러나 낭만주의 문학에 있어 神話를 예로 들어보면, 신화는 현실세계의 명확한 묘사를 통하여 묘사되는 것이 아니라 추상적인 형식세계를 통해 표현되어 진다. 그렇기 때문에 劉勰은 현실주의의 진실성을 주장한 것이며, 또 劉勰은 정물묘사가 진실되게 표현된 작품들을 높이 평가하여 《文心雕龍·物色篇》에서 자신의 견해를 밝혔다.

　　詩歌의 창작은 情志에 있어서 심원함만을 구하고, 사물을 묘사하는데 가장 좋은 방법은 그 대상과 밀착하는 것이다. 그러므로 교묘한 언어로 사물의 형상을 절실하게 표현하면, 마치 封泥에 도장을 찍는 듯이 뚜렷하여 조각할 필요도 없이 아주 미세한 곳까지 모두 드러나게 된다. 그런 까닭에 이러한 언어를 보면 마치 景物을 본 듯이 환하여, 계절의 변화를 알게 해 준다. (吟咏所發, 志惟深遠. 體物爲妙, 功在密附. 故巧言切狀, 如印之印泥; 不加雕削, 而曲寫毫芥, 故能瞻言而見貌, 印字而知時也.)

　　《文心雕龍·辨騷篇》에서도 역시 劉勰 자신의 현실주의의 창작 원칙을 밝혔다.

　　《離騷》 중에서 堯舜의 광영과 위대함을 말하고, 또 夏의 禹와 殷의 湯에 대한 공경함과 戒愼을 말한 것은 모두 《書經》 가운데 〈堯典〉과 〈湯誥〉 등의 의미를 내포하고 있다. 《離騷》에서는 桀紂의 무도함을 풍자하고, 后羿와 過澆의 몰락을 애도한 것은 바로 《詩經》 중의 勸戒와 諷刺의 취지이다. 《涉江》 중에서 虯龍을 군자에 비유하였으며, 《離騷》에서는 구름과 무지개를 나쁜 사람에 비유하였으니, 이는 《詩經》의 비유와 托物起興의 수법이

다. 매번 조국의 운명을 돌아다보고서는 눈물을 흘리며 울고,《九
辯》에서 군왕이 궁문이 굳게 닫혀져 있는 것을 슬피 여긴 것은
《詩經》중의 충성과 원망의 표현이다. 이 네 가지 특징은《國
風》,《大·小雅》와 일치되는 점이다. (故其陳堯舜之耿介, 稱湯武
之祗敬: 典誥體也. 譏桀紂之猖披, 傷羿澆顚隕: 規諷之旨也. 虯龍以
喩君子, 云蜺以譬讒邪: 比、興之義也. 每一顧而掩涕, 嘆君門之九重:
忠怨之辭也. 觀茲四事, 同于《風》、《雅》者也.)

　여기서 劉勰은《離騷》와《詩經》이 같은 점 네 가지를 들어 설명하
였는데, 이는 사실《詩經》에 보이는 창작수법의 특징을 도출해낸 것이
라고 볼 수 있다. 먼저 처음과 두 번째 내용에서는 堯와 舜의 위대함과
湯과 武의 엄격함에 대해 묘사하는 한편, 桀과 紂의 사악함을 비평하고,
羿와 澆의 패망을 애석히 여긴다고 서술하였는데, 여기서 전자는 바로
긍정적으로 과거의 역사를 조명한 것이고, 후자는 부정적인 사실을 들어
당시 사회의 풍토를 경계하고자 한 것이었다. 위에서 말한 두 부분은 모
두 생활 본래의 모습을 가지고 현실을 묘사한 것으로 현실주의 수법의
기본 특징이기도 하다. 세 번째 내용에서 보이는 "比興之義"라는 말 중
에서 比와 興은 본래《詩經》에서 운용되었던 표현수법이기는 하지만,
실제로는 성향이 서로 다른 문학작품 속에서도 운용되어 왔다. 그러나
이러한 수법이 중국문학작품 가운데서 가장 일찍 나타난 것은 바로 현
실주의 작품을 대표하는《詩經》으로부터라고 할 수 있으며, 후에 唐代
에 이르러 陳子昂이 "興寄"說60)을 제창하였고, 白居易가 "風雅比興"을
강조61)함으로써, 比興은 현실주의의 원칙이 되었던 것이다. 그래서 劉勰
역시 "比는 가슴속에 울적한 분함을 표현해내고, 興은 완곡한 표현을 써
서 풍자하는 것"62)이라고 주장한 것이다. 따라서 여기서 劉勰이 比興수

60) 王運熙, 楊明,《隋唐五代文學批評史》, p118~119.
61) 王運熙, 楊明,《隋唐五代文學批評史》, p389~390.

172

법과 작품속에 표현된 현실비판의 내용을 연계시켜 말하고 있음을 알
수 있다. 네 번째 내용은 "뜻이 정확하여 왜곡되지 않은 內容"63)을 논했
다고 볼 수 있는데, 여기서 劉勰이 강조한 측면은 결코 辭句가 아니라
작자가 작품속에 반영시킨 진실된 怨憤의 情이라고 할 수 있다.

그러므로 결론적으로 위에서 언급한 劉勰의 네 가지 견해를 종합해보
면, 즉 사회와 역사에 존재하는 사물에 대한 묘사는 진실되어야 하며,
작자는 현실의 생활 속에서 얻어진 진실된 감정을 표현해야 한다는 점
을 강조하는 한편, 比興手法을 통해 작품을 창작함으로써 政敎的인 목적
을 달성하고자 하였다는 사실을 알 수 있다. 이것이 바로《風》,《雅》,
즉《詩經》의 창작 특징이라고 본다면, 이러한 인식은 劉勰이《詩經》
을 인식하는 과정에서 제기해낸 독특한 현실주의적 창작 원칙이라고 말
할 수 있을 것이다.

4. 結 語

劉勰이 생존하던 시대는 문학 창작의 성숙과 번영에 따라 詩의 본질
에 대한 이해와 인식이 명확해진 시대였다. 劉勰 이전의《詩經》에 관한
인식은 대략 춘추시대의 "詩以言志"說로부터 시작된다고 볼 수 있는데,
여기서 志는 사상과 지향을 나타낸다. 따라서 선진 유가들의 관점에서
본다면, 그것은 곧 유가의 규범에 합치되는 사상을 의미하기 때문에《詩
經》을 인식함에 있어 문학적인 측면보다는 정교적인 측면을 강조하는
관점을 보여 주었으며, 전국시대와 한대에 이르러서도 "言志"를 가지고
직접적으로《詩經》을 인식하는 경향을 보이기는 하나, 역시 정교적인
측면이 강조되어 문학적인 의미와 기능이 배제되는 결과를 초래하였다.

62)《文心雕龍·比興篇》:"比則畜憤與斥言,興則環譬以記諷."
63)《文心雕龍·辨騷篇》:"忠怨之辭"

위진남북조에 이르러서는 詩의 본질에 대한 인식이 명확해짐으로써 이전의 정교적인 측면이 퇴색되고 문학작품에 대한 새로운 인식이 제기되었으며, 이러한 과정에서 劉勰은《詩經》을 문학작품으로 인식하는 동시에, 이를 문학창작의 규범으로 삼아 토론과 평론을 가하였으나, 그 역시《詩經》의 사회적 공용성을 완전히 배제하지 못하고 어느 정도 이러한 측면을 중시하는 경향을 보여주었다. 이러한《詩經》에 대한 劉勰의 인식 내용을 다시 재정리해 보면, 첫째는 "詩主言志"를 모든 詩歌의 창작과 성질의 특징으로 설명하는 한편, 文學이란 시대의 발전에 따라 끊임없이 발전하고 변화한다는 점을 인식하고 "情志와 시대의 양상을 묘사하는 점에 있어서도 이들의 법도가 모두 서로 일치한다고 주장하였으며, 또한 그가 주장한 志에는 이미 情을 포함하고 있는데, 여기서 말하는 情이란 바로 사람의 사상과 감정을 의미한다. 그렇기 때문에 劉勰의 "詩主言志"의 주장은 전통적인 이론에서 한 걸음 더 발전했을 뿐만 아니라, 이미 六朝時代의 문학이론을 흡수 반영시켜 나온 성과물이라고 할 수 있을 것이다. 둘째,《詩經》에는《風》,《雅》,《頌》이라는 세 가지 성격이 각기 다른 작품이 포함되어 있으며, 또 賦, 比, 興이라는 세 가지 문학창작의 표현수법이 운용되었다는 점을 지적하고, 전대의《詩經》성과를 바탕으로 比와 興의 수법을 문학 형상화의 특징과 결합시켰으며, 사물을 묘사할 때 그 사물의 외형뿐만 아니라 실질적인 내면의 세계까지도 표현해 내어야 한다는 이론을 제시하였다. 더구나 사물을 묘사할 때는 작가 자신의 생각이 드러나야 하며, 또한 사실과 부합되어야 하며, 사실과 부합되게 하려면 작가는 반드시 사물에 대하여 전면적인 관찰과 연구를 진행해야 한다는 보편적 의미의 이론원칙을《詩經》에 대한 인식을 통하여 도출해 내었다. 셋째, 劉勰은《詩經》의 예술적 특징을 강조하는 과정에서 지배계층의 존엄을 보호한다는 정교적인 측면이 아닌, 문학의 창작에 있어 어떻게 하면 독자의 심령을 울릴 수 있는가 하는 점

174

에 그 출발점을 둠으로써 이른바《詩經》의 溫柔敦厚한 풍격을 인정하
였는데, 이러한 견해는 기본적으로《詩經》의 실제내용과 부합된다고
볼 수 있다. 그리고 본문 내용 중에서 밝힌 바와 같이 선진시대와 漢代
의 학자들은 그들의 관점을 政敎的인 측면에 집중함으로써,《詩經》의
언어기교적인 측면을 비교적 소홀히 생각하였으나, 劉勰은《詩經》의
文辭技巧를 매우 중시하여《文心雕龍》가운데 여러 곳에서 이를 언급하
였으며, 이밖에도 그는 형식상에 있어서《詩經》의 華美한 특징을 강조
함으로써《詩經》은 중국시가이론사에 있어 하나의 획을 긋는 중요한
이정표가 되었다. 넷째, 文學은 현실을 반영한 것이라는 점을 인식한 劉
勰은《文心雕龍》의 여러 곳에서 자신의 현실주의의 창작 원칙을 밝힘
으로써, 사회와 역사에 존재하는 사물에 대해 진실되게 묘사해야 하며,
작자는 현실의 생활 속에서 얻어진 진실된 감정을 표현 할 것을 강조하
는 한편, 比興手法을 통해 작품을 창작함으로써 政敎的인 목적을 달성하
고자 하였다.

　결론적으로 劉勰은《詩經》을 인식함에 있어 舊說을 계승하여 새로운
견해를 제시하였으며, 비록《文心雕龍》가운데《詩經》을 전문적으로
토론한 篇章은 없다고 하지만, 全篇에 걸쳐 보이는《詩經》에 대한 劉勰
의 견해는 다방면에 걸쳐 풍부한 내용을 담고 있으며,《詩經》연구에 대
한 劉勰의 엄격한 태도를 엿 볼 수 있게 해준다. 따라서 이와 같은《詩
經》에 대한 劉勰의 연구는 중국고대시가이론을 한층 더 발전시키는 동
시에 후대의 문학 창작에 지대한 공헌을 남겼다고 볼 수 있을 것이다.

〈參考 書籍〉

朱自淸, 《詩言志辨》, 華東師範大學出版社, 1996

孫蓉蓉, 《文心雕龍研究》, 江蘇教育出版社, 1994

石家宜, 《文心雕龍整體研究》, 南京出版社, 1993

朱義雲, 《魏晉風氣與六朝文學》, 文史哲出版社, 1971

韓明安, 《詩經研究槪觀》, 黑龍江敎育出版社, 1988

中國文心雕龍學會編, 《論劉勰及其文心雕龍》, 學苑出版社, 2000

張覺撰, 《荀子譯注》, 上海古籍出版社, 1996

李道平, 《周易集解纂疏》, 中華書局, 1994

許　愼, 《說文解字注》, 上海古籍出版社, 1981

周振甫, 《文心雕龍今譯》, 中華書局, 1992

張　燈, 《文心雕龍辨疑》, 貴州人民出版社, 1995

郭慶藩, 《莊子集解》, 華正書局, 1986

楊伯峻, 《春秋左傳注》, 中華書局, 1993

王運熙,楊明, 《魏晉南北朝文學批評史》, 上海古籍出版社, 1989

王運熙,楊明, 《隋唐五代文學批評史》, 上海古籍出版社, 1989

張秀琴, 《淺論言志與載道的關係》, 寧夏大學學報, 1990년 2월

〈Abstract〉

A Study of the Recognition in Wenxindiaolong of the Shijing

Im jinho
Chodang University

Wexindiaolong by Liu Xie is a masterpiece which systematically describes the theory and criticism on most of literary works in the Chinese literary history, and his writing style makes his literary theory remarkable by using Siliuwen in accordance with the contemporary character of his period. If Wenxindiaolong was completed on the basis 'The five Jing,' the core of great Confucian Books, it is natural that the Shijing is basically treated as a work of the five Jing. Therefore, the analysis of what Liu Xie's opinion on the Shijing has been made is meaningful and valuable not only in the history of Chinese literary critical theory but in the history of Chinese literary development in the sense of their succession, development and effect, and it is also the objective of this study. Liu Xie suggests new opinion out of the established theories, his opinion implies lots of meaningful contents in many ways, and it shows his serious scholastic attitude on the Shijing even though Wexindiaolong has not chapters which directly discuss the Shijing. Thus, his scholastic achievement on the Shijing makes a great contribution not only to the development of early Chinese literary theory but to literary creative writing of later period.

시의 화자 분류 체계 연구*

김 승 종**

                        차 례

        Ⅰ. 서론
        Ⅱ. 화자 연구 개관
        Ⅲ. 기존 화자 분류 논의의 문제점
        Ⅳ. 새 분류 체계 모색
        Ⅴ. 결론
```

# Ⅰ. 서 론

서정시 구조의 주요 요소이자 시 분석에서 긴요한 대상인 화자(話者 : 서정적 자아·시적 자아·상상적 자아·가상적 자아·서정적 주인공)의 정체 구명은 시의 이론과 실제 양면에서 꾸준히 주목받아 왔으며 시 장르론과 작품의 의미 파악에 주요한 공헌을 해왔다. 새삼스럽지만 시 해석의 총체를 성취하는데 있어 화자의 목소리 성격과 그 의지 정서 등 태도는, 메시지의 정확한 파악은 물론 언어예술로서 시의 기본 미적 의도인 정서환기 특성상 간과될 수 없다. 시는 논리나 의사논리를 전달하는

---

\* 2000학년도 안양과학대학 학술연구비 지원 논문
\*\* 안양과학대학 교양과 부교수
```

180

데 그치지 않고 이를 정서 차원에서 심미화하는 화자의 어조(語調·
Tone)와 어울려 특정한 개성으로 연출되기 때문이다.[1]

그런데, 개별 작품의 화자연구에 대조되게도 시론 차원에서 화자연구
는 기본 틀이 정비되지 않아 개별논의를 한 평면에서 통합하는 기율이
부족한 상태이다. 기존의 기준 규범의 탐구는 다양한 시도로 전개되어
왔다. 접근 시각은 유사하나 분류방식 및 용어가 다르고 앞선 시도를 일
부 추인하기도 하고 일부 부인하기도 한다. 정설을 부연 심화하는 시학
의 다른 항목과 대조되는 양상인데, 이러한 사정은 쟁점을 부각시켜 발
전을 추동하는 논의의 활성화라고도 할 수도 있지만 미진한 검토에 기
인하는 답보의 혼란일 수도 있다.

화자연구도 시학의 다른 항목처럼 일정한 규범을 마련하여 개별 연구
가 조리 있게 전개될 수 있도록 그 존재방식들을 상호 차이에 따라 적절
하게 분류하는 유형화 작업이 체계화될 필요가 있을 것이다. 본고는 기
존 화자 논의를 정리하여 문제점과 관련 쟁점을 부각시킨 후, 몇 몇 모
색과 더불어 새로운 분류 기준을 제안하려 한다. 그리고 이러한 탐색은
시 창작에서 화자의 일관성 유지에도 일정한 자극을 제공하리라 기대된
다. 우리 근대시의 대표작 중 하나인 주요한의 〈불놀이〉는 화자의 정체
성에 혼란이 빚어져 작품의 기저가 불안한 상태로 미완의 구조이며, 독
자의 메시지 파악과 어조 분석에도 장애를 주고 있다.[2]

---

1) 20세기초에 I·A 리챠즈가 어조(Tone)를 "소재와 독자 때로는 그 자신
   에 대한 개성 있는 작가의 태도 표현" 이라고 정의하며, 말뜻(Sense), 느
   낌(Feeling), 의도(Intention)와 더불어 중시하여("*Practical Criticis-
   m*"1929, Chap, pp.175-176), 신비평에서 본격화하였지만, 이미 고전 그리
   스시대부터 관심의 대상이었다.
2) 우리 근대시의 대표작 중 하나인 주요한의 〈불놀이〉(《창조》 창간호
   1919. 2. 1)는 화자의 정체성에 혼란이 빚어져 작품의 기저가 불안한 상
   태로 미완의 구조이며, 독자의 메시지 파악과 어조 분석에도 장애를 주
   고 있다. 일인칭 '나' 가 자신의 실연 체험과 관련 심경을 진술하는 이
   시는 먼저 2연에서 "펄떡 정신을 차리니 우구구 떠드는 구경꾼의 소리가

Ⅱ. 화자 연구 개관

문예학에서 화자 연구의 단초는 기원전 5세기에 소크라테스(기원전 469-399)와 플라톤(기원전 427-347)이 마련하였다. 문학작품을 담화로 전제하고 그 진술 주체를 세 가지로 구분하였다.

> 「그러면 얘기에 관한 것은 이것으로 끝내겠네. 그러나 다음엔 내 생각으론 말씨에 관해서 검토해야겠는데, 그렇게 하면 (시라 는 것이) 무엇을 말해야 하고 어떻게 말해야 하는 가를 우리가 완전히 검토한 셈이 될 것일세.」
> … 중략 …
> 「그렇다면 그들은 단순한 얘기나, 또는 모방을 통한 얘기나, 또는 그 두 가지에 따른 얘기로 그 일을 진행시키는 것이겠지?」
> 「그것도 저는 더 분명하게 배워야겠습니다」라고 그가 말했 네.…
> 「…《일리아스》의 첫머리 그 시인(호메로스)은 크리세스가 아가멤논에게 그의 딸을 풀어달라고 간청했더니 아가멤논이 화를 내어 크리세스는 자기의 청탁이 거절당했기 때문에 신들에게 기

저를 비웃는 듯, 아아 좀더 강렬한 정열에 살고 싶다"고 하였는데, 여기 서 '저'는 우선 화자의 겸칭이라고 볼 수 있으나 독백에다 갑자기 자칭 이 바뀌어야 하는 이유도 없고 어떤 청자도 설정되어 있지도 않아 그렇 게 보기 곤란하다. 하지만 그 정체는 여전히 실연의 슬픔에 잠겨 있는 1 연 이래 일인칭 화자, '나'이다. 나아가 5연, "저기 너의 애인이 맨발로 서서 기다리는 언덕으로…사랑 잃은 청년의 가슴 속도 너에게야 무엇이 리오.…오오 다만 네 확실한 오늘을 놓치지 말라. …너의 빨간 횃불을 … 또한 너의 빨간 눈물을"에서 첫 '너'는 기존 일인칭화자 '나'가 새로 운 시점에 의해 대상화된 호칭이며, 두 번 째 '너'는 정체가 불분명하 고, 세 번 째 네 번째 다섯 번 째 '너(네)'는 다시 기존 작중 화자이다. 여기서 '너(네)'라고 말하는 사람은 분명 기존 화자가 아니며, 어떤 미 적 의도에 따른 두 화자의 등장에서 발생한 문제라고 보기 어렵다. 화자 를 분명하게 설정하지 않은데 기인하는 혼란이라고 생각된다.

도를 드려서 아카이아 사람들에게 저주를 보냈다고 말하고 있는
데, 자넨 그걸 알고 있겠지?」

「알고 있습니다.」

「그럼 자넨 이 구절을 알고 있겠군—

그리고 그는 모든 아카이아 사람들에게, 더우기 군졸들의 사령
관인 아트레우스의 두 아들에게 기원했다.

여기까지는 그 시인이 스스로 말하고 있어서, 말하는 이가 자
기 자신 이외에 다른 사람이라고 우리에게 생각게 해보려고 조차
안하고 있네.

그러나 그 다음에서는 마치 자기가 크리세스인 것처럼 말하여,
말하는 사람은 호메로스가 아니라 그 늙은 제관[크리세스]이라고
우리가 느끼도록, 될 수 있는 데까지 애를 쓰고 있네. 또 그밖에
일리온에서 있었던 일이라든가 이타카나 《오딧세이아》 전체에서
일어난 모든 일에 관한 얘기를 그런 식으로 짓고 있네.」 3)

인용에서 보듯 소크라테스와 플라톤은, '말씨', 즉 어조(語調·Tone)
를 단서로 화자 탐색에 접근하고 있다. 이러한 동기는 오늘에도 그대로
유지된다.4) 첫째 시인이 스스로 진술하는 형태, 둘째 시인이 작중 인물
의 입장이 되어 진술하는 형태, 셋째 이 양자가 번갈아 교체되는 혼합
형태로, 문학 담화에 출현하는 화자를 유형화하였다. 뿐만 아니라 이에
당시에 유행하던 문학 장르까지 연결시켜 하나의 체계를 정립한다.

「… 즉 시라든가 얘기의 어떤 것은 자네가 말했듯이, 비극이
나 희극은 그 전부를 통해서 모방으로 이루어지는 것이고 또 어
떤 것은 시인이 그 자신의 얘기를 하는 것일세 — 그 가장 좋은

---

3) 플라톤[기원전427-347] 저·조우현 역, 『국가』, 제3권 6장(세계사상전집
4, 삼성출판사, 1952) pp. 104~105 참조. 프라톤의 스승 소크라테스와 아
데이만토스의 이 대화는 기원전 421년경으로 추정되고 있다.(역자 「해
제」 p.12-13 참조) 주지되어 있듯 『국가』는 플라톤의 저작이기에, 여기
기술된 스승 소크라테스의 견해와 주장은 플라톤의 그것이기도 하다.
4) 외국뿐 아니라 앞으로 살펴볼 국내 이론들도 그러하다.

본보기는 아마 디티람보스에서 찾아볼 수 있겠지 ― 그리고 또
어떤 것은 그 두 가지를 다 쓰는 것인데, 서사시나 그밖에 여러
가지 시에서 찾아볼 수 있는 것일세. 자네가 알아줄 수 있다면
말이야.」라고 내가 말했네.5)

즉, 비극, 희극은 시인이 작중 인물의 입장이 되어 진술하는 형태, 디
티람보스 등 서정시는 시인이 자신의 인격으로 진술하는 형태, 서사시는
이 양자가 번갈아 교체되는 혼합 형태이다. 이 화자 분석과 관련된 장르
거론은 이후 오늘에 이르기까지 소크라테스와 플라톤이 서양문화사에
끼친 영향력과 권위와 더불어 유지되고 있다.6) 19세기에 헤겔이 시공을
초월해 인간이 자기를 드러내는 세 가지 문학적 방법으로서의 문학의
장르를, 서정·서사·극으로 구분하고, 각각 주관·객관·주관과 객관
의 합일로 그 본질을 규정한 다음, 특수화된 개인들의 내부세계를 주관
적으로 드러내는 수단, 인간의 외부세계를 객관적으로 드러내는 수단,
서정원리와 서사원리의 종합―그중 인물의 특수한 주관성의 객관화라고
그 성격을 규정하였는데,7) 이는 소크라테스와 플라톤의 논의가 기반이
며, 이 또한 후대의 문학 장르의 구분과 그 정체성 논의에 막대한 파급
을 행사하였다. 그리고 20세기에 이르러 오늘 화자이론이 토대가 되고
있는 T·S 엘리어트의 낭만주의 개성론 비판과 몰개성론 주장, 로만 야
곱슨이 제안한 전달체계론, 볼프강 카이저의 배역시론(配役詩論) 등도
소크라테스와 플라톤 논의의 맥락에 통합된다. 모두 하나의 질서를 형성
하고 있는 것이다. 즉 엘리어트의 경우 고전주의를 기반으로 주지주의

5) 플라톤, 같은 책, p. 106.
6) 다음 소개가 저간의 사정을 잘 환기할 것이다. "화이트 헤드는 서양철학
   이 플라톤의 철학에 부친 주석에 지나지 않는다는 유명한 말을 남겨 놓
   고 있다" 유종호, 『문학이란 무엇인가』(민음사, 1990) p.254 참조.
7) 헤겔, 『미학강의』(1835)[폴 헤르나디 저·김준오 역, 『장르론』, 문장,
   1983, p.105에서 재인용]

184

시론을 전개하며 낭만주의의 정서의 직접 과잉토로를 반대하면서 몰개
성론을 주장하고 있지만 화자와 시인의 일치 여부 관점은 소크라테스와
플라톤의 관점의 계승이며8), 야곱슨이 시를 하나의 담화로 보고 화자
청자까지 부각시키며 그 전달체계를 제기한 논의도 소크라테스가 말씨
와 화자를 겨냥하며 시를 담화로 본 구도에 기초를 두고 있다9). 볼프강
카이저의 화자연구에 관련된 배역시론도 소크라테스의 분류 중 두 번째
유형에서 유래된다.10)

  그런데, 고대 이래 오늘에 이르기까지 모든 논의의 기반이 된 위 주장

---

 8) "…시에 관한 개성몰각설(個性沒却說)의 다른 일면은 시와 그 시인과의
    관계이다.… 오히려 원숙한 시인의 정신은 특수한 여러 가지 감정을 자
    유자재로 결합하여 새로운 복합체를 만들 수 있게 하는 한층 더 완성된
    매개체가 되는데 있다는 것을 암시한 바 있다.… 따라서 우리는 〈정적(靜
    寂)속에서 회상된 정서〉라는 공식은 옳지 못한 것으로 믿지 않을 수 없
    다. 왜냐하면 시는 정서도 아니고 회상도 아니고 어의 그대로의 정적도
    아니다. 시는 실제적이고 활동적인 사람에게는 전혀 경험으로 생각되지
    않는 수많은 경험의 집중이며, 그 집중에서 생겨난 새로운 사실이다.…
    시는 정서의 방출이 아니고 정서로부터의 도피이다. 그것은 개성의 표현
    이 아니고 개성으로부터의 도피이다." T·S 엘리어트,「전통과 개인의
    재능(1919)」,『문예비평론』(최종수 역, 박영문고 16, 박영사, 1987,
    pp.19-25 참조)
 9) 시를 담화로 전제하고, 발신자(시인)와 수신자(독자)사이의 소통을 맥락,
    메시지, 접촉, 신호체계로 분석하였다. R. Jakobson, Closing Statement :
    Linguistics and Poetics ; Thomas A. Sebeok(ed.), Style in Langua-
    ge(The M.I.T. Press, 1960), pp.353-357.
     김준오,『시론』(삼지원, 1996), pp.187-188 참조.
    Terense Hawkes 저·오원교 역,『구조주의와 기호학』(신아사, 1982),
    pp.114-118 참조.
10) "서정시는 자아의 독립적인 표현으로 나타난다. 이때 시인은 자기가 서
    정적인 말을 자기 자아의 표현, 아니면 어느 특정되지 않은 자아의 표현
    으로 표시하느냐, 혹은 서정적 표현을 어느 특정한 인물의 입을 통해서
    표시할 것인가 하는 문제를 결정짓지 않으면 안 된다. 어느 특정한 인물
    의 입을 통해 표현하는 시를 우리는 配役詩(Rollengedichte)라고 부른
    다" 볼프강 카이저, 김윤섭 역 『언어예술작품론』(대방출판사, 1884)
    pp.296-304 참조.

에는 세 가지 문제가 있다. 첫째, 〈일리어드〉의 해당 인용에서 보듯 그
사건은 크리세스의 사건이지, 화자 호메로스의 사건이 아니다. 따라서
첫째 유형의 화자, 즉 '단순한 얘기'의 화자, '그 시인이 스스로 말
하'는 화자는, 그 사건을 전달해주는 입장의 화자, 즉 삼인칭 객관 시점
이나 전지 시점의 화자에 해당된다. 그런데도 일인칭 화자가 진술하는
디티람보스 등 서정시의 화자로 그 적용을 일반화하였다. 헤겔 이후 오
늘에 이르기까지 논자들은 이 문제를 해명하지 않고 첫째 유형 화자를
자신의 체험을 진술하는 서정시의 화자로 인용하고 있기도 하다. 둘째,
위 문제를 차치하고 일인칭 서정시의 화자를 시인과 일치시킨 문제이다.
19세기 역사주의 문학연구가 활성화된 이래 오늘에는 상식이 되어 있지
만 서정시의 일인칭 화자가 과연 시인 자신(혹은 시인의 인격)인지 아니
면 시인이 창조한 허구 인물인지 구명되어야 하는데, 허구 인물에 관련
되는 두 번째 유형의 화자를 제시하면서도 구분의 당위와 구체 논의를
결여하고 있다는 점이다. 제시한 첫 번째 화자가 작중 인물에 관련된 두
번째 유형의 화자일 수도 있다는 의혹을 설정해보지 않았다. 화자 탐색
에 있어서 무엇보다 화자와 시인의 관계를 초점으로 하되 이에 관련된
세목을 거론하지 않은 것이다. 셋째, 무엇보다 문제되는 것은 재론되지
만 위 분류는 화자와 시인의 일치 여부로 화자 구분과 유형화를 시도하
고 있는 점이다.11) 이 척도가 의의 없다는 것은 아니나 후세의 화자연구

---

11) 이러한 혼란이 야기된 것은 우선 소크라테스의 이 논의가 시학 수립을
목표로 한 본격 논의가 아니라는 점과, 그의 정치적 의도 때문이라고 할
수 있다. 그는 청소년 교육에 서사시를 비롯한 당대의 문학 작품들이 수
행해야 할 전쟁을 두렵게 하고 전사를 꺼리는 등 자신이 생각하는 공화
국의 바람직한 질서 수립에 방해가 된다고 보고 시인 추방을 주장하는
데서 알 수 있다. 일부 신을 찬양하는 등 자신들이 지지하는 가치관을
노래한 작품, 화자로 봐서는 작중인물을 모방해 진술하는 작품은 남겨
두자고 하였는데, 특히 최고가 아닌 인격, 즉 시인이 스스로 말하는 작품
은 모두 버리자고 주장하였다. 시인의 인격을 신뢰하지 못하는 점뿐만
아니라 시인의 정치적 영향력을 거세하려는 정치적 의도가 작용하였다고

의 시발에 고착된 기반이 되어 바람직하지 못한 근원적 영향을 주고 있다.

III. 기존 화자 분류 논의의 문제점

최초로 주목할 만한 분류를 시도한 김준오는 "시를 담화의 한 양식으로 보면 필연적으로 話者와 이 화자의 목소리인 語調가 연구 대상이 된다.… 시어의 의미는 어조에 의해서 결정되므로 내포로서의 시어는 이 어조에 의한 독특한 의미를 지닌 것을 말한다." 12)라고 하여 어조를 위주로 화자 탐구의 기본 입장을 밝히고, 화자의 개성과 제재에 대한 태도를 주목하며,13) 먼저, 로만 야곱슨의 전달체계 6요소에 관련된 어조를 제시하고 있다.

첫째 유형으로 전달이 화자(발신자)를 지향해서 언어의 '정감적' 기능이 우세해지는 경우이다. 이것은 전달내용에 대한 화자의 자신의 정서적 반응이 강조되는 유형이다. 따라서 이 때 어조는 감탄 · 정조의 양상을 띤다.

그날이 오면 그 날이 오며는
삼각산이 일어나 더덩실 춤이라도 추고,
한강물이 뒤집혀 용솟음칠 그날이
이 목숨이 끊기기 전에 와주기만 할양이면
나는 밤하늘에 나는 까마귀 같이
종로의 인경을 머리로 들이받아 울리오리다
두개골은 깨어져 산산 조각이 나도
기뻐서 죽사오매 오히려 무슨 한이 남으오리까

하겠다.
12) 김준오, 『시론』 (삼지원, 1996), pp. 172-173.
13) 같은 책, pp.173-184 참조.

-(1)沈 熏, 〈그 날이 오면 중에서〉[14]

　이러한 분류에서 문제되는 것은, '전달이 화자(발신자)를 지향해서 언어의 정감적 기능이 우세해지는 경우', '감탄·정조의 양상을 띤다'라는 식의 단정이다. 심훈의 〈그날이 오면〉은 그렇다 하더라도 화자를 지향하는 모든 시에서 그 어조가 감탄과 정조의 양상만을 가지는 것은 아니기에 화자 지향 시의 화자의 어조를 그것으로 일률 할 수 없다. 그리고, 어조가 화자 연구의 핵심이라 하더라도 이러한 특정 어조를 내세워 분류하면 수 없이 많은 화자 유형이 있을 수 있어 기본 분류의 원리 설정이나 체계화를 이루어낼 수 없게 된다. 유형화는 이런 개별성을 포괄하는 상위 규범의 탐구라야 할 것이다.

　이어서, 시인의 자전이 제재가 된 작품을 대상으로 화자를 시인과 동일시하는 관점을 인정하고, 퍼소나론과 엘리어트의 몰개성론도 인정한다.

　　　　靑馬는 가고
　　　　芝薰도 가고
　　　　그리고 洙暎의 永訣式
　　　　그날 아침에는 이상한 바람이 불었다.
　　　　그들이 없는
　　　　서울의 거리

---

14) 같은 책, p.188. 이외에 청자 지향 사동적 기능에 결부시켜, 그 어조를 명령, 요청 권고 애원 질문 의심 등의 양상을(예시는 신석정의 그 먼 나라를 알으십니까, 등), 맥락 지향 지시적 기능에는, 소개 사고 등의 사실적 명시적 양상을(예시는 김광규의 二代), 메시지 지향 시적(미적) 기능에는 익명의 양상을(예시는 김춘수의 무의미시 은종이) 지목하고 있다. 같은 책, pp.188-191 참조.
　　※ 기존 연구 예시의 하단(시인의 이름 앞에) 붙여진 번호는 필자의 첨가이며, 후속되는 예시에도 일련 번호가 붙는다. 이 논문의 결론에서 이 인용 예시들을 예시로 삼기에 그 참조에 편의가 있고, 기존 관점과 본고 관점의 쟁점을 분명히 하기 위해서이다.

靑馬도 芝薰도 洙暎도
꿈에서조차 나타나지 않았다.
깨끗한 潛跡,
다만
鐘路二街에서
버스를 내리는 斗鎭을 만나
白晝路上에서
몇 마디 이야기를 나누고
어느 젊은 詩人의
出版記念會가 파한 밤거리를
南秀와 거닐고
宗吉은 어느날 아침에
전화가 걸려 왔다.
그리고
어제 오늘은 차 값이 四十원
十五프로가 뛰었다.

　　　　　　　　　　　-(2)박목월,〈日常事〉

　… 정답고 소중한 시인을 연달아 잃어버린 슬픔과 삶의 허망함
을 木月은 실제 그 자신의 목소리로 우리에게 고백하고 있다. 시
인들의 죽음이 日常事와 대비되고 "깨끗한 潛跡"이란 탁월한 시
구 속에 제재에 대한 태도가 집약적으로 함축적으로 표현됨으로
써 이 작품에서 독자는 木月의 肉聲을 듣게 되고 그의 인격을 보
게 된다.
　그러나 현대의 沒個性論의 詩觀은 시적 화자를 실제의 시인과
엄격히 구분한다. 시가 하나의 창조물인 이상 '탈'이란 시적 화
자를 "자전적으로 동일시할"것이 아니라 "상상적으로 동일시해
야 할"것이 라고 주장한다. 시적 화자는 제재에 대한 태도를 표
명하기 위해 창조된 극적 개성이기 때문에 시는 어디까지나 허구
적이고 극적이라는 것이다.

　나는 요새 무서워져요. 모든 것의 안만 보여요. 풀잎 뜬 江에는

살없는 고기들이 놀고 있고 江물 위에 피었다가 스러지는 구름에
선 문득 暗號만 비쳐요. 읽어봐야 소용없어요. 혀짤린 꽃들이 모
두 고개들고, 不幸한 살들이 겁없이 서 있는 것을 보고 있어요.
달아난들 추울 뿐이에요. 곳곳에 처 있는 細그물을 보세요. 황홀
하게 무서워요.

-(3)黃東奎, 〈楚歌〉

　이 작품의 극적 요소는 시인이 여성화자를 선택한 데 있다. 작
품 세계인 극한 상황은 시인이 창조한 이 극적 인물의 눈을 통하
여 효과적으로 제시되어 있다. … 이처럼 시의 화자를 퍼소나로
명명할 때 여기에는 특별히 강조하는 의미가 내포된다. 서정시라
할지라도 지나치게 자기중심적이 아니라 '형식적'이라는 점을
강조하는 것이 그것이다. '작품 속의 시인'은 시인의 경험적 자
아가 시적 자아(퍼소나)로 변용·창조된 것이지 시인의 실제의
개성 그 자체는 아니다.15)

　이러한 점검에서 알 수 있듯 화자가 시인이냐 아니냐가 화자 탐색의
주요 문제로 다루어지고 있다. 박목월의 〈일상사〉 같이 시인의 실제 삶
이 제재라서 화자를 시인으로 보아야 할 작품도 있고 황동규의 〈초가〉
처럼 화자를 시인 자신으로 볼 수 없는 작품도 있기에 화자 논의에서 그
러한 점검을 배제하기는 어렵다. 그런데, 과연 〈일상사〉의 화자가 시
인 박목월 자신이고 〈초가〉의 화자가 퍼소나인지, 엄밀한 차원에서 이
견이 있을 수 있다. 〈일상사〉의 화자가 박목월의 인격 그대로가 아니
라 미적으로 변용된 퍼소나일 수도 있고, 〈초가〉의 화자가 황동규 자
신일 가능성도 있는 것이다. 심도 있는 전기 연구가 없이는 어느 쪽으로
든 절대화할 수 없는 형편인 것이다. 또 끝내 확정을 포기하는 수도 있
을 것이다. 따라서 이러한 검토는 유형화 체계를 탐구하는 작업에서 다
루어서는 곤란하다. 화자가 시인이냐 아니냐, 그 일치여부 판정을 이견

---

15) 같은 책, pp.192-195 참조.

190

없이 구명하려면 시인의 자전 경향이 있는 〈일상사〉와 같은 작품뿐만
아니라 화자가 시인이 아니라고 지적된 〈초가〉 같은 작품 모두를 근거
를 갖추어 제대로 해명되어야 한다. 다시 말해 화자가 시인일 수도 있고
아닐 수도 있으며 그 여부의 판별이 시 이해의 한 항목이란 점을 인정하
지만, 화자분류의 규범 모색에서는 유예하자는 의견이다. 즉, 화자연구
의 총론과 각론을 구별하고 총론에서는 다루지 말고 각론에서 다루려면
다루자는 것이다.

　　김준오의 화자연구는 다음 분류체계로 이어진다. 위 개성론, 몰개성론
과 진술 대상과 진술 시점(時點)을 기초로 하고 있다.

　　　첫째로 시의 가장 일반적인 형태로 일인칭 화자가 어떤 체험을
　　겪으면서 이것을 자신의 목소리로 말하는 형태다. …자신의 현재
　　경험을 말하는 것이다.

　　　　　　목련, 개나리, 진달래, 벚꽃
　　　　　　차례로 피던 것이
　　　　　　모두 손에 손잡고 함께 핀 이 現在
　　　　　　아 제비꽃도 어린 손을 내밀고 있구나
　　　　　　그 現在에 간신히 끼어들어
　　　　　　언덕에 숨어 있는 매화꽃을 찾아낸다
　　　　　　무언가 찜찜한 百花齊放, 백화제방!
　　　　　　　… 중략 …
　　　　　　주위를 둘러본다
　　　　　　내가 나갈 틈도 보이지 않는다
　　　　　　블라인드를 열어
　　　　　　꿀벌을 내보낸다
　　　　　　주위를 둘러본다
　　　　　　(내가 태어난 틈서리를 못 찾다니!)

　　　　　　　　　　　　-(4)黃東奎, 〈관악日記4〉 중에서

··· 중략 ···

둘째로 체험과 발화가 동시적인 유형과는 달리 화자가 체험을 겪고 난 뒤, 어느 한 視點((時點의 오식-인용자 주)에서 자신의 목소리로 말하는 경우도 매우 많다. 체험이 선행되고 발화행위가 뒤에 일어나는 형태다.

> 나는 땅을 샀다.
> 경기도 산골, 공원묘지의 한 귀퉁이
> 어머니를 위해 5평,
> 성묘할 우리를 위한 공터로 4평,
> 말하자면 어머니의 묘를 위해
> 나는 9평의 땅을 샀다.
> ··· 중략 ···
> 그러나 나는 평생 마음에
> 아픈 땅 9평을 갖게 된 것을.

-(5)李炭, 〈알려지지 않은 허전〉

··· 중략 ···

셋째로 서정적 표현이 시인이 아닌, 어떤 특정한 인물의 입을 통해서 이루어지는 유형이다. ‘배역시’라 불릴 수 있는 것으로 시인이 자신의 목소리로써가 아니라 시세계 속에 존재하는 인물의 입장이 되어 그 인물이 발화하는 형태다.

같은 학교에 다니는 동료 교사 중에 나를 무척 사랑했던 총각 선생님이 계셨지요. 그에게 호감을 느끼지 않은 건 아니었구요 어쩌면 우린 잘 될 수 있었고, 그가 그 말만 하지 않았다면 지금쯤 우린 부부가 되어있을지도 몰라요. 글쎄 그가 무슨 말을 했는가 하면, 다짜고짜 나를 사랑한다는 거예요.··· 나는 두 눈을 질끈 그의 뻔뻔스런 낯짝을 갈겨 주었지요.

-(6)장정일, 〈프로이드식치료를 받는 여교사〉

··· 중략 ···

넷째로 화자가 체험의 한 부분이 아닌 유형이다. 다시 말하면 화자는 시세계 밖에서 시세계를 진술하는 경우이다. 그러니까 화자는 전적으로 타인의 체험을 진술한다. 여기서 화자는 전지적 시점이거나 보고자로서의 관찰자 시점이 된다. 최근 현대시에서 이런 3인칭의 시점을 자주 보게 된다.

> 그녀에겐 애인이 있어요
> 매일 수염 자라나는 스무 살의 남자가
> 어느날 종로를 걸어가는데
> 그가 다가와 한 마디 한 거예요
> 이것 봐 하룻밤 놀지 않겠어?
> 그리고 칙 담배를 피워 물었지요
> 그것뿐이에요
> 요사이는 구질구질하지 않거든요
> ··· 중략 ···
> 눈꺼풀이 내려앉은 그녀는 삼십세,
> 고급 술집의 밀실에서
> 스트립 춤을 추며 그녀는 아직
> 그 남자와 살고 있지요
> 몰래 도망쳤다가 번번이
> 머리끄댕이가 잡혀오고
>
> -(7)장정일, 〈그녀〉 중에서16)

이러한 분류는 화자를 본격적으로 탐구한 노작이지만 첫째와 둘째의 화자 유형의 규정에서 보듯 모두 화자와 시인의 일치를 전제로 하여, 위에서 제기한 문제가 재론된다. 다시 말해 화자를 시인으로 본 황동규의

---

16) 같은 책, pp. 199- 203 참조.

〈관악일기〉의 화자와 심지어는 이탄의 〈알려지지 않은 허전〉의 화자
가 시인이 아닐 수도 있으며, 화자가 시인이 아니라 작중 '주인공 그녀
의 측근'이라고 한 장정일의 〈그녀〉의 화자가 시인일 수 있다. 그리고
시점(視點)과 시제(時制)의 구별이 또 하나의 척도가 되고 있는데, 셋째
와 넷째에는 적용되지 않아 한 체계로서 정합성이 결여되어 있다.

　김준오는 이상의 분류와 다른 또 하나의 주목할 만한 분류를 제시한
다. S. 차트만의 서사전달 양식17)를 원용하며 몰개성론에 입각하면서 청
자를 한 축으로 개입시킨 논의가 그것이다.

　　첫째 화자와 청자가 작품의 표면에 다 나타나는 경우다.

　　　아랫목에 모인
　　　아홉 마리의 강아지야
　　　강아지 같은 것들아
　　　屈辱과 굶주림과 추운 길을 걸어
　　　내가 왔다.
　　　아버지가 왔다.
　　　아니 地上에는
　　　아버지라는 어설픈 것이
　　　存在한다.
　　　미소하는 내 얼굴을 보아라.

---

17) 주지되어 있듯, S. 차트만은 실제시인과 다른 차원에서 화자를 다루되
　　다시 함축적 화자와 현상적 화자로 나눈다. 함축적 화자는 진술 자체에
　　등장하지 않으나 자신의 심정을 전개하는 일인칭 숨은 화자이며, 현상적
　　화자는 진술에 등장하는 일인칭 화자 '나'이다. 작품 공간에 함축적 화
　　자·현상적 화자와 더불어 설정된 현상적 청자와 함축적 독자는 각각 화
　　자의 진술에 등장하는 화자, 등장하지 않는 화자로 구별된다. 다시 말해
　　함축적 화자부터 함축적 청자까지는 작품의 내부에 있다. 마지막으로 실
　　제 독자가 있는데 이는 실제시인과 마찬가지로 작품 외부에 존재한다.
　　자세한 사정은 한용환 역, 『이야기와 담론』(고려원, 1991), pp.174-179
　　참조.

-(8)朴木月,〈家庭〉 중에서

> 이 작품에서 가장이 일인칭의 현상적 화자로 나타나 있고, '강
> 아지'로 표현된 가족이 이인칭의 현상적 청자로 나타나 있다.
> 시적 화자가 자기 가족에게 말을 건네는 것이 이 작품의 형식이
> 다. 그러나 시적 화자를 반드시 실제의 시인과 동일시할 필요는
> 없듯이 화자가 말을 건네는 청자도 시인의 실제 가족이 나 또는
> 이를 읽는 실제의 독자와 일치시킬 필요는 없다.18)

이 시도는 화자가 시인이냐 아니냐 라는 문제에서 벗어나면서도 청자
까지 일정하게 고려한 화자연구의 확대이다. 예시에서 보듯 화자의 진술
에 직결되는 특정 청자가 작중에 설정되어 있는 시들이 있고 이럴 경우
청자의 성격은 화자의 태도 파악에서 검토 대상으로 삼을 수 있다. 대부
분의 서정시, 특정 청자가 제시되어 있지 않은 독백의 진술형태, 헤겔이
지적한대로 '특수화된 개인들의 내부세계를 주관적으로 드러내는 수
단'으로서의 서정시에서 독자는 엿듣는 존재로 설정되어 있다. 화자의
독백 진술의 청자가 직접 독자를 겨냥하지는 않기 때문에 이런 오랜 관
습에서 이른바 직접 관련되는 청자 설정은 있을 수 있고 이러한 관심의
확대에서 진술에 등장하느냐 않느냐 그 여부에 따라 현상적 청자와 함
축적 화자로 나눌 수는 있다.

하지만 독백일 경우 주지되어 있듯 일단 그 청자는 익명의 대상이라
기보다는 화자 자기 자신이며, 한편 어디까지나 창작으로서의 독백이기
에 그 청자는 독자라는 관점은 여전히 나름대로 설득력이 있다. 관련된
논란을 매듭짓기 앞서 나머지 분류를 살펴본다.

둘째로 현상적 화자만이 나타나는 경우다.

---

18) 김준오, 같은 책, pp.204-205.

내 마음의 어딘 듯 한편에 끗없는
강물이 흐르네
도처오르는 아츰날빛이 빤질한
은결을 도도네
가슴엔 듯 눈엔듯 또 핏줄엔 듯
마음이 도른도른 숨어 있는 곳
내 마음의 어딘듯 한편에 끗없는
강물이 흐르네
                    -(9)金永郞, 〈내 마음의 어딘 듯〉

                ··· 중략 ···

셋째로 현상적 청자만이 나타나 있는 경우다.
껍데기는 가라
四月도 알맹이만 남고
껍데기는 가라

껍데기는 가라 東學年 곰나루의 그 아우성만 살고
껍데기는 가라···
                    -(10)申東曄, 〈껍데기는 가라〉

 여기서 껍데기가 이인칭 현상적 청자역할을 한다. 화자는 끝까
지 숨은 채 청자인 껍데기에게 말을 건네는 것이 이 작품의 형식
이다.
                ··· 중략 ···

 넷째로 화자와 청자가 다 함께 작품의 표면에 나타나지 않는
경우다.

못난 놈은 서로 얼굴만 봐도 흥겹다.
이발소 앞에 서서 참외를 깍고
목로에 앉아 막걸리를 들이키면

모두들 한결같이 친구 같은 얼굴들
호남의 가문 애기 조합 빚 애기
왜 이렇게 자꾸만 서울이 그리워지나
어디를 들어가 섰다라도 벌일까
주머니를 털어 색시집에라도 갈까
학교 마당에들 모여 소주에 오징어를
어느 새 긴 여름 해도 저물어
고무신 한 켤레 또는 조기 한 마리 들고
달이 환한 마찻길을 절뚝이는 파장

-(11)신경림, 〈罷場〉

현상적 화자인 일인칭도, 현상적 청자인 이인칭도 작품에 나타
나 있지 않다. 나타나 있는 것은 "자꾸만 서울이 그리워지는",
들뜬 변두리 인간들의 모습들 뿐이다.

…중략…

눈보다도 먼저
겨울에 비가 오고 있었다.
바다는 가라앉고
바다가 있던 자리에
軍艦이 한 척 닻을 내리고 있었다.
　…중략…
바다는 가라앉고
바다가 없는 海岸線을
한 사나이가 이리로 오고 있었다.
한쪽 손에 죽은 바다를 들고 있었다.

-(12)金春洙, 〈處容斷章 一部〉19)

정리하면 이 시도에서 제출된 유형은 첫째, '表面에 나타난 話者와 聽

19) 같은 책, pp.205-209 참조.

者', '둘째 '現象的 話者', 셋째 '現象的 聽者', 넷째 '나타나지 않는 話者
와 聽者'이다. 이 분류는 먼저 분류 명칭의 상호관련에 일관성이 결여되
어 있어 요연한 대조 변별이 어렵다. 작품 표면에 화자와 청자가 어떤
방식으로 관계하느냐가 주안이므로 화자의 성격이 밝혀지지 않은 첫째
를 '현상적 화자와 현상적 청자'로 분명히 규정하고, 둘째는 '현상적 화
자와 함축적 청자'로, 셋째는 '함축적 화자와 현상적 청자'로, 넷째는 현
상적 화자와 현상적 청자가 나타나지 않았다는 점을 부각시키기보다는
애초에 주안을 둔 화자의 존재방식 그대로에 따라, '함축적 화자와 함축
적 청자'로 조정하였으면 한다.

　　그러나 가장 문제되는 것은 '현상적 청자만이 나타나 있는 경우' 라
고 한 셋째 유형의 예시 신동엽의 〈껍데기는 가라〉는, 비록 자칭이 나
타나지는 않지만 화자의 내면에서부터 외발하는 원망에, 자칭이 나타난
첫째 둘째 유형의 예시들 못지 않게, 아니 그 이상으로 일인칭 진술 주
체가 부각되고 있다는 점이다. 더 검토되어야 할 작품은 네 번 째 유형
의 예시 신경림의 〈파장〉이다. 화자와 진술 대상 사이에 거리가 있으며
화자의 의지가 피력되지 않아 〈껍데기는 가라〉와는 사정이 다르다. 이
작품은 함축적 화자를 적용할 수 있다고 보지만 위 분류체계와는 접근
에 있어 동기가 달라 혼용될 수 없다. 이 분류체계와는 달리 자칭의 용
례 여부를 떠나 화자와 진술 대상의 관계를 시점(視點)의 측면에서 문제
삼는 다른 차원이기 때문이다.

　　이 분류 방식에는 이러한 문제가 제기될 뿐 아니라 화자 연구에 청자
를 포함시키는 문제에 이미 한 차례 이견이 있었다.

　　기왕의 화자연구에서 받는 인상은 화자 문제를 어조와의 관계 속에서
전제하면서도 실제에 있어서는 그 미적 긴밀성과는 무관하게 보이는 방
향으로 전개된 측면이 없지 않다. 그 한 예로 시의 어조 형성과 관련한
화자의 분류에서 화자 이외에도 청자를 포함시키기도 하는데, 과연 청자

가 화자와 마찬가지로 시의 어조 형성에 중요한 기능을 수행하는가에 대
한 검토가 필요하다. … 시에서의 의미와 분위기는 화자의 태도에 의해
지배된다. 청자가 존재한다고 해도 그는 화자에게 '정신적으로 종속될
뿐' 화자의 목소리가 중요하며 그것을 청자(독자)는 '엿들을 뿐'인 것이
다. 그것은 화자와 청자가 서로 '대결함'으로써 주제를 형성해나가는 극
과는 근본적으로 다른 특징인 것이다.[20]

즉, 시 장르의 특성 상 청자가 화자와 동등하지도 않고 어조 탐색을
위한 화자연구에서 별 기여를 하지 않기에 제외할 것을 제의한 것이다.
본고도 이 문제 제기에 동의한다. 그리하여 장도준은 다음과 같은 분류
를 시도하였다.

    1) 표면에 나타나는 화자(현상적 화자)
      (1)허구적 주체로서의 화자
      (2)시인의 시점을 한 화자
      (3)허구적 객체로서의 화자
    2) 표면에 나타나지 않는 화자(함축적 화자)
      (1)함축적 시인의 시각
      (2)객관 제시형[21]

    먼저, 직전 김준오의 분류 사례와 마찬가지로 차트만의 전달양식을 원
용하여 작품 표면에 화자가 나타나느냐 나타나지 않느냐를 기준으로 두
갈래 분류의 원리로 삼고 있다. 둘째로 몰개성 퍼소나론에 기초하고 있
다. 하지만 '1)의 (2)시인의 시점을 한 화자'에서 보듯 화자가 시인이
냐 아니냐의 여부에서 확실하게 벗어나지 못하고 있다.[22]

---

20) 장도준, 『현대시론』 (태학사,1999), pp187-189 참조.
21) 같은 책, p. 196.
22) 다음과 같은 부연을 하고 있으나, 문제의 본질에서 벗어나지는 못한다.
    "그렇다면 '시인과 밀착된' 혹은 '시인의 시점을 한 화자'의 설정은
    부적절한 것인가. 그건 그렇지 않다고 본다. 이 문제는 시인과 화자가 전

(1) 허구적 주체로서의 화자

시인 자신의 실제의 인격과는 구별되도록 창조된 가상적이고 허구적인 인물이 발언하는 경우이다. … 이 때 허구적 화자는 시속에서 시의 일부로서의 인물이 아니라 시 전체를 지배하는 주체적 발언자로서의 입장에 있게 된다.

… 중략 …

나보기가 역겨워
가실 때에는
죽어도 아니 눈물 흘리우리다

-(13) 김소월, 「진달래꽃」4연

어조는 화자의 태도이므로 여성화자는 세계에 대해 수동적이고, 소극적이며 부드러운, 즉 여성적 태도를 취한다. 김소월이 드러내려 한 이별과 恨의 정서는 그가 남성이면서도 여성화자를 채용함으로써 성공적으로 드러낼 수 있었다.

… 중략 …

밤이 깊어가는 집안엔 엄매는 엄매들끼리 아르간에서들 웃고 이야기하고 아이들은 아이들끼리 웋간 한방을 잡고 조아질하고 쌈방이 굴리고 바리깨돌림 하고 호박떼기 하고 제비손이 구이 하고 이렇게 화디의 사기방등에 심지를 멫번이나 독구고 홍계닭이 멫 번이나 울어서 조름이 오면 아릇묵싸움 자리싸움을 하며 히드득거리 다 잠이 든다.

-(14)백석, 「여우난곬族」

이 시의 시인은 교육받은 지식인으로서의 성인이다. 그런데 이 시는 유년시절의 체험을 교육받은 성인의 언어가 아니라 어린이의 발언을 통해 유년의 순수한 언어로 재현해내고 있다.[23]

___

기적으로 동일시될 수 있느냐, 아니면 화자는 시인과는 완전히 별개의 허구적이고 극적인 개성인가라는 논의와는 별개의 문제이다. 전기적 혹은 시인의 실제적 인격과 화자는 엄연히 구별되어야 하지만, 화자가 시인의 입장으로 제시되는 것은 가능하다." 같은 책, p. 195.

23) 같은 책, pp.196-198.

　　김준오와는 달리 퍼소나론에 의거하고 있지만 사정은 마찬가지이다. 다시 말해 적확한 전기연구가 없는 한 '허구적 주체로서의 화자'의 예시 김소월의 〈진달래꽃〉의 화자가 반드시 김소월이 아니라거나 여성이라고 단정할 수 없다.

　　한편 백석의 「여우난곬族」의 진술태도와 언어양상에서 화자를 어린이라 보며 또 이 시를 쓸 때 시인 백석이 성인이었다는 점을 상기하며, 시인이 창조한 허구 인물로 보고 있다. 하지만 이 시는 시인 백석이 자신의 유년 체험을 제재로 쓴 시일 가능성이 상존하며,24) 체험과 서술 시간이 일치하지 않는다고 하여 화자와 시인을 다르게 볼 수도 없다. 만일 다르게 본다면 다음 '시인의 시점을 한 화자' 논의는 그 진척이 어려워질 것이다. 화자가 시인이냐 아니냐 하는 관점을 전제로 하는 분류체계에서는 체험과 진술 시간의 차이를 그 척도로 부각시킬 수 없다고 생각된다.

　　(2) 시인의 시점을 한 화자
　　시인 자신의 목소리인 듯이 한 이 발언… 시인 자신과 화자는 자전적으로는 구별되어야 하지만, 시인의 시점을 빌어 시적 진실을 전달하려는 미의식이 작용하고 있으므로, 시인의 시점을 한 화자가 진지하고 심각하게 발언할 때의 어조는 독자에게 '상상적 동의'를 얻어 진실성과 호소력을 획득하게 된다.

… 중략 …

　　괴로웠던 사나이,
　　幸福한 예수 그리스도에게
　　처럼

---

24) 장도준도 후술에서 이 가능성을 인정하고 있기도 하다. "그의 유년 체험에 대한 애착이 소아적 퇴행으로 흐르지 않고 객관성을 유지하는 것도 그의 유년 체험을 과거 사실로 매달리지 않고 어린이의 눈을 통해 현재화시켜 적절한 정서적 거리를 확보하고 있기 때문이다." 같은 책, p. 199.

十字架가 허락된다면

모가지를 드리우고
꽃처럼 피어나는 피를
어두어 가는 하늘 밑에
조용히 흘리겠습니다.

-(15)윤동주,「十字架」마지막 2연

이 시에서는 시적 화자의 순절(殉節)의 의지가 잘 드러나고 있
다. 화자의 이러한 발언은 실제로 민족 수난기에 한 지식인 청년
이 처했던 고뇌와 희생의 지사적 삶과 만남으로써 더욱 신뢰할
만한 시인 자신의 목소리로 독자에게 반향된다.25)

예시로 이외에 서정주의 〈자화상〉, 백석의 〈남신의주유동박시봉방
(南新義州柳洞朴時逢方)〉을 들고 있다. 이 유형의 설정은 아무리 시인
의 삶과 연속된 제재를 다루었다고 하여도 화자와 시인의 정확한 일치
를 주저하고 다만 관련성만을 인정하는 입장에서 설정된 대안으로, 화자
가 시인이냐 아니냐 라는 오래된 관심의 압력을 희석시키는 의의 있는
고안이다. 하지만, 이 역시 결국 화자와 시인의 일치 여부 구별로부터 자
유롭지 못해 처음부터 논란의 여지가 있을 수밖에 없다. 윤동주의 〈십자
가〉도 '민족 수난기에 한 지식인 청년이 처했던 고뇌와 희생의 지사적
삶'과의 관련을 근본적으로 회의하는 시각서부터 시인의 삶과 이 시가
관련된다 하더라도 '시적 화자의 순절(殉節)의 의지'가 그것과 관련된
것인지 아닌지가 논란될 수 있는 것이다.

(3) 허구적 객체로서의 화자
시인의 목소리가 배제되고 시의 표면의 발언자로서 허구적 화

---

25) 같은 책, pp. 199-200.

자가 등장하지만, 이 허구적 화자는 시 전체를 지배하는 1인칭
주체로서가 아니라, 오히려 관찰의 대상이 되는 3인칭의 인물로
서 제시되는 객관화된 탈이다.

> 향단아 그넷줄을 밀어라
> 머언 바다로
> 배를 내어 밀 듯이,
> 향단아
>
> 이 다수굿이 흔들리는 수양버들 나무와
> 벼갯모에 뇌이듯한 풀꽃뎀이로부터,
> 아조 내어밀 듯이, 향단아
>
> 산호도 섬도 없는 저 하늘로
> 나를 밀어 올려다오.
> 채색한 구름같이 나를 밀어 올려다오!
>   -(16)서정주, 「鞦韆詞-春香의 말 壹」의 1~3연

 … 독자는 작품의 뒤에 함축적 시인이 숨어 있음을 염두에 두
며 시인이 조정하는 춘향의 발언을 듣게 된다. 화자는 3인칭으로
객관화되며 자신의 진술을 고백하는 입장이기보다는 그 행위가
시인과 독자에 의해 관찰되는 입장이 된다.26)

 먼저 이 시의 화자가 '시 전체를 지배하는 1인칭 주체로서가 아니라,
오히려 관찰의 대상이 되는 3인칭의 인물'이라는 주장에 동의할 수 없
다. 이 시는 화자 춘향의 진술로 이루어져 있는 만큼 춘향이 일인칭 주
체이다. 그리고 춘향의 발언은 물론 '시인이 조정하는 춘향의 발언'이
지만 모든 시의 화자는 앞에서 제시한 허구적 주체로서의 화자와 시인
의 시점을 한 화자를 포함 이 시의 화자 춘향처럼 시인에 의해 조정되는

---

26) 같은 책, pp203-204

동일한 운명이기에 그러한 분석과 그 분석에 기초한 이 유형 설정은 별 의미가 없을 것이다.

2) 작품 표면에 나타나지 않는 화자(함축적 화자)'를 전제로 한 두 유형은 다음과 같다.

　　(1) 함축적 시인의 시각
　　화자가 시의 표면에 나타나지 않으면서도 정도의 차이를 보이면서 함축적 시인의 시각이 감지되고 그 시각에 따라 시의 분위기가 조정되고 통제되는 경우이다.

> 　　　　薄明의 구름장들이 빙빙 돌아간다
> 　　　　고통처럼 단순한 몇 포기 섬들이
> 　　　　갯벌에는 여인 서넛이
> 　　　　소주처럼 쓴 물결을 휘젓는 바람소리가
> 　　　　아 바람이, 하늘에선 薄明의 구름장들이 빙빙 돌아간다
> 　　　　웅크리고 박혀 있는 몇포기 섬들
> 　　　　　　　　　… 중략 …
> 　　　　　　　　　　　　　-(17)황동규, 「겨울바다」 전문

　　이 시에는 게를 잡는 여인이 몇 명 나타나지만 함축적 화자가 작품에서 구체화되지 않는다.… 그러나 함축적 시인의 감정은 시인이 계획한 겨울바다의 묘사 범위에서 최대한 절제되어 있어서 허구적 주체로서의 화자나 시인의 시점을 한 화자보다는 대상과의 적절한 정서적 거리를 확보하는데 효과적이다.[27]

작품 표면에 일인칭 자칭이 등장하지 않는 함축적 시인의 화자가 '허구적 주체로서의 화자나 시인의 시점을 한 화자보다는 대상과의 적절한 정서적 거리를 확보하는데 효과적'이고, 제시된 황동규의 〈겨울 바

___
27) 같은 책, pp. 205-206.

204

다〉가 그러하지만, 거리 확보의 효과는 진술 내용과 태도와 더 연관되기에 이 효과는 작품 표면에 화자가 나타나느냐 나타나지 않느냐와 함축적 시인의 시각 유형의 특징으로만 일률 재단되어서는 곤란하다. 무엇보다도 이는 이 유형의 추가 예시로 "함축적 화자의 태도가 어느 순간 좀더 강하게 노출되는 경우" [28]라면서 제시한 유치환의 〈깃발〉, "위의 청마의 시에서보다 함축적 시인의 생각이 더 지배적이 되면서 더 적극적인 개입이 나타나기도 한다" [29]면서 제시한 김소월의 〈산유화〉에서도 입증된다. 나아가 사정에 따라 허구적 주체로서의 화자나 시인의 시점을 한 화자의 시가 함축적 시인의 시각의 시보다도 진술 대상과의 거리가 더 멀 수도 있는 것이다.

    (2) 객관제시형
    함축적 화자의 존재까지도 소멸하는 경우이다. 묘사 대상에 대한 감정 개입도 전혀 없으므로 철저히 비인간화된 형태의 시다. 이런 류의 시에는 이미지즘의 사물시나 무의미시나 보고형식의 시, 해체시 계열이 해당되겠다.

                흰달빛
                紫霞門

                달안개
                물소리

                大雄殿
                큰보살

                바람소리

---

28) 같은 책, p.206.
29) 같은 책, p.207.

솔소리

泛影樓
뜬그림자

흐느히
젖는데

흰달빛
紫霞門

바람소리
물소리

-(18)박목월 「佛國寺」 전문30)

　　이 시는 화자의 의도나 태도가 노골화되어 있지는 않지만 '함축적 화자의 존재까지도 소멸되는 경우'라는 진단에 동의하기 힘든다. 진술방식이 객관화되어 있을 뿐, 화자는 엄연히 존재한다. 구조화된 대상 진술 그 자체에 화자는 약여하다. 굳이 6연을 지목할 것도 없이 1연과 같은 진술도 특정한 화자 없이는 불가능한 것이다.

　　이상의 이의뿐 아니라 장도준의 분류에서 가장 문제되는 것은 표면에 나타나는 화자(현상적 화자)에 국한시킨 허구적 주체로서의 화자, 시인의 시점을 한 화자, 허구적 객체로서의 화자는, 표면에 나타나지 않는 화자(함축적 화자)에서도 그 하위 유형으로 검토되어야 한다는 것이다. 표면에 나타나지 않는 화자의 시들에서도 그러한 유형이 존재하고 있다. 그 다음으로는 어조 탐색을 강력하게 지향하며 화자연구를 다짐하였으면서도 정작 이 문제를 화자 유형에 조리 있게 정립하지 못한 것이다.

---

30) 같은 책, p. 208.

윤석산도 시를 " 〈화자(話者)- 화제(話題)- 청자(聽者)〉의 역동적 관계에서 탄생하는 〈담화(discourse〉 라는 관점" 31)에서 "서정적 장르의 화자는 해설자나 중개자의 기능만을 지닌 게 아니라 주인물(主人物)의 성격을 지닌 존재로서, 의미적 국면(意味的 局面)의 주체요, 전략적 국면(戰略的 局面)의 주도자요, 조직적 국면(組織的 局面)의 산출자 " 32)라고 중시하며, "화자와 시인의 관계를 유사(類似)관계(화자≒시인)로 보고, 화자의 유형을 ①시인과 화자의 관계, ②화자의 사회적 계층, ③동일 화자의 분열 여부, ④화자의 태도" 33)를 관점으로 나누었다.

  (1) 시인과 관계에 따른 유형
  화자와 시인의 관계에 따라서는 〈자전적 화자(自傳的 話者)〉 와 〈허구적 화자(虛構的 話者)〉로 나누는 것이 보통이다. 전자는 작품 속에 시인이 직접 등장하는 유형을 말하고, 후자는 테마에 따라 시인이 꾸며낸 유형을 말한다. 화자는 앞에서도 말한 바와 같이 완전한 〈자전적 화자〉 도 완전한 〈허구적 화자〉 도 존재하는 것이 아니다. 그러므로 자전적이냐 허구적 이냐라는 기준은 화자의 모습이 실제 시인과 얼마나 닮았느냐하는 양과 빈도에 따라 나눈 상대적인 개념으로 보아야 할 것이다.

        오늘
        아버님을 뵈오러
        경기도양주군진접면장현리
        산소엘 갔더니
        아버님은 안 계시고
        무덤만 텅 비어 있더군요.
        지난 밤 꿈속에서
        아버님께서는 기러기 비낀

---

31) 윤석산, 『현대시학』(새미,1996) p.4.
32) 같은 책, pp.112-113.
33) 같은 책, p. 7.

달빛 받아 술을 빚으시더니
그걸 들으시고
훨훨
날아

         … 하략 …

                 -(19)전봉건, 「성묘」에서

…그런데 이와 같이 화자가 자전적인 성격을 띠면 리얼리티가 증대하지만, 시적 변용을 거치지 않았을 경우에는 산문으로 떨어질 가능성이 높아지고, 감상성을 면하기가 어려워진다. … 이와 반대로 허구적 화자를 채택할 경우에는 시인과 화자가 분리되기 때문에 일상과 다른 모습을 보여 주는데 용이하다.

꿈에서 본 몇 집밖에 안 되는 화사한 소읍(小邑)을 지나면서
아름드리 나무보다 큰 독수리가 날아가는 것을 보면서

내일(來日)에 나를 만날 수 없는
미래(未來)를 갔다

소리 없이 출렁이는 물결을 보면서
돌뿌리가 많은 광야(廣野)를 지나

                 -(20)김종삼, 「생일」

그러나 우리는 현재를 뛰어 넘어 '미래'를 갈 수 없다. 그리고 아름드리 나무보다 더 큰 독수리를 만날 수도 없다. 따라서 이 작품의 화자 시인 자신이 아니라, 그의 의식 속에 담긴 그 무엇을 표현하기 위해 꾸며낸 인물이라고 보아야 할 것이다.[34]

이 분류는 앞 장도준의 사례와 그 동기가 같다. '화자는 앞서도 말한

---

34) 같은 책, pp.106-117.

바와 같이 완전한 〈자전적 화자〉도 완전한 〈허구적 화자〉도 존재하는 것이 아니다'에서 확인되듯, 화자를 일단 퍼소나로 보며, '화자의 모습이 실제 시인과 얼마나 닮았느냐하는 양과 빈도에 따라 나눈 상대적인 개념'들이다. 이 관점의 문제는 앞에서 거론하였기에 생략하지만, 여기서 다시 문제되는 것은 이 개념의 자체 내 기준이다. 즉 각기 다르게 나눌 수 있는 유사 정도 가 어느 정도냐 하는 것이다. 이 해결 없이는 실제 분류에 있어서 자의와 혼란이 개재될 수밖에 없다. 또 화자와 시인의 일치 여부를 엄격히 고찰한다면 이 두 유형은 화자와 시인이 일치하는 경우와 일치하지 않는 경우와 더불어 하나의 유형으로 통합되어야 할 것이다. 그리고 '화자가 자전적인 성격을 띠면 리얼리티가 증대'하고, '현재를 뛰어 넘어 '미래'를 갈 수 없'고, '아름드리 나무보다 더 큰 독수리를 만날 수도 없'기에 '이 작품의 화자는 시인 자신이 아니라, 그의 의식 속에 담긴 그 무엇을 표현하기 위해 꾸며낸 인물'이라는 주장에도 동의하기 힘든다. 화자의 진술 내용의 시적 변용 여하를 기준으로 자전적 화자와 허구적 화자를 구분할 수는 없는 것이다. 이 구분의 주안점은 어디까지나 시인의 삶과 제재와의 관련이다. 제재 자체나 그 형상화 방식이 아니다. 김종삼의 〈생일〉의 화자도 자전적 화자일 수 있는 것이다.

이외 '신분에 따른 유형'을 사회적 계층, 연령, 성을 기준으로 나누고 성격이 명료하지 않을 경우 시의 의미적 국면과 형식적 조직적 국면의 특징으로 분석하는 시도를 하며[35] 담화의 담당 층위에 따라 표층화자와 심층화자 유형을 확대하여 이성적 화자 감성적 화자 무의식적 화자 추상적 화자로 분류하며 그 결합형까지 따지면 화제의 유형만큼 증가한다고 제언하였다. 또 태도에 따른 유형에서는 문명화자(civilized person)

---

35) 특히, "성별에 의한 화자의 유형은 남성화자와 여성화자 이외에도 여성화된 남성화자나 남성화된 여성화자 같은 중간 유형을 설정할 수 있다"고 하였다. 같은 책, p.125.

원시화자(elemental person)를 원용해 그 실제를 예시한다.36) 이러한 모색은 모두 화자연구의 심화에서 간과할 수 없는 영역들이다. 그 진전에 따라 명분에 비해 미흡해 보이는 화자연구의 실질이 보충될 수 있고 또 그 동안 간과해왔던 새로운 의의까지도 발굴될 수 있을 것이다. 그런데 신분에 의거한 탐색은 그 성격이 다양하고 담화의 담당층위와 정서상태를 기준으로 한 분류는 한 작품의 화자의 이중성과 정서 기복을 고찰하는 작업이기에 상위 분류의 원칙으로 탐구하기보다는 각론의 영역으로 편입시켰으면 한다.

이은봉도 화자연구를 하였으나37) 장도준의 분류에 수렴돼 검토를 생략한다.

Ⅳ. 새 분류 체계 모색

이제까지 기존 연구를 점검하는 과정에서 지적되었듯이 모두 일리 있으나 원칙에서부터 일관된 통합과 상호 변별의 유형화에 문제가 있었다.

첫째, 아리스토텔레스 이래 모든 연구는 화자와 시인의 일치 여부 문제를 거론하며 화자연구가 시동되고 있는데, 아이러니칼하게도 이에서 혼란과 정체가 빚어지고, 실제 시도에서 미진이나 오류를 발생시켜 체계화를 위한 명쾌한 분류에도 지장이 되고 있다. 즉, 서정시의 일인칭 화자가 진술하는 대상과 체험이 시인의 삶이냐 아니냐, 그리하여 화자가 시인과 일치하느냐 하지 않느냐는 문제를 해결하기 위해 과도한 정력을 소비하고 있으나, 오해이거나 철저한 고증이 요구되며38) 정신분석학의

---

36) 같은 책, pp.119-132 참조.
37) 이은봉, 「화자와 시점」, 『시창작 이론과 실제』(시와 시학사, 1998), pp.199-225 참조.
38) 해외의 사례로 이 문제를 잘 환기시켜주는 사례가 있다. 19세기 영국시인 W.S. Land(1775-1864)는 '나는 아무와도 다투지 않았네, 다툴 가치가

견지에서 냉소 받거나 그 조명을 거쳐야 제대로 해명된다.39)

새삼스럽지만 서정시의 화자가 시인과 일치하느냐 하지 않느냐, 이 문제에 한 번 더 근원적인 회의를 가질 필요가 있다. 오늘 논자들이 누구이 다루고 있듯이 시의 화자는 시인의 실제 인격 그대로라기보다는 시전체 구조와의 관련 속에서 미적으로 변용된 상태이며, 작중 개별 구체사실도 시인이 체험했던 있었던 그대로의 재현이라고 하기 힘들다. 미적의도에 따라 어떤 식으로든 모종의 첨삭과 질서 재편이 있었을 것이다. 그리고 시인의 실제 삶과 무관해 보이는 제재를 시인의 인격과도 역시무관해 보이는 화자가 진술하고 있다고 하여도 그 작품이 시인의 의지가 투사된 창조물인만큼 시인의 체험과 개성과 무관하다고 할 수도 없기도 하다.

또 신비평 비평가들이 주장하였듯이 화자와 시인의 일치 여부를 떠나시인이 의도한 그대로 시가 창작되기도 어렵다.40) 나아가 독자의 해석도 서로 다를 수 있다. 무엇보다도 우리의 시 해석과 감상에서 중요한것은 시 자체이기에 있는 그대로 화자의 태도 파악 그 자체이다. 화자가

없었기에/내가 사랑한 것은 자연, 그 다음으로 예술뿐./나는 두 손을 인생의 화롯불에 녹이고,/그 불 꺼지니 나 미련 없이 떠날 준비가 되어 있네.' 라고 읊었으나, 나중에 나온 전기에 의하면 '일생을 자기 자신과 그리고 주위의 사람들과 단 하루도 편안하게 조용하게 지낸 적이 없었던 인간' 이었다. 이창국,「작품과 작가는 일치하는가」,『문학비평이야기』 (한신문화사, 1993), pp.173-182 참조.

39) 한스 안데르센은 탁월한 많은 동화를 써, '어린이의 절친한 친구라는 이미지를 심어 놓는데 성공' 하였으나, 뒷날 추적 끝에 쓰여진 한스 마이어의 전기에 의하면 어린이 혐오자였을 뿐만 아니라, 여러 작품에서 지순한 이성애를 그렸으나 그는 동성애자였다.「미운 오리새끼」의 '백조' 는 '모두 동성애라는 국외자의 설움을 앓고 있던 안데르센 자신의 굴절된 자기표현이기도 하다' 는 분석이 있다. 유종호,「작품과 개인사」,『문학이란 무엇인가』(민음사, 1990), p. 180-195 참조.

40) W.K 윔사트·몬로.C 비어즐리,「의도론의 오류」『현대문학비평론』(한신문화사, 1996), pp.29-48 참조.

시인이냐 아니냐를 판명하는 작업이 우선될 수 없다. 게다가 모색 끝에 어느 편으로 판명이 났다고 하더라도 그 작품의 가치나 시인의 평가에 영향을 주게 할 수도 없다.

화자가 시인이냐 아니냐 하는 관심과 그 구명의 성과는 분명 문학과 인간과 사회의 관련 해명에 빛을 준다. 이러한 연구는 제대로 심화되면 될수록 바람직하다고 할 것이나 후속 영역임이 또한 분명하다. 그리하여 시의 원리를 구명하는 시학 시론 차원의 화자연구에서는 화자와 시인의 일치 여부를 유보하는 것이 바람직하다고 생각한다. 다시 말해, 화자분류 원론 연구에서 그 문제를 다루지 말고, 각론에서 취향대로 또 필요에 따라 다루자는 것이다.

최근에 이르러 화자연구에서 성별 신분 계층 이데올로기 가치관 습성 개성 등 정체성에 관련된 모든 것이 포함되고 있으나 어조를 산출하는 태도 고찰을 위주로 해야 할 것이다. 이는 너무나 새삼스럽지만 서정을 지향하는 시 장르의 특성 때문이다. 화자연구의 시각을 확대하여야 할 정도로 시 장르가 변화를 겪었으나, 시는 결국 정서표출의 장르로서 소설의 사건제시와 그 기본지향을 달리 한다. 사건이 있고 강화되는 추세이지만 작품 구조에서 그 기능은 정서 형성의 후경으로서, 언제나 소설과 다른 것이다.

둘째, 청자를 작품 표면에의 존재 여부에 따라 현상적 청자 함축적 청자로 나누는 시도는 앞에서 언급한대로 반론이 있을 뿐만 아니라 화자를 퍼소나로 보면서도 작품 표면에 나타나느냐 나타나지 않느냐를 굳이 문제삼아 현상적 화자 함축적 화자로 나눌 수 있는지도 회의된다. 더욱이 현상적 화자의 진술과 함축적 화자의 진술은 예시들에서 잘 알 수 있었듯 모두 일인칭 진술 주체에 의한 발화이며, 다른 점은 오직 자칭 '나'의 사용 여부일 뿐이다. 그런데 이 '나'는 얼마든지 생략될 수 있다. 특히 우리 국어에서 광범한 현상이기에 적극 고려되어야 한다. 이 자칭을 쓰느냐 쓰지 않느냐에 따라 현상과 함축으로 구별하는 것은 아무래도 무리에 가깝다. 진술 자체가 진술 주체의 실존을 증거하고 있다. 굳이 자칭하지 않는다고 해서 그 실존이 부정될 수 없는 것이다.

셋째, 기존 논의는 어조에 말미암아 화자연구를 시도하였으면서도 결과에서 간과되거나 예시에만 국한되어 특정 어조를 지시하는 명칭을 제시하지 못 하였다. 새로운 모색에서는 이 점 반드시 결부시켜 예하 시들 화자의 어조를 일정하게 환기할 수 있어야 할 것이다.

이상의 문제의식을 가지고, 새 분류를 위하여 다음 세 가지 제안을 하려 한다.

첫째, 화자연구에서는 그 기초로 무엇보다도 먼저 화자와 진술대상과의 관계에 관심을 가져야 하겠다. 그 방식이 밝혀져야 화자가 제재를 어떤 입장에서 다루는지가 점검되기 때문이다. 따라서 시점 탐색이 요구된다. 즉 화자는 작중 인물인가 아닌가, 전자라면 자신의 심경과 이야기인가 타인의 심경과 이야기가 위주인가, 후자라면 진술방식에 분석과 해설을 하는가 하지 않는가, 등이다. 다시 말해 이러한 관계방식이 드러나야 화자의 기본 입장이 설정되며 후속 탐구될 제재에 대한 태도로서의 어조의 작용 성격이 보다 분명해진다. 뿐만 아니라 이미 주지되어 있으며 기존 화자연구의 예시에서도 참조되었듯이 이제 시점과 관련된 시의 화자의 양상과 진술 대상은 단순하지 않다. 그런데도 이 변화를 과감하게 새로운 틀로 정리하지 않고 19세기 헤겔의 관점에 여전히 구애받으며 그 점검을 생략하거나 본격화하고 있지 않아서 문제된다. '주관', '특수화된 개인들의 내부세계를 주관적으로 드러내는 수단'이란 규정은 이제 서정시의 화자의 진술 시점을 포괄하지 못 하는데도 그 규정에 내포되어 있는, '일인칭 시점·진술 대상은 그 화자의 내면'이라는 관습적 인식이 온존하여, 변화를 제대로 수용 정리하는 데 방해가 되고 있는 듯 하다. 서정 위주 시 장르의 원형과 특질이 변화하지 않았다고 해서 특히 20세기 이후 전 세계에 걸쳐 진행된 화자의 다원화와 서사의 노골화 현상을 이전의 관점과 그 변용으로만은 다룰 수가 없는 것이다. 이 현상들에 그대로 대응하는 관점을 화자연구에서 채택 적용하여야 한다. 시점론은 이미 너무나 주지되어 있듯 소설론에서 잘 정비되어 있다. 헨리 제임스(1843-1916)가 자작 소설을 검토한「서문」에서 제기한 이래 퍼어시 라복크(1879- ?)가 심화시키고[41], C. 브룩스와 R. P. 워렌이 정비한 소설의 시점 네 가지, 일인칭 시점, 일인칭 관찰자 시점, 삼인칭 관찰자 작가 시점, 전지적 작가 시점[42]을 새삼 주목하고 원용할 필요가 있다.

서정성과 서사성으로 시와 소설을 장르 구분하며 소설에 적용되어온 시점을 시에 적용하기 곤란하다는 주장이 있을 수 있으나, 시에도 그 자체 충분하지는 않지만 엄연히 서사가 있으며, 시점은 본질적으로 서정성 서사성과는 거의 무관하게 대상과 화자와의 관계와 그 관계에서 파생되는 진술방식 상의 문제이기에 시론에서도 특히 화자연구에서 의당 다루어야 마땅하다. 더욱이 시점은 두 장르 구분의 근본도 아니고, 시공을 초월, 모든 인간 담화와 서술의 시점으로서 보편성을 갖고 있다. 즉, 시점은 모든 담화의 본질로서 그 구현에서 공통된 본질이다.

그런데, '삼인칭 관찰자 작가 시점'과 '전지적 작가 시점'은 여전히 화자와 작가(시인)의 일치 여부를 문제삼게 되어 있기에, 각각 '삼인칭 관찰자 시점', '전지적 시점'으로 수정할 필요가 있다. 즉 이 두 용어는 일반 소설론에서와는 달리 화자와 시인의 일치 여부를 유보하는 함축을 지니도록 한다. 그리고 '일인칭 관찰자 시점'의 관찰 대상이 소설 장르에

41) Percy Lubbock,"*The Craft of Fiction*"(Compass Books Edition, The Viking Press, New York, 1957)
42) C.Brooks · R. P. Warren, "*Understanding Fiction*"(New York, 1959) p. 148.

서는 화자 아닌 다른 사람과 그 언행인데 시에서는, '사람 아닌 사물'이 소설의 '대상 사람'과 제재에서 거의 같은 역할과 비중을 차지하기에 '대상 사람'은 물론, '사람 아닌 사물'이 다루어질 경우, 그 화자의 시점을 '일인칭 관찰자 시점'으로 비정하였으면 한다.

둘째, 화자 탐구에서 정작 중시되는 화자의 어조를 모색하기 위해서는 인성론 차원에서 화자 내면의 기본 태도가 파악되어야 할 것이다. 화자는 한 인간으로서, 아니 실제 일상의 인간 이상으로 인간답게 발언하고 있다. 따라서 화자를 이해하려면 먼저 인간 존재론에서와 마찬가지로 그 성정(性情)의 기본 지향이 무엇인지, 그 파악에 나서야 한다. 나아가, 개별 작품 화자의 성향에 국한되지 않고 하나의 범주를 개괄하면서도 다양한 하위 사례 분석에 부연될 수 있는 기본양식의 정립이 요구된다. 이럴 경우에도 우리에게는 이미 오래 전부터 그 지표가 제시되어 있다. 주지되어 있는 대로 인간존재의 성정을 통찰하여 네 가지 본질로 나눈 맹자(孟子 : 기원전 372-289)의 유명한 사단(四端)이 바로 그것이다.

> 이로 보아 측은지심(惻隱之心)이 없다면 인간이 아니며, 수오지심(羞惡之心)이 없다면 인간이 아니며, 사양지심(辭讓之心)이 없다면 인간이 아니며, 시비지심(是非之心)이 없다면 인간이 아니다.
> 측은지심은 인(仁)의 단서요, 수오지심은 의(義)의 단서요, 사양지심은 예(禮)의 단서요, 시비지심은 지(智)의 단서이다.
> 인간의 이 사단(四端)은 사체(四體)가 있는 것과 같다. 사단이 있으면서도 인의예지를 확충하지 못 한다고 한다면 자신의 고유한 본성을 스스로 해치는 자이다.…[43)]

---

43) "由是觀之 無惻隱之心 非人也 無羞惡之心 非人也 無辭讓之心 非人也 無是非之心 非人也 惻隱之心 仁之端也 羞惡之心 義之端也 辭讓之心 禮之端也 是非之心 智之端也 仁之有四端也 猶其有四體也 有是四端而自謂不能者 自賊者也"『孟子』「公孫丑」上(『經書』, 성균관대학교 출판부, 1982, pp.514-518 참조)

성선설에 입각한 맹자의 이 논의는 시공을 초월해 인간 존재의 성정
론으로 지지되어 왔다. 이를 어조 탐구에 관련된 화자 파악과 분류에 그
대로 적용할 것을 제의한다. 인을 지향하는 측은지심, 의를 지향하는 수
오지심, 예를 지향하는 사양지심, 지를 지향하는 시비지심은 인간 심성
의 근원적이고 보편적인 양식이다. 그리고 그 적용을 위해 주자(朱子 :
1130-1022)의 부연을 참조할 필요가 있다.

> …측(惻)은 절실한 동정이고 은(隱)은 깊은 연민이다. 이른바
> 남에게 차마 할 수 없는 마음이다.…
> 수(羞)는 자기의 불선을 부끄러워하는 것이며 오(惡)는 남의 불
> 선을 미워하는 것이다. 사(辭)는 풀어서 자기에게서 떠나가게 하
> 는 것이며 양(讓)은 미루어서 남에게 주는 것이다. 시(是)는 그
> 선을 알아서 옳게 여기는 것이고 비(非)는 그 악을 알아서 그르
> 게 여기는 것이다. 인간의 마음은 이 네 가지에서 벗어나지 않는
> 다.…
> 측은, 수오, 사양, 시비는 정(情)이고, 인 의 예 지는 성(性)이다.
> 심(心)은 성(性)과 정(情)을 통합한 것이다. 단(端)은 실마리이다.
> 정(情)이 일어나 성(性)의 본연을 볼 수 있으니, 물건이 가운데에
> 있으면 실마리가 밖에 나타나는 것과 같은 것이다.…
> 사체는 사지(四肢)이다. 사람이 반드시 가지고 있는 것이다. 스
> 스로 불능이라고 하는 것은 물욕에 가리워 졌을 뿐인 상태다.[44]

우리는 주자의 주석에 다시 한번 계몽을 받으면서도 이에만 국한되어
서는 안 될 것이다. 일단, 측은을 동정 연민을 포함 사물과 친화하고 혜

---

[44] "…惻 傷之切也 隱 痛之深也 此卽所謂不忍人之心也…羞 恥己之不善也
惡 憎人之不善也 辭 解使去己也 讓 推以與人也 是 知其善而以爲是也 非
知其惡而爲非也 人之所以爲心 不外乎是四者 … 惻隱 羞惡 辭讓 是非 情
也 仁 義 禮 智 性也 心 統性情者也 端 緖也 因其情之發 而性之本然 可
得而見 猶有物在中而緖見於外也 四體 四肢 人之所必有者也 自謂不能者
物慾蔽之耳" 상동.

216

량하려는 성향으로, 수오는 자아와 세계의 부조리를 비판적으로 성찰하려는 성향으로, 사양은 사물의 질서에 순응하며 이해관계 조정에 극기하는 성향으로, 시비는 사물의 구조와 본질을 분별하고 점검하려는 분석적 성향 등으로 확대할 필요가 있다.

맹자의 주장과는 달리 오늘에 이르기까지 다양한 인간 본성 탐구에는 성악설로 수렴되는 학설도 많다.45) 하지만 시의 창작에서 화자는 미적으로 조정될 뿐만 아니라 위악을 포함 윤리차원에서도 조정되기 마련이라서 그 현상은 성선(性善)으로 존재한다. 공자(기원전 551-479)가 『시경(詩經)』을 편찬하며 총괄한 "시삼백(詩三百) 일언이폐지왈(一言而蔽之曰) 사무사(思無邪)"46)란 평정(評定)도 이러한 각도에서 한 번 더 음미될 필요가 있을 것이다.

어조에 관련시켜 다음으로 고려되어야 할 것은 화자의 정서이다. 일찍이 인간의 기본 감정은 모든 인간에 보편적으로 내재하는 천부의 품성으로 모두 다음 7가지로 고찰되었다.

> 무엇을 일러 인정(人情)이라 하는가? 희(喜) 노(怒) 애(哀) 구(懼) 애(愛) 오(惡) 욕(欲), 칠정(七情)인데, 인간이라면 누구나 배우지 않고도 그 발휘에 유능하다.47)

이른 바 칠정(七情)이다. 이 역시 사단과 더불어 우리의 인간이해에 있어 오래된 지표가 되어 왔다. 인간 존재의 정서의 양식을 모두 지시해

---

45) 최근에도 맹자의 성선설이 도덕적 선험론에 빠진 오류라고 비판하는 사례가 있었다. 노상균, 「맹자 성선설 비판」, '2001년도 추계 연합학술대회(10월 27일 대전 한밭대학교 소강당)' 『발표논문집』, p.85-92 참조.

46) '위정(爲政)' 「논어(論語)」 『경서(經書)』(성균관대학교 출판부, 1982), p.76.

47) "何謂人情喜怒哀懼愛惡欲七情弗學而能" 「禮運」 『禮記』(十三經注疏 5, 藝文印書館), p. 431.

주며, 각각 상위 차원에서 화자의 정서 상태를 가름하는데 편의를 준다.

  당대의 대유 공영달(孔穎達 : 574-648)의 다음 주석은 그 유래 이해와
그 적용을 위한 오늘의 부연에 있어서 다시금 참조될 필요가 있다.

> 희(喜) 노(怒) 애(哀) 구(懼) 애(愛) 오(惡) 욕(欲)을,『좌전(左
> 傳)』소공(昭公) 25년 조에서는 "하늘에 육기(六氣)가 있어 인간
> 의 육정(六情)이 되었는데, 이를 일러 '희(喜) 노(怒) 애(哀) 락
> (樂) 호(好) 오(惡)'라고 한다"고 하였다. 본문의 희(喜) 노(怒)
> 와 애(哀) 오(惡)는『좌전』의 기록과 같다. 본문의 욕(欲)은『좌
> 전』의 락(樂)이다. 본문의 애(愛)는『좌전』의 호(好)이다. 육정
> 을 운위하고 구(懼)를 추가하여 칠정을 만들었다. 웅씨(熊氏)가
> 말하기를 구(懼)는 노(怒) 가운데 작은 것인데, 따로 노(怒)를 드
> 러내어 '포구(怖懼)'를 설정한 것이다. 육기는 음(陰) 양(陽) 풍
> (風) 우(雨) 회(晦) 명(明)이다.『좌전』을 살펴보면, 희(喜)는 풍
> (風)에서, 노(怒)는 우(雨)에서, 애(哀)는 회(晦)에서, 락(樂)은 명
> (明)에서, 호(好)는 양(陽)에서, 오(惡)는 음(陰)에서 유래한다고
> 하였다. 그 함축된 뜻을 미루어 알 수 있을 것이다.[48]

  공영달이 다시 환기한 육정의 기본 이미지들- 음·양·풍·우·회·
명-은 육정의 각기 범주를 유추하고 확대하는데 크게 도움될 것이다. 언
급되지 않은 구(懼)의 경우, 노(怒)에서 파출된 만큼, 노를 유래한 우(雨)
를 참작하여 운(雲)으로 설정하면 된다.

  그리고 인간의 내면 이해에 있어 사단과 칠정을 왜 더불어야 하는지
그리고 양자의 관계와 그 운용이 어떠한지, 이기론(理氣論) 차원에서 한
차례 참고할 필요가 있다. 퇴계(退溪) 이황(李滉)은『성학십도(聖學十

---

48) "喜怒哀懼愛惡欲者 案昭二十五年左傳云 天有六氣 在人爲六情 謂喜怒哀樂
  好惡 此之喜怒及哀惡與彼同也 此云欲則彼云樂也 此云愛則彼好也 謂六情
  之外 增一懼而爲七 熊氏云懼則怒中之小 別以見怒而怖懼耳 六氣謂陰陽風
  雨晦明也 按彼傳云 喜生於風 怒生於雨 哀生於晦 樂生於明 好生於陽 惡生
  於陰 其義可知也"같은 책, p.431 참조.

圖)」「제육심통성정도(第六心統性情圖)』에서 다음과 같이 해설하였다.

　　이를테면, 사단의 정(情)은 이(理)가 나타날 때 기가 그것을 따
르면 저절로 선(善)만 있고 악은 없으나, 이(理)가 나타나더라도
제대로 이루어지지 못하고 기에 가려지게 되면 착하지 못함에 이
르게 되는 것이 필연적인 사실인 것이며, 칠정(七情)의 정는 기가
나타날 때 이(理)가 그것을 인도하기 때문에 이것 또한 착하지
않음이 없습니다. 만약 기(氣)가 나타나더라도 알맞게 조절하지
못해 이(理)가 소멸되면 인간의 마음이 방탕하여 악하게 되는 것
입니다.
　　성(性)과 정(情)에 대한 이치가 이와 같기 때문에 정자가 말하
기를 "성를 논함에 있어 기를 논하지 않으면 완벽한 이론이라 할
수 없으며, 기를 논함에 있어 성을 논하지 않으면 밝은 이론이라
고 할 수 없다. 기와 성을 갈라놓으면 잘못"이라고 했습니다.…
　　요컨데 이와 기를 겸하고 성과 정을 통솔하는 것이 마음입니
다.49)

　주지되어 있듯 퇴계는 주리설(主理說)에 입각하여 이(理)의 기(氣) 통
제를 위와 같이 설파하였는데 이는 지선(至善)에 이르려는 인간 자기기
율(自己紀律)의 강조이지만, 시의 미적 질서의 중추인 화자의 존재론 탐
구에도 요긴하다. 체험과 정서가 있었던 그대로가 아니라 성찰과 고려
끝에 진선미를 지향하며 미적으로 조정된 시의 화자의 태도 논의에도
시사하는 바가 큰 것이다.

---

49)　이황, 「제육심통성정도(第六心統性情圖)」, 『성학십도(聖學十圖)』 (이동한
　　외 공역, 『하늘은 말이 없고 도는 형상이 없다』, 퇴계학연구원, 1999,
　　pp.141-155 참조).

V. 결 론

이상의 문제제기와 제안을 기초로, 4시점, 4성정, 7감정으로 시의 화자를 분류하면 모두 112유형이 설정된다. 일면 번거롭지만 다양한 화자를 분류하고 정체를 구명하는데 있어 상호 변별의 기준을 제공하리라 믿는다. 어떤 작품은 복합형이 있을 수 있겠으나 그 중심 특성을 유형 중 어느 하나로 지적하는 것이 바람직할 것이다. 아울러 본고의 논의를 계기로 시의 화자 탐색을 심화시킬 기본 틀 정비 연구가 여러 각도에서 다시 검토되기를 기원한다.

용인을 전제로 본고의 시도가 시를 이해하는데 줄 수 있는 도움을 추정하면 다음과 같다. 첫째, 화자의 위상 확대이다. 화자-작품-독자의 상호 관계에서 그 동안 소략하였던 시의 화자에 대한 관심과 탐구의 비중이 작품·독자의 그것에 비견되게 제고될 수 있을 것이다. 둘째, 용어들의 개념 확대와 구체화 여하에 따라 인문학의 인간 존재론 차원에서 시의 화자가 탐구되고 존치될 수 있을 것이며 나아가 시론의 범주를 넘어 인간 이해에 기여할 수 있을 것이다. 셋째, 간과되지 말아야 할 화자의 어조 탐색이 일정한 지표와 더불어 명시되기에 관련된 지시기능을 지속의 측면에서 환기 받으면서 개별 작품의 화자의 자세한 특성을 변화의 측면에서 담보할 수 있을 것이다.

끝으로 해석 여하에 따라 이견이 있을 수 있겠지만, 앞에서 인용한 기존연구의 예시에 새 체계를 적용하여 그 소속 유형을 제시하여 참고에 부응하고자 한다.

(1)심훈 〈그날이 오면〉 ; 일인칭 시점 수오·욕망 화자 (2)박목월 〈일상사〉 ; 일인칭 관찰자 시점 사양·애상 화자 (3)황동규 〈초가〉 ; 일인칭 관찰자 시점 시비·위구 화자 (4)황동규 〈관악일기〉 ; 일인칭 시점

220

수오·위구 화자 (5)이탄 〈알려지지 않은 허전〉; 일인칭 시점 측은·애상 화자 (6)장정일 〈프로이드식 치료를 받는 여교사〉; 일인칭 시점 시비·위구 화자 (7)장정일 〈그녀〉; 전지적 시점 시비·위구 화자 (8)박목월 〈가정〉; 일인칭 시점 측은·애상 화자 (9)김영랑 〈내마음 어딘 듯〉; 일인칭 시점 시비·친애 화자 (10)신동엽 〈껍데기는 가라〉; 일인칭 시점 수오·분노 화자 (11)신경림 〈파장〉; 전지적 시점 측은·친애 화자 (12)김춘수 〈처용단장 제1부〉; 삼인칭 관찰자 시점 수오·위구 화자 (13)김소월 〈진달래꽃〉; 일인칭 시점 사양·애상 화자, (14)백석 〈여우난곬족〉; 일인칭 관찰자 시점 측은·친애 화자 (15)윤동주 〈십자가〉; 일인칭 시점 사양·욕망 화자 (16)서정주 〈추천사-춘향의 말 일〉; 일인칭 시점 수오·욕망 화자 (17)황동규 〈겨울바다〉; 일인칭 관찰자 시점 수오·위구 화자 (18)박목월 〈불국사〉; 삼인칭 관찰자 시점 사양·친애 화자 (19)전봉건 〈성묘〉; 일인칭 시점 측은·친애 화자 (20)김종삼 〈생일〉; 일인칭 시점 측은·친애 화자.

A Systematic Study on the Classification of Poetic Persona

Kim, seung jong

Anyang Technical College

1. All the studies having been made since Socrates are attempting to study persona with the proviso that persona is identical with poet or not; but, ironically, this premise gives rise to confusion and delay. It makes errors and is so unsatisfactory in the actual attempt that it is an obstacle to the manifest classification for systematization. It is desirable that inquiring into the accordance between persona and a poet should be reserved in the study of persona on a poetic sphere.

2. It is doubtful whether phenomenological persona and implicative persona can be divided. Every statement is made as a subjective first person utterance. The difference lies only in the using of reflexive pronoun "I". This "I", however, can be omitted without restraint and this phenomenon is widespread in the Korean language.

3. The usage related to 'the means revealing specialized individual internal world subjectively, which Hegel prescribed by setting the

19th century for a background should be drastically broken up on one hand, and at the same time 4 point of view in novel should be corrected and quoted on the other in order to define the relationship between persona and the object of statement.

4. Four dispositions, which are universal human temperament, presented by Mencius(372~289 B.C.) need to be made use of in order to establish a mode summing up the volition of persona.

5. So as to point out the emotion of persona invariably, Seven Emotions (Joyfulness, Anger, Pathos, Fear, Love, Hatred, Desire) depicted in 『Yegi』 should be particularly taken notice of and applied to.6.On the basis of putting the above in question and suggestions, total 112 patterns are established when poetic persona is classified into 4 point of view, 4 disposition, 7 emotions, According to them, persona studied on the established illustration is analyzed.(To establish the persona of <When the day has arrived> written by Simhoon as a mode of 'first peron-point of view, reflective disposition and persona of desire' ; including 20 copies)

『서유견문』의 '(문명)개화'론과 번역의 정치학

김 현 주*

1. 『서유견문』과 '번역'의 문제

『서유견문』의 언어에 대한 관심은 대개 외래어 수용 문제와 국한문혼용체 사용 문제로 수렴된다.[1] 이 가운데 외래어의 수용이 번역과 관련하여 논의되었다면, 국한문의 혼용은 주로 저자의 언문일치 의식과 대중계몽이라는 측면에서 논의되었다. 일찌기 김윤식·김현은 『한국문학사』

---

* 연세대 강사

1) 언어와 관련해서 유길준에 대한 지금까지의 관심은 1) 국한문혼용체 사용 문제 2) 외래어 수용 문제 3) 문법 연구 문제 등에 집중되어 왔다. 앞의 두 가지 문제는 주로 『서유견문』을 중심으로, 마지막의 문법 연구 문제는 1909년 간행된 『대한문전』을 중심으로 논의되었다. 유길준에 대한 국어학계의 관심에 대해서는 이병근(2000), 「유길준의 어문사용과 『서유견문』」, 309-311쪽 참조.

에서 『서유견문』이 언문일치의 언어관에 의거하여 국한문을 혼용하고
있다는 점을 높이 평가하고 국한문혼용을 "이 시대에 이르면 한글, 다시
말하자면 대중의 압력이 한문을 압도하기 시작했"음을 보여주는 현상이
라고 해석한 바 있다.2) 그러나 한자 위주의 아래와 같은 글쓰기에 대하
여 '한글이 한문을 압도' 운운하는 것은 지나친 말일 것이다. 더구나 국
한문을 혼용하는 글쓰기가 단지 독자 대중을 배려하려는 의도에서 선택
된 것만은 아니다.

> 일(一)은 어의(語意)의 평순(平順)홈을 취ᄒ야 문자를 략해(略
> 解)ᄒᄂ 자라도 이지(易知)ᄒ기롤 위홈이오, 이(二)ᄂ 여(余)가 서
> (書)롤 독(讀)홈이 소(少)ᄒ야 작문ᄒᄂ 법에 미숙ᄒ 고로 기사
> (記寫)의 편이(便易)홈을 위(爲)홈이오, 삼(三)은 아방(我邦) 칠서
> (七書) 언해(諺解)의 법(法)을 대략 효칙(效則)ᄒ야 상명(詳明)홈
> 을 위홈이라.(I :8)3)

『서유견문』의 서문에서 국한문 혼용의 의도를 말하고 있는 부분인데,
여기에는 독자와 저자의 편의 외에 다른 이유가 하나 더 있다. 유길준은
'중국의 칠서를 우리말로 번역해 온 방법을 본받아 의미를 상세하고 분
명하게 하기 위해서' 국한문혼용체를 취했다고 말하고 있다. 유길준은
『서유견문』을 쓰면서 '어떻게 번역할 것인가'의 문제를 여러 각도에서
고심했던 것으로 보이는데,4) 국한문의 혼용 역시 번역 방식에 대한 고

---

2) 김윤식 · 김현(1973), 『한국문학사』, 82쪽.
3) 이 논문에서 『서유견문』은 영인본인 『유길준전서』(일조각, 1971) 제 I 권
   을 텍스트로 하였으며, 허경진이 옮긴 『서유견문』(한양출판, 1995)을 참
   조하였다. 이하 본문에서 『서유견문』을 인용할 경우 출전을 간단히 (『전
   서』의 권수:쪽수)로 표기하였다. 일반적인 한자어는 한글로 바꾸었으며
   뜻을 전하기 어려운 경우에는 한글을 표기하고 괄호 안에 한자를 넣었
   다. 띄어쓰기와 구두점을 적용한 외에는 원문을 존중하였다.
4) 『서유견문』의 「비고」를 보면 유길준이 서구의 지명, 인명, 도량형을 어떻

민의 결론이었던 것이다. 그렇다면『서유견문』은 비단 어휘만이 아니라 문장과 문체에 이르기까지 '번역'이라는 문제와 관련을 맺고 있다는 이해도 가능할 것이다.

　『서유견문』을 번역이라는 관점에서 접근한 연구는 특히 국어학계에서 지속적으로 이루어졌다. 여기에서 번역이란 원전의 언어를 그에 상응하는 다른 언어로 바꾸는, 언어학적 의미의 번역을 말한다.『서유견문』에는 다른 책들을 참고하여 번역한 부분이 적지 않다.『서유견문』 가운데 많은 부분이 후쿠자와 유키치(福澤諭吉)의『서양사정(西洋事情)』을 번역한 것이라는 점은 널리 알려진 사실이며,5) 유길준은 그 외에도『만국공법萬國公法』,「청한론(淸韓論)」 등을 참조한 것으로 알려져 있다.6) 따라서『서유견문』을 언어학적 번역이라는 관점에서 접근하는 연구는 충분한 타당성을 지닌다고 하겠다. 그간 언어학계는『서유견문』 안에 있는 어휘, 문장, 문체 등 언어적 지표들이 원전의 그것들과 어떤 관련을 맺고 있는지를 검토하였으며,『서유견문』을 조선 시대의 언해들과 비교 분석함으로써 새로운 번역체, 나아가 새로운 문체의 형성을 설명하려 하였

게 번역할 것인가, 의역과 직역 가운데 어떤 방식을 택할 것인가 등을 두고 고심했음을 알 수 있다.

5)『서유견문』과『서양사정』의 관계에 대해서는 이광린(1979),『한국개화사상연구』 참조.『서양사정』은 1866~68년 사이에 씌어졌으며 초편(初編), 외편(外篇), 이편(二編) 도합 10책으로 되어있다. 서양의 정치, 경제, 사회, 문화적 제도와 기구에 대한 체계적인 소개서라는 점, 그리고 전체 가운데 외편은 영국인 Chambers의 경제학 교과서의 일부분을 초역한 것이라는 점 등에서『서유견문』과 비슷하다.『서유견문』의 20편 가운데 9편에『서양사정』으로부터 번역한 부분이 있으며, 그 중에는 해당 절 혹은 부분의 전문(全文)을 번역한 곳도 있다. 이에 대해서는 이한섭(1987),「『서유견문』에 받아들여진 일본의 한자어에 대하여」 참조.

6) 정용화(2000),「한국 근대의 정치적 형성:『서유견문』을 통해 본 유길준의 정치사상」. 박기향은, 유길준이『서유견문』을 저술하면서 이외에도 헨리 포셋(Henry Fawcett)의『국부책(國富策)』 등을 참조·인용하였다고 지적한 바 있다.(박기향(2000),「유길준이 본 서양」)

다. 일본어계 한자어를 조사하여 『서유견문』이 일본어계 한자 어휘를 본
격적으로 받아들인 중요한 자료 가운데 하나임을 밝힌 연구나7) 『서유견
문』의 국한문혼용체가 『서양사정』을 비롯한 일본 저서의 글쓰기 방식을
따른 것임을 밝힌 연구8) 등이 이러한 노력의 결실이다.

그런데 번역과 관련하여 『서유견문』에 대한 언어학적 관심의 한계는
그것이 단순히 언어 대(對) 언어, 문장 대(對) 문장의 관계에 초점을 맞
추어 유입의 경로나 기원을 확인하는 데 그치고 있다는 점이다. 언어의
유입은 새로운 사고 방식과 태도 나아가 새로운 제도의 성립을 동반하
고 있는 바, 오롯이 언어적 지표에만 관심을 기울여서는 그 저변의 더
큰 인식적·사회적 변화를 포착하지 못하게 된다. 여기에서 문화인류학
적인 의미의 번역, 즉 '문화 번역'의 관점을 도입할 필요가 제기된다. 문
화 번역의 관점에서 고찰할 때, 번역의 대상은 문자 텍스트에 한정되지
않으며 문자 텍스트를 대상으로 할 경우에도 관심이 언어적 지표에 국
한되지 않는다. 문화 번역적 관점에서 볼 때, 언어 현상은 문화 현상이라
는 더 넓은 범주 속에서 논의되어야 하며 그런 점에서 문화 번역적 고찰
의 대상은 궁극적으로 문화 전체이다. 문화 번역의 관점에서 본다면,
『서유견문』은 서구 혹은 일본의 어떤 특정한 텍스트나 그 안의 특정 언
어를 번역하고 있는 것이 아니라 서구 혹은 일본의 문화를 번역하고 있
는 것인데, 이러한 관점은 『서유견문』의 언어에 대한 연구를 한 단계 더
진척시킬 수 있을 것으로 기대된다.

이 글은 유길준이 『서유견문』을 통해 서구의 문화를 어떻게 번역하는
지를 '문명' 혹은 '(문명)개화' 개념의 전유를 중심으로 검토하려 한다.
『서유견문』의 문명·문명개화 개념이 『서양사정』에서 옮겨 온 것이라는

7) 이한섭(1987) 참조.
8) 본문에서 논의했듯이, 유길준은 자신의 국한문혼용을 전통적인 언해와
연관지었다. 그러나 이병근에 따르면, 『서유견문』의 국한문혼용체는 실제
로는 일본식 국한문혼용체를 수용한 것이다. 이병근(2000) 참조.

점은 이미 밝혀졌지만, 어휘들의 유입 경로와 기원을 밝히는 것은 문화 번역이라는 연구 주제의 출발점은 될 수 있어도 종착점이 될 수는 없을 것이다. 이 글의 목적은 이들 번역어가 번역하고 있는 새로운 문화적 내용이 무엇인지를 검토하는 것이며, 그 내용에 유길준이라는 번역자가 새로 새겨넣은 것이 있다면 그것을 찾아내어 조명하는 것이다. 그런데『서유견문』은 일종의 중역(重譯)이다. 여기에서 중역이란 단지 텍스트 번역 상의 사실을 말하는 것이 아니라 문화 번역의 차원에서 말하는 것이다. 『서유견문』의 서구 문화에 대한 번역은 일본과 중국 서적들의 서구 문화 번역에 의해 중개되어 있다. 그의 서구에 대한 관심은 특히 일본에 의해 촉발되었고 일본에 의해 한계지워지는 성격이 강하다. 유길준은, 일본이 부강을 이룩한 것은 서양의 제도를 모방했기 때문이라고 보았으며, 이러한 인식이 그로 하여금 일본의 서구 문화 번역을 적극적으로 수용하도록 하였다. 따라서 이 글에서 우리의 탐구는 이를테면 후쿠자와 유키치에게까지 거슬러 올라가야만 한다. 이 글에서는 서구의 civilization 개념에 대한 유길준의 전유 방식을, 그것에 대한 후쿠자와 유키치의 전유 방식에 대한 검토를 배경으로 하면서 논의할 것이다.9)

---

9) 이 글에서 문화 번역의 개념은 김현미(2001),「문화 번역: 근대적 성찰의 비판적 작업」참조. 김현미에 따르면, 최근 문화 번역이 중요한 연구 주제로 부각되는 이유는 그것이 근대를 성찰하는 비판적 작업이 될 수 있다는 점 때문이다. 근대적 자아 정체성은, 서구/비서구, 서양/동양, 남성/여성, 백인/유색인 등 이항대립적 위계 질서에 의해 구성된 범주들에 기반하여, 타자와의 '차이화'와 '차별화'을 통해서 형성된다. 이런 의미에서 근대의 역사는 타자의 '차용appropriation'의 역사이며, 차용의 역사는 곧 번역의 역사라고 할 수 있다. 그런데 번역은 상호적인 것이며, 그것은 어느 한 편의 의도적이고 일방적인 의지에 의해 주도되는 과정이 아니라 양 편의 갈구와 욕망이 교차하고 타협하는 과정이다. 따라서 문화 번역이라는 주제는 서구와 비서구가, 서양과 동양이, 남성과 여성이 서로를 어떻게 차용하였는가, 양 편의 욕망과 갈구가 어디에서 어떻게 합쳐졌고 엇나갔는가를 드러냄으로써 근대에 대한 비판적 성찰을 가능케한다.

2. 'civilis(z)ation'과 번역어 '文明'

노르베르트 엘리아스에 의하면, 서구에서 대략 18세기 후반에 형성된 'civilisation' 개념은 두 가지 관념을 함축하고 있다. 먼저, civilisation 개념은 '폴리테스politesse정중함'나 '시빌리테civilite예절' 개념을 계승한다. 시빌리테 개념이 그 고유한 특성과 기능을 얻은 것은 16세기 후반 에라스무스에서 였다고 하는데, 에라스무스는 『어린이들의 예절에 관하여』라는 책에서 자신의 저서를 통해 이미 잘 알려져 있던 '시빌리타스 civilitas시민의 신분' 개념에 새로운 자극을 주었다. 시빌리타스는 모든 범위의 사교적 사회 생활에서의 예의범절, 특히 행동거지, 몸짓, 의복, 얼굴 표정 등의 외면적인 신체 예절이라는 의미를 지닌 채 사람들의 의식 속에 새겨졌고, 시빌리테civilite, 시빌리티civility 등 여러 대중 언어에서 유행어로 발전하였다. 유럽의 궁정사회가 단순하고 미개하다고 생각되는 다른 사람들에 대하여 자신들의 우월의식을 표현한 동시에 그 모든 미개인들과 자신들을 구분해주는 특수한 행동방식을 규정한 위의 개념은 18세기에 이르러 civilisation 개념에 의해 계승되었다. 한편 이 시기에 civilisation은 이성의 진보, 지식의 진보와 더불어, 계몽주의 철학에 기반을 둔 사회개혁 운동의 한 특성을 지칭하는 개념으로 정착하였다. 이때 civilisation은 국가, 헌법, 교육 및 더 넓은 계층의 civilisation, 즉 아직 야만적이거나 반(反)이성적인 모든 것-형벌 제도, 신분 제도, 자유로운 상거래를 저해하는 제약 등-으로부터의 해방을 의미한다. 엘리아스는 18세기 civilisation 개념의 새로운 측면은 무엇보다 '아직 충분하지 않다는 의식', 'civilisation은 하나의 상태일 뿐 아니라 진행되어야 할 과정이라는 의식'에 있다고 말하고 있다. "civilisation은 하나의 과정 또는 적어도 이 과정의 결과를 표현하며 또 무언가 항상 운동

속에 있는 것, 끊임없이 '앞으로' 나아가는 것을 지시한다."10)

'civilisation'이 한자어 '文明'으로 번역된 것은 19세기 후반 일본에서였다. 일본에서는 영어 'civilization'을 '문명개화'로 번역하고 그 의미로 '예의작법(禮儀作法)'과 '개인의 품행' 혹은 '사람 사이의 교제(交際)'를 제시하였다.11) 이는 앞에서 살핀 civilisation 개념의 두 가지 내포 가운데 사회 생활에서의 예의범절이라는 의미로 수용된 예라 하겠다. 그러나 후쿠자와 유키치의『문명론의 개략』(1875) 단계에서는 그 개념의 강조점이 대폭 이동·변화하는 것을 볼 수 있다. 유키치는『문명론의 개략』에서 문명이란 '그것이 미치는 곳에 한계가 없는, 다만 야만 상태에서 벗어나 점차 진보하는 것을 말할 따름'이라고 하는 한편 문명이 영어로는 'civilization'이며 그 어원인 라틴어 'civitas'는 원래 '나라'라는 뜻이었다고 하였다. 따라서 문명은 그 어원적 의미를 유지하면서 '인간 관계가 점차로 좋은 방향으로 나가는 양상'을 두고 하는 말이자 '한 나라의 모양을 갖춘다'는 뜻으로 이해되었다.12) 여기에서는 서구어 'civilis(z)ation'의 내포 가운데 '진보'와 더불어 '국가'라는 의식에 대한 강조가 두드러진다. 후쿠자와에게 "문명이란 어떤 한 사람에 관해서 논의되는 것이 아니라 한 나라 전체의 양상을 보고 하는 말이다"13)

『서유견문』에 등장하는 '문명', '문명개화'라는 개념은 유길준이 후쿠자와 유키치의『서양사정』을 통해 수용한 것으로 알려져 있다.14) 그러나 문명이라는 어휘가 본래 후쿠자와 유키치의 책에서 유래한 것은 아

---

10) 노르베르트 엘리아스(1996),『문명화과정 I』참조.
11) 류준필(2001), 「'문명'·'문화' 관념의 형성과 '국문학'의 발생」, 20쪽 각주 26번 참조.
12) 후쿠자와 유키치(1987),『문명론의 개략』, 47쪽 참조.
13) 후쿠자와 유키치(1987), 61쪽.
14) 이한섭(1987) 참조. 이한섭은 이 논문에서 '개화'라는 말은 일본에서 기원했을 가능성이 높으나 더 조사할 필요가 있다고 판단을 유보하였다(98쪽).

230

니다. 『서유견문』에도 종종 보이는 "초매불문(草昧不文)한 세(世)"
(Ⅰ:150)나 "불문불명(不文不明)한 세(世)"(Ⅰ:151) 같은 표현에는 '문
(文)' 혹은 '문명(文明)'의 전통적 의미가 짙게 배어있다. 문 혹은 문명이
란 '문물(文物)이 광명(光明)한 상태'(Ⅰ:349)라는 유교적 문치(文治)의
이상을 표현하는 말로서, '초매불문한 세'나 '불문불명한 세' 같은 표현은
유교적 문화권에서는 일종의 클리세로 유통되고 있었다. 그런데『서유
견문』에 나타나는 문명과 문명개화라는 말은 비록 위의 '문' 혹은 '문명'
과 단어의 외형이 동일하다고 하더라도 개념의 내면 구조에서는 현격한
차이가 있다.

> 개화ᄒᆞᄂᆞᆫ 자(者)ᄂᆞᆫ 천사(千事)와 만물(萬物)을 궁구(窮究)ᄒᆞ며
> 경영ᄒᆞᄋᆞ 일신(日新)ᄒᆞ고 우(又) 일신(日新)ᄒᆞ기를 기약ᄒᆞᄂᆞ니 여
> 사(如此)홈으로 기(其) 진취ᄒᆞᄂᆞᆫ 기상이 웅장ᄒᆞᄋᆞ 사소(些少)의
> 태만홈이 무(無)ᄒᆞ고 우(又) 인(人)을 대ᄒᆞᄂᆞᆫ 도에 지(至)ᄒᆞ야ᄂᆞᆫ
> 언어를 공손히 ᄒᆞ며 형지(形止)를 단정히 ᄒᆞ야 능(能)ᄒᆞᆫ 자를 시
> 효(是效)ᄒᆞ며 불능ᄒᆞᆫ 자를 시긍(是矜)ᄒᆞ고 감히 만모(慢侮)ᄒᆞᄂᆞᆫ
> 기색을 시(示)ᄒᆞ지 못ᄒᆞ며 감히 비패(鄙悖)ᄒᆞᆫ 용모를 설(設)ᄒᆞ지
> 못ᄒᆞ야 지위의 귀천과 형세의 강약으로 인품의 구별을 불행ᄒᆞ고
> 국인(國人)이 기(其) 심(心)을 합일ᄒᆞᄋᆞ 누조(屢條)의 개화를 공면
> (共勉)ᄒᆞᄂᆞᆫ 자며……(Ⅰ:396)

'개화'란 무엇인가? 위 글에 따르면, 개화한다는 것은 무엇보다도 새롭
게 하는 것, 앞으로 나아가는 것을 의미한다. 세상의 모든 사물에 대한
연구와 계획은 오로지 새롭게 하기를 기약하는 활동이라고 말하고 있는
데, 여기에 나타나 있는 태도를 간단히 '진보'에 대한 기대라고 요약할
수 있을 것이다. 한편 개화는 사람을 대하는 적절한 태도, 즉 말씨와 몸
가짐, 표정과 행동을 규정한다. 여기에서 개화는 이를테면 '예의범절'과
비슷한 뜻이라고도 할 수 있다. 그러나 그 예절이 지위의 '귀천'과 세력

의 '강약'에 따라 차별적으로 적용되어야 하는 것이 아니라, 그와는 대조
적으로 그러한 경계와 구별을 무화하면서 '국인'을 구성할 것을 지향하
고 있다는 점에 주의해야 한다. 국민의 형성은 개화의 중요한 내용이다.
위의 글을 바탕으로 개화의 핵심을 짧게 요약한다면, 첫째는 '진보'의 관
념이며, 둘째는 '국가' 혹은 '국민'의 관념이라고 할 수 있다.

　위에서 살펴본 바, 유길준의 개화론과 후쿠자와의 문명론은 18세기 이
후 서구에서 형성된 'civilis(z)ation' 개념을 수용하면서 진보와 국가라는
두 지점에 동일하게 강조점을 찍고 있다. '진보'란 간단히 말하면 시간이
지날 수록 점차로 좋아지리라는 기대를 표현하는 관념으로서, 이러한 관
념의 배후에는 특수한 시간의식이 자리잡고 있다. 즉 진보 관념은, 시간
에 대한 가치 평가의 전도나 역사 의식의 대두 등과 더불어, 새로운 시
간 논리에 토대를 두고 있다. 한편 '국민-국가'는 새로운 국제정치관계에
기반하고 있으며 '인구' 개념 등과 더불어 근대적 정치학을 표현하는 개
념이다. 19세기 말에 일본과 한국의 문화 번역자인 유키치와 유길준은
'문명' 혹은 '(문명)개화'라는 개념을 통해 모더니즘과 내셔널리즘이라는
서구의 근대적 문화 형식을 번역하고 있는 것인데, 이 두 가지야말로 19
세기 말 비서구 나라들이 서구로부터 번역해 온 문화적 형식의 핵심이
라고 할 수도 있을 것이다. 아래에서는 『서유견문』의 (문명)개화 개념을
중심으로 모더니즘과, 모더니즘을 토대로 한 역사주의적 사고방식의 번
역에 대해서 논의할 것이다.[15]

---

15) 유길준과 유키치가 문명개화 개념을 통해 번역한 내셔널리즘의 성격에
　　대해서는 별도의 상세한 논의가 필요하다고 생각되므로 다른 글에서 다
　　루도록 하겠다.

3. (문명)개화 개념의 '모더니즘'

이 장에서는 문명개화 개념의 '모더니즘'을 분석할 것이다. 여기에서 모더니즘은 철학적 개념으로서 '시간'이라는 의미에서 정의된 것이다. 이러한 의미의 모더니즘은 "부정의 특수한 시간 논리에 대한 문화적 인준을 이르는 것으로서, 모더니즘은 시간적 형식으로서 어떤 특수하고, 분명히 미래지향적인 일련의 역사 경험 형식들의 가능성의 문화적 조건이다."16) 모더니즘은 근대의 시간 논리를 시간 의식의 '구조' 혹은 푸코가 역사적 '선험성'으로 말한 것으로 등재함으로써 근대인의 경험 형식들을 구조적으로 결정한다. '과거를 섬기지 않고 현재에 만족하지 않으며 미래의 대성을 꾀한다'는 미래지향적인 시간 논리야말로 '학문'과 '상공업'과, 넓은 의미의 '인지'의 발달을 예측하고 기획하도록 하는 문화적 조건이다.17) 즉 모더니즘이라는 시간적 형식의 번역은 근대의 여러 가지 장치, 제도, 사고 방식을 번역하는 데 기본적인 토대가 된다는 점에서 우선적으로 검토해야 할 주제이다.

대개 개화라 ᄒᆞ는 자는 인간의 천사만물이 지선극미(至善極美) ᄒᆞᆫ 경역(境域)에 저(抵)홈을 위(謂)홈이니 연(然)ᄒᆞᆫ 고로 개화ᄒᆞ는 경역은 한정(限定)ᄒᆞ기 불능(不能)ᄒᆞᆫ 자라. 인민재력(才力)의 분수

---

16) 피터 오스본(2001), 「번역으로서의 모더니즘」, 394-395쪽 참조.
17) 후쿠자와 유키치(1987)는 근대 문명의 특성을 아래와 같이 묘사했다. "……자진해서 덕을 쌓고 자진해서 지혜를 닦으며 과거를 섬기지 않고 현재에 만족하지 않는다. 소성(小成)에 안주하지 않고 미래의 대성을 꾀하며 전진하여 물러서지 않으며 성취하고도 여전히 멈추지 않는다. 학문의 길은 공허하지 않고 발명의 기초를 닦으며 상공업은 나날이 번창하여 행복의 근원을 이루고 인지(人智)는 오늘 사용해도 그 여분이 남아 돌아 후일의 계획을 짜는 듯이 보인다. 이것이 현대의 문명이다. 야만, 반개의 상태에서 멀리 떠나 있는 것이다."(22쪽)

(分數)로 기(其) 등급의 고저가 유(有)ᄒᆞ느 연(然)ᄒᆞ느 인민의 습
상(習尙)과 방국(邦國)의 규모롤 수(隨)ᄒᆞ야 기(其) 차이홈도 역
(亦) 생(生)ᄒᆞ느니 차(此)는 개화ᄒᆞ느 궤정(軌程)의 불일(不一)ᄒᆞ
연유어니와 대두뇌(大頭腦)는 인의 위불위(爲不爲)에 재(在)홀 ᄯᆞ
롬이라. ……(중략:인용자)…… 천하고금의 하국(何國을) 고고(顧
考)ᄒᆞ든지 개화의 극진(極盡)ᄒᆞᆫ 경(境)에 지(至)ᄒᆞᆫ 자(者)는 무
(無)ᄒᆞ나 연(然)ᄒᆞ나 대강 기(其) 층급(層級)을 구별ᄒᆞ건디 삼등
(三等)에 불과ᄒᆞ니 왈(曰) 개화ᄒᆞ느 자며 왈 반개화ᄒᆞᆫ 자며 왈 미
개화ᄒᆞᆫ 자라(I :395-396).

'개화'는 사회의 전체 영역이 완전한 상태에 도달함을 가리키는 말이
다. 개화란 전체성과 완전성을 지향하는 개념이므로 그 경지와 영역에는
한정이 있을 수 없다. 그래서 지금까지 어느 나라도 개화를 하나의 완성
태로 경험할 수는 없었던 것이며, 나라들은 아직 개화하지 못하였거나
반쯤 개화하였거나 아니면 지금 개화하는 도중에 있을 따름이다. 위 인
용문에서 반개화'한'과 미개화'한'이라는 완결형 표현과 대비되는, 개화
'하는'이라는 진행형 표현은 개화가 영원히 완결되지 않는, 지속되는 과
정임을 강조하고 있다. 유길준이 '문명'이라는 용어를 사용하면서도 굳
이 '개화'를 자신의 슬로건으로 채택한 것도 '화化'라는 접미사가 표상하
는 진행과 과정의 의미를 의식했기 때문인지 모른다.18)

---

18) 유길준은 '문명', '문명개화'라는 용어를 자주 사용한다(169쪽, 173쪽, 179
쪽, 214쪽, 287쪽, 292쪽, 329쪽, 350쪽, 351쪽, 374쪽, 376쪽, 399쪽 등 참
조). 그렇지만 제14편에서 "개화의 등급"을 큰 제목으로 뽑고 본문에서
일관되게 '개화'라는 용어를 사용하였으며 다른 곳에서도 비슷한 맥락에
서 '개화'를 자주 사용하고 있다는 점을 고려할 때 유길준의 사상을 '개
화론'으로 표현할 수 있다고 생각한다. 그런데 유길준의 사유에서 '개화'
는, "문명을 진기(振起)ᄒᆞ야 개화ᄒᆞ는 제사(諸事)에 그 의(意)를 용(用)ᄒᆞᆫ
즉(則)"(214쪽)에 보이는 것처럼, '문명' 혹은 '문명화'와 호환될 수 있는
용어이다.

234

　　세급(世級)이 강(降)홀스록 인의 개화ㅎ는 도는 전진ㅎㄴ니 언
자(言者)가 혹(或) 왈(曰)호디 후인(後人)이 전인(前人)을 불급(不
及)혼다 ㅎ나 연(然)ㅎ나 차(此)는 미달(未達)혼 담론(談論)이라.
......(중략:인용자)...... 인의 지식은 열력(閱歷)이 다(多)홀스록 신기
(神奇)혼 자와 심묘(深妙)혼 자가 첩출(疊出)ㅎㄴ니(Ⅰ:403)

　위 인용문에 있는 '전인'과 '후인'의 대비는 다른 곳에서는 '고인(古人)'
과 '금인(今人)'의 대비로도 변주되는데, 이는 "문명개화(文明開化)의 보
추(步趨)는 유진무퇴(有進無退)"(Ⅰ:374)라는 인식과 닿아 있다. 이러한
의미의 문명개화란, 코젤렉의 논의에 따른다면, 새로운 것을 향해 끊임
없이 자신을 넘어서는 역사적 시간을 담고 있는 '현대적 운동 개념'이다.
문명과 개화는 모두 미래의 기대지평을 새롭게 이끌어내면서 개념과 개
념화되는 것 사이의 관계의 역전을 표시한다. 즉 문명개화라는 개념은
이전의 개념처럼 그때까지의 경험들을 하나의 표현으로 묶어내는 역할
을 하는 것이 아니라 새로운 기대를 제기하고 일깨우는 역할을 하는 것
이다. 따라서 '문명'이 그 단어의 외형을 유지하면서도 구조적 차원에서
시간적 의미 층위를 변화시킨 개념이라면, '문명개화'는 역사의 새로운
역학을 표현하는 새로운 합성어라고 할 수 있을 것이다.19)
　한편 문명개화라는 개념은 옛 역사들이 지녔던 범례성의 상실을 표명
한다. "'근대'라는 역사적 도식에 대한 실제적 인준으로서의 모던이즘
(modernism)은 문화적으로 부여받은 (직관된) 시간적 형식들을 새로운
생산 행위와 매개시킴으로써 주체성의 시간적인 형식, 즉 '나'(I)의 시간

<hr>

19) '현대적 운동 개념'에 대해서는 라인하르트 코젤렉(1998), 『지나간 미래』,
　　290-309, 334-387쪽 참조. 코젤렉에 따르면, 서구에서는 18세기에 역사의
　　새로운 역학이 시간적 운동 범주들을 자극해서 많은 신조어와 합성어를
　　낳았고 기존 개념들의 시간적 내면구조를 바꾸었다. 이 시기에 역사적
　　운동을 시점주의적으로 미래로 고양시키는 '-주의'라는 합성어(예: 공화
　　주의, 자유주의)가 만들어졌으며, '혁명'과 '해방' 같은 개념들은 종전의
　　의미를 상실하고 전체적으로 시간화되었다.

성을 구조화한다. 이런 이유에서 모더니즘은 역사의 시간화 혹은 시간성
의 역사화라는 특정한 배열과 관련된다.(강조는 원저자)"20) 이는 역사의
근대적 경험에 대한 설명으로서, '역사의 진리는 그때 그때 다르다'는 것
이다. 앞의 인용문에 나타나고 있듯이, 세대가 내려갈수록 개화하는 방
법이 발전한다면 '후인이 선인을 따르지 못한다'는 옛 말은 더이상 용인
될 수 없을 것이다. 그렇다면 "개화의 대두뇌는 인의 위불위에 재홀 ᄯᅡ
롬"(Ⅰ:396)이라는 말에는 '인간("나")은 역사를 내다보고, 계획하고, 마
침내 만들어낸다'는 내용이 스며들게 된다. 이런 점에서 개화는, 진보와
마찬가지로, 성찰적 시간 규정이라고 할 수 있다. '성찰'을 통해 역사는
미래를 가리키는 사회적 계획 지평이 되며 그 지평에서 과거는 범례적
성격을 상실하게 되는 것이다.21)

『서유견문』에는 문명, (문명)개화 개념 이외에도 이행기의 의식을 특
징짓는 '가속화' 경험, 시간 압박, 과거의 범례성의 상실, 시간적 변화계
수의 침투 등을 나타내는 경험들이 다양하게 표현되고 있다. 「비고」에서
유길준은 『서유견문』이 "불후(不朽)에 전ᄒᆞ기를 경영(經營)홈이 아니오
일시 신문지의 대용을 공(供)홈이 가(可)"하다고 하였다.(Ⅰ:12) 각 나라
의 정치, 상업, 군비, 조세 등에 관계된 기록들은 '십여 년 전 또는 오륙
년 전의 참고 문헌에 따른 것'이기 때문에 현재의 사정과는 다를 수 있
다는 것이다. 기록이 가치를 보존할 수 없는 까닭은 사물이 날로 새로워
지기 때문이다. "구세계에 부존(不存)ᄒᆞ고 금일에 시유(始有)"(Ⅰ:403)한
것들에 대한 인식이야말로 단절의 의식을 표명하면서 어제의 사실은 오

---

20) 피터 오스본(2001). 강조는 원저자.
21) 이마무라 히토시(1999)는, 방법주의와 기도주의가 근대적 시간성, 즉 순
   환 시간의 의식을 붕괴시키고 미래 시간의 의식을 발생시키며, '의지'라
   는 근대에서만 나타나는 정신·실천적 태도를 형성했다고 말한 바 있
   다. 이 방법주의와 기도주의를 내포한 사유의 양식이 곧 '성찰'이라고 할
   수 있을 것이다.

236

늘까지 그 가치가 보존되지 않으며 오늘의 사실은 내일에 의해 뒤로 물러날 수밖에 없다는 것을 표현한다. 유길준이,『서유견문』은 신문을 대신할 뿐이라고 표현한 데에는 '미래에는 다르리라'는 단절의 의식이 자리잡고 있는 것이다. 유길준은 제13편에서 19개의 분과학문을 소개하고 나서 그 목록이 불완전할 수 밖에 없는 이유를 "대개 세사(世事)는 일이 월신(日異月新)ᄒ야 기(其) 단(端)이 유출(愈出)ᄒᆞᆯᄉᆞ록 유다(愈多)ᄒᆞᆫ 즉 공력(巧歷)의 재(才)라도 측정(測定)ᄒᆞ기 불능(不能)"(Ⅰ:377)하기 때문이라고 말하고 있는데, 이러한 판단 역시 가속에 대한 예민한 의식을 반영하고 있다.22)

4. (문명)개화 개념의 '역사주의'

우리는 앞에서『서유견문』이라는 텍스트에 공공연하게 혹은 은폐된 채 언어화되어 있는 시간 체험의 문제를 개화 개념을 중심으로 고찰해 왔다. 개화 개념을 필두로 하여,『서유견문』에 나타나는 진보의 의식, 미래 시간에 대한 기대, 과거의 범례성의 파괴, 가속의 경험 등은 새로운 시간적 형식의 번역을 입증하고 있다. 이러한 현상에 대하여 위에서 '모더니즘'의 번역이라는 이름을 부여했는데, 이 모더니즘이야말로 유교적 의미의 문 혹은 문명 개념과 유길준의 문명개화 개념을 구분해주는 가장 큰 특징 가운데 하나일 것이다. 그런데 이러한 모더니즘과 더불어, 그리고 모더니즘이라는 문화적 조건에 기반하여 번역된 새로운 사고 방식으로 역사주의를 들 수 있다.

3절의 맨 앞 인용문에 제시되어 있다시피,『서유견문』에서 유길준은

22) 스스로의 시대를 이행기로 경험하는 두 개의 특수한 시간 규정이 바로 1) 미래에는 다르리라는 기대와, 이와 연관된 2) 시간적 경험 리듬의 변화이다. 이를 간단히 단절의 의식과 가속의 의식이라고 할 수 있을 것이다. 이에 대해서는 라인하르트 코젤렉(1998) 참조.

나라들을 '개화하는 나라', '반개화한 나라', 그리고 '미개화한 나라'로 등
급화 하였다. 그는, 인민의 재력(才力)에 따라 그 등급이 구별되고, 인민
의 습속과 나라의 규모에 따라 그 궤정이 달라진다고 말하면서도, 개화
의 등급은 세 등급에 불과하다고 말하고 있다. 그전에 이미 후쿠자와 유
키치는 그의 『문명론의 개략』에서 문명개화의 단계를 문명-반개(半開)-
야만으로 나누고, 유럽 여러 나라와 미합중국을 최상의 '문명국'으로, 터
어키, 중국, 일본 등 아시아의 여러 나라를 '반개국'으로, 아프리카 및 호
주 등을 '야만국'으로 분류한 바 있다.23) 이 3단계론은 유키치가 웨일랜
드(Francis Wayland)의 『정치경제학의 요소(*The Elements of Political
Economy*)』에서 수용한 것으로 알려져 있지만, 문명과 미개 같은 단계적
구분은 웨일랜드뿐만 아니라 진보사관에서 일반적으로 사용한 것이었
다.24) 야만->반개->문명은 진보의 체계에 따라 전체 역사를 보편적으로
해석하는 도식이다. 이 도식은 단수적 역사와 단수적 진보 개념에 근거
하며, 여기에서 각 단계들은 공시적인 비교를 통해 통시적으로 정렬되고
있다. 역사가 이른바 '진보적 비교'를 통해 정리되는 것인데, 이는 연대기
적으로 동일한 시대에 일어나는 비동시적인 것이라는 인식에 근거하고
있다. "비동시적인 것의 동시성, 무엇보다도 해외 확장의 경험을 기본체
계로 삼아 '세계사'라는 단위는 18세기 이후 진보적으로 해석되었다."25)
이러한 진보 사관을 수용하여 유키치는 야만->반개->문명(개화)를 인
류가 거쳐가게 되어있는 자연스러운 단계로 이해했으며, "야만은 반개로
향하고 반개는 문명으로 향하며, 그 문명이라는 것도 순간순간 진보하는

---

23) 후쿠자와 유키치(1987), 21쪽.
24) 마루야마 마사오·가토 슈이치(2000), 『번역과 일본의 근대』, 132쪽 참조.
   『만국공법』의 저자인 휘턴은 세계 각국을 문명화된(civilized) 나라와 문
   명화되지 않은(uncivilized) 나라로 분류하고 그 사이에 '중간' 나라를 두
   었다(131쪽).
25) 라인하르트 코젤렉(1998), 374쪽.

238

과정에 있다"26)고 보았던 것이다. 유키치의 문명 3단계론과 진보론은 다시 유길준에게 수용되었으며, 미개화->반개화->개화라는 간단하고도 명료한 도식은 『서유견문』의 서사를 지탱하는 뼈대가 되었다.

　유길준, 거슬러 올라가 유키치의 문명론에는 '역사주의' 사고 양식이 스며들어 있다. 인도의 한 학자에 따르면, 19세기에 유럽이 식민지에게 준 두 가지 개념적 선물 가운데 하나가 '역사주의'이다. 역사주의란 "이 세상에서 어떤 것의 성질을 이해하려면 그것을 역사적으로 발전하는 하나의 총체로서 보아야 한다"는 사고방식이다. 즉 대상을 1) 개별적이고 독자적인 총체로, 적어도 어떤 종류의 잠재적인 단일체로 보아야 하고 2) 시간이 지나면서 발전하는 것으로 생각해야 한다는 것이다. 특히 발전이라는 개념과 바로 그 발전 과정에서 일정한 시간이 흘러간다는 가정은 역사주의에 결정적으로 중요하다.27) 역사주의는 앞에서 말한 모더니즘이라는 새로운 시간 논리에 기반하고 있는 동시에 그것이 수반한 새로운 사고양식으로서, 유키치와 유길준의 문명단계론과 진보론의 토대가 되었다고 할 수 있다. 문명이 하나의 단일한 총체이며 시간이 지나면서 발전한다는 관념은 이 시기 이들이 수용한 문명론의 핵심이었으며, 이런 점에서 역사주의는 이들의 문명론의 기반이었다.

　　역사주의는 역사적 시간 그 자체를 서구와 비서구 간에 존재한
　　다고 여겨지는 문화적 거리(적어도 제도적 발전에 있어서)의 척

---

26) 후쿠자와 유키치(1987), 23쪽.
27) 디페쉬 차크라바르티(2001), 「인도 역사의 한 문제로서 유럽」. 두 개의 선물 가운데 나머지 하나는 '정치적인 것'이라는 관념이다. 필자는 라나짓 구하(Ranajit Guha)의, 에릭 홉스봄의 "전(前) 정치적(pre-political)"이라는 범주에 대한 비판을 역사주의 비판으로 다시 읽으면서, 궁극적으로 권력에 대한 다원적 역사를 생각하고 인도에서의 근대적 정치적 주체를 설명하기 위해서는 역사적 시간의 성격에 대해 근본적으로 문제를 제기해야 한다고 역설하고 있다. 그는 사고양식으로서의 역사주의와 구식민지의 정치적 근대성 사이의 연관을 탐색한다.(78-91쪽 참조.)

도로 위치시킨다. 식민지에서 그것은 문명이라는 사고를 정당화
한다. ……(중략:인용자)…… 역사주의, 그리고 심지어는 역사에
대한 근대 유럽식의 사고는 어떤 사람(이 경우에는 유럽인)이 다
른 누군가에 대해 "아직은 아니다"라고 말하는 방식으로 19세기
비유럽인들에게 왔다고 말할 수 있다.28)

역사주의가 문명론을 정당화하고 비서구인들로 하여금 역사의 대기실
에서 기다리는 처지를 기꺼이 받아들이도록 하였다는 것이다. 유키치나
유길준의 '미개(야만)->반개->(문명)개화'는, 문명을 시간이 지남에 따
라 단계적으로 발전하는 하나의 단일한 총체로 보고 그러한 진보의 체
계에 입각하여 역사를 해석하는 도식이다. 유길준은, 개화란 '시대'에 따
른 변화와 '지방'에 따른 차이를 노정하는 것이며, 따라서 개화의 합/불
합은 '시세'와 '처지'를 참작하고 비교하면서 추진해야 한다고 하였는데,
(Ⅰ:398) 이때 시세와 처지에 대한 고려라는 생각 자체가 이미 개화론의
역사주의적 성격을 드러내고 있다. 시세가 '역사적 차이'를 수긍하는 표
현이라면, 처지란 '문화적 거리'를 수긍하는 표현이다. 이러한 역사 단계
론에 입각해 있는 문명론은, 그것을 수용한 유키치나 유길준의 바람과는
반대로, 서구와 비서구의 격차를 좁히는 방향으로가 아니라 그 격차를
더욱 벌리는 인식론으로 작동하면서 비서구인을 '영원히' 역사적 대기
상태에 머물도록 하는 효과를 발휘한다. 이에 대하여 김현미는, 문화들
의 동시대성의 거부가 결국 식민주의 권력의 집행을 위해 필수적인 '시
공간적 거리두기allochronic distancing'의 인식론으로 이어진다고 설명
한다. 시공간적 거리두기의 인식론은 타자를 자아와는 다른 시간적·공
간적 지점에 위치시킴으로써 둘 사이에 메울 수 없는 '문명적 격차'를 상
정하며, 타자에게 동시대성을 거부하는 이러한 인식론은 제국주의적 법
질서, 종교, 생활 양식 등이 '계몽'과 '문명화' 사업이란 이름으로 피식민

---

28) 디페쉬 차크라바르티(2001), 72-73쪽.

지인들에게 이식되도록 하였다. 이는 근대-전통, 문명-야만, 진보-정체
등의 이분법적 도식 하에 제국주의적 권력이 집행될 수 있는 문화적 근
거를 제공해 왔던 것이다.[29)

4. 문명(개화) 개념의 정치학

앞에서 우리는 유길준이 '문명' '문명개화' 개념을 통해 번역하는 모더
니즘과 그 모더니즘이 수반한 역사주의를 살펴보았다. 먼저, 모더니즘이
라는 새로운 시간적 형식의 번역이야말로 근대의 다양한 제도와 사고
방식의 번역을 가능하게 한 문화적 조건이었음을 밝혔다. 모더니즘의 번
역은 이를테면 언어에 대한 다음과 같은 이해를 가능하게 했다.

> 또 언어는 교통(交通)ㅎ는 기구(機具)라. 그란 고로 교통이 점
> 점 성대(盛大)ㅎ 즉 각국 인민의 담화(談話)가 점점 夥多(과다)ㅎ
> 고 언어가 점점 혼효(混淆)ㅎ리니. ○요(○要)ㅎ건디 년월(年月)을
> 경과ㅎ 즉 어엽(語葉)은 점점 증가ㅎ고 어종(語種)은 점점 감소홀
> 자(者)이나......[30)

의사 소통이 활발해질수록 언어들이 서로 섞일 것이며, 시간이 지날수
록 어휘는 점점 증가하는 반면 언어의 종류는 점점 감소할 것이라는 예
측하고 있다. 그런데 이러한 판단은 비단 국문 의식의 불철저함에서 유
래한 것이 아니며 단순히 현실의 추세를 고려한 데서 나온 것만도 아니
다.[31) 유길준의 판단을 뒷받침하고 있는 것은 '언어는 의사소통의 도구'

---

29) 김현미(2001), 133-134쪽 참조.
30) 유길준, 『유길준전서Ⅲ』, 13-14쪽.
31) 이병근(2000)은 유길준에 대하여 주시경에게서 나타나는 언어각이성(言
　語各異性)이나 자재성(自在性) 같은 이념적 태도와는 차이가 있는 '현실
　적' 태도를 보이고 있다고 평가하였다(313쪽). 그런데 유길준과 주시경의

라는 생각이며 그의 예측을 뒷받침하고 있는 것은 시간이 지나면서 도구가 '변화'하고 '진보'할 것이라는 의식이다.

우리는 모더니즘에 기반하여 번역된 사고방식의 한 예로서 역사주의를 검토했다. 역사주의적 사고 방식에 의해 문명은 서구에서 기원하여 다른 곳으로 전파됨으로써 시간이 지남에 따라 세계적인 것으로 된 것처럼 여겨지게 되었다. 진보론과 3 단계론은 『서유견문』이 "유럽에서 먼저, 그리고 나서 다른 지역"이라고 하는 이 세계적인 역사적 시간 구조에 편입되어 있음을 단적으로 보여주는데, 유길준은 이러한 단계론을 자국 내의 '인민'을 대상으로 반복하고 있다.

> 인민의 지식이 부족흔 국(國)은 졸연(卒然)히 기(其) 인민에게 국정참섭(國政參涉)ᄒᄂ 권(權)을 허(許)홈이 불가(不可)흔 자라. 만약 불학(不學)흔 인민이 학문(學問)의 선수(先修)홈은 무(無)ᄒ고 타방(他邦)의 선미(善美)흔 정체(政體)롤 욕효(慾效)ᄒ면 국중(國中)에 대란(大亂)의 맹(萌)을 파(播)홈인 고로 당로(當路)흔 군자(君子)ᄂ 기(其) 인민을 교육ᄒ야 국정참여ᄒᄂ 지식이 유(有)흔 연후에 차(此) 정체롤 논의홈이 시가(始可).....(Ⅰ:172)

그는 입헌정체가 가장 훌륭한 정치체제라고 하면서도 인민의 지식이 부족한 나라에서는 갑자기 인민들에게 국정참여권을 주어서는 안 된다고 말하고 있다. 인민들이 정치체제를 논의할 자격을 얻기 위해서는, 즉 정치적 책임을 질 수 있는 시민이 되기 위해서는 '교육'이 우선되어야 한

차이는 현실론과 이상론의 차이라기보다 이상, 즉 이념의 차이라고 생각된다. 『서유견문』을 집필할 당시 유길준은 언어와 문자의 기능을 감정, 지식, 기술의 소통과 전달이라는 측면에서 이해하였다. 즉 언어와 문자는 의사 소통의 도구이지 민족 문화나 민족 정신의 담지체가 아닌 것이다. 이러한 언어에 대한 '합리적' 이해는 1900년대 말에 이르면 '낭만적'으로 변화한다. 그는 국어를 '자국의 정신의 양성'이라는 측면에서 사유하게 된다. 유길준(1908), 「소학교육에 대흔 의견」 참조.

다는 것이다. '선 교육, 후 참여'라는 단계론적 발상에 대하여 우리는 이를테면 유길준의 인권 의식의 불충분성을 지적할 수도 있다.[32] 그러나 이러한 단계론은 문명론의 필연적인 귀결이다. 사실 유길준이 구분하는 개화의 세 단계는 나라에만 적용되는 것이 아니라 사람에도 적용된다. 유길준은 '시공간적 거리두기의 인식론'을 적용하여 사람을 개화하는 자, 반쯤 개화한 자, 아직 개화하지 않은 자라는 세 등급으로 분류한다. (I :398), 즉 그는 국가 안에 '군자'와 '인민'을 다른 시·공간적 지점에 위치시킴으로써 둘 사이에 문명적 격차를 상정하고 서구가 비서구에 대하여 좀더 기다리라고 말하는 어법 그대로 대중들에게 기다리라고 말하고 있는 것이다.

유길준이 『서유견문』을 통해 도달하고자 한 것은 서구에 대한 총체적이고도 체계적인 이해였다. 이해는 다른 말로 한다면 '번역'일 것이다. 유길준의 『서유견문』은 한마디로 서구의 문화를 번역한 책이며, 그는 '(문명)개화' 개념을 통해 서구의 근대적 문화 형식 가운데 핵심에 해당하는 모더니즘과 역사주의를 번역하고 있다. 그런데 모더니즘과 역사주의는 서구, 나아가 일본의 조선에 대한 직·간접적인 식민 지배를 관철하는 문화적 조건으로 기능할 가능성을 가진 것이었으며 실제로도 그러하였다. 그것은 식민주의 담론의 가장 보편적인 형식이었다. 식민지 시대에서 현재에 이르기까지 탈식민주의적 문화론은 민족주의, 토착주의(nativism), 문명주의(civilizationalism)라는, 서로 중첩된 채로 연결된 세 가지 형태를 취해 오고 있다.[33] 한국에서 위의 세 가지 형태가 중첩

---

32) 미정고 『정치학』과 더불어 『서유견문』은 유길준의 정치학을 연구하는 데 중요한 텍스트이다. 『서유견문』에서 유길준의 정치학은 중화 중심의 구 질서와 서구 중심의 신 질서 사이에서 약소국 조선의 주권성을 보호하고 확보하는 데 중심이 두어져 있으며, 이에 비하여 인권에 대한 의식은 상대적으로 미약했다는 지적을 받고 있다. 진단학회(2000).

33) Kuan-Hsing Chen(1998), "The Decolonization Question". 여기에서 문명주의란 우리가 앞에서 살핀 18세기 이래 서구의 문명론과 그 문명론을

된 모습으로 등장하여 영향력을 갖기 시작한 때는 1920년대 초인데, 이는 이 시기에 이르러 지식인들이 현대 문명의 부정성을 심각하게 의식하게 된 것과 밀접한 관련이 있다.

1920년대 초반 많은 지식인들은 서구의 제국주의와 경제적·정치적 근대화가 초래한 결과에 회의를 표하고, 현대 사회가 노동문제, 부인문제, 인종문제 등 산적한 문제들로 인해 붕괴의 징후를 보이고 있다고 판단하고, 물질주의와 개인주의 경향의 심각성을 우려하였다. 이렇게 현대 사회가 부정적인 것으로 이해되면서 문화는 현대 문명의 유력한 해독제로 떠올랐다. 즉 문화는 사회의 다른 영역, 즉 정치나 경제와 같은 물질적이고 현실적인 영역들로부터 분리되어 나오는 동시에 그것들이 야기하고 있는 갈등과 문제의 유력한 해결책으로 제시되었던 것이다.[34] 이때 문화는 민족적이고 토착적이고 문명주의적인 성격을 강조했으며 이러한 문화의 공통되면서도 중요한 특색은 무엇보다 문명론의 모더니즘과 역사주의적 사고 양식으로부터 일정한 선회를 표현하고 있다는 점이다. 모더니즘과 역사주의라는 문화적 형식을 벗어버리고 사유한다는 것이 과연 가능한가라는 질문은 문명론의 외부를 상상할 수 있는 가능성, 나아가 근대의 외부를 사유하는 일과 관련된다. 이런 점에서 문명 담론에 대한 비판은 근대 비판과 연관된다. 1920년대 초 문화라는 영역의 등장은 단순히 문명 담론의 극복이라는 측면만이 아니라 더 넓게는 근대에 대한 성찰을 시작한 시기라는 측면에서 문제적인 시기라 할 것이다.

계승하고 있는 사무엘 헌팅턴 식의 식민주의적 문명주의에 대한 대응으로 형성된 탈식민주의적 문명주의이다. 즉 서구의 식민주의의 문화적 영향력과 싸울 수 있는 토대로서 동양적 전통, 예를 들면 중국이나 인도의 문명적 정체성을 강조하는 것이다.

34) 한국에서 1920년대 초에 등장한 '문화' 담론의 성격에 대해서는 김현주 (2000), 「민족과 국가, 그리고 '문화'」(『1920년대 동인지문학과 근대성 연구』)와 김현주(2001), 「이광수의 문학교육론」(『문학속의 파시즘』) 참조.

〈참고 문헌〉

유길준, 『서유견문』, 교순사, 1895(『유길준전서 I 』, 일조각, 1971).

　　　「소학교육에 대훈 의견」, 『유길준전서 II 』, 일조각, 1971.

　　　「세계대세론」, 『유길준전서 III 』, 일조각, 1971.

김윤식·김현, 『한국문학사』, 민음사, 1973.

김현미, 「문화 번역: 근대적 성찰의 비판적 작업」, 『문화과학』 제27호, 2001 가을호.

김현주, 「민족과 국가, 그리고 '문화'」, 『1920년대 동인지문학과 근대성 연구』, 상허학회, 깊은샘, 2000.

　　　『문학 속의 파시즘』, 2001.

류준필, 「'문명'·'문화' 관념의 형성과 '국문학'의 발생」, 『민족문학사연구』, 제18호, 2001.

박기향, 「유길준이 본 서양」, 진단학회, 『진단학보』 제89집, 2000.

이병근, 「유길준의 어문사용과 『서유견문』」, 진단학회, 『진단학보』 제89집, 2000.

이광린, 『한국개화사상연구』, 일조각, 1979.

이한섭, 「『서유견문』에 받아들여진 일본의 한자어에 대하여」, 『일본학』 제6집, 동국대 일본학 연구소, 1987.

정용화, 「한국 근대의 정치적 형성: 『서유견문』을 통해 본 유길준의 정치사상」, 『진단학보』 제89집, 2000. 6.

노르베르트 엘리아스, 『문명화과정 I 』, 박미애 옮김, 한길사, 1996.

디페쉬 차크라바르티, 「인도 역사의 한 문제로서 유럽」, 김은실/문금영 번역, 『흔적』 제1호, 2001.

라인하르트 코젤렉, 『지나간 미래』, 한철 옮김, 문학동네, 1998.

마루야마 마사오·가토 슈이치,『번역과 일본의 근대』, 임성모 옮김, 이
　　산, 2000.
이마무라 히토시,『근대성의 구조』,민음사, 1999.
피터 오스본,「번역으로서의 모더니즘」, 김소영 번역,『혼적』제1호, 2001.
후쿠자와 유키치,『문명론의 개략』, 정명환 역, 광일문화사, 1987.
Kuan-Hsing Chen, *"The Decolonization Question"*, TRAJECTORIES:
　　Inter-Asia Cultural Studies, edited by Kuan-Hsing Chen et. al.
　　(London: Routledge. 1998).

'Civilization' and the Politics of the Translation

-Study on the 『Seo-you-Gyun-mun(西遊見聞)』

Kim, Hyun-joo

Yonsei University

The purpose of this essay is to demonstrate how You Kil-jun(俞吉濬)'s 『Seo-you-Gyun-mun』(1895) translated the western culture, specially focusing on the modernism in the conception of 'the civilization(文明開化).'

You Kil-jun judged the point of the 'civilization' to be 'modernism' and 'nationalism' in the 『Seo-you-Gyun-mun』. With the conception of 'the civilization', he especilly accepted the modern time form, namely progerssive time view. It was able to expect for the better future and form for a plan the future. And with the conception of 'the civilization', he was able to introduce the way of thinking of 'the historicism'. In accordance with the historicism, he thought of the civilization as the one progressive process. Then modernism and historicism were possible to justify the domination of the western states and the Japan over the Choseon(朝鮮) and actually it was. Namely, they were able to be the representive colonial discourses, and 『Seo-you-Gyun-mun』 wasn't free from the suspicion.

Modernism and historism are the core of the conception of 'the civilization', moreover the idea of the western modern. The overcome of the 'civilization' was attempted by the conception of 'the culture(文化)' in the early 1920'. The important conception of the decolonial culture theory in this time was 'the culture'.

로고스의 영토, 미토스의 지배

- 판타지소설과 온라인게임의 신화구조 분석

임 병 희[*]

Ⅰ. 서 론

합리주의와 과학주의가 사회를 지배하는 담론이 된 이후 실체를 지각할 수 없는 세계, 비논리적인 세계는 탐구의 대상에서 제외되었다. 더욱이 서구의 사상을 충분히 숙성시키고 수용할 기회를 가지지 못한 채 근대화를 경험해야 했던 한국에서 그러한 현상은 더욱 두드러졌다. 중앙집권적인 체제는 주변을 억압했고 중앙의 논리만을 강요했다. 꿈과 환상은

---

[*] 문학평론가

비합리적인 것이었으며 사회의 공적과 같은 경멸의 대상이었다.

그러나 최근 열풍적인 인기를 누리고 있는 판타지소설[1]과 온라인게임[2]은 대중문화의 하위장르라는 기존의 인식을 넘어 새로운 문화를 상정하는 문화현상으로 받아들여지고 있다. 문제는 이를 일시적이고 단순한 현상으로 치부하느냐 아니면 필연적인 변화의 단면으로 받아들이느냐에 있다.

판타지와 게임의 공통분모는 현실이 아닌 세계를 그리며 환상적이라는 데 있다. 판타지와 게임은 로고스의 세계가 아니다. 이들은 현상계를 넘어 꿈꾸는 세계까지 포괄하는 상상계의 영역에 있다. 상상계는 현실과 이분법, 이성의 지배, 외부와의 연계 등을 초월하는 정신의 산물이자 사유의 구조라고 할 수 있다. 사유와 계획, 가정에서부터 기이한 환상까지 모두 상상계의 일원이다. 환상은 상상계의 또 다른 차원이자 미토스의 세계이다. 현재 미토스는 로고스의 세계를 버젓이 활보하고 있다. 그 속에 미토스의 일원인 판타지와 게임이 있는 것이다. 주변이나 하위로 인식되던 판타지와 게임의 대두는 정보의 전달과 공유수단의 변화, 새로운 시·공간개념의 일반화와 함께 이루어졌다.

산업사회에서 탈 산업사회로 그리고 정보화사회로, 사회는 그 시대의 지배적 담론을 바탕으로 변별된다. 디지털기술은 아날로그시대를 마감하고 새로운 정보 공유체계를 마련함으로써 정보화사회라는 새로운 명칭을 낳게 했다. 정보화사회의 문화가 분명 이전 시대의 문화와는 다른 양상을 보이리라는 것은 쉽게 짐작할 수 있다.

기술의 발달과 사회의 변화, 그리고 오래된 우리의 상상력들이 어우러

---

1) 현재 '판타지 소설은' 통상 '판타지'란 이름으로 사용되고 있다. 본고에서도 이후부터는 '판타지 소설'을 '판타지'로 줄여 사용하고자 한다.
2) 본고에서는 이후부터 환상세계를 구현하고 있는 전략시뮬레이션 게임과 롤플레잉게임에 국한하여 '게임'이라는 용어를 사용한다. 특별한 구분을 요하는 경우에만 게임의 형식을 명시할 것이다.

져 만든 세계가 바로 판타지와 게임이다. 판타지는 PC통신을 기반으로 자리잡기 시작하여 '대중소설=무협지·연애소설'이라는 공식을 깨뜨리고 있다. 현대의 게임은 1980년대를 주름잡았던 <갤러그>·<보글보글>과 같은 전자오락게임과는 달리 네트워크와 멀티미디어를 구현하고 있다. 판타지와 게임이 만들어내는 세계와 구현방법 및 참여양식 속에는 사회와 문화의 단면이 포함되어 있다. 판타지와 게임의 분석이 사회·문화적 맥락에서 이루어져야 하는 것도 이 때문이다. 본고에서는 판타지와 게임이라는 문화현상에 주목하여 그들이 구현하는 세계가 무엇인지, 그것을 읽고 행위 하는 것에 어떤 의미가 있는지에 대한 사회·문화적 맥락을 신화구조를 통해 밝힐 것이다.

II. 사이버시대의 도래와 '환상'의 대두

인터넷은 수천 년 동안 이어오던 삶의 양식을 산업혁명이 단 몇 백년 동안 변화시킨 것보다 훨씬 빠른 속도로 인간의 삶에 정착했다. 새로운 기술의 등장은 사회의 변화와 밀접한 연관을 맺게 된다. 15세기 인쇄기의 발명과 함께 글쓰기의 기계화가 이루어졌다. 맥루한이 '최초의 대량 생산'[3]이라고 활자 인쇄를 표현한 것처럼 인쇄기에 의한 대량생산 덕분에 많은 사람이 읽고 쓰는 능력을 가지게 되었고 이는 곧 사회의 변화를 야기하는 밑거름이 되었다. 소수의 독점물이었던 정보를 다수가 공유하게 되자 사회와 시대에 대한 인식 또한 바뀌게 되었다.

인쇄라는 활자 기술이 삶의 양식에 변화를 준 것처럼 디지털 기술로 이루어지는 컴퓨터와 인터넷은 새로운 세계를 상정했다. 인터넷을 배경으로 한 정보화사회[4]는 새로운 패러다임으로 자리잡았다. 컴퓨터는 단

---

3) M. McLuhan, "The Gutenberg Galaxy : *The Making of Typographic Man*," Toronto: University of Toronto Press, 1972.

순히 인간의 삶을 편리하게 해 주는 문명의 이기를 넘어서 문명자체의 형질을 변화시키는 혁명적인 도구로 전환되었다.

또한 인터넷은 그림·글자·소리·동영상을 포괄함으로써 현실처럼 보고·듣고·말할 수 있는 또 다른 세계를 만들어냈다. 그것은 바로 지각 가능한 환상의 세계였다. 인터넷이라는 기술이 만들어낸 새로운 세계는 환상과 관련해서 중요한 의미를 가진다. 기술의 진보가 환상을 머릿속에서 현실로 끄집어냈다는 점이 바로 그것이다.

지금 우리가 누리는 문명은 모두 한때 인류가 꿈꾸던 세계이다. 먼 거리에서도 전화를 통해서 상대방과 대화하고, 영화나 텔레비젼을 통해 자신이 가보지도 않은 세계에 대하여 정보를 얻는 세상은 분명 한때는 꿈에서나 가능한 세계였다. 그뿐 아니라 먼 거리에 있는 상대방을 직접 보며 대화할 수 있는 기술 역시 현실이 되었다.5) 비이성의 산물이며 현실에서 이루어질 수 없는 일이라고 여겼던 환상이 이제 눈앞에서 펼쳐지게 된 것이다. 이는 과거의 환상이 현재 구현되는 것처럼 지금 꿈꾸고 있는 것들 역시 시간이 지나면 실현될 수 있다는 믿음을 가지게 했다. 사이버시대를 만들어 낸 기술은 '환상'이라고만 여겼던 것들을 현실화할 수 있다는 가능성을 보여주었다.

사이버시대의 도래와 환상의 대두는 또 다른 측면에서도 조망된다. 프랑스의 인류학자인 질베르 뒤랑은 '하나의 신화에는 단 하나의 신화소6)

---

4) '정보화사회'라는 용어는 1968년 일본의 사회학자 고야마(香山健一)이 『정보화사회서설』에서 처음 개념을 정립하였다. 이외에도 현대를 지칭하는 용어로는 D.Bell의 '후기산업사회(Post-industrial Society)', J. Nais-bitt의 '탈산업사회', Ralf Darendorf의 '탈자본주의(Post Capitalist)', Amital Etioni의 '탈근대(Post-Modern)' 등이 있다.

5) 유재원, 신화가 있는 영화 '매트릭스', 2000. ≪말≫(6월호), p. 216.

6) 뒤랑은 신화비평의 입장에서 '신화소'라는 말을 사용한다. 다른 비평의 방법에 의하여 사용된 의미의 시퀀스들을 배제하는 것이 아니라 의미 있는 요소로 수용되는데 그것이 신화소 혹은 신화적 상징이다.

가 존재하는 것이 아니라 여러 신화소들이 혼재해 있어 사회·역사적 맥락 속에서 각각 강화되기도 하고 약화되기도 한다.'7)고 말한다. 이 시대는 여러 신화소가 혼재되어 있는 하나의 신화와 같다. 큰 목소리를 내는 중심의 신화소가 있는가 하면 작은 목소리로 낮은 이야기를 하는 신화소가 있고 숨어 있는 신화소도 있다.

현재 이슈가 되고 있는 '환상'이라는 요소도 시대와 환경의 억압, 풍속, 이데올로기, 매체의 변화 속에서 강화되기도 하고 약화되기도 했다. 마법을 예로 들면, 중세시대 마법을 사용한다고 믿어지는 마녀는 사냥의 대상이었다. 15세기에서 17세기 사이, 유럽에서는 50만 명이 마녀 혹은 마법사라는 죄목으로 화형당했다고 추정된다.

마빈 해리스는 마녀사냥의 원인을 세속적 결과로 파악한다. 마녀사냥 제도의 주된 결과로 가난한 사람들이 자기들은 영주나 교황의 희생물이라는 사실은 전혀 모르고 단지 자기들이 마녀들이나 악마들의 희생물이라고 믿게 되었다는 것이다. 결국 마녀광이 지닌 실제적인 의미는 마녀광란을 통해 중세 후기 사회의 위기에 대한 책임을 교회와 국가로부터, 인간의 형태를 취한 가상의 괴물들에게 전가시켰다는데 있다는 것이다.8)

중세유럽과 현대에는 똑같이 마법이 존재하고 있다. 중세유럽에서는 체제유지를 위해 마법의 부정적 측면을 강화시켰다. 즉 강화와 약화는 관계망 속에서 중심과 주변을 형성하기도 하고 하나의 현상을 어떻게 규정하느냐하는 규범적 역할을 하기도 한다. 현대는 마법을 다른 면으로 인식하고 있다. 그러나 현대 신화의 특징은 약화된 주변의 신화가 끊임없이 자신의 목소리를 높여가고 있다는 점이다. 이는 익명성과 다양성을

---

7) 진형준, ≪상상적인 것의 인간학-질베르 뒤랑의 신화방법론 연구≫, 서울: 문학과 지성사, 1992, p.100.

8) 마빈 해리스, 박종렬 역, ≪문화의 수수께끼≫, 서울: 한길사, 1994.

바탕으로 한 인터넷에 의해 소수와 주변의 목소리가 헤집고 나올 틈이 마련되었기 때문이다.

사이버공간에서 판타지나, 무협, 공포 같은 하위 장르들이 주목받는 것은 장르 편향적이라기 보다는 그 동안 억눌렸던 주변이 인터넷이라는 새로운 출구를 통해 분출된 것으로 보아야 한다. 다양한 상상력들이 인터넷이라는 일탈의 공간안에서 네티즌들의 새로운 기호와 만나 자유롭게 펼쳐짐으로서 고급/저급, 순수/통속, 주류/비주류의 경계가 무너지게 된 것이다.

현대사회에서 여러 표현양식 중 현재 폭넓은 지지기반을 바탕으로 환상을 이야기하는 분야는 대중문학이다. 대중문학 중에서도 환상을 다룬 분야는 판타지이다. 김성곤은 '환상문학은 정통 리얼리즘이 득세할 때는 폄하됐지만 광기·비이성·야만의 가치가 재조명되는 포스트모던 시대에는 문학과 문화의 중심부로 부상한다.'고 설명한다.9)

현재 판타지는 온라인과 오프라인 양쪽에서 맹위를 떨치고 있다. 영국의 조앤 롤링의 ≪해리포터≫시리즈는 전세계적으로 수천만 부의 판매고를 올렸고 한국에서도 '해리포터 신드롬'을 일으키고 있다. 이영도의 작품인 ≪드래곤 라자≫ 역시 수십만 부나 팔려나갔다. 그러나 판타지가 급격히 확산된 것은 그리 오래된 일이 아니다.

비록 톨킨이 ≪반지전쟁≫으로 판타지소설의 첫 장을 세우기는 했지만 한국에서 판타지라는 장르가 생긴지는 얼마 되지 않는다. 70년대와 80년대 한국에서 대중을 사로잡았던 장르는 무협소설이었다. 대본소를 중심으로 출판·판매되었던 무협지는 당시 대중소설의 대표주자였다.10)

---

9) '팬터지 소설 왜 인기?', <동아일보>(1999. 4. 7)
10) 비록 무협소설도 무림이라는 가상공간을 설정하여 현실에서 이루어질 수
   없는 온갖 무공을 등장시키지만 무협소설은 무림이라는 통일된 공간이
   설정되기 때문에 판타지의 장르에 넣기 어렵다고 볼 수 있다. 또한 무협
   소설은 이미 그 자체로 자신의 세계를 구축한 하나의 영역으로 인정된

그러나 현재는 '대중소설=무협지'라는 공식을 깨뜨리는 판타지가 등장하게 되었다. 그런 이유는 판타지를 둘러싼 환경의 변화에서 해명된다.

초자연적인 힘과 환상의 세계를 그리는 판타지가 한국에서 맹위를 떨치게 된 것은 1993년부터 하이텔에 연재된 이우혁의 ≪퇴마록≫부터이다. ≪퇴마록≫을 주목하는 이유는 출판에 의해 인기를 끈 것이 아니라 PC통신 공간에서 먼저 바람을 일으켰다는 사실 때문이다. PC통신에서 생겨난 붐은 곧 일반 종이출판으로 이어졌고 퇴마록 신드롬을 일으켰다. PC통신이라는 새로운 매체가 등장했고 그 매체를 이용해 붐이 일어났다는 점에서 ≪퇴마록≫은 기존의 출판지형을 흔들어 놓았다.

통신공간에서의 익명성은 아마추어 작가나 일반 독자들에게 부끄럼없이 작품을 기고하는 텍스트의 생산자로 전환시켰다. 텍스트의 교류와 왕래가 자유로운 PC통신에서는 작품에 대한 즉자적인 반응이 나타난다. 다양한 욕구를 가진 독자와 작가의 만남은 기존의 출판형식과는 변별되는 새로운 경험이었다. 독자의 반응을 무시할 수 없게 된 작가와 적극적인 수용자로서의 독자가 맺은 새로운 관계는 뜨거운 반향을 일으켰고 그 속에서 판타지가 급부상하게 되었다.

문자로 된 텍스트만을 구현한다는 한계에도 불구하고 PC통신은 사이버세계를 미리 경험케했고 예비했다는 의미를 가지고 있었다. 그리고 인터넷이 물밀 듯이 밀려왔다. 판타지가 인터넷이라는 매체를 통해 좀 더 활성화 될 수 있었던 데에는 또 다른 이유가 있다. 인터넷은 그 자체가 사이버와 같은 가상공간을 설정하기 때문이다. 현실과는 또 다른 공간의 설정은 이야기의 배경이 현실에서 존재하지 않는 환상세계라는 다른 세계의 설정을 촉발시키는 계기가 되었다. 이러한 현상은 인터넷과 게임이 현재처럼 보급되기 전의 상황과 현재의 상황을 비교하면 쉽게 드러난다.

___

다. 또한 무협소설에서 말하는 무림과 무림인들은 초자연적인 힘을 동원하지 않는다. 그들은 인간의 능력 안에 있는 것이다.

우리나라 팬터지 소설은 주요 장르로 굳어진 미국이나 일본에 비하면 아직 초보 수준이다. 발전 가능성도 무궁무진하다. 이런 추정의 근거는 컴퓨터 통신·게임을 즐기는 사이버세대의 확산에 찾을 수 있다. 팬터지소설을 읽는 독자가 대부분 사이버세대에 속하는 10대 중반에서 20대 초반에 몰려 있고, 컴퓨터 문화가 상대적으로 발달되지 않은 비서울권에서는 팬터지소설에 대한 반응이 잠잠하기 때문이다.11)

인터넷이 구현한 가상공간이 환상세계의 대두를 부채질했다면 직접적인 원인을 제공한 것은 인터넷 자체에서 벌어지는 게임이라고 할 수 있다. 인터넷의 이용 목적은 정보의 획득과 소통, 게임이 큰 축을 이룬다고 할 수 있다.

게임은 기존의 오락에서 경험하지 못했던 세계를 경험케 했다. 시뮬레이션으로 보여지는 게임의 세계는 현실과 같은 공간에서의 움직임을 상정한다. 그러나 게임의 세계는 현실이 아니다. <스타크래프트>는 먼 미래의 지구가 아닌 다른 행성에서 벌어지는 종족간의 싸움을 소재로 하고 있고 <리니지>는 중세와 같은 배경에서 몬스터와 기사, 왕자, 마법사, 요정들이 어우러져 싸움을 벌여나간다. 이들이 구현하는 세계는 현실이 아니라 현실처럼 움직이는 가상의 세계이자 환상의 세계이다. 꿈으로만 꾸었던 환상의 세계가 직접 눈앞에 펼쳐지게 된 것은 기술의 발달로 인한 인터넷의 등장과 환상을 일반화하게 한 가상공간의 도래이다.

Ⅲ. 판타지와 게임의 구현공간과 수용양식

---

11) '날개돋친 팬터지소설', <한겨레 신문>(1999. 7. 16)

1) 부재하는 현실

세계에 대한 인식은 분별로부터 시작한다. 나와 너, 해와 달의 이항대
립적 구조는 자신은 물론 타자에 대한 인식을 가능케 한다. 현실에 살고
있는 우리는 현실과는 또 다른 세계를 상정한다. 현실과 대립적 위치를
점하고 있는 세계는 실재하지 않는, 현실에서는 불가능한 일이 이루어지
는 환상의 세계이다. 그러나 우리는 현실 속에서 살고 있으면서 항상 현
실과는 다른 세계를 꿈꾼다. 즉 우리는 존재의 세계와 부재의 세계, 살아
있는 세계와 꿈꾸는 세계 속에 놓여 있는 것이다.

현실이 아닌 세계를 상정한다는 점에서 환상세계에 대한 이야기는 인
류의 역사 속에서 끊임없이 회자되었다. 거슬러 올라가면 신화가 그렇고
민담과 로망스에서 그려지는 세계가 그러하다. 그리고 현재에 환상성을
강조한 장르가 바로 판타지이다.

판타지는 환상의 세계를 그린다. 요정과 마법, 산을 베는 무공, 하늘을
나는 빗자루가 등장하는 세계가 바로 판타지의 공간이다. 독자들은 판타
지를 읽으며 머릿속에 그림을 그리게 된다. 그리고 판타지를 통해 환상
세계를 응시한다. 그러나 판타지의 공간은 꿈의 공간이지 현실처럼 살아
움직이는 공간이 아니다. 반면 인터넷의 공간은 현실에 존재하지 않지만
행위자의 눈앞에서 엄연히 펼쳐지는 공간이다.

사이버공간의 등장과 함께 세계는 on과 off라는 또 다른 이분법 속에
놓이게 되었다. on-line의 세계는 인터넷에 접속되어 있는 상황이고
off-line은 인터넷에 접속되어 있지 않는 현실의 세계를 말한다. 온라인
의 세계의 이미지는 실재세계와 원본-모사의 관계를 맺지 않은채 다른
이미지를 조작하고 변형하여 생산됨으로써 점점 더 자기지시적인 성격
을 띄어간다.[12] 보들리야르는 이러한 현상을 특징화하여 현대를 '시뮬라

크르 Simulacr'의 시대라 말한다.13) '시뮬라크르'란 실재하지 않으면서도 더 실재하는 것처럼 다가오는 인공이미지이다.14) 인터넷의 가상공간에서 이루어지는 이미지는 바로 시뮬라크르와 같다고 볼 수 있다.

그러나 인터넷이 구현하는 가상세계는 분명히 현실과 연결된 세계이다. 인터넷에 접속하는 네티즌들은 현실의 세계에서 키보드를 두드리고 마우스를 움직이며 가상의 세계로 빠져든다. 가상의 세계에서 네티즌은 현실의 삶을 사는 또 다른 네티즌을 만나고 그런 만남은 현실로 이어져 커뮤니티나 동호회와 같은 공동체를 형성하고 정기적인 모임을 갖는 형태로까지 이어진다. 인터넷이 구현하는 가상의 세계가 시뮬라크르와 같은 인공 이미지일지는 모르지만 현실과 연결된다는 것은 부정할 수 없다. 따라서 현실 속에서는 부재하지만 현실보다 더 현실 같은 현실이 가상공간이 되는 것이다.

특히 인터넷의 게임은 부재하는 현실의 단면을 극적으로 보여준다. 정보전달 과정의 측면에서 보면 인터넷은 가상공간이라기 보다는 비선형적인 텍스트의 구현공간에 가깝다고 할 수 있다. 인터넷이라는 바다에

---

12) 한국정보문화센터 출판영상팀, ≪한국사회와 정보문화≫ 서울: 정보문화 센터, 1997. p. 20.

13) 심광현, <전자복제시대와 이미지의 문화정치 -벤야민 다시 읽기> ≪문화과학≫(여름호), 1996. p. 13.

14) 가상공간은 '시공간압축기술'이 일상적인 삶의 형태로 나타나고 있음을 현실화시켜준다. 인터넷 공간에서 '나'는 안락의자에 앉아 1999년의 아카데미 시상식이나 국립민속박물관의 유물을 볼 수 있고 지금 벌어지고 있는 월드컵의 예선 경기를 실시간으로 관람할 수도 있다. 그러나 국립민속박물관을 관람하는 것은 현실체험이 아니다. 우리는 다만 인터넷 상에 올려져 있는 국립민속박물관의 소장품들을 마우스로 클릭해 보면서 자신이 실제 그곳에 가서 관람하고 있는 것처럼 의사체험을 경험할 뿐이다. 따라서 우리가 보는 소장품들은 실재가 아니라 모사품이며 우리로 대하고 있는 것은 실제보다 더 실제처럼 다가오는 시뮬라크르의 이미지에 불과하다. 이와 관련하여 문화계 일각에서는 Cyber-Museum을 만드려는 움직임을 보이고 있다. 외국의 소장 문화재를 찾아오지는 못하더라도 가상공간에서 볼 수 있게 하려는 것이 그 의도이다.

닻을 내리고 정박 중이다가 그물처럼 만들어진 마디를 따라 정보를 찾아간다. 그리고 그 정보는 문자·소리·동영상 등으로 이루어진 하이퍼텍스트가 된다.15) 그러나 게임은 인터넷의 하이퍼텍스트보다 강한 '시뮬라크르'의 성격을 가지지며 전달과 소통의 과정에서도 다른 양상을 보인다.

게임의 시간과 공간은 분명 현실에서 탈피한다. 행위자와 기계만 현실에 있을 뿐 그 속에서 구현하는 세계는 비현실적 공간이다. 이때 게임의 시·공간은 현실의 모사물이라기 보다는 새롭게 창조된 세계라는 특징을 갖는다. 그러나 현실과 같은 법칙이 존재하고 적용되는 게임의 공간은 현실과 같은 효과를 발휘하게 된다.

행위자들은 현실과 동일한 세계에서 살고 있다. 오히려 게임의 세계는 현실보다 훨씬 더 평등하다. 또한 가상공간에서 이루어지지만 행위자들은 서로 이야기를 나눌 수도 있으며 그것은 곧 현실에서 동호회나 길드와 같은 조직으로 연결된다. 세계를 정복하는 것이 게임의 최대 목적이지만 그 속에는 다른 이유로 게임에 뛰어든 다양한 인간 군상도 함께 한다.16) 게임에서도 중요한 것은 믿음과 협동, 정과 같은 현실적인 윤리관이다.17) <레드문>의 경우 사용정지 해당사항 중 "욕설 및 그에 상응하는 모욕감을 불러일으키는 언어 사용시 실명으로 접수된 3인 이상의 고발자가 보낸 스크린 샷을 물증으로 확보 후, 전후 상황의 판단 여하에 따라 제재가 합당하다고 판단되면 해당 캐릭은 각 서버의 규칙에 따라 일정기간 사용이 정지되거나 게임 내에서 벙어리가 됩니다."라는 '게임

15) 배식한, 《인터넷, 하이퍼텍스트 그리고 책의 종말》, 서울: 책세상, 2000. p. 131.
16) <리니지>의 행위자들은 단지 싸움이 좋아서 하거나 자신의 능력을 키우는 재미에 게임을 하는 경우도 많다.
17) <리니지>에서 초기 캐릭터의 색은 중립적인 흰색이다. 이 캐릭터가 몬스터만 죽일 경우 준법적인 파란색을, PK(Player Killing, 상대 캐릭터를 죽이는 일)를 할 경우 혼돈적인 빨간색이 된다.

내에서 심한 욕설을 한 경우'라는 조항을 삽입하고 있다. 이는 가상세계
가 그 세계에 참여한 행위자들에 의해서 만들어짐을 의미한다.

 게임공간이 행위자가 만들어 가는 가상세계이자 현실과 밀접한 연관
을 맺고 있는 현실보다 더 현실적인 공간이라는 사실은 '리니지 시위사
건'에서 극명하게 드러난다.

> "모두 칼 푸세요. 무장해제해야 농성하는 것 같잖아요."
> "운영자 나와서 해명하라! 해명하라!"
> "누구 기자 불러요."
> 온라인 머드게임 <리니지> 이용자들이 게임에 등장하는 캐릭
> 터를 이용해 초유의 게임 내 시위를 벌이고 있다. 29일 새벽 4시
> 부터 기사·요정·왕자·공주 등 <리니지> 회원의 캐릭터들이
> 판도라 앞에서 대열을 지어 농성중이다. 판도라는 게임에서 몬스
> 터(괴물)를 무찌르는 데 필요한 무기를 파는 곳이다.
> 시위의 발단은 두 달 전 새로 등장시킨 캐릭터 '마법사' 때문이
> 다. 마법사에게 기존 캐릭터를 능가하는 능력을 부여해, 엄청난
> 비용과 시간을 들여 확보한 아이템(무기)을 빼앗아가고, 애써 키
> 운 캐릭터의 힘을 떨어뜨리자 회원들이 분노한 것이다. 하지만
> 이는 직접적인 계기일 뿐이고, 게임 운영업체에 대해 쌓인 불만
> 이 폭발한 것으로 보아야 할 것 같다.
> 시위는 리니지 게임 운영업체 엔씨소프트의 4개 서버에서 모두
> 벌어지고 있다. 처음에는 무리를 지어 판도라 출입을 막을 정도
> 로 과격하게 전개돼 서버가 다운되기도 했다. 시위자들은 이날
> 오후부터 판도라 앞에 줄을 맞춰 서 있는 쪽으로 방법으로 바꿨
> 다. 뜻이 관철될 때까지 시위를 계속하겠다는 것이다.
> 서버 운영자도 몬스터를 풀어 시위대를 해산하려 했으나 캐릭
> 터들이 힘을 합쳐 몬스터를 죽여버리는 바람에 실패하고 말았다.
> 판도라를 여러 개 설치하는 방법도 시도했으나, 새로 만들 때마
> 다 막아서는 시위대에는 속수무책이었다.[18]

---

18) '게임속 캐릭터들 이색시위', <한겨레 신문>(1999. 10. 30)

<리니지>의 행위자는 게임공간에서 현실의 항의방식인 시위를 벌인다. 또한 회사는 가상공간에 모인 시위대를 진압하기 위해 몬스터를 파견한다. <리니지>에서 벌어진 시위 사건은 흡사 현실을 보는 듯 하다. 게임공간에서 부당한 행위를 당했다고 여겨지는 행위자들이 시위로 실력행사를 했고 회사는 이를 대화로 풀기보다는 무력진압을 택했다. 행위자와 회사는 모두 현실을 가상의 게임공간에 반영한 것이다. 이는 가상공간이 결코 현실과 유리되지 않는다는 것을 보여준다. 결국 게임은 가상세계에서 구현되지만 현실과 소통하고 있으며 오히려 게임 속에 현실을 반영시키고 있는 것이다.

행위자는 게임 공간에서 벌어진 문제를 바로 현실과 연결시키고 있다. 이는 행위자들이 게임공간을 현실과 단절된 공간이 아니라 현실의 연장이나 현실 그 자체로 받아들이고 있기 때문이다. 무기와 같은 아이템은 행위자에게 단순한 그래픽 조각이 아니다. 게임 공간을 현실처럼 받아들일 때, 게임의 아이템은 현실의 물적 재산과 동일한 위치를 점유하게 된다. 때문에 이를 해결하기 위한 가장 간단한 방법은 현실의 공권력에 기대거나 게임에서 PK를 하듯이 직접 상대방에게 폭력을 가하는 일이 된다.

'게임은 분명 현실에서 이루어지지만 행위자가 참여한 세계는 현실이 아니다. 그러나 게임은 또 다시 현실과 연결된다.' 이러한 모순된 구조는 게임이 이중적 세계에 놓여 있음을 말해준다. 가상공간과 그 공간에서 이루어지는 게임의 세계는 곧 현실 속에는 부재하지만 엄연히 존재하는 공간이다.

가상공간을 자신이 존재한다고 믿게 만드는 결정적인 이유는 바로 '한정된 확장성'이다. 가상공간은 어떤 프로그램을 작동시키거나 네트워크에 접속되어 있을 때에만 존재한다. 무엇인가와 접속되어 있지 않으면

262

가상공간도 존재하지 않는다. 그것이 '한정성'이다. 하지만 우리가 어딘가에 접속되어 있을 때, 네트워크에 연결되어 있는 많은 정보들을 만날 수 있게 된다. 그리고 그것은 내가 없어도 잘 돌아가는 하나의 세상이란 것을 깨닫게 된다. 수없이 많은, 내가 모르는 다른 사람들의 접속을 통해 끝없이 바뀌는 그런 세상. 결코 내 뜻대로 되지 않고, 나 역시 다른 무엇과의 반응-관계맺음을 통해 존재할 수밖에 없는 세상. 내가 없어도 존재하는 객관적인 실체, 또는 공간. 내 뜻대로만 된다면 그곳은 '세계'가 아니라 그저 꿈일 뿐일 것이다. 그래서 우리는 그곳이 하나의 세계임을 자연스럽게 받아들인다.19)

영화 <매트릭스>에서 주인공 네오가 경험한 매트릭스의 세계는 현실보다 더 현실적이다. 이 경우 현실 세계와 가상세계의 구분이 모호해 질 뿐더러 구분자체를 불가능하게까지 한다. 그런데 가상세계 속에 현실이 구현되고 가상세계는 또 다시 현실에 영향을 미친다. 매트릭스에서 죽게 되면 실제 목숨을 잃는 것처럼 게임이라는 가상 세계의 아이템은 현실적인 재화 가치를 가지고 게임의 분풀이는 현실의 폭력으로 이어진다. 실제 세계와 인터넷 안의 가상 세계 모두가 이렇게 우리에게 현실이 되면 수많은 현실 세계가 존재하게 된다.20)

또 다른 현실세계인 부재하는 현실에 대한 개념은 마치 한국의 무(巫)에서 인간세계나 서천서역국, 그리고 저승이 함께 존재하는 것과 비슷하다. 조상에 대한 관념, 저승에 대한 세계 인식 등은 현실의 인간에게도 영향을 미치는 요소이다. 조상을 천도하기 위해 새남굿을 벌이고 현실의 일을 신령에 의존해 풀어보려는 것도 마찬가지이다. 가상세계는 바로 다른 차원에 존재하는 또 다른 현실과 같다. 그리고 바로 여기에서 인터넷

_____
19) 이요훈, <사이버스페이스의 항해법(Navigation)>《민족예술》(5월호), 서울: 한국민족예술인총연합, 2001. pp. 88~89.
20) 유재원, 앞의 책, 같은 곳.

은 마치 신목(神木)처럼 이들을 연결해 주는 통로가 된다.

2) 서사구조와 행위구조

판타지는 이야기구조라는 서사를 중심으로 하고 게임은 직접적인 동작을 기본으로 하는 행위의 구조를 가진다. 판타지는 문자로 이야기하고 게임은 행위로서 보여주는 것이다. 그러나 게임은 판타지가 이야기를 전달하는 소극적인 면을 보이는 것과 달리 자신이 직접 게임에 참여함으로써 시작된다. 행위자는 게임의 시작에서부터 선택권을 갖는다. 어떤 캐릭터나 종족을 선택할 것인지 어떤 식으로 게임을 이끌어 나갈 것인지는 전적으로 행위자의 생각에 달려 있다. 또한 기본적인 선택을 마친 후에도 행위자는 자신의 의지에 따라 게임을 이끌 수 있다. 이동, 싸움, 아이템 확보, 문명의 발전 등은 전적으로 행위자의 몫이다. 또한 상대 행위자라는 변수는 게임의 결과를 늘 예측 불가능하게 만든다. 그런 면에서 게임은 활자로 표현되는 판타지보다 훨씬 더 구체적이고 자유로운 세계라고 할 수 있다.

그러나 게임의 진행에서 행위자의 선택과 판단이 많은 부분을 차지한다고 해도 그것이 짜여진 판의 규칙 안에서 이루어지는 행위임을 감안한다면 판타지와 큰 차이점을 보이는 것은 아니다. 능동적인 행위로 표출되는 게임이 판타지보다 많은 자율성을 가지는 것은 사실이지만 그 스토리와 궁극의 지향점은 크게 다르지 않다.

같은 내용을 서로 다른 양식으로 표현하는 것, 즉 서사구조와 행위구조라는 판타지와 게임의 특징은 신화의 두 가지 표출양식인 이야기와 제의에 맞닿아 있다. 신화는 문자나 구전으로 전승되거나 직접적인 행위인 제의로 표현된다. 신화를 뜻하는 우리말을 '본풀이'라 할 때, '본풀이'란 근본에 대한 재연을 의미하며 그것은 서사적인 이야기나 행위의 양식인 제의로 나타난다.

엘리아데에게 있어 '신화를 안다'고 하는 것은 사물의 근원을 안다고 하는 것이며, 그것은 또한 사물을 통어하거나 조작할 수 있는 힘을 소유할 수 있게 된다는 것을 의미하기도 한다. 즉 신화를 안다는 것은 '피상적'이거나 '추상적'인 지식이 아니라, 실천을 통하여 그 태초가 경험되거나, 이를 '재연(再演)'하거나 하는 실재적인 삶을 뜻하는 것이다. 이것이 곧 제의이다. '근원'을 모른다면, 제의는 행해질 수가 없다. 즉 신화는 제의가 어떻게 최초에 수행되었는가를 설명해 주는 것이라고 말한다.21)

그러나 신화가 근본을 이야기한다고 해서 항상 창조와 관련된 내용만을 뜻하는 것은 아니다. 신화에 있어 근본이란 처음이나 최초의 사건을 의미하기도 한다. 영웅신화와 건국신화는 창조가 아닌 최초의 사건을 나타낸다. 뤼시앵 보이아는 '형식적인 구조로서의 이야기, 신성한 것의 자국, 그리고 초자연적인 힘 및 전설적 인물들(신들과 영웅들)의 개입은 전통적인 신화가 지닌 변별적인 특성을 나타낸다.'22)고 이야기한다. 판타지에 나타나는 이야기들은 대부분 최초의 사건을 이야기함으로써 시작된다. 그리고 그 최초의 사건의 연쇄로 말미암은 두 번째 사건이 발생하게 되는데 그것이 이야기의 중심이 되며 대부분의 판타지는 등장인물의 성장과정을 그리는데 중점을 두고 있다. 또한 판타지의 시작 자체는 또 다른 세계의 창조라고 할 수 있다. 작가는 판타지의 창작에서부터 새로운 시간과 공간을 창조해야 한다.

톨킨의 ≪반지전쟁≫은 그가 중세 영어와 고전작품에 대한 풍부한 지식을 바탕으로 '요정'들의 언어를 창조해 내면서부터 시작된다. 언어는 일차적으로 사람과 사람간의 커뮤니케이션을 위한 매체지만 그 자체가 하나의 문화이다. 톨킨은 요정의 언어에서 그 요정의 언어를 사용하는

21) M. 엘리아데, 정진홍 역, ≪우주와 역사≫, 서울 : 현대사상사, 1998. p. 253.
22) 뤼시앵 보이아, 김웅권 역, ≪상상력의 세계사≫, 서울: 동문선., 2000. p. 53.

세계의 창조를 시도했고 ≪반지전쟁≫에서 가상의 공간인 '중간계'라는 신비로운 세계를 만들어냈다. 중간계에 살고 있는 '호비트' 종족의 '프로도'에게 벌어지는 모험과 도전의 이야기가 ≪반지전쟁≫의 내용이 된다. ≪반지전쟁≫의 시작은 반지의 기원으로부터 시작되고 주된 내용은 절대반지를 없애기 위해 여행을 떠나는 '호비트'의 모험담이다.

≪반지전쟁≫은 기원과 그 이후에 일어나는 또 다른 최초의 사건을 이야기한다. ≪반지전쟁≫의 내용은 마치 ≪바리공주≫가 부모를 살려내기 위해 서천서역국으로 약을 찾아 떠나는 것과 비슷한 이야기 구조를 지니고 있다.23) 판타지와 신화는 비슷한 서사구조를 가지고 있다. 결국 이야기체의 신화가 문자로 정착하게 되면 그것은 곧 판타지와 같다고 할 수 있다. 판타지가 신화적인 내용을 상정하고 비슷한 이야기구조를 보인다면 다음은 그 이야기를 구현하는 행위가 된다.

게임의 스토리는 판타지와 비슷한 양상을 보이지만 진행방법은 전혀 다르다고 할 수 있다. 롤플레잉으로 이루어지는 게임은 행위자가 선택한 캐릭터의 성장과정을 통해 최초의 영웅적 인물로 성장시키거나 최초로 그 세계를 통일하는 궁극적인 지향을 가지고 있다.

<레드문>은 황미나의 만화를 원작으로 하고 있다. 행위자는 독특한 능력과 특성을 가진 아홉명의 지구인 주인공 캐릭터 중 하나를 선택한다. 행위자는 '아길라스'라고 불리는 최고 악의 존재로부터 '시그너스'라는 행성을 구원할 지도자로 거듭나기 위해 시그너스의 괴력자들과 힘을 겨룬다. 서울에서 사막으로 사막에서 히말라야로, 다시 머나먼 우주를 넘어 시그너스로 이어지는 기나긴 여정을 통해 행위자는 자신의 입지와 능력을 넓혀간다. 결국 행위자의 최종 목적은 시그너스를 구하는 전설의

---

23) ≪반지전쟁≫의 호비트는 세상을 구하기 위해 반지를 없애기 위한 여행을 떠나지만 바리공주는 부모님을 구하기 위해 여행을 떠난다. 이들 여행의 목적은 동일하고 양자는 비슷한 세계 속에 놓여 있다.

태양이다.

판타지와 온라인게임은 표현과 표출 및 참여양식이 차이점을 보여주지만 궁극적인 내용에서는 다르지 않다. <레드문>에서 보여지듯 판타지에서 표현되는 영웅과 게임에서의 캐릭터는 비슷한 시간과 공간에서 삶을 살 뿐 아니라 지향점도 유사하다. 아무도 오르지 못했던 초유의 경지에 오르려는 긴 여정은 무언가를 구원하기 위함이다. 다른 점은 서사와 행위구조라는 차이점이다. 물론 판타지를 읽는 독자는 이미 출판된 작품에 어떠한 첨삭도 가할 수 없다. 활자로 인쇄된 이상 그 활자는 자신만의 것이 아니라 모든 독자에게 동일하게 제공된다. 독자는 작가가 써 놓은 글에 자신의 생각을 더하여 상상하거나 이야기 할 수는 있지만 인쇄된 원형에 변화를 줄 수 없다.24) 그러나 게임에서는 행위자와 행위자의 관계로 인해 많은 변수들이 발생한다. 어떤 행위자의 캐릭터가 최종의 목표를 달성할지 알 수 없을 뿐더러 목표를 달성한다는 자체도 미지수다. 하지만 최종의 목표가 설정되어 있고 그 목표를 향해가는 과정은 판타지의 과정과 동일한 양상으로 나타난다.

<리니지>는 서사구조와 행위구조 사이의 관계를 직접적으로 드러내는 게임이다. <리니지>는 신일숙의 동명 만화를 게임으로 개발한 것이다. 만화는 아덴이라는 왕국에서 왕위계승자인 '데포르쥬'가 어린 나이에 버려지게 되고 반왕(反王)이라는 적대적인 인물에 쫓기는 것으로 시작한다. 버려진 왕자는 왕위와 아덴을 되찾기 위해 능력을 키워간다. 여기서 원작의 핵심이 되는 부분은 혈맹으로 이루어진 5명의 수호기사를 얻어야만 뜻을 이룰 수 있다는 사실이다. 결국 왕자는 왕위와 아덴, 그리고 어머니를 되찾게 된다. 이 과정에서 요정과, 마법, 중간계가 등장한

---

24) 물론 통신에 작가가 글을 올리고 독자의 반응을 살펴 작품을 창작하는 경우는 있으나 그것도 오프라인에서 활자로 인쇄된 이후에는 불가능하게 된다.

다.

만화는 게임 <리니지>를 통해 재연된다. 게임 <리지니>의 시작은 캐릭터의 선정이다. 본격적인 게임은 버려진 캐릭터를 선택하고 그들의 능력을 키워 리니지의 세계를 정복하는 것이다. 또한 '리니지 월드'를 정복하기 위해서는 필연적으로 다른 캐릭터와 혈맹을 맺어야만 한다. 이는 만화의 내용이 게임에 직접적으로 반영되었음을 의미한다.

신화와 제의도 판타지와 게임이 가지는 관계와 같은 구조를 가진다고 할 수 있다. <바리공주>신가의 줄거리는 크게 세 부분으로 나뉜다. 바리공주가 태어나 버림받는 것이 첫 부분이고, 부모의 병을 구할 약을 찾아 저승으로 가 갖은 고생을 겪는 것이 둘째 부분이다. 그리고 약을 구해 돌아와 죽은 부모를 살려내는 것이 마지막 부분이다. 그 세 부분의 주제는 각기 버려짐·약(저승)·재생으로 파악할 수 있다.[25] 만화 ≪리니지≫는 버려진 왕자가 고난을 겪는 것이 첫 부분이고, 왕국을 찾기 위해 능력을 키우고 혈맹을 만드는 과정이 둘째 부분이다. 그리고 왕국과 어머니를 되찾는 것이 마지막 부분이다. 만화 ≪리니지≫ 역시 버려짐·능력과 혈맹(비 아덴)·복귀로 파악된다.

바리공주가 버림받기에 약을 구하러 나 설 수 있었고, 약을 구하고서야 부모의 재생이 가능했던 것[26]처럼 ≪리니지≫의 왕자도 버려졌기 때문에 능력을 키우고 혈맹을 맺을 수 있었으며 왕국을 구할 수 있었다. 이러한 만화의 서사구조 역시 게임에서 그대로 재연된다. 캐릭터는 행위자가 선택하기 전에 버려진 것이다. 캐릭터가 버려졌기 때문에 행위자는 캐릭터를 선택하여 능력을 키우고 혈맹을 맺을 수 있게 된다. 그러나 게임은 아직 끝난 것이 아니다. 종국의 목표는 정해져있지만 지금도 행위자는 능력을 키우고 혈맹을 모으는 과정을 계속하고 있다. 이는 원작에

---

25) 조흥윤, ≪한국의 샤머니즘≫, 서울대학교 출판부, 1999. p.170.
26) 같은 책, 같은 곳.

대한 재연이 게임에 의해서 끊임없이 이루어지고 있다는 사실을 의미한다. 마치 바리공주가 신가에서는 재생으로 끝을 맺었지만 굿을 통해 끊임없이 망자를 천도하고 있는 것과 비슷하다. 서울새남굿은 망자천도와 관련된 주요의례가 바리공주로부터 본격적으로 별쳐지고, 상식과 뒷영실을 제외하고는 베째에까지 걸쳐 있는 구조를 보인다.

물론 모든 신화가 제의라는 또 다른 형태로 표출되는 것은 아니다. 마찬가지로 모든 판타지나 만화가 게임으로 개발되지 않는다. 신화가 먼저인지 제의가 먼저인지 말하기 어려운 것처럼 판타지와 게임도 어느 것이 항상 먼저라고 단정 할 수 없다. 판타지가 게임으로 개발되기도 하고 게임이 반대로 판타지로 화하기도 하며 또 어떤 경우에는 영화나 만화와 같은 다른 장르로 탈바꿈하기 때문이다.

위와 같은 구조에서 보면 판타지는 신화를 이야기하고 온라인게임은 신화를 직접적으로 행위 하는 일이 된다. 결국 서사와 행위는 표출방법의 차이일 뿐, 신화와 제의와 같은 동전의 양면같은 관계에 놓이게 되는 것이다.

IV. 의미있는 존재로서의 독자와 행위자

살고 있는 세계와 꿈꾸는 환상세계는 서로 모순되고 대칭된 세계이다. 모순되고 대칭된 세계는 중재자를 필요로 하고 그 중재자는 두 가지 성격을 동시에 가진 양의적이고 모순적인 존재여야 한다. 레비스트로스에 의하면 신화에서 의미 있는 요소들이란 모순들 그 자체이며 신화의 결정적 가치는 대립, 곧 모순 대칭되는 두 항목을 매개하는 상징에 달려있다.27) 이는 모순된 세계를 화해시키는 것이 신화의 중요한 기능 중에 하

---

27) 레비스트로스의 구조주의 대명제는 '신화에서 의미있는 요소들이란 모순된 것 그 자체이다'라는 원리이다. 사람에게서 태어났지만 사람이 아닌

나라는 것을 말해준다.

판타지와 게임은 현실에서 읽고 행위되는 현실물이다. 그러나 판타지와 게임에서 상상적 시·공간은 실제적으로 구현된다. 때문에 판타지와 게임은 환상과 현실사이에 위치하는 모순적 존재이다. 현실물이면서도 환상을 그리고 있다는 판타지와 게임의 성격은 이들이 매개항28)적 위치에 있음을 나타낸다.

판타지와 게임이 매개항적인 위치를 획득한다는 것은 그들이 곧 현실과 환상을 화해시키고 그럼으로써 의미 있는 존재로 전환된다는 것을 나타낸다. 판타지는 읽는 사람에게 두 가지의 의미를 던져준다. 하나는 자신이 구현할 수 없는 세계를 경험하게 하는 것이고 다른 하나는 자신이 직접적인 창작의 세계에 뛰어들게 하여 환상을 직접 만들 수 있도록 한다는 사실이다. 사람들은 환상의 세계를 꿈꾸지만 자신이 직접 그것을 구체화시키지는 못한다. 환상의 세계를 만들어내기 위해서는 그 세계의 시간과 공간을 창출해내야만 하고 스토리와 소도구, 인물을 등장시켜야 한다. 이는 숙련된 사람이 할 수 있는 상당히 정치한 작업이라고 할 수 있다. 자신이 상정한 세계를 지배하는 법칙과 이슈, 사건의 배열은 어느 정도의 정당성과 필연성을 획득해야만 한다.

판타지를 읽는 이유 중에 하나는 현실에서 벗어난다는 매력 때문이다.

것, 즉 단군처럼 사람과 신 사이에서 태어난 모순된 존재가 신화에서 의미를 가진다는 것이다. 또한 신과 인간의 속성을 동시에 가지고 있는 것과 같은 매개항들은 모순 대칭되는 두 항목 화해시키는 힘을 가지고 있다.(에드먼드 리치, 신인철 옮김, 《성서의 구조인류학》 서울: 한길사, 1997)

28) 모순 대칭되는 양극을 매개하는 중간적인 상황은 코뮤니타스(communitas), 경계적 영역 또는 문턱의 상태(liminality), 양의적인 것(ambiguity), 이것도 저것도 아닌 어중간한 것(betwixt and between), 매개항(mediation, middle term)으로 정의된다.(에드먼드 리치, 앞의 책, p. 34.))

또한 판타지는 어떤 것도 강요하지 않는다. 특히 환상세계를 직접 구현하지 못하는 사람들은 판타지에서 새로운 세계를 경험한다고 할 수 있다. 판타지의 또 다른 매력은 창작의 문이 열려있다는 데에서 찾을 수 있다.

판타지의 독자는 그저 읽는 것으로 만족하기도 하지만 자신이 직접 창작에 뛰어들기도 한다. 기존의 다른 문학 장르에서 독자와 작가가 유리와 단절을 겪는 이유는 작가와 독자의 명확한 경계가 있기 때문이다. 그러나 현재의 판타지는 그러한 단절을 파괴하는 모습을 보이고 있다. 판타지 독자들은 작품에 적극적으로 참여하여 자신이 작가의 위치에 서기도 한다. 그러나 자신이 만들 수도 갈 수도 없을 때의 선택은 현실에서 환상의 구현물을 찾아가는 것이다. 모순과 대립 속에서 갈등하던 사람들을 중재하고 화해시키는 것은 판타지와 게임이다. 또한 판타지는 기존의 문학과 출판에서도 새로운 형식으로 다가오고 있다.

판타지는 출판과 기존의 장르들과 소외 받았던 독자들을 연결하는 끈을 동시에 가지고 있다. 자신이 당당히 작가가 될 수 있는 창작의 대열에 독자를 올려 서게 만들어 주는 또 다른 매력이 판타지에서 발견된다.

판타지의 독자는 작품을 읽으면서 현실과 꿈꾸던 세계 간의 괴리를 이어주는 다리를 발견하게 된다. 판타지를 읽는다는 것은 독자가 작품을 통해 환상세계를 응시한다는 것을 의미한다. 독자는 작품에서 환상을 경험하고 판타지는 다시 독자의 눈을 통해 현실에 투사된다. 매개항의 위치를 점하고 화해를 이끌어내는 것은 이제 판타지에서 독자로 전환되는 것이다. 그럼으로써 독자는 책과 현실사이를 매개하는 중간적인 상황에 놓이게 된다. 즉 판타지는 현실과 환상을 화해시키고 독자는 현실과 책을 다시 화해시키는 다차원적인 구조가 된다.

행위자의 적극적인 참여는 판타지가 이야기에 참여하는 주인공과 적대자, 정해진 사건과 결말 등으로 끝나는 것과 달리 가변적이라는 여지를 남겨 놓는다. 게임은 직접적인 실행의 장으로 살아 움직이는 능동적인 장이다. 행위자는 적극적인 참여만큼이나 환상과 현실에 대한 극적인 중간계를 체험하게 된다. 게임 역시 환상과 현실을 화해시키는 매개항적인 위치에 놓이지만 판타지와 다른 점은 좀 더 적극적이고 자유로운 세계라는 데 있다.

그러나 판타지와 게임의 매개항적 위치는 다른 양상으로 나타난다. 문제는 판타지가 새로운 세계를 상정하고 게임은 그 세계를 직접 체험 할 수 있다는 데 있다. 판타지를 읽고 게임을 하는 사람일 경우 '판타지-사람(독자이자 행위자)-게임'의 관계가 성립된다. 판타지의 독자 중에는 게임을 좋아하는 사람이 많고, 게임을 좋아하는 사람 중에 판타지를 읽는 사람이 많다.

환상을 문자를 통해 보여주는 소설과 그것을 직접 실현하는 게임, 그리고 그 중간에 사람이 존재하게 된다. 판타지의 독자와 게임의 행위자는 동시에 이를 현실과 연결시키고 있다. 작품과 게임 속의 용어가 현실의 용어로 쓰이는 것도 이 때문이다. 이들은 그 용어를 사용하는 사람들과 또 다른 소통수단을 가지게 된다. 이는 판타지와 게임이 다시 사람에 의해 화해되고 현실과 관계를 맺는다는 것을 보여준다. 그럼으로써 사람은 소설을 읽고 게임을 하면서 둘을 중재하고 화해시키는 의미 있는 존재가 된다. 이러한 구조는 현재 왜 판타지와 게임이 열풍처럼 번지고 있는지에 대한 해명을 가능케 한다.

게임이 사람의 손에 좌우된다는 특성은 게임만이 가지고 있는 또 다른 구조이다. 게임에 열광적으로 빠져드는 이유 중 하나는 자신의 의지가 바로 게임에 반영된다는 특성 때문이다. 게임을 하는 동안 행위자는 자신의 생각대로 세계를 움직이고 지배하는 흡사 신과 같은 위치에 놓이게 된다. 호메로스의 서사시 <일리아스>를 생각하면 이해는 훨씬 빨라진다. 트로이 전쟁은 인간의 싸움이었지만 실제로는 신들의 다툼에 의

272

해 야기된 것이었다. 신들은 양쪽 편으로 나뉘어 인간을 조종하고 싸움을 이끌어간다. 여기에서 인간의 역할은 아주 미미한 정도이다. 게임에서 행위자는 <일리아스>에서의 신과 같은 위치를 획득하게 된다. 캐릭터나 종족은 바로 행위자의 의지에 따라 움직이는 트로이 전쟁의 인간과 비슷한 지위에 놓이게 된다. 물론 행위자가 캐릭터나 종족을 마음껏 조종할 수 있다고 해도 그것은 게임의 법칙과 룰 안에서이다. 그러나 <일리아스>의 신 역시 그들의 관습과 가치관에서 자유로울 수 없었다. 마찬가지로 주어진 판에서 인물이나 종족을 자신이 완벽하게 장악하고 있다는 것은 행위자에게 대단한 매력이 된다. 행위자는 게임을 통해 새로운 삶을 살게되고 현실에서 발견하지 못한 의미를 찾게된다.

<스타크래프트>의 특징은 유닛을 만들어내는 데 있다. 특히 기지와 같은 건물이나 공격과 방어를 위한 기계뿐만 아니라 일꾼이나 마린(공격 유닛)과 같은 생명체를 만든다는 것은 건설의 영역에서 창조의 영역으로 전이됨을 의미한다. 유닛을 만들어내기 위한 최적의 환경을 조성하고 자신이 필요한 유닛을 만들어가게 된다. 유닛을 만드는 것도 전적으로 행위자의 선택에 달려있다. 자신이 선호하는 종족을 선택하고 자신의 전략에 따라 유닛을 만들어 공격하는 것이다. 이 지점에서 행위자는 자신이 선택한 종족의 신이 된다.

행위자는 단축키나 마우스를 이용해 간단히 이동하거나 적을 공격할 수 있다. 게임 <레드문>에서는 이동과 공격은 한층 간단하게 이루어진다.29) 이때 캐릭터와 종족에게는 어떠한 의지도 허용되지 않는다. 단지 유닛이나 캐릭터의 능력치만이 존재할 뿐이다. 행위자가 좋아하는 것은 결국 유닛이나 캐릭터의 능력치와 이미지가 되는 것이다. 행위자는 <일

---

29) 이동의 경우, 이동하고자 하는 지점을 마우스 왼쪽 버튼으로 클릭하면 된다. 공격시에도 단순히 목표를 향해 마우스 왼쪽 버튼을 누르기만 하면 공격이 시작된다.

리아스>의 신보다 더 강화된 위치에 올라서게 된다.

V. 결 론

　이성이 이룩해 놓은 과학과 기술을 이용해 비이성적이라 치부되던 요소가 자신의 세계를 마음껏 펼쳤던 때는 지금껏 없었다. 급격한 기술의 발달이 야기한 사회의 변화는 아이러니컬하게도 비합리라 치부해 왔던 요소들에게 힘을 실어 주었다. 그 속에는 지금 전 세계적인 열풍을 일으키고 있는 해리 포터라는 한 아이와 마법·검·무(巫)가 함께 한다.

　1970년대 조지 루카스의 '스타워즈'시리즈는 과학이 이루어낼 미래의 세계를 보여주었다. 그러나 조지 루카스는 '제국의 역습'을 마지막으로 '스타워즈'시리즈를 마감했다. 당시의 특수효과가 자신이 원하는 세계를 그려내는 데 한계를 보였기 때문이다. 그리고 20년이 지난 후 조지 루카스는 '스타워즈 에피소드 I'을 내놓았다. 환상의 세계를 그려낼 수 있을 만큼 발달한 기술 덕택이었다.

　지금 전세계를 거미줄처럼 연결하고 있는 인터넷은 또 다른 환상의 세계를 상정한다. 전 세계를 마우스의 클릭 하나만으로 연결한다는 것도, 비선형적인 텍스트를 구현한다는 것도, 거기에 나타나는 동영상도, 지난 시대에 꿈 꿀 수 없었던 환상적인 일이다. 거기에 파편화되고 흩어져서 개인에 머물러 있던 사람들을 연결하여 공통의 관심을 인지시키고 당당하고 목소리를 낼 수 있게 하는 것 역시 기술의 발달이 만들어낸 환상의 실현이다.

　환상의 세계를 그리는 판타지와 게임의 확산에는 환상적이라고만 생각했던 일들이 기술의 발달로 실현될 수 있을 것이라는 가능성에 대한 믿음, 이성에 억눌려온 감성의 분출, 다양성과 개성이라는 주변의 부상이 자리잡고 있다. 이는 유기적인 맥락에서 문화현상을 조망해야 함을

시사한다. 하나의 문화현상은 한가지 잣대로는 올바르게 해석되지 않는
다. 그만큼 현대의 문화지형은 복잡하기에 유기적 맥락에서의 조망이 필
요한 것이다.

　판타지와 게임이 신화적인 구조를 가지고 있다는 사실은 왜 그것들에
열광하는지를 알려준다. 그러나 판타지와 게임 자체가 상정하는 이념과
세계가 현 사회를 규정하는 신화적인 힘을 주지 못하는 것도 사실이다.
단군신화로부터 '홍익인간'이라는 이념을 길어 올렸지만 판타지와 게임
은 세계로부터의 분리, 힘의 원천에 대한 통찰, 그리고 황홀한 귀향이라
는 구조적인 반복을 답습하는 한계를 가지고 있다. 상상력을 키우기보다
는 작품과 게임 안에 상상력을 가두는 것도 그 때문이다. 그러나 판타지
와 게임은 새로운 문화현상이라는 의미를 가지고 있다.

　판타지와 게임은 과학의 시대에 꿈을 찾아가기 위한 하나의 시작일
뿐이다. 신비와 경이는 언제나 우리와 함께 하고 있었다. 다만 사회가
요구하는 옷을 입고 사회가 강요하는 잣대로 판단되었을 뿐이다. 우리의
무당이 조선조 유교사회의 압박과 천대 속에서도 명맥을 유지했던 것처
럼 말이다. 사대문 밖으로 무수히 많은 무당을 쫓아냈지만 무당은 끊임
없이 생겨났고 단골도 줄지 않았다. 중세유럽에서 마녀는 사냥되었지만
마법은 사라지지 않았다. 그들은 상상력의 세계에서 사는 세계를 인식하
고 구조화하는 또 다른 힘이었기 때문이다.

　본고에서는 주로 판타지와 게임의 발생배경, 구현세계, 참여양식을 다
루었기 때문에 판타지와 게임의 텍스트 분석이 미흡하였다. 또한 판타지
와 게임이 가지고 있는 문화적 의미 또한 다루지 못하였다. 판타지와 게
임의 내적 텍스트 분석과 문화적 의미 탐구는 앞으로의 과제로 남겨둔
다.

〈참고 문헌〉

레비스트로스, 김진욱 역, ≪구조인류학≫, 서울: 종로서적출판사, 1983.

_____, 이동호 역, ≪신화를 찾아서≫, 서울: 동인, 1994.

뤼시앵 보이아, 김웅권 역, ≪상상력의 세계사≫, 서울: 동문선, 2000.

마빈 해리스, 박종렬 역, ≪문화의 수수께끼≫, 서울: 한길사, 1994.

마이클 하임, 여명숙 옮김, ≪가상현실의 철학적 의미≫ 서울: 책세상, 2001.

M. 엘리아데, 이은봉 역, ≪종교형태론≫, 서울: 한길사, 1996.

박명진 외 편역, ≪문화, 일상, 대중:문화에 대한 8개의 탐구≫, 서울: 한나래, 1996.

박명진 편, ≪비판커뮤니케이션과 문화이론≫, 서울: 나남출판, 1994.

박순달, ≪게임이론≫, 서울: 민영사, 1992.

배식한, ≪인터넷, 하이퍼텍스트 그리고 책의 종말≫, 서울: 책세상, 2000.

별바람, <예술작품으로서 Game의 가능성에 대하여>≪민족예술≫(12월호), 한국민족예술인총연합, 2000.

심관형, <전자복제시대와 이미지의 문화정치-벤야민 다시 읽기>≪문화과학≫(여름호), 1996.

에드먼드 리치, 신인철 역, ≪성서의 구조인류학≫, 서울: 한길사, 1997.

유재원, <왜 다시 신화인가?> ≪현대문학≫(10월호), 1999.

_____, <신화가 있는 영화 '매트릭스'> ≪말≫(6월호), 2000.

이요훈, <사이버스페이스의 항해법(Navigation)> ≪민족예술≫(5월호), 서울: 한국민족예술인총연합, 2001.

이재현 편저, ≪인터넷과 온라인게임≫ 서울: 커뮤니케이션 북스, 2001.

장경렬 외 편역, ≪상상력이란 무엇인가≫, 서울: 살림, 1997.

276

조홍윤, <20세기 한국 사회문화의 지형> ≪Energe 새천년≫(12월호), 서
    울: 중앙일보 새천년, 1999.

_____, ≪한국의 샤머니즘≫, 서울: 서울대학교 출판부, 1999.

진형준, ≪상상적인 것의 인간학-질베르 뒤랑의 신화방법론 연구≫, 서
    울: 문학과 지성사, 1992.

최혜실 외, ≪디지털 시대의 문화 예술≫ 서울: 문학과 지성사, 1999.

츠베탄 토도로프, 이기우 역, ≪환상문학 서설≫ 서울: 한국문화사, 1996.

하웅백, <환상소설의 허와 실> ≪문예중앙≫(봄호), 1999.

한국문화정책개발원, ≪전자오락게임 이용실태 조사≫, 1996.

_____, ≪전자오락게임의 문화정책적 접근방안≫, 1996.

한국정보문화센터 출판영상팀, ≪한국사회와 정보문화≫, 서울: 정보문화
    센터, 1997.

Ted Friedman, <*Making Sense of Software: Computer Games and
    Interactive Textuality*>, In Jones, S. G(Ed.), ≪*Cybersociety*≫
    London: Sage, 1995.

Jerry D. Moore, ≪*Visions of Culture*≫, U.S.A : AltaMira, 1996.

M. McLuhan, ≪*Understanding Media*≫, New York: McGraw-Hill,
    1965.

_____, ≪*The Gutenberg Galaxy:The Making of Typographic
    Man*≫, Toronto: University of Toronto Press, 1972.

Mircea Eliade, ≪*Cosmos and History*≫, New York: Happer   and
    Row, 1959.

_____, ≪*Myth and Reality (Religious Traditions of the
    World)*≫, Waveland Press.Nicholas Negropone, 1995 ≪being
    digital≫, New York: Alfred A. Knopf, 1998.

<Abstract>

Logos's Universe but Mythos's Rules

- An Analysis of Fantasy Novel and On-Line Game in Mythical Structure

Im byung hee

This article analyze fantasy novel and on-line game through mythical structure. This analysis includes not only an inner mythical structure but also social culture.

There have been no times that irrationalism rules over the world by using a science and technology. Social changes that were caused by rapid technical development have given focuses on irrational factors ironically.

It is impossible to talk about fantasy novel and on-line game without internet. The anonymity through internet have created several different voices. Also development of technologies make possible to have believes that dreams could be come true in reality.

Thic article deals with problems of fantasy novel and on-line game show fantastic world to whom have fantasia. Also if fantasy novel become on-line game, the person is standing between fantasy novel and on-line game.

But fantasy novel and on-line game are a little start that the outside mythologies become influntial. Fantasia that has been always but suppressed is making another new culture.

근대 댄디들의 사랑과 성 문제

- 이상과 김유정을 中心으로 -

한 민 주*

1. 서 론

1930년대 일본과 서구 열강에 의해 받아들여진 근대문물은 당시의 문단뿐만 아니라 사회적 인식의 패러다임마저 바꾸기에 충분했다. 그 당시 '근대'란 기호는 우리에게 어떤 모습으로 다가왔을까. 그것은 지향의 대상이기 전에 도달해야 할 당위의 지점이었다. 근대화를 성취하지 못하면

* 서강대 박사과정

280

생존할 수 없는 적자생존의 질서 앞에서 조선은 허겁지겁 '근대'의 기표들을 모방해야만 했다. 따라서 근대란 패러다임은 조선인에게 빠른 시일 내에 성취해야할 동일시 대상이었다. 이것은 근대에 대한 욕망이 비자발적이었음을 의미한다. 자의가 아닌 타의에 의해 추구되어 온 근대는 식민지적 근대일 수밖에 없다. 식민지적 근대 속에서 구획, 분할, 차별짓기를 배우는 지식인은 귀족주의적인 정신으로 보편적인 것들 속에서 차별짓기를 시도한다. 이들이 근대의 댄디이다.

댄디는 어떠한 사태에도 신사답게 대처할 줄 알고 무슨 일이 일어나도 놀라지 않으며, 절대로 천하게 구는 법이 없고 스토아주의자의 냉정한 미소를 결코 잊는 법이 없다.[1] 그만큼 타자와의 차별짓기, 그에 따른 우월감이 댄디적인 소양을 갖춘 이에게는 필수적 요건이 된다. 1930년대 [구인회] 회원들은 예술의 독자성을 옹호하며 기법에 대한 자의식이 강하고, 실용성을 중시하는 중산층의 물신숭배적 가치적도를 혐오한다는 점에서 모더니즘의 보편적인 측면을 공유한다. 따라서 보편성 속에 개개의 차별성을 주장하는 그들 구성원들은 근대를 열망하는 집단 속에서 근대의 한 표상이 될 수 있었다. 그 구성원인 이상과 김유정은 일본에서 이입된 근대 교육을 받았고, 역시 일차적으로는 근대성을 지향하고 있었다.

근대화란 자본 형성, 생산력의 발전, 국가적 정체성의 형성, 도시적 삶의 형식 등을 목표로 내세우는 자본의 발전 이데올로기와 연관된다. 이상과 김유정 두 작가가 구현하는 자본주의 발전의 이데올로기는 매매춘에서 극명하게 드러난다. 질병이 일어나는 직접적 장소이기도 한 근대의 육체는 영혼이나 상징, 또는 그 어떤 신비적인 질서와 결부된 개념이라기보다는 기계 및 기관, 소비, 생산, 거래의 물질적 대상이 된다. 근대적인 여러 제도의 관리 대상이 된다는 것 자체가 이미 육체의 근대적 성격

---

1) 아르놀트 하우저, 『문학과 예술의 사회사 4』, 창작과 비평사, 1999, p. 243.

을 어느 정도 규정하고 있는 것이다. 매매춘은 육체와 화폐의 거래를 통해 이루어진다. 근대적인 상징거래의 단초를 가장 극명하게 보여주는 것이 바로 매매춘이 될 것인데, 그렇다면 왜 근대 댄디인 이상과 김유정의 소설에서는 매춘이 많이 그려졌을까. 이 점은 두 작가가 형상화해내는 여성상을 통해 근접해 갈 수 있을 것이다.

식민지 시대에서 연애나 사랑이라는 말 역시, 근대와 더불어 시작된 일종의 근대성의 한 표현 양식이 된다. 일반적으로 성과 사랑은 사적 영역이라고 볼 수 있다. 그런데 이런 사적 영역 속에서 오히려 공적 영역의 참상을 더 잘 읽어낼 수 있다. 성과 사랑도 하나의 의사소통체계이기 때문이다. 본고는 두 남성 작가들이 쓴 문화적 텍스트가 여성성을 어떤 방식으로 받아들였으며, 어떻게 재현했는가를 살필 때 이들의 근대적 주체성과 미의식이 드러난다고 본다. 이들의 사랑과 성이 구현하는 근대성의 정체를 통해 1930년대의 문화사적 맥락을 대략 감지해 낼 수 있을 것이다. 본고의 대상 텍스트는 『이상문학전집 2. 3』(문학사상사, 1993.)과 전시재편의 『원본 김유정전집』(강, 1997.)을 대상으로 삼아 논의를 전개한다.

2. 근대 속의 댄디들

이상과 김유정은 같은 해인 1937년에 죽었다. 김유정은 3월 29일 스물 아홉의 나이에, 이상은 20일 뒤인 4월 17일 스물 일곱에 죽었다. 둘 다 폐결핵이 원인이었다. 두 사람은 서로의 예술혼을 이해했던 절친한 문우였다. 이런 이상과 김유정을 비교하는 것은 놀랄만한 일이 아니다. 이상과 안회남이 쓴 김유정 소설 속에서도 그 둘은 상당한 친분이 있음을 알수 있다. 이상과 김유정은 여러 가지 점에서 닮았다. 첫째, 둘 다 집안환경이 불우했다. 이상은 2살 때 백부집에 양자로 들어갔다. 그의 친부는 이발업 이외에 여러 가지 일을 했던 막노동꾼이었고, 백부는 총독부 기술직에 있었던 중인이었다. 이에 비해, 김유정은 천석꾼의 아들로 서울에도 백여 칸의 집이 있었을 정도였으나 아버지 사망 후 형의 방탕한 생활로 가세는 급격히 기울었다. 그리하여 나중에는 밥장사를 했던 누이에게 얹혀 지내는 처지가 된다.

둘째, 지독한 실연의 아픔이 있었다. 이상에게는 금홍, 권순옥, 변동림이라는 여인들이 있었다. 이에 비하여 김유정은 휘문고보 졸업직후, 박녹주에게 구애를 했던 사건이 있다. 열렬한 사랑이 거절당하자 그는 고향으로 내려가 들병이들과 어울리는 생활을 하기까지 했다.

셋째, 둘은 폐결핵과 사투를 벌였다. 이상은 20세 무렵부터 각혈을 했고, 김유정은 25세 때 발병했다.

이 두 작가는 가족, 질병, 가난, 여인 등의 문제에서 비교할 만한 문제를 지니고 있다. 그렇다면 이들에게 왜 댄디즘이 문제인가. 그것은 [구인회]의 성격에서 도출될 수 있을 것이다.

[구인회]에 대한 그간의 연구는 [구인회]가 순수문학적인 성격을 지닌 일종의 친목 단체였다는 것, 그래서 집단적인 문학 활동보다는 상대적으로 동인들의 개별적인 문학 활동이 활발할 수밖에 없었을 것이라는 심증적 판단을 근거로 하여 김기림, 정지용, 이태준, 박태원, 이효석, 이상, 김유정 등 각 동인들의 문학적 특성을 밝히고자 하는 작가론, 시인론에 그 초점이 맞추어져 왔다. 다음으로는 구인회를 모더니즘 단체로 규정하는 시각이 있다. 서준섭[2]으로 대표되는 이러한 논의의 특징은 30년대의 모더니즘을 당대의 현실 위에 놓고 재구성했다는 점에 있다. 이외에 [구인회]의 성격을 하나의 범주로 지칭하지 않고 그 문학적 특성들을 추출하려는 연구가 있다. 이중재[3]는 구인회의 문학전통이 이어져온 맥을 해

---

2) 서준섭, 「구인회와 모더니즘」, (『1930년대 민족문학의 인식』, 이선영 편, 한길사, 1990.)

외문학파로부터 찾으면서, 그 특성을 표현론적 문학관, 형식과 언어 자체에 대한 관심, 예술가로서의 자부심과 장인정신으로 정리하고 있다. 게다가 강진호4)는 구인회 작가들이 이광수 식의 '지식인 문학관'을 부정하면서 점차 문학의 자율성과 작가의 개성을 중시하는 '문인 문학관'의 특성을 보여주지만, 신세대 작가들처럼 그것을 지고의 가치로 숭상하지는 않은 중간적 존재라고 평가하고 있다. 최근에는 30년대의 미적 근대성에 대해 언급하면서 식민지 현실에서 비롯된 근대성에 대한 파행적 인식이 구인회에 이르렀다고 보는 논의도 있다. 여기에는 박헌호5)의 논의가 주목되는데, 구인회 작가들의 미적 근대성에 대한 인식이 서구의 그것과 갖는 공통점에 주목하고 있다. 일반적으로 미적 근대성(문화적 근대성)은 사회적 근대성(부르주아 모더니티)에 대한 철저한 거부 및 부정적 열정으로 표현된다. 이러한 매커니즘 자체가 댄디즘적 속성을 갖고 있는 것이라고 볼 수 있다.

[구인회]는 1933년 8월경 창립하여 두 번의 강연회와 한 권의 동인지 『시와 소설』을 남겼을 뿐이다. [구인회]는 구성원들의 문학적 경향이 하나의 범주로 묶여지지 않는다. 조용만은 "그저 몇 사람 뜻을 같이 하는 사람들이 한 달에 한두 번 모여서 서로 작품이야기나 하고, 잡담이나 하다가 헤어지자고 하는 대단히 소극적이요 샌님같은 사교구락부"6)라고 말한다. 그런데 이들을 단순히 '잡담'을 主로 하는 모임이라 치부해버리기엔 구성원들 개개인의 색깔이 너무도 분명하다. 이태준의 문장에 대한 집착, 박태원의 기법에 대한 자의식, 김기림의 시론과 작품이 보여주는 모더니티에 대한 갈망은 예술의 영역에서 근대적인 것을 달성하려

3) 이중재, 『[구인회]소설의 문학사적 연구』, 국학자료원, 1998.
4) 강진호, "1930년대 신세대 작가연구", 고려대박사논문, 1994. p. 42.
5) 박헌호, 「'구인회'를 어떻게 볼 것인가」(『근대문학과 구인회』, 상허문학회 편, 깊음샘, 1996.)
6) 조용만, 「구인회의 기억」, 『현대문학』, 1957. 1, p. 126.

는 노력의 표현이라 할 수 있다. 미적인 근대성을 구현하려 하며, 그 속에서 자신의 존재가치를 찾으려한 것이 [구인회]에서 추구했던 문학적 관념이었다. 따라서 그들은 예술의 독자성을 옹호하며, 기법에 대한 자의식이 강했다. 그래서 기교를 통한 멋을 추구해야 한다는 것이 이들의 생각이었다. 그러는 한편 중산층의 물신숭배적 가치척도를 혐오하는 모더니즘의 보편적인 측면을 공유하기도 했다. 특히 속물근성에 대한 강렬한 혐오와 정신성에 대한 숭상, 그리고 장식적 미학과 비극적 취향을 내포하는 댄디즘적 경향을 같이 한다. 이점에서 [구인회] 구성원들의 작품 속에 반속물적, 귀족적 반항정신이 발현된 것으로 이해함이 타당하다.

『시와 소설』 첫머리에 회원 각각의 모토를 적어 놓은 글을 보면, 김유정은 '알몸'을, 이상은 '絶望이 낳는 技巧'를 강조하고 있다. 유추해 보건대, 김유정과 이상은 『시와 소설』이 '구인회'를 대표할 수 있는 기관지라는 사실을 의식하였고, 그들을 대변할 수 있는 성질이 '기교', '제작', '실험'이라는 형식적인 것에 있음을 꿰뚫어 본 것이다. 이렇듯 언어와 문장에 대한 지대한 관심, 다양하고 실험적인 형식적 기법의 시도는 근대성에 맞먹는 행위로 간주되면서 [구인회] 작가들을 묶을 수 있는 카테고리 역할을 할 수 있었다.

그런데 [구인회] 작가들은 대부분 1930년대 중반을 거치면서 문학적 핵심 사항들이었던 기교 편중에 대한 반성을 함과 동시에 그들의 지향점이었던 근대성에 대하여 회의를 하기 시작한다. 압제적인 일제의 제국주의 앞에서 지식인으로서 그들은 무엇을 하고 있었던가, 또는 굴욕적인 식민지 시대의 예술인으로서 형식적 실험과 표현은 시대의 엄중함 앞에 어떤 의미가 있는 것인가 등 근대 문명에 대한 반성과 비판이 가해지게 된다. 이렇게 근대와 반근대의 갈등은 당시 지식인층의 내적 갈등이 되었다.

김기림 등의 구인회 맴버들이 표방하는 댄디적 성향들은 30년대 식민지적 상황에 지배될 수밖에 없다. 이러한 시대적 특수 상황은 그 속에 있는 구성원들에게 이중의 역설을 구현케 한다. 30년대 문학 작품 속에서 우리는 댄디적 성향을 보이는 인물들을 쉽게 만나게 된다. 댄디적 성향의 인물들은 도시를 부유하며 남의 시선을 피한다. 또 자신의 경제적 상황과는 무관하게 고급스런 대화와 문화를 향유하기도 한다. 그러면서 건조한 도시 일상의 도피를 갈구하고 성적 자유 분방함을 주장한다. 그러다 보니 자연히 기생적 삶을 살며 특정한 목표나 가치에 집착하지 않는 냉소적이며 철저히 개인적인 인간형으로 그려진다. 분명 댄디로서의 고고한 귀족주의적 우월감은 식민지 상황에서는 거세불안을 안고 있는 우월감이었던 것이다.

우리 일상생활에서 댄디는 가장 오해받고 있는 용어 가운데 하나이다. 그 용어엔 으레 겉멋부리기나 유한계급의 도락, 문화적 속물근성 등의 부정적 의미가 따라다닌다. 그러나 원래의 댄디즘엔 이런 통념과 정반대되는 의미가 담겨 있었다. 서구에서 댄디즘의 개념을 가장 현대적으로 잘 정립시킨 인물로 평가받는 보들레르는 댄디즘을 "하나의 종교"라고 부르고 댄디를 "새로운 귀족계급"이라고 정의한다. 댄디는 퇴폐 속의 마지막 영웅주의의 발로로, 쉽게 감동받지 않는 냉정함이란 미적 인식을 지닌다. 보들레르의 댄디는 구체제의 귀족이 몰락하고 새로 등장한 부르주아 계층의 문화적 천민성에 대한 반발이 새로운 정신주의의 의장을 하고 나타난 것이라 할 수 있다. 벤야민의 말에 따르면, 댄디는 민주주의가 초래하는 하향적 평준화를 거부하고 자기만의 스타일과 고고한 정신적 귀족주의를 구가하고자 한다. 남과 구별되고자 하는 욕망이 부단히 스타일의 자의식적 계발로 이어지고 이것이 다시 삶의 미학화로 표출되는 것에 댄디즘의 특성이 있다. 이러한 댄디즘의 특성을 오형엽7)은

---

7) 오형엽, 「댄디즘 혹은 변형된 영웅의 이야기」, 『현대 비평과 이론』, 한신문화사, 1999, 가을. 197쪽.

잘 정리해 놓고 있다. 첫째, 댄디즘의 발생 근거가 구체제의 몰락과 새로운 세계의 도래 사이에 끼여 있는 자기 방어의 존재학 혹은 미학이라는 것이다. 둘째, 그 형성 원리가 현실의 대세에 순응하지 않고 저항하면서 자신의 가치와 신념을 견지하겠다는 숭고한 정신적 지향의 자세라는 것이다.

이러한 댄디들의 모습은 식민지적 근대성 속에 정신화된 귀족주의 지식인들과 통하기도 한다. 이것은 지식인 스스로 고립을 실천하는 것, 곧 냉소주의를 실천하는 것에 해당한다. 30년대 댄디들이 보이는 이런 냉소주의는 식민지적 근대성에 대한 자기 성찰적 인식에서 기원한다. 이들은 한편에서는 근대성의 점진적인 확대를 가져온 근대화 담론에 매료당했지만 다른 한편에서는 근대화의 모순적인 결과에 대해 비판적으로 접근하기도 하는 것이다. 이러한 댄디들의 사랑이란 무엇인가.

3. 댄디들의 무소유적 사랑

사랑은 인간의 영원한 주제이다. 따라서 사랑의 역사는 단순한 역사가 아니라 인간 사회가 거쳐온 기나긴 여정을 더듬어 보는 작업이 될 수 있다. 스테펜 커른(Stephen Kern)[8]은 작가가 작중 인물들의 사랑하는 방식으로부터 일정한 해석적 거리를 두려할지라도, 근본적으로 작품이 쓰여진 시간에 발생했던 것의 반영으로써 소설을 다루지 않을 수 없다고 한다. 그러면서 작가와 작중 인물의 사랑을 연결해 빅토리아 시대에서 모더니즘의 시대에까지 사랑의 문화를 해부하고 있다.

이상과 김유정만큼 염문설이 많았던 작가도 드물다. 두 작가가 쓴 그 당시의 러브스토리가 식민지 시대 사랑의 패러다임을 드러낼 수 있을

---

8) Stephen Kern, 『The Culture of Love - Victorians to Moderns』, Harvard UP, 1992, pp. 9-8.

것이다. 이상이나 김유정 역시 자신들의 텍스트에 드러난 사랑과 일정 해석적 거리를 두려할지라도, 자전적 요소가 상당히 강하여 경계는 모호해진다. 소설은 글쓰기라는 공적 행위를 통해 사생활을 공개하지 않고서는 사생활에 대해 이야기할 수가 없다. 따라서 이상과 김유정 소설을 읽는 가장 재미있는 방법은 그들의 소설 속 현실을 그들의 현실로 그대로 읽어보는 독법에 있다고 할 것이다. 이상의 경우, 금홍, 권순옥, 변동림과 얽힌 이야기들이 있다. 그리고 김유정은 박녹주와의 에피소드를 가지고 「두꺼비」와 「생의 반려」를 썼다. 각기 다른 사적 생활의 폭로를 통해, 두 작가의 변별되는 사랑과 그 대상인 여성에 대한 인식을 찾을 수 있을 것이다.

3.1. 사생아 의식이 낳은 기교로서의 사랑 : 이상

이상의 텍스트에 나타나는 임이, 연이, 정이는 금홍, 권순옥, 변동림의 변이형들이다. 왜 이상은 연애를 그토록 게임으로 명명하면서 사활을 건 싸움으로 등장시켰는지, 지성의 극치라는 그의 창작방법을 연애에서의 여성에게 사용했는지, 그 여인과의 설계를 왜 온갖 것의 반이라고 했는지, 그리하여 결국 그의 글쓰기 속에서 여성이 징후적으로 드러내는 의미가 무엇인지 밝히는 일은 중요하다.

이상은 사생아 의식의 소유자이다. 「12월 12일」에서 보이는 백부에 대한 공포감을 제외하고는 그의 작품 속에서 가족 관계는 전혀 염두에 두지 않는다. 모든 것으로부터의 일탈, 그것은 여성에 대한 대결의식으로 나타나는 것이다.

> 어짜피 살아날 수 없는 것이라면, 혼자서 한껏 잔인한 짓을 해 보고 싶구나. 그래 상대방을 죽도록 기쁘게 해주고 싶다. 그런 상대는 여자-역시 여자라야 한다. (「불행한 계승」, p. 209.)

> 나는 또 女人과 生活을 設計하오. 戀愛技法에마져 서먹서먹해
> 진, 知性의 極致를 흘깃 좀 들여다 본 일이 있는 말하자면 一種
> 의 精神奔逸者말이오. 이런 女人의 半 - 그것은 온갖 것의 半이
> 오 - 만을 領愛하는 生活을 設計한다는 말이오.(「날개」, p.
> 318.)

폐결핵으로 생을 저당잡힌 '그'의 독선은 여성을 '기쁘게 해주는' '잔인
한 짓'을 정당화시킨다. '나는 또 여인과 생활을 설계'하기까지 한다. 연
애는 '나'의 지성과 야합하여 하나의 기법이 된다. 따라서 '나'의 연애는
자연스럽지 못하다. '설계'이니 '기법'이니 하는 말들을 통해 사랑은 자연
스럽지 못한 작위성을 띤다. 그렇다면 그 여성은 어떤 사람인가?「不幸
한 繼承」에서 '나'는 매춘부와 잠자리를 하면서 그의 친구와 사귀는 자
신의 여인에 대한 이야기를 하고 있다. '내일 당장 自殺해버리지나 않을
까 싶은 厭世型'인 그녀의 신분은 여자대학생이다. 또 대부분이 카페 여
급으로 생활하는 화류계 여인들이기도 하다. 박태원의 말에서도 그녀들
은 '방종성을 띠고 있다'. 세상에 대한 냉소는 '염세형'의 여자를 찾았고,
그녀들은 하나같이 정조를 팔아버렸다. 20세기 식의 관념을 가진 그에게
사랑 역시도 20세기 식이어야 했다. 그러자니 그는 여자의 정조에 대해
서도 무감각해야 했다. 소설 속의 '나'는 아내가 매음을 하고 다른 남자
와 관계를 해도 무관심하려 든다.

> 그는 쓸데없이 自己가 愛情의 遁者인 것을 자랑하려 들었고 또
> 그렇지 않고 그냥 있을 수가 없었다. 공연히 그는 서먹서먹하게
> 굴었다. 이렇게 함으로 自己의 不幸에 高貴한 탈을 씌워 놓고 늘
> 人生에 한눈을 팔자는 것이었다. 이런 그가 한 少女와 川邊을 걸
> 어가다가 그만 잘못해서 그의 少女에게 대한 愛慾을 지껄여 버리
> 고 말았다.

　여기는 분명히 그의 淫亂한 衝動 外에 다른 아무런 理由도 없
다. 그러나 少女는 그의 强熱한 體臭와 惡意의 怠慢에 逆說的인
興味를 느끼느라고 그냥 그저 흐리멍텅하게 그의 愛情을 용납하
였다는 자세를 취하여 두었다. 이것을 본 그는 곧 後悔하였다. 그
래서 그는 二重의 역설을 驅使하여 動物的인 애정의 말을 거침없
이 少女 앞에 쏟고 쏟고 하였다. 그러면서도 그의 육체와 그 부
속품은 이상스러울만치 게을렀다.
　少女는 조금 왔다가 이 드문 愛情의 형식에 그만 갈팡질팡하기
시작하였다. 그리고는 내심 이 남자를 어디까지든지 천하게 대접
했다. 그랬더니 또 그는 옳지 하고 카멜레온처럼 태도를 바꾸어
서 少女에게 하루라도 얼른 愛人이 생기기를 희망한다는 둥하여
가면서 스스롭게 구는 것이었다.(「단발」, p. 245.)

「단발」의 첫 단락은 소녀에 대한 애정의 형식에서 출발하고 있다.
연애보다도 한 구의 위티즘을 좋아하는 그가 위티즘과 아이러니를 아무
렇게나 휘두르며 연막을 펴면서 이중의 역설을 구사하고 있다. 머리를
자르고 새 연인에게 오는 '단발'한 여인을 통해 변동림과의 관계를 그리
고 있는 이 작품은 이상이 생각하는 '애정의 형식'을 잘 드러내주고 있
다. 변동림은 이상이 성천에서 돌아온 후 사귄 세 번째 이자 마지막 연
인이다. '나'는 자기의 인생에 '高貴한 탈'을 씌워 놓고 '카멜레온처럼 태
도를 바꾸어'가며 변동림인 이 여인과 사랑을 한다. 위의 인용에서 볼 수
있듯이 철저히 냉소적인 '나'가 애정의 형식을 빌어 소녀를 기쁘게 하고,
그러면서도 자기의 목적에 맞게 변화되는 소녀의 감정에 애정이 전제되
지 않은 동반자살을 제안하는 것이다. 역시 변동림과의 관계를 다룬
「동해」는 남성편력이 요란한 소녀 임이를 놓고 윤과 이상이 벌이는
삼각관계가 이야기의 핵심 축을 이룬다. 「실화」의 스토리는 「동해」
와 직접적으로 이어져 있다. 「동해」에서의 임이처럼 야웅의 천재인 연
이의 남성편력에 주인공 '나'는 자살을 하는 만큼의 결심을 하고 동경으

로 간다. 그러나 그는 동경에서 C양을 만나면서 서울의 연이를 회상하고 연이의 남성편력을 생각하면서 C양의 남자관계를 상상한다. 또 술집의 나미꼬를 보면서 연이가 S와 같이 갔었다는 음벽정, N빌딩 등을 상상하기도 한다. 동경의 12월과 서울의 10월, 동경의 C양과 나미꼬가 서울의 연이와 엇갈리고 교란된다. 질투와 미련은 끊임없이 교차 갈등을 낳고 있다. 이상은 30년대 댄디적인 풍모 상 냉철한 귀족주의적 사고를 지녀야 했다. 그래서 관념상으론 사랑의 소유욕을 거부하고 자유연애를 주장하지만 끊임없이 그가 말하는 '19세기식' 사고에 붙들려 있다.「동해」의 TEXT에서 임이, 즉 변동림과 벌이는 자유연애론은 '나', 이상에게 내면화되지 못한다.

> 「너는 네 말 마따나 두 사람의 男子 惑은 事實에 있어서는 그 以上 훨씬 더 많은 男子에게 내주었던 肉體를 걸머지고 그렇게도 豪氣있게 또 正正堂堂하게 내 城門을 闕入할 수가 있는 것이 그래 鐵面皮가 아니란 말이냐?」(「동해」, p. 279.)

> 내가 이 世紀에 容納되지 않는 最後의 한꺼풀 幕이 있다면 그것은 오직 「간음한 아내는 내어쫓으라」는 鐵則에서 永遠히 헤어나지 못하는 내 곰팡내 나는 道德性이다. (「19세기식」, p. 182.)

자유연애를 주장하는「동해」의 임이를 바라보며 이상은 '철면피'라고 생각한다. 이런 사고가 가능한 이유는 '이 世紀에 容納되지 않는 최후의 한꺼풀 幕'인 그의 정조관념 때문이다. 그래서 이상은 애정 관계에 있어 철저히 냉소적으로 거리를 둔 채 세계에 대한 하나의 기법처럼 연애를 응수하려 했으나 자신의 '19세기식' 사고 때문에 완전히 성공을 거두지 못하고 끊임없이 질투하고 분열하며 사랑의 게임에서 패하는 모습을 보인다.

3.2. 어머니 콤플렉스, 우상화로서의 사랑: 김유정

김유정은 자전적 소설로서 박녹주와의 관계를 중심으로 한 소설을 썼다.9) 김유정과 박녹주와의 관계는 그녀가 「한국일보」에서도 밝혔듯이 김유정의 짝사랑으로 끝났다. 그의 짝사랑 헤프닝은 그밖에도 안회남의 소설에서 몇 번 더 있었던 것으로 드러나는데, 그 대상인 여성이 김유정의 경우는 어머니 콤플렉스와 연결지어 생각해 볼 수 있다.

> 김유정은 매일 한통의 편지를 보냈다. 아침마다 우체부가 김유정의 연애편지를 갖다놓았다. 내용은 항상 비슷했다. 나는 당신을 연모하니 저를 사랑해주시오가 이야기의 전부였다........사랑한 뒤에는 어쩔 생각이냐는 질문에, 그는 서슴지 않고 '결혼하는 겁니다'고 응수했다. 나는 점잖게 남편있는 몸이라고 타일렀다. 그러나 그는 '그것도 알고 있다. 그는 진짜 남편이 아니잖은가. 당신을 진정으로 사랑하는 것은 바로 나입니다'고 다부지게 대답했다.10)

두 살 연상의 박녹주를 사랑하는 김유정의 태도는 병적이리만치 그

---

9) 김유정은 박녹주 이외에도 박봉자를 사랑했던 것으로 이야기 된다. 「여성」지 5월호에 <어떠한 남편 어떠한 부인을 마지할까>라는 제목으로 글을 쓴 것이 계기가 되었다. 「여성」지 4페이지에는 박봉자의 사진과 글이, 5페이지에는 김유정의 사진과 글이 실렸다. 그 글에서 "....나와 똑같이 우울한 그리고 나와 똑같이 피를 토하는 그런 여성이 있다면 한 번 만나고 싶습니다. 나는 그를 한없이 존경하겠습니다...."라고 말하고 있다. 문제는 김유정이 박봉자의 사진만을 보고 그녀를 사랑했다는 것이다. 박봉자에게 러브레터를 30여 통이나 보낸 것으로 되어 있다.(김영기, 『김유정:그 문학과 생애』, 문학과 지성사, 1992, 197-199쪽 참조.) 게다가 안회남의 소설 「겸허」에서는 김유정이 결혼한 사실을 그의 죽음 이후에야 알았다고 말하고 있다. 본고에서는 텍스트와의 연계 속에 논의를 진술하기 위하여 박봉자와 누군지 알 수 없는 아내는 논외로 삼을 것이다.

10) 박녹주, 「나의 이력서15」, 『한국일보』, 1974. 1. 26.

집착이 강했다. 매일 혈서를 보내고, 집을 찾아갔으며, 나중엔 죽이겠다
고 위협까지 한다. 이것이 「두꺼비」와 「생의 반려」에 나타나 있다.
「두꺼비」의 중요 인물 '두꺼비'는 박녹주의 실제 동생을 모델로 한 것
이다. 안회남은 「겸허」에서 "기생에게 남자 동생이 있었는데, 그 사람
이 유정보다도 오히려 한 살을 더 먹었는가 그랬다"고 적고 있다. 길거
리에서 한 번 스치고 지나간 '쭈그렁 밤송이 같은 기생에게 정신이 팔린'
'나'는 기생오래비의 특권을 가진 두꺼비에게 러브레터와 선물들을 사보
낸다. 그러나 옥화는 끄덕도 하지 않는다.

> 나는 얼빠진 등신처럼 정신없이 나려오다가 그러자 선뜻 잡히
> 는 생각이 기생이 늙으면 갈데가 없을 것이다. 지금은 본체도 안
> 하나 옥화도 늙는다면 내게 밖에는 갈데가 없으려니, 하고 조금
> 안심하고 늙어라, 늙어라, 하다가 뒤를 이어 영어, 영어, 영어, 하
> 고 나오나 그러나 내일 볼 영어시험도 곧 나의 연애의 연장일것
> 만 같애서 예라 될대로 되겠지, 하고 집어치고는 쾡한 광화문통
> 큰 거리를 한복판을 나려오며 늙어라, 늙어라, 고 만물이 늙기만
> 마음껏 기다렸다. (「두꺼비」, p. 211.)

기생인 옥화의 철저한 냉대 속에서도 자신의 열정을 굽히지 않고, 오
히려 그녀가 늙기만을 바라는 '나'는 동시에 '영어시험'을 걱정하고 있다.
당시 연전을 다니고 있던 김유정의 상황과 통하는데, 당시 김유정은 22
살이었고, 박녹주는 24살이었다. 박녹주는 유정이 연하이기에 염두에 두
지도 않았다고 한다. 그러나 유정은 나이도 상관없고, 남편이 있어도 상
관 없었다. 오로지 순수한 자기 사랑의 열정을 호소하고 받아들여지는
것이 중요할 뿐이었다. 그렇다면 고집스럽게 지속되는 유정의 사랑의 정
체는 무엇인가. 이 점은 「생의 반려」에서 좀더 분명히 드러난다.
　「두꺼비」와 유사한 소재를 다루고 있으나 장편을 목표로 창작된 작

품이「생의 반려」이다. 이야기의 중심에는 '명렬군의 짝사랑'과 '명렬군의 가족사'가 중요하게 다루어진다. 그가 편지를 보내어 사랑을 호소하는 여인은 실제의 상황과 유사하게 나이가 많이 든 기생이다. 소설의 화자가 말하고 있는 바와 같이 명렬군은 "자기의 머리 속에 따로 저의 여성을 갖고 있는" 것이다.

> 그러나 그의 연애는 상대에게서 제 자신을 찾아내고자, 거반 발광을 하다싶이 하는 것이다.......그가 명주를 처음 본 것은 작년 가을이었다 ...... 그가 집의 일로하야 봉익동엘 다녀 나올 때 조고만 손대여를 들고 목욕탕에서 나오는 한 여인이 있었다....... 눈에는 수심이 가득히 차서, 그러나 무표정한 낯으로 먼 하눌을 바라본다....그 모양이 세상고락에 몇벌 씻겨나온, 따라 인제는 삶의 흥미를 잃은 사람이었다. .... 그는 자기의 머리속에 따로히 저의 여성을 갖고있는 것이다. 말하자면 그와 가치 생의 절망을 느끼고, 죽자하니 움직이기가 군찮고 살자하니 흥미없는 그런 비참한 그리고 그가 지극히 존경하는 한 여성이 있는 것이다. 그는 그여성을 저쪽에 끌어내놓고 연모하기 시작하였다. 그리고 명주는 우연히 그 여성의 모형이 되고 말았을 그뿐이겠다. (「생의 반려」, pp. 252 ~ 256.)

명렬군은 젊고 예쁜 30년대의 여성을 자신의 애인으로 삼기 보다 삶의 흥미를 잃어버린 듯한 연상의 여인에게 끌린다. 그는 존경할 수 있는 여성을 '저쪽에 끌어내 놓고 연모하기 시작'한다. 그래서 화자는 명주가 우연히 그 여성의 한 모형이 된 것이라고 본다. 이미 상정되어 있는 여성의 모델은 명렬군에게 하나의 우상화가 되고, 이것은 '한개의 여성이 아니라 그의 나아갈 길을 위하야 빚어진 한 개의 신앙'이 되는 것이다. 상대에게서 자신을 찾고자 하는 사랑은 자기애가 강한 사랑이다. 화자는 "그의 우울증을 타진한다면 병의 원인은 여러 갈래가 있으리라, 마는 그 근본이 되어있는 원병은, 그는 애정에 주리었다. 다시 말하면 그는 사람에게 주리었다."고 말한다. 이 소설의 화자는 친구인 안회남으로 추정할 수 있다. 안회남의 생각처럼, 애정은 김유정의 도시생활에 결핍된 부분일 뿐이다. 유정은 가난과 질병이라는 현실적 상황 속에서 이러한 현실을 극복하거나 초월할 수 있는 자연스런 대상으로 어머니를 선택하고 있는 것이다. 여기서의 어머니는 여성으로 표상될 수 있는 모성을 말한다.

> 남이 손가락질하며 비웃을만치 <u>그가 그렇게 많이 비참한 외쪽 사랑의 슬픔을 겪으면서도 겉으로 태연자약했던 것은 어머님을 존경하는 마음, 어머님을 예쁘다고하고 생각, 어머님을 그리워하는 정성, 이것이 그대로 자기 연모하는 상대편 여자에게까지 연장하여 그저 꿇어엎드리고, 그저 미화하고, 그저 모든 것을 바치려는 태도를 취하게 될것이리라 믿는다.</u> 유정은 어머님에게 대한 사랑에 있어서나 애인에게 대한 사랑에 있어서나 그 보수를 채 상상하지 않고, 우선 정열이 불탔던 것이다.11)

6세와 8세 때 어머니와 아버지가 각각 사망함으로써 어린 유정이 받은 정신적 외상은 심대한 것이라 할 수 있다. 그래서 그는 어머니 콤플렉스를 간직하였다. 항상 어머니의 사진을 책상 위에 모셔놓고 책을 읽거나 몸에 지니고 다녔다는 사실은 유정의 어머니에 대한 잠재된 심리를 잘 말해주고 있는 것이다. 이처럼 억압되고 잠재되어 있던 어머니에 대한 무의식이 유정에게는 가장 어려운 시기에 사랑의 형식을 취하며 바깥으로 표출되고 있다.

이상의 경우는 댄디적 사랑으로 자기 기만과 기법적인 연애인식을 갖고 있다. 그래서 연인과 늘 거리를 두고 바라보지만 결국엔 거리두기가 불가능해지는 19세기식 자기 사고 때문에 고뇌하고 분열한다. 유정의 경

---

11) 안회남, 「겸허-김유정전」, 앞의 책, p. 484.

우는 어머니 콤플렉스로 인한 사랑의 결핍감과 동시에 여성을 하나의
우상으로 만든다. 연인을 우상화하는 것 같지만 사실, 그의 사랑은 자기
애가 더 강한 사랑이다. 따라서 이들의 사랑은 어떤 대상을 사랑하기 보
다 그들의 삶이 예술을 위한 삶인 것처럼 사랑을 위한 사랑이 된다.

　이들의 사랑의 대상인 여성이 텍스트에 구현될 때는 매춘부의 형태로
드러난다.

4. 性, 육체의 시학

　창녀의 육체는 원래 이야기를 가진 육체다. 많은 비평가들은 창녀가
19세기의 사회적 상상력 속에서 갖는 중요성과 그 시기의 문학과 예술
속에서 갖는 상징적 위상에 관해 논평해 왔다. 판매자이면서 상품이기도
한 창녀는 성애의 상품화를 보여주는 결정적인 상징이었으며, 경제와 성
욕, 합리적인 것과 비합리적인 것, 도구적인 것과 미적인 것간의 모호한
경계를 교란시키는 대표적인 예가 되었다.12) 성윤리는 시대에 따라 다
양한 편차를 보인다. 특히 제국주의에 의해 국권을 강탈당한 상황에서
성규범은 경제적인 토대의 영향에서 결코 자유로울 수 없다. 통감정치
이후 일제가 밀매음녀에 대한 공식적인 성병검사13)를 정기적으로 실시
했다. 이를 통해 이미 일제가 개항 이후부터 유곽을 설치하여 개방장 주
변의 도시뿐만 아니라 중소도시까지 매춘업을 전파하였음을 알 수 있다.
결국 일제는 1916년 경무총감 부령으로 '유곽업 창기 취체 규정'을 발표
함으로써 매매춘을 합법화하였고, 1920년대부터는 공창의 쇠퇴를 초래
할 정도로 사창이 만연되어 매매춘이 일반화되는 경로를 밟는다. 이렇게
일제의 식민지 지배 논리로 배포된 매춘업은 식민지 권력의 도구로 쓰

---

12) 리타 펠스키, 김영찬·심진경 역, 『근대성과 페미니즘』, 거름, 1998. p. 47.
13) 손정목, 『일제 강점기 도시사회상 연구』, 일지사, 1996. p. 491.

였다고 볼 수 있다.

 권력과 성에 관한 푸코의 담론을 빌리자면, 매매춘 행위를 포함하여
사회적 규범의 위반은 국가권력의 당연한 통제 대상이다. 통제의 궁극적
목적은 자신의 '위법'을 은폐하기 위한 수단이자 도피의 빌미를 마련하
기 위함에 있다. 매매춘 시장 역시 그 같은 동기의 편리한 충족수단으로
동원될 수 있으며, 심지어 공창의 성공적 운영 역시 제도적 강제권력의
합리적 공과로 치부될 수 있다. 지식인들 보편의 비관주의를 더욱 증폭
시키고 정치적 강압에 대한 현실 도피의 발판으로 매매춘 문화를 선별,
심화하려 했던 식민당국에게 매매춘을 권하는 사회적 분위기의 조성은
무엇보다 중요한 일이다. 30년대 지식인들은 진리를 터득했다고는 하나
정의와 도덕률을 실천할 수 없었다. 따라서 자괴와 자책으로 가중되기만
했던 도피처의 병적 천착은 권력의 통제 수단의 지배 아래에 있는 댄디
들의 모순이었다. 이러한 배경 속에 식민지적 근대의 구현이 창부의 이
미지를 통해 구현되고 있다는 것은 꽤 시사적이다. 1930년대 매춘녀의
육체를 통해 식민지의 근대화라는 육체의 역사적 성격을 통찰할 수 있
기 때문이다.

4.1. 방임된 매매춘의 냉소적 시선 : 이상

 이상에게 있어 여자는 왜 '여왕봉과 미망인'인가. 이 점은 매춘의 의미
를 통해 밝혀질 수 있을 것이다. 「날개」에서 '33번지' 유곽에 있는 '나'
를 통해 그 전모를 살필 수 있다.

> 전등불이 켜진 뒤의 十八가구는 낮보다 훨씬 화려하다. 저무도
> 록 미닫이여는 소리가 잦다. ……十八가구에 각기 벌려 들은 송이
> 송이 꽃들 가운데서도 내 아내는 특히 아름다운 한 떨기의 꽃으
> 로 이 함석지붕 밑 볕 안 드는 지역에서 어디까지든지 찬란하였

다. 따라서 그런 한 떨기 꽃을 지키고-아니 그 꽃에 매어달려 사
는 나라는 존재가 도무지 형언할 수 없는 거북살스런 존재가 아
닐 수 없었던 것은 물론이다. (「날개」, p. 321.)

'나'가 살고 있는 '33번지'는 유곽임을 쉽게 알 수 있다. 낮과 밤의 시간
이 바뀌어 오히려 밤이 생활의 시간이 되고 바빠진다는 표현이나 아내
의 얼굴과 십팔가구 식구들의 얼굴을 <꽃>14)에 비유하고 있는 점에서
그렇다. '나'는 매춘부인 아내에게 '매어달려 사는' 무기력하고 비사회적
인 존재이다. 이런 '나'는 아내가 외출만 하면 아랫방으로 와 아내의 화
장품들과 화려한 치마, 저고리 등에서 그녀의 체취를 느껴보곤 한다. 그
옷가지 하나하나는 원래 그것이 가리고 있던 육체의 특정 부분을 상기
시킨다. 아내의 옷가지들은 아내의 육체를 가리웠던 환유적 물체들로,
육체의 여러 부분을 지칭하는 것이다. 따라서 거세된 '나'가 꿈꿀 수 없
는 아내의 육체를 대치한다. 이러한 그가 아내에게 돈을 주고 하룻밤을
함께 잔다는 것은 근대적 육체의 개념이 등장하는 한 상징이 된다. 여기
에서 매춘부의 육체는 상업의 전횡과 현금거래 등 자본주의체계의 보편
적 질서를 예증하는 것이다. 아내의 매춘업을 모르는 척하는 '나'는 「봉
별기」에 와선 아예 방임하고 있다. '나'는 '天下의 女性은 多少間 賣春
婦의 要素를 품었'다고 믿고 있다. 이 작품은 이상의 첫 연인 금홍과의
연애담을 소설화한 것이다.

> 그런데 이번에는 내게 자랑을 하지 않는다. 않을 뿐만 아니라
> 숨기는 것이다. 이것은 錦紅이로서 錦紅이답지 않은 일일밖에 없
> 다. 숨길 것이 있나? 숨기지 않아도 좋지. 자랑을 해도 좋지. 나
> 는 아무 말도 하지 않는다. 나는 錦紅이 娛樂의 便宜를 도웁기

---

14) 한인기생의 그것은 화대, 즉 <꽃값>이라 불렀고 '꽃 한 송이'에 얼마 하
   는 식으로 계산하였다. (손정목, 『일제 강점기 도시사회상 연구』, 일지
   사, 1996, p. 481 참조)

위하여 가끔 P君 집에 가 잤다.(「봉별기」, p. 351.)

'나'는 錦紅이가 자신의 권태로운 삶을 극복하기 위한 방편처럼 일부러 간음한다고 생각한다. 그래서 급기야는 錦紅의 사업을 돕기 위하여 자신의 방까지도 개방하여 준다. 그는 끊임없이 아내의 매춘에 초연하려 한다. 근대 댄디적인 관념상 자신은 보편적인 성관념에서 자유로워야만 했던 것이다. 하지만, 그는 '정조' 관념을 버리지 못하고 있다. 초연했다면 질투라는 감정마저 없어야 함에도 불구하고 작품 여기저기에서 질투에 떨고 있는 남자를 볼 수 있다. 그러나 또 이 질투는 질투에서 끝날 뿐이다. 왜냐하면 아내의 매춘에 빌붙어 사는 남성이기 때문이다. 이 모습은 「지주회시」에서도 찾아 볼 수 있다.

오늘밤에는아내는또몇개의그런은화를정강이에서배앝아놓으려나 그북어와같은종아리에난돈자죽 - 돈이살을파고들어가서 - 고놈 이아내의정기를속속들이빨아내이나보다 ..... 담배를한대피워물고- 참-아내야.　대체내가무엇인줄알고죽지못하게이렇게먹여살리느냐. (「지주회시」, p. 308.)

카페여급인 아내에게 얹혀 사는 남편은 아내의 매춘을 허용하고 있다. 그리고 거기에 얹혀 사는 자신의 존재에 대한 가벼움도 느끼고 있다. 이런 남성들의 이미지는 줄곧 여성의 성 앞에 거세된 형국으로 나타난다. 이상의 경우, 아내의 매춘을 용서하기는 해야 하는데 '간음한 아내는 내어 쫓'아야 한다는 또 다른 나는 매춘을 용서할 수 없는 것이다.

4.2. 공모된 매매춘의 가부장적 시선 : 김유정

유정의 경우 역시 매춘은 작품 이해에 상당히 중요한 문제이다. 여기에서 등장하는 남편들 역시도 하나같이 무능력하다. 유정의 소설에는 아내에게 경제적인 부담을 지우는 무능한 남편과 들병이 생활까지 해가며 남편을 부양해야 하는 아내가 자주 등장한다. 김유정 소설에서 둘의 관계는 어느 정도 유형화되었다고 할 수 있는데, 경제적인 능력에서 여성이 남성보다 우월하다. 그리고 남편은 병자, 노름꾼, 소작농이고 여성은 들병이, 카페여급, 공장직공이다. 남성이 여성에게 일방적으로 기생하는 관계는 작품 내에서 조금의 회의도 없이 전개된다.

「소낙비」「산곬나그네」와 그밖의 소설에서 여성들은 자신의 몸을 팔아 생계를 유지해간다. 매춘은 쾌락에 대한 자각 없이 행해지는 단지 생활을 위한 수단이다. 매춘하는 인물들이 반성하지 않는다는 점도 주목할만하다. 어찌보면 이것이 김유정 소설의 윤리라고 볼 수도 있을 것이다. 생존을 떠나 순결을 따지는 것은 어쩌면 사치스런 일인지 모른다. 그런 형편의 부부에게는 이런 윤리 외에 다른 중요한 것이 있을 수 있다.「산곬나그네」에서 들병이는 덕돌과 혼인 직전에까지 이른다. 하지만 들병이가 덕돌네 집에서 일했던 것은 병든 남편 부양의 수단이었다. 그는 끝내 남편을 버리지 않는다. 춘호 처는 「소낙비」의 주인공인데 춘호의 반강제에 의해 리주사에 몸을 판다. 그러나 춘호 처의 매춘도 쾌락이나 윤리의 문제와는 거리가 멀다.

> 그러나 의외로 아니 천행으로 오늘일은 성공이엇다. 그는 몸을 소치며 생긋하였다. 그런 모욕과 수치는 난생 처음 당하는 봉변으로 지랄중에도 몹쓸지랄이었으나 성공은 성공이었다. 복을 받을려면 반듯이 고생이 따르는법이니 이까짓거야 골백번 당한대도 남편에게 매나안맞고 의조케 살수만잇다면 그는 사양치안흘 것이다. 리주사를 하눌가티 은인가티 여겻다.(「소낙비」, p. 46.)

춘호 처는 리주사를 유혹하는 데 성공한 것을 다행으로 여긴다. "복을 받으려면 반듯이 고생이 따르는법이니 이까짓거야 골백번 당한대도 남편에게 매나안맞고 의조케 살수만잇다면 그는 사양치안홀 것이다." 라고 하여 자기 행위의 정당성을 남편과의 원만한 관계에서 찾는다. 「솟」의 경우도 근식이는 아내를 버리고 들병이와 도망가려 한다. 까닭은 '아리랑타령 한마듸 못하는 병신, 돈 한푼 못버는 천치' 인 아내보다 '힘 안드리고' 먹을 수 있는 들병이를 아내로 맞고 싶은 것이다. 이런 의식이 희화화한 된 작품으로 「안해」가 있다. 어수룩하고 모자라며 못생긴 가난한 부부의 삶이 드러난다. 이 소설에서 아내는 궁꿥한 삶을 참지 못하고 들병이로 나가겠다고 한다. 그러나 '나'는 못생긴 아내의 얼굴 때문에 가망이 없다고 실망한다. 하지만 결국 '나'는 얼굴은 어쩔 수 없다 치고 아내에게 틈만 나면 소리를 가르치고 해서 들병이로 나가게 한다. 아내들은 열심히 무능력한 남편을 먹여 살리는데도 그들은 가부장적인 이데올로기를 고집하며 남편된 자리의 우월성을 주장하고 나선다. 그리고 아내들은 아무런 비판도 없다. 김유정의 사랑에서도 보이듯, 어머니 같은 사랑, 정신적 지도자일 수 있는 여성의 사랑은 모든 것을 포용하기도 해야 하는 것이다.

「심청」, 「봄과 따라지」에서는 도시를 어슬렁거리며 배회하는 남성 산책자가 등장한다. 하나는 소외된 지식인이고, 다른 하나는 거지이다. 이들이 바라보는 근대 도시는 화려한데, 이들을 받아들이지 않는다. 여기에서 드러나는 남성 산책자들은 무기력하고 거세된 남성인데, 이렇게 무력한 남성이 급기야는 자신의 안해를 인신매매하는 소설이 「가을」이다. 복만이는 돌아다니며 양식을 꾸어 남편을 공경하는 아내를 소장수에게 팔아버린다. 이를 산 소장수 역시 '똑똑한 안해를 맞어다가 술장사를 시켜보고자' 하였던 것이다. 카페여급이 등장하는 소설은 「야앵」과 「따라지」이다.

남성의 산책자적 구실처럼 여성 특히 매춘부는 거리를 산책하며 근대

를 읽어낸다. 데보라(Deborah)15)의 논의에 따르면 19세기 영국 도시 문
학에서 관찰자로서의 인물은 남자였다. 이 인물은 혼자 평정의 마음을
가진 채 모든 것을 꿰뚫어 응시하면서 거리를 계속 걷는다. 그는 상업과
거래의 공적 영역, 군중 속에서 소외되는 인간 등 모더니티의 공간을 기
술한다. 그는 재산, 질병, 그리고 계급차에 대한 조사자이고 이론가이다.
이 장의 논의에서 중요한 것은 이런 남성 관찰자보다 여성 관찰자, 즉
여성 배회자(ramber)의 역할이다. 거리의 산책자 또는 어슬렁거리는 보
행자의 상이 여성일 경우, 그녀는 매춘하는 여인이다. 그리고 이런 배회
자의 양상은 도시라는 공간에만 국한 된 것이 아니라 김유정 소설의 경
우 식민지적 상황을 압축해 놓은 농촌에서도 발견된다.

「야앵」은 세명의 카페 여급이 창경원의 꽃구경을 가는 것으로 시작
된다. 화사한 봄과 카페 여급의 어두운 삶을 대조시켜 그리고 있는 이
소설은 정숙이가 여급으로 전락하게 될 수밖에 없었던 사연을 말해준다.

> 그런데 처음에는 그렇지도 않았대. 순사다닐 때에는 아주 뙤롱
> 뙤롱하고 점잖든 것이 그걸 내떨니고나서 술을 먹고 그렇게 바보
> 가 됐대요. 왜 첨에야 의두 좋았지,....(「야앵」, p. 232.)

위의 인용은 이혼하고 여급이 된 정숙의 남편이 어떻게 무력하게 되
어갔는지를 잘 보여주고 있다. 카페 여급인 정숙은 자신의 육체 위에 새
겨진 사연들을 텍스트 속에 해부해 놓고 있는 것이다. 여기에서도 매춘
부라는 배회자를 통해 식민지 지식인이 어떻게 거세되어 있는지를 살필
수 있다. 이런 매춘부의 세계 관찰은 「따라지」에 가서도 찾을 수 있다.
「따라지」는 산동네에 셋방을 들어 살고 있는 여급들이 무위도식하는
문학청년 톨스토이를 바라보고, 달동네에서 세 들어 사는 도시 빈민들의

---

15) Deborah Epstein Nord, "*Walking The Victorian Streets*," Cornell
University Press, 1995. 참조.

302

삶을 관찰하고 있다.

두 작가의 텍스트에서는 남성이 여성을 경제적 가치로 보고, 여성의 육체를 사물화하며 그 육체의 소모를 자본주의의 교환체계와 연결짓고 있다. 또 남성의 생활 능력이 거세되어 있다는 사실과 여성의 매춘 행위는 상관성을 갖는다. 거세된 남성과 매춘부의 관계는 식민지적 근대라는 역설적인 상황이 낳은 근대 댄디들과 매춘부의 역설적인 관계를 드러내고 있는 것이다. 역설은 또 다른 역설을 만듦으로 해서 더 역설적이게 되는 것이다. 창녀의 육체는 원래 이야기를 가진 육체다. 그것은 사회적 질서 속을 통과하면서 정열과 색욕과 탐욕의 이야기를 만들어 내기도 한다. 그리고 이 이야기들은 금전적 연관 관계, 즉 육체와 돈의 교환 관계를 직접적으로 드러낸다. 매춘에 있어 여성의 육체가 교환물이 된다는 데 있어 여성의 육체가 근대적 자본주의의 산물을 은유한다고 생각할 수 있다.

5. 결 론

이상으로 식민지 속의 근대성을 이입 받았으나 반근대성과 갈등을 벌여야 했던 근대 댄디들 중 [구인회] 멤버인 이상과 김유정의 사랑과 성을 살펴보았다. 작가들의 전기사적인 연애설은 텍스트에 녹아 있었고, 그 녹아든 의식들은 작가의 의식과 상호텍스트적 관계를 가졌다.

죽음을 앞둔 이상과 김유정의 자기 강박적인 글쓰기는 필사적인 자기 소모의 육체적 글쓰기가 되었을 것이다. 온갖 것을 잃은 그들이 열정을 받쳤던 문학 한가지. 폐결핵이라는 귀족주의적인 질병은 그들을 문단의 스타로 만들어 놓았을지 모른다. 그러나 이들은 진정한 댄디의 풍모를 지니기엔 모순적인 상황 속에 놓여 있었다. 이들에게 있어 사랑은 일정 거리를 둔 비세속적인 댄디적 사랑이었다. 하지만 그들은 아직 전통과 근대 속에 끼여 있기에 하나는 질투로, 하나는 독재적 가부장권의 폭력으로 거세된 남성성을 여성성의 재현 뒤에 역설적으로 그려내고 있다. 근대적인 주체성과 미의식을 갖고 형식을 통한 현실에의 대결을 펼치지만 동경태와 현실태의 괴리는 역설을 낳았던 것이다.

  30년대 댄디즘에 관한 논의로 이상과 김유정 이외에도 박태원, 이효석, 이태준을 들 수 있을 것이다. 박태원과 이효석은 도시적인 감수성을 가지고 근대성을 구현해 낸 댄디들이었다고 한다면 이태준의 경우는 전통적인 반근대성을 구현해 낸 댄디라 할 것이다. 이는 30년대 이후로 '동양적 고전주의'와 '상고주의'를 지향하게 되는데도 짐작할 수 있다. 따라서 30년대의 한국 문단에 있어 댄디즘과 근대성의 문제는 좀 더 검토해 보아야 할 키워드들일 것이다.

Love and sex problems of the modernistic dan

-Concentrated on Lee Sang and Kim Yoo-Jeong-

Min-ju, Han
Sogang University

If we think over how literal texts, written by Lee sang and Kim Yoo Jeong, were received the feminity and implemented them, we can find their modernistic identity and aesthetic consciousness. Through the characteristics and writer's consciousness of the Goo-In-Hoe(the nine writer's association) it is revealed that they are dandies of the 1930's. And therefore identity of the 1930's modernity will be guessed through their shaped love and sex.

From a view point of that the Goo-In-Hoe members would support the individuality of the art, have a strong self-consciousness and hate material worship measure of the middle class people, members share universal sides of the modernism. And therefore the identity of the 1930's modernity can be guessed through love and sex described by them. Considering Goo-in-hoe members support the originality of arts, have a strong self-consciousness of description and hate materialistic worship of the middle classes, they share an universal sides of the modernity. They have a dandy tendency, especially, which have a strong abhorrence of snobbery, esteem the spirit, and contains a decorative aesthetics and tragic preference. At these points of view, it can be regarded as appropriate that two writers expressed dandyism which has anti-snobbery and aristocratic contradiction.

In case of Lee Sang, his dandy love has self-deception and an understanding of technical love. And he looks his love with a little gap, but he suffer agony due to his thought whose making gap is impossible. Kim Yoo-Jeong makes a woman an idol and has defects of love due to mother complex. It seem to make a love an idol, however, his love has strong tendency of egoism. And therefore their love in not for some object but for love itself.

When a woman, as their object of love, is implemented in a textual form she appears as a street girl. The woman in texts of two writers is regarded as economic value and her body is made her his private property by the man. The consumption of her body is related with exchange system of capitalism. Relation between the castrate man and the street girl appears paradoxical relation between modernistic dandy, originated from a paradoxial situation of colonial modernity, and the lover.

The modernistic dandy of the 1930's situation have their modernistic identity and aesthetics and stand face to face however, they made a paradox of the ideal situation and the real situation.

디지털 시대의 언어와 문학 연구

인쇄일 초판 1쇄   2002년 01월 15일
　　　　 2쇄   2015년 01월 05일
발행일 초판 1쇄   2002년 01월 25일
　　　　 2쇄   2015년 01월 15일

지은이 국제어문학회
발행인 정 찬 용
발행처 국학자료원
등록일 1987.12.21, 제17-270호
서울시 강동구 성내동 447-11 현영빌딩 2층
Tel : 442-4623~4 Fax : 442-4625
www.kookhak.co.kr
E- mail : kookhak2001@hanmail.net

ISBN 978-89-8206-653-5 *93810
가 격 16,000원